ro
ro
ro

Olle Lönnaeus, geboren 1957, wohnt in Lund und arbeitet seit zwanzig Jahren beim «Sydsvenska Dagbladet». Der Journalist wurde für seine investigativen Reportagen bereits mehrfach ausgezeichnet. Für seinen Debütroman «Das fremde Kind» erhielt er den renommierten Preis der Schwedischen Krimi-Akademie für das beste schwedische Krimidebüt, wie vor ihm Liza Marklund, Åke Edwardson und Håkan Nesser.

Von Olle Lönnaeus erschien außerdem bei Rowohlt Polaris «Der Tod geht um in Tomelilla».

«Brillant.» *(krimi-couch.de)*

«Eine grandiose Geschichte, die beim Lesen eine unwiderstehliche Sogwirkung entfaltet.» *(Für Sie)*

«Ein neuer Stern am Krimi-Himmel.»
(Dagens Nyheter)

OLLE LÖNNAEUS

DAS FREMDE KIND Kriminalroman

Aus dem Schwedischen von Antje Rieck-Blankenburg

Rowohlt Taschenbuch Verlag

Die Originalausgabe erschien 2009 unter dem Titel
«Det som ska sonas» bei Damm Förlag,
Forma Publishing Group AB, Stockholm und Malmö.

Veröffentlicht im Rowohlt Taschenbuch Verlag,
Reinbek bei Hamburg, Juli 2012

Umschlaggestaltung HAUPTMANN & KOMPANIE, Zürich,
nach dem Original des Damm Förlag,
Forma Publishing Group AB, Stockholm und Malmö
Satz Janson PostScript, InDesign,
bei KCS GmbH, Buchholz bei Hamburg
Druck und Bindung CPI – Clausen & Bosse, Leck
Printed in Germany
ISBN 978 3 499 25573 1

FSC www.fsc.org
MIX
Papier aus verantwortungsvollen Quellen
FSC® C083411

Das für dieses Buch verwendete FSC®-zertifizierte Papier *Lux Cream* liefert Stora Enso, Finnland.

PROLOG

Drei Blitze und drei Donnerschläge, dann kommt der Regen.

Die ersten Tropfen fühlen sich auf ihren Wangen an wie zarte Liebkosungen, als würde ein tröstender Gott ihr sanft mit den Fingerspitzen übers Gesicht streichen.

Sie legt den Kopf in den Nacken, reckt sich gen Himmel.

Der Regen fällt kühl auf ihre geschlossenen Augenlider, das Wasser rinnt ihr in den Mund. Es schmeckt nach Eisen.

Sie schluckt und leckt sich die Lippen, immer wieder. Der Regen nimmt zu.

Binnen kurzem erscheint es ihr, als würden sich alle Wasser der Welt über das Flussufer ergießen, an dem sie steht. Alles wird durchtränkt und mit einem grauen Schleier überzogen. Ihr Haar verwandelt sich in Seegras. Das helle Kleid, zerrissen und fleckig, wird zu einem Segel. Der Schmutz auf ihrer Stirn, auf Wangen und Hals, rinnt herab, und in ihrem Gesicht zeichnet sich der Anflug eines Lächelns ab.

Doch dann zuckt sie zusammen, als wäre sie gerade aus einem Traum erwacht.

Der Junge, denkt sie.

Sie späht in die Dunkelheit, sucht mit dem Blick die Weidelandschaft ab, dann die Hügelkette, und horcht in den Wald hinein, durch den sie eben gerannt ist. Das Einzige, was sie hört, sind der Regen und ihre eigenen keuchenden Atemzüge.

Sie spürt ihr Herz gegen den Brustkorb schlagen.

Jemand ruft ihr zu, sie solle fliehen. Ist das ihre eigene Stimme? Lauf weg, lauf, so weit du kannst!

Aber sie hat einfach keine Kraft.

Ihr Körper ist wie betäubt, die Beine müde und schwer. Wo sollte sie auch hin?

Erneut spaltet ein Blitz den Himmel, heftiger Donner folgt unmittelbar. Aber die Frau, deren zierlicher Körper vor der schwarzen Wasseroberfläche für einen Augenblick silbern aufleuchtet, rührt sich kaum.

Die Dunkelheit, denkt sie. Allein die Dunkelheit ist mein Freund. Bald ist sie fort. Lauf los, bevor es zu spät ist!

Doch ihr Körper lässt sie im Stich. Die Beine wollen nicht gehorchen. Und ihr fällt auch kein Gebet ein, das ihr helfen könnte, so verzweifelt sie auch nach Worten sucht. Der Himmel ist schwarzgrau, und ein kühler Windhauch strömt langsam durch das langgezogene Tal.

Unschlüssig wischt sie sich mit der Hand das Wasser aus dem Gesicht. Dabei nimmt sie den Geruch von Blut wahr, eine Erinnerung an das Böse.

Der Hass. Der Ekel. Die unwiderrufliche Tat.

Das Messer trägt sie noch immer bei sich. Das lange, schmale Küchenmesser, dessen Klinge mit Blut verschmiert ist. Sachte führt sie es an ihren Hals und spürt die Verlockung. Es wäre so einfach.

Sie hält inne und betrachtet die Schneide, die nun vom Regen reingewaschen wird.

Es wäre so feige.

Dann fällt sie auf die Knie, plötzlich von neuer Kraft erfüllt. Mit rissigen Händen gräbt sie im Sand, immer weiter.

Schließlich wirft sie das Messer in das Loch und bedeckt es dann rasch wieder mit Erde.

Sie schaut sich ängstlich um.

Der Junge, denkt sie. Muss mich beeilen.

Der Regen, der kühle Regen, der Kraft verleiht. Mit einem Mal hat sie den intensiven Wunsch zu leben. Niemals zu sterben.

Noch bevor die Dämmerung die Wolken vertrieben hat, ist sie verschwunden.

KAPITEL 1

Die erste Hitzewelle des Sommers ist drückend und erbarmungslos. Sie setzte Anfang Juni ein. Jetzt sind Herman und Signe tot, und diese Nachricht hat Konrad Jonsson schlagartig in die Vergangenheit zurückversetzt.

«Du kannst uns Vater und Mutter nennen», sagten sie damals zu ihm. Meistens tat er das auch, aber nie fühlte es sich richtig an. Doch all das ist lange her, und die Erinnerung daran verblasst.

In Konrads Augen sind sie immer noch recht jung, obwohl sie fast achtzig gewesen sein müssen, als sie starben. Herman, der im Schlachthof arbeitete und immer fürchterlich stank, wenn er nach der Schicht vom Darmauswaschen nach Hause kam. Jeden Abend half Signe ihm, sich sauber zu schrubben. Dann strahlte er wie die Sonne mit seinen runden Apfelbäckchen. Herman war mit den kleinen Dingen des Lebens zufrieden. Aber inzwischen ist der Schlachthof schon seit vielen Jahren geschlossen.

Und Signe, nie hörte man sie klagen, auch wenn ihr die Knie und der Rücken schmerzten.

Sie hatten beide so ihre Sorgen, Herman und Signe. Das spürte Konrad früh, auch wenn nie darüber gesprochen wurde. Und er begriff, was der Grund war. Klas, der leibliche Sohn, der unentwegt von einer Wolke des Missmuts umgeben war.

Ob er jetzt dort ist?

Auf der Höhe von Röddinge folgt Konrad einem inneren Impuls und biegt von der Landstraße ab, fährt an der weißgetünchten Kirche vorbei und lässt den Wagen hinunter durchs Dorf rollen, das sich an den Hang schmiegt.

Das geheimnisumwitterte Tal. Vermutlich nutzt er die Gelegenheit, um die Rückkehr hinauszuzögern. Doch Konrad will es wiedersehen.

Auf der kurvenreichen Schotterstraße kommt ihm ein Traktor und kurz darauf ein dunkelgrüner Jeep entgegen, ansonsten ist es still. Nur in der Ferne hört man einen Hund bellen. Hinter dem letzten Haus beginnt der Wald. Hochgewachsene Buchen, deren lichtes Laubwerk mit den Sonnenstrahlen spielt, knorrige Eichen und dunkle Fichten. Ein paar Birken. Auf einer Lichtung ist eine Herde goldgelber Kühe zu sehen, die neben einer rostigen Badewanne hinter dem Stacheldraht grast.

Dann öffnet sich das Tal. Das Abenteuerland. Konrad kann nicht umhin, am Straßenrand anzuhalten. Er steigt aus dem Opel und atmet tief ein. Wie oft waren sie hierhergeradelt und ließen sich verzaubern. Um ihn herum duftet es nach Erde, frühsommerlichem Grün und ein wenig nach Kuhfladen. Durch die Hügelketten schlängelt sich der Fluss, umsäumt von Schilfrohr und Pappeln, genau wie er es in Erinnerung hat. Er denkt an die Überschwemmungen im Frühjahr, wenn sich die Weiden in eine Wasserlandschaft aus Seen und Inseln verwandelten. Das Eis, das sich im Winter bildete. Konrad blinzelt gegen die Sonne, hinüber zum südlichen Kamm, und sieht Mäusebussarde über die Baumwipfel hinweggleiten.

Er seufzt leise. Muss unbedingt wieder herkommen. Doch jetzt kann das andere nicht länger warten.

Ein Stück weiter führt die Schotterstraße wieder in den

Wald hinauf, schließlich über die Felder, und kurz darauf ist er wieder auf der Landstraße.

Er fährt in Richtung Osten. «Nach Hause». Konrad probiert das Wort in Gedanken aus, doch es erscheint ihm nicht passend. Erst nachdem er die Statoil-Tankstelle am Ortseingang passiert und die alte Volkshochschule erblickt hat, nimmt er den Fuß vom Gas und lässt den Wagen über den letzten Hügelkamm rollen. *Tomelilla beflügelt* steht auf dem Willkommensschild der Gemeinde. Es ist mit der Silhouette eines segelnden Raubvogels verziert. Er muss lächeln.

An der ersten Ampelkreuzung, an der inzwischen drei große Einkaufszentren liegen, biegt er nach links über die Eisenbahnbrücke ab und fährt dann in gemächlichem Tempo am geschlossenen Kino Rio vorbei. Kein Mensch ist zu sehen. Vor Bertils Würstchenbude hält er an und steigt aus dem Wagen.

Doppelmord in Tomelilla. Die Polizei bittet um Mithilfe, lautet die Schlagzeile von Ystads Allehanda.

Hitzewelle hat Skåne fest im Griff, verspricht Kvällsposten. Die größeren Zeitungen scheinen das Ereignis bereits hinter sich gelassen zu haben. Es liegt immerhin schon fünf Tage zurück.

Konrad selbst hat die Nachricht gestern am späten Abend erhalten. Es kamen zwei Anrufe innerhalb von einer Stunde. Der erste von einer Kriminalinspektorin aus Ystad, die ihm ohne Umschweife mitteilte, dass seine Adoptiveltern tot seien und die Polizei gerne mit ihm sprechen würde. Rein informell. Der zweite von einem Rechtsanwalt, der sich mit ihm über das Erbe unterhalten wollte. Es gäbe da etwas Geld, sagte er mit gedämpfter Stimme. Über die Summe würde er ihn noch genauer informieren.

Zuerst war Konrad vor allem erschrocken. Würde ihn die

Vergangenheit nun wieder einholen? Alles, was er glaubte, endgültig hinter sich gelassen zu haben?

Es ist fast drei Jahrzehnte her, dass er Herman und Signe gesehen oder zumindest gesprochen hat. Und wenn er ehrlich sein soll, hat er im Laufe der Jahre auch nicht gerade viele Gedanken an sie verschwendet. Seit Konrad Tomelilla verlassen hatte, war er ihnen aus dem Weg gegangen. Warum, weiß er eigentlich selber nicht. Die Verbindung ist ein für alle Mal abgebrochen. Und der Gedanke daran, sie wiederherzustellen, hat ihm jedes Mal Unbehagen bereitet. Nicht einmal als er völlig am Boden war, hat er ernsthaft daran gedacht zurückzukommen.

Die Polizistin, die anrief, hat ihn vorgewarnt: «Die Umstände bezüglich der Morde sind sehr unangenehm.»

Als könnten sie noch toter als tot sein, dachte Konrad.

«Man hat ihnen ins Genick geschossen. Allen beiden», sagte die Kriminalinspektorin am Telefon. «Wir glauben, dass es sich um einen Raubmord handelt.»

Konrad erinnerte sich vage daran, dass er zu Wochenbeginn in einer Nachrichtensendung im Radio etwas über einen Mord in Tomelilla gehört hatte. Doch er hatte kaum hingehört.

Als er jedoch erfuhr, dass es sich bei den Toten um Herman und Signe handelte, verfestigte sich in seinem Kopf ein Gedanke: Er würde an den Ort seiner Geburt zurückkehren müssen.

Die Straße vor der Würstchenbude ist nahezu menschenleer. Die Sonne brennt heiß und erzeugt einen leichten Dunst, der die Luft flimmern lässt. Das Schaufenster des alten Kurzwarenladens hat jemand eingeschlagen; die Scheibe ist geklebt und mit Karton abgedichtet. Das Geschäft nebenan steht leer. Dort hatte damals der Blinde seinen Laden. Verblichene Postkarten, verstaubtes Porzellan und Glasmurmeln. «Diese hier ist magisch», murmelte er immer, wenn er ein besonders kostbares Exemplar zwischen den Fingerspitzen hin- und herrollte, seinen getrübten Blick hinter schwarzen Brillengläsern verbergend. Es kam vor, dass Konrad auf dem Weg hinaus eine Murmel mitgehen ließ.

Unter der Kastanie vor dem leerstehenden Laden sitzen zwei Frauen mit den gleichen hellrosafarbenen Kinderwagen auf der Bank und unterhalten sich. Ihre gedämpften Stimmen, die sich zwischen den Hauswänden ausbreiten, klingen in der Stille wie ein entferntes Echo. Ein hagerer älterer Mann stolpert um die Ecke, tief über seinen Rollator gebeugt.

Konrad wischt sich mit dem Hemdsärmel den Schweiß von der Stirn und wirft einen verstohlenen Blick auf den Kebab, der in der Dönerbude vor sich hin brutzelt. Ist offenbar also doch was Neues ins Dorf gekommen, denkt er. Damals, als noch die aufgemotzten Chevis und Volvo Amazon der Halbstarken abends aufgereiht vor Bertils Laden standen und das Rio Spaghettiwestern mit Clint Eastwood zeigte, da war der angesagteste Imbiss noch eine ordentliche Portion Kartoffelbrei mit eingelegten Gurken und Kakaotrunk von Pucko.

Er nickt dem Mann drinnen zu und kauft sich ein Eis.

Ohne näher darüber nachzudenken, lässt er den Wagen stehen und schlendert in Richtung Marktplatz. Das Eis schmeckt eklig süß, er wirft es in den nächsten Papierkorb. Kurz vor dem alten Fußgängertunnel unter der Eisenbahn, wo sich im Winter immer die Penner trafen, hat jemand eine Kneipe aufgemacht. Die Tür steht offen, doch hinter dem Tresen ist niemand zu sehen.

Um den Marktplatz herum herrscht etwas mehr Leben und Treiben. Die Sparkasse. Das Hotel. Systembolaget, das staatliche Alkoholgeschäft, und ein Supermarkt der Kette Konsum. Die Statue von Carl Milles mit dem Springbrunnen, in den die Jungs aus dem Ort im Sommer regelmäßig Waschmittel schütteten, sodass der Schaum überlief. Alles noch genauso wie damals. Allerdings steht hinter dem Marktstand jetzt ein Ausländer und verkauft importiertes Obst.

Konrad muss an Agnes denken.

Sie gehörte nie dazu. So viel kapierte er schon als Teenager. Damals kamen ja nicht gerade viele Leute von außerhalb in den Ort. Polen fielen auf, fast ebenso wie die Zigeuner, die im Frühjahr immer ihr Lager auf dem Campingplatz am Välabach aufschlugen.

Sie hat es bestimmt nicht leicht gehabt, Agnes.

Er nimmt ihren Namen in den Mund, vorsichtig.

«Agnieszka.»

Er bemüht sich, ein Bild von ihr wachzurufen. Gräbt tief in seiner Erinnerung. Doch ihr Gesicht will nicht so recht Form annehmen, und irgendwelche Fotografien, die er zu Hilfe nehmen könnte, hat er nie besessen. Er sieht sie von schräg unten, als würde sie sich über ihn beugen. Einige Strähnen ihres schwarzen Haars fallen ihr über die Wangen. In ihren Augen liegt eine Klarheit, eine Freundlichkeit, die ihn sehnsüchtig werden lässt. Sie lächelt mit dem Mund und mit ihren wehmütigen Augen, sie strahlt Wärme aus.

Entspricht das Bild von ihr der Realität, oder hat es sich nur, vor langer Zeit bereits, in seinem nach Liebe dürstenden Hirn geformt?

«Agnes», so nannten sie sie, und so, das begriff er nach und nach, sollte auch er sagen, wenn jemals die Sprache auf sie käme. In Hermans und Signes Haus sprach man nicht gerne von ihr. Und wenn jemand sie versehentlich doch erwähnte, wurde es schnell peinlich. Man wechselte stillschweigend Blicke und begann, von etwas anderem zu reden.

Für die Leute im Ort war sie immer nur «die Polin». Aber wenn Konrad ganz allein war, kam es vor, dass er leise flüsterte, wie um das Wort auszuprobieren: «Mama.»

Als er an der Kreuzung steht und seinen Blick über den Marktplatz schweifen lässt, überkommt ihn eine Unschlüssigkeit. Wo soll er anfangen?

Wahrscheinlich war es eine idiotische Idee zurückzukommen. Vermutlich erweckt er lediglich alte Erinnerungen zu neuem Leben, die besser begraben bleiben sollten.

Einen kurzen Augenblick lang überlegt er, der ganzen Vergangenheit zu entfliehen, sich ins Auto zu setzen und zurückzufahren. Siebzig Kilometer nach Malmö, weiter ist es nicht. Sechshundert Kilometer nach Berlin.

Inzwischen ist es achtundzwanzig Jahre her, seit er aufgebrochen ist und das Leben ihn rund um den Globus geführt hat. Einmal, als er in Schweden war, kam er bedenklich nahe. Doch der Ort selbst war für ihn eine verbotene Zone, kontaminiertes Gebiet, in das er niemals wieder gewagt hat, seinen Fuß zu setzen. Und jetzt steht er also auf dem Marktplatz und muss feststellen, dass von Kontamination keine Rede sein kann.

Die Nachricht von Hermans und Signes Tod war vielleicht ein Zeichen.

«Können wir uns morgen um zwölf Uhr am Haus treffen?», hat die Kriminalinspektorin gefragt, als sie anrief.

Konrad zögerte eine Sekunde. Doch dann entschied er sich. Früher oder später würde er sowieso dorthin müssen.

Hermans und Signes altes Eternithaus, eingekeilt zwischen den Eisenbahnschienen und dem Friedhof. Er sieht es bereits vor sich. Spürt den Geruch. Leicht abgestandener Muff vermischt mit der herben Süße von Signes frischgebackenem Zwieback. Von seinem Zimmer im Obergeschoss konnte Konrad das Gejohle vom Sportplatz hören, wenn ein Spiel stattfand. Er ging nur selten hin. Sein Album war aber bereits lange vor der WM in Deutschland mit Sammelbildern vollgeklebt. Ralf Edström, Ronnie Hellström und Bosse Larsson. Konrad ließ sich kein Spiel entgehen, das sie im Fernsehen zeigten. Als die Polen mit Lato, Deyna und Szarmach die Brasilianer schlugen und Bronze holten, schlug sein Herz ein wenig höher. Beckenbauer, Neeskens und Cruyff, das war das schönste Schauspiel überhaupt, fand er. Kein Vergleich zu dem Herumgebolze in der Schule, das eher einer Schlammschlacht glich.

Die Polizistin sagte am Telefon, dass die Leichen im Schuppen gefunden worden seien. Das Wohnhaus war im Großen und Ganzen unangetastet. Lediglich eine Kommode im Schlafzimmer war aufgebrochen worden. Konrad konnte sich nicht aufraffen zu fragen, ob Klas noch dort wohnte.

«Natürlich», sagte er stattdessen. «Ich komme um zwölf.»

In weniger als einer Viertelstunde hat er den Wagen geholt und die Strecke von der Ortsmitte bis hinaus zum Haus an den Bahngleisen zurückgelegt. Es liegt ein wenig abseits, als wollten die anderen Häuser nicht unbedingt etwas mit ihm zu tun haben. Graues Eternit, hier und da durch Feuchtigkeit und Schmutz nachgedunkelt. Das Haus ist kleiner, als Konrad es in Erinnerung hat. Auf der Vorderseite stehen ein paar Fliederbüsche, und in dem kleinen Garten auf der

Rückseite kann er zwei Apfelbäume sowie eine geblümte Hollywoodschaukel erkennen. Auf der Straße steht ein Polizeiwagen.

Als er aus dem Auto steigt, sieht er, dass blau-weißes Absperrband um den Holzschuppen gespannt ist, in dem Herman und Signe Rasenmäher und Fahrräder abstellten. Er geht vorsichtig näher heran.

«Konrad Jonsson! Jetzt isses also an der Zeit zurückzukommen …»

Erst begreift er nicht, woher die Stimme kommt. Doch dann sieht er, dass im Schatten unter dem größeren Apfelbaum jemand auf einem Gartenstuhl sitzt.

«Jetzt, wo's ums Erbe geht, was? Da isses wohl Zeit, wie 'n verdammter Geier mit den Flügeln zu schlagen.»

Konrad hört, wie sich der Mann unterm Baum räuspert und eine Ladung Spucke in Richtung Rosenbeet abfeuert.

«Konrad Jonsson ohne Tüttelchen … Jönsson war wohl nicht fein genug, was? Taugte nicht, als er 'n aufgeblasener Journalist werden wollte. Nee, draußen in der vornehmen Welt konnte man nicht einfach Jönsson mit Tüttelchen heißen. Zum Teufel auch, der Name ist viel zu gewöhnlich, da müsste man sich ja schämen. Konrad Jonsson klingt ja auch viel besser.»

Der Mann im Schatten macht keine Anstalten aufzustehen. Spärliche Sonnenstrahlen bahnen sich einen Weg hinab durch Blattwerk und verwelkte Apfelblüten und werfen ein scheckiges Muster auf den Rasen. Ein Leopardenfell. Von außen ist es schwierig, unter die Zweige zu sehen. Alles, was Konrad erkennen kann, ist ein massiger zusammengesunkener Körper auf dem Stuhl. Doch die Stimme ist unverwechselbar.

«Klas! Du wohnst also noch hier …»

«Da kannst du aber Gift drauf nehmen. Du hast wohl gehofft, dass ich weg bin, was? Nein, mein Lieber, man ist immer noch vor Ort. Aber setz dich doch, zum Teufel.»

Er versetzt dem leeren Stuhl unter dem Baum einen Tritt.

Konrad kommt langsam näher. Als seine Augen sich an das Dunkel gewöhnt haben, stellt er fest, dass Klas sich weniger verändert hat, als er angenommen hatte. Er ist groß und kräftig wie eh und je. Die Muskeln, die sich unter seinem kurzärmligen Hemd abzeichnen, zeugen immer noch von Kraft. Die Hand, die die Bierdose umfasst, flößt Respekt ein. Das weizenblonde Haar hat graue Strähnen bekommen, ist aber immer noch dicht und stoppelig. Klas' Gesicht ist aufgedunsen, schwammig, und glänzt rot, als hätte er tagelang geweint.

«Ist 'ne ganze Weile her …», beginnt Konrad unsicher.

Er streckt zögerlich seine Hand aus. Klas schlägt ein und fixiert ihn mit seinem Blick. Obwohl Konrad vorbereitet ist, muss er sich auf die Zunge beißen, um nicht laut aufzuschreien, als seine Fingerknochen beinahe zermahlen werden.

«Es tut mir wirklich leid», sagt er mit zusammengebissenen Zähnen. «Ich meine das, was Herman und Signe passiert ist.»

«Klar», brummt Klas. «Dir war ja so sehr an ihnen gelegen. Deshalb hast du sie ja auch so oft besucht.»

Konrad versucht, die Feindseligkeit zu ignorieren.

«Kannst du sagen, was passiert ist?»

«Jemand hat sie getötet. Ihnen ins Genick geschossen. Die reinste verdammte Hinrichtung. Das ist passiert, so wie ich es verstehe.»

Plötzlich wird ihm schwarz vor Augen. Nicht schon wieder! Die Panik umklammert Konrads Brustkorb, presst ihm die Luft aus den Lungen, genau wie damals. Er gerät aus dem Gleichgewicht und sinkt auf dem Stuhl nieder.

Sein Kopf ist erfüllt von schrillen, aufgeregten Stimmen, die unermüdlich schreien. Er befindet sich in einem Keller weit, weit weg. Alles, was er spürt, ist Panik. Er sieht nichts, er ist blind, und die Augenbinde hat seine Wangenknochen blutig gerieben. Er versteht kein Wort. Was wollen sie bloß? Warum sind sie so aufgebracht? Mahmoud fleht um sein Leben. Er selbst schreit geradewegs in die Leere hinaus.

Dann ist ein einziger lauter Knall zu hören. Mahmouds Flehen verstummt unmittelbar. Es riecht nach Tod. Jemand lacht trocken. Dann bekommt er einen kräftigen Tritt in den Rücken, danach noch einen an den Hinterkopf, und alles wird wieder still.

Nach einigen Sekunden, die ihm wie eine Ewigkeit erscheinen, kommt er wieder zu sich. Zuerst weiß er nicht genau, wo er ist, dann sieht er Klas unsicher grinsen. Konrad richtet sich auf dem Stuhl auf und schüttelt vorsichtig den Kopf.

«Bist du etwa ohnmächtig geworden?»

«Ja. Nein, nicht richtig. Es war eher, als wär mir das Blut aus dem Kopf gewichen, du weißt schon …»

Er hört selbst, dass es nicht gerade überzeugend klingt. Der andere sieht ihn skeptisch an.

«Niedriger Blutdruck?»

«Ja, so was in der Richtung …»

Konrad sitzt vollkommen still, um wieder einen klaren Kopf zu bekommen. Die reinste verdammte Hinrichtung! Er weiß, dass er dieses Grauen bis an sein Lebensende mit sich herumtragen wird.

Doch Klas scheint nicht viel mitbekommen zu haben. Es ging ja ziemlich schnell vorbei. Konrad versucht, den Faden wieder aufzunehmen.

«Weißt du …?», beginnt er.

Die Antwort kommt prompt.

«Frag sie.»

Klas nickt mit dem Kopf in Richtung des abgesperrten Geräteschuppens, dessen Tür gerade aufgeht.

«Es ist ihr Job, Bescheid zu wissen. Die Bullen sind fast die ganze Zeit hier gewesen, seit es passiert ist.»

Eine Frau kommt heraus und nähert sich ihnen auf dem Kiesweg, hält dann jedoch inne, als hätte sie etwas vergessen. Sie dreht sich um und sagt etwas zu jemandem, der noch im Schuppen ist. Dann kommt sie auf die beiden zu. Sie trägt ausgewaschene Jeans und ein T-Shirt mit feuchten Flecken unter den Armen. Ein schwacher Geruch nach Schweiß schlägt Konrad entgegen.

Er steht vorsichtig auf, um sie zu begrüßen.

«Sie sind also Konrad Jonsson, vermute ich», sagt sie. «Schön, dass Sie kommen konnten. Ich bin Eva Ström, Kriminalinspektorin. Meine Kollegin hat Sie angerufen.»

Sie macht eine Pause und schaut von Konrad zu Klas, der immer noch im Gartenstuhl hängt.

«Sie haben sich lange nicht gesehen, oder?»

Keiner von ihnen antwortet.

Sie schaut sich unsicher um, als suche sie etwas, und wendet sich dann wieder an Konrad.

«Wir sollten vielleicht reingehen …?»

Konrad nickt. Klas lässt die leere Bierdose ins Gras fallen und macht Anstalten aufzustehen.

«Ich würde am liebsten jeweils unter vier Augen mit Ihnen sprechen», sagt Eva Ström schnell.

«Lassen Sie sich nicht stören», schnaubt Klas und sinkt mit beleidigter Miene zurück in den Stuhl.

Als Erstes fällt ihm auf, wie wenig sich im Haus verändert hat. Das rote Plüschsofa, in dem sie nie sitzen durften, steht noch immer in der guten Stube, ist aber inzwischen an den Kanten ausgefranst und abgenutzt. Das Bild mit Maria und dem drallen kleinen Jesuskind. Die Bibel auf dem dunklen Sekretär, genau dort, wo Signe sie immer abzulegen pflegte. All die alten schwarz-weißen Fotografien, an exakt demselben Platz wie früher. Konrad erkennt sich auf zwei von ihnen als Kind wieder und kann nicht umhin, einen Augenblick lang in der Betrachtung zu versinken. Auf dem einen Bild steht er allein vor dem Haus, in kurzen Hosen und mit Schultasche unterm Arm. Auf dem anderen thront er hoch oben auf Hermans breiten Schultern und sieht richtig glücklich aus.

Dann reißt er den Blick von den Fotos los und lässt ihn über die übrige Einrichtung gleiten: die gestreiften Bezüge der Wohnzimmermöbel vor dem Fernsehapparat. Das Bücherregal, angefüllt mit billigem Nippes. Die alte Wanduhr mit gemaltem Goldrahmen und blechernen Zeigern, an denen Herman immer aufs Neue herumfingerte, damit sie die richtige Zeit anzeigten. Die Spitzengardinen, die in Konrads Augen Signes vergilbter Unterwäsche glichen, die im Garten auf der Leine hing.

Es ist warm im Haus, die Luft abgestanden und stickig, doch ein Hauch von Zwiebackduft hängt noch immer in der Luft.

Konrad wirft einen hastigen Blick in den Flurspiegel. Von dem Siebzehnjährigen, der damals auszog, ist nichts mehr zu erkennen. Stattdessen blickt ihm aus gehetzten Augen ein verlebter Fünfundvierzigjähriger mit struppigem Haar und etwas zu großer Nase entgegen.

Sie setzen sich einander gegenüber an den Küchentisch. Eva Ström zieht einen Notizblock aus der Hosentasche.

«Okay», sagt sie. «Es handelt sich lediglich um eine Formalität.»

Er unterbricht sie, bevor sie richtig anfangen kann.

«Haben Sie eine Ahnung …?»

Sie schüttelt den Kopf.

«Wir arbeiten daran», antwortet sie vage. «Wir haben gewisse Vermutungen …»

«Wohnt Klas eigentlich hier im Haus?»

«Nein, er hat sein eigenes. Nur ein paar Hundert Meter von hier entfernt, etwas weiter draußen an den Bahngleisen.»

Konrad nickt stumm. Im Wald hinter dem Sportplatz. Es wundert ihn nicht, dass Klas es nicht weiter weg geschafft hat.

«Es hat eine Weile gedauert, bis wir Sie ausfindig gemacht haben», beginnt Eva Ström. «Sie sind viel unterwegs, nicht wahr?»

«Ja, das kann man so sagen.»

«Wir haben ein wenig recherchiert. Wenn ich es richtig verstanden habe, wohnten Sie hier bei Ihren Adoptiveltern, bis Sie siebzehn waren. Dann haben Sie die Schule beendet und sind zur See gefahren. Sind durch die Lande gezogen, haben sich mit Gelegenheitsjobs durchgeschlagen. Schließlich tauchten Sie als Journalist in diversen schwedischen Medien auf. Jedoch hauptsächlich in der deutschen Presse. Haben viel im Nahen Osten gearbeitet, aber Berlin als ersten Wohnsitz behalten. Stimmt das?»

Konrad nickt.

«Vor ein paar Jahren sind Sie dann aus den Zeitungen verschwunden …?»

«Ich hab die Lust verloren.»

«Ja, ich habe gelesen, was passiert ist. Es muss furchtbar gewesen sein. Aber darf ich fragen, was Sie seitdem gemacht haben?»

Was hatte er gemacht? Konrad versucht nachzudenken, aber es kommt ihm vor, als flössen die vergangenen zwei Jahre zu einer einzigen grauen Masse zusammen. War es Sonja, die seiner überdrüssig geworden war, oder war er es, der aufgegeben hatte? Vielleicht wartet sie immer noch in Berlin. Und Maria, seine Tochter, ist jetzt schon über zwanzig und kommt allein zurecht.

«Ich bin ein wenig rumgereist. Hab von Erspartem gelebt. Bin zwischendurch Taxi gefahren …»

Eva Ström betrachtet ihn eine Weile forschend. Konrad fühlt sich sofort schuldig. Sie fragt, was er in der vergangenen Woche gemacht hat, und er antwortet: in der Einzimmerwohnung am Möllevångstorg in Malmö rumgehangen, die er vor ein paar Monaten zur Zwischenmiete bezogen hat. Versucht, an seinem Roman zu schreiben, der einfach keine Gestalt annehmen will.

Wenn er ehrlich sein soll: hauptsächlich gesoffen und gepennt.

Dann berichtet sie, was die Polizei über die Morde weiß: Die Leichen wurden am Montag, den 13. Juni am frühen Morgen vom Zeitungsboten entdeckt. Sie lagen dicht nebeneinander bäuchlings auf dem Boden des Schuppens. Jede mit einem kleinen Loch im Nacken, die gesamte Stirn weggeschossen. Der ganze Boden war blutüberströmt.

«Der Rechtsmediziner sagt, dass sie wahrscheinlich gegen Mitternacht gestorben sind. Ein Nachbar erinnert sich, es ein paarmal knallen gehört zu haben, konnte die Geräusche aber nicht einordnen.»

Konrad sieht sie vor sich auf dem Steinboden liegen. Herman und Signe, die ihr Leben lang mit so wenig zufrieden waren. Die vielleicht nicht immer verstanden, was um sie herum vorging, aber niemals jemandem etwas zuleide getan hatten. Wer könnte ihnen Böses wollen?

«Da ist so einiges, was uns Rätsel aufgibt», fährt Eva Ström fort und schaut ihn an, als erwarte sie eine Antwort von ihm. «Eine Kommode im Schlafzimmer war aufgebrochen; dort haben sie immer etwas Bargeld verwahrt. Das behauptet jedenfalls Klas. Aber warum um alles in der Welt sollten ein paar gewöhnliche Einbrecher sie auf diese Art und Weise hinrichten?»

Es wird still in der Küche. Eva Ström wirft rasch einen Blick auf ihren Notizblock, auf dem sie bis jetzt nur ein paar kurze Sätze notiert hat. Sie nimmt den Block und fächelt sich Luft zu. Ihr breites Gesicht glänzt vor Schweiß. Dann steht sie langsam auf, öffnet ein Fenster und hakt die Öse ein.

Das Trillern einer Amsel, die auf dem höchsten Zweig des Apfelbaums sitzt, erfüllt die Küche. Es klingt wehmütig.

Konrads Blick fällt auf das Stickbild, das schon seit eh und je über der Küchenbank hängt. Jeden Morgen, wenn er seine Grütze löffelte, musste er den Text lesen: *Hochmut kommt vor dem Fall.*

Auf dem Kiesweg draußen hört er Schritte. Eine Autotür wird geöffnet und schlägt zu. Ein Motor startet röhrend, und ein Wagen fährt davon. Sie horchen beide nach dem Geräusch, das langsam abebbt.

«Da ist noch eine Sache», sagt Eva Ström.

Konrad wartet.

«Herman und Signe Jönsson waren sehr vermögend.»

«Wie bitte?»

«Sie haben vor einiger Zeit im Lotto gewonnen. Zwölf Millionen. Und sie haben das Geld anscheinend einfach auf einem Konto bei der Sparkasse liegenlassen.»

«Aber wie ...»

«Für uns, die wir Mordermittlungen betreiben, ist das natürlich zweifelsohne interessant. Dass ein eindeutiges Motiv erkennbar ist, meine ich.»

Zwölf Millionen Kronen! Konrad ist völlig benommen. Und erst in dem Moment, als Eva Ström erneut den Mund öffnet, wird ihm klar, worauf sie hinauswill.

«Herman und Signe Jönsson haben zwei Erben: Sie und Klas.»

Das Hotelzimmer riecht muffig. Eine Art graues Einerlei aus Gerüchen, das entsteht, wenn Ausscheidungen, Parfüms und Rasierwasser einer unendlichen Anzahl von Gästen über Jahre hinweg auf einer Palette zusammengerührt werden. Der Teppichboden ist voller Flecke, und der Wasserhahn im Bad tropft.

Er lässt sich bleischwer auf die Bettkante fallen.

Das Mädchen an der Rezeption hätte vom Alter her seine Tochter sein können; vielleicht ist sie das Kind eines seiner ehemaligen Klassenkameraden, denkt er. Sie lächelte freundlich und fragte, ob dies sein erster Besuch in Tomelilla sei.

«Nein, nicht ganz.»

«Dann also willkommen zurück.»

Konrad hat im Speisesaal ein fetttriefendes Bauernfrühstück gegessen und zwei Bier getrunken. Er ist müde. Er zieht die Gardinen zur Seite und schaut hinaus auf den Marktplatz, der verlassen daliegt. Öffnet das Fenster weit und lässt die kühle Nachtluft ins Zimmer strömen. In der

Ferne hört er grölende Stimmen. Er füllt die Lungen mit einem tiefen Atemzug, bevor er wieder ins Bett geht.

Dann nimmt er das Handy und blättert im Namensverzeichnis.

Sonja.

Er betrachtet lange ihren Namen. Legt dann das Handy zur Seite und bettet seinen Kopf wieder auf das Kissen.

KAPITEL 2

Über Sven Myrbergs Mondlandung sollte noch lange geredet werden.

Für die Leute aus der Gegend wurde sie sozusagen zum Beweis dafür, dass der Junge sowohl ein Genie als auch wahnsinnig war.

Es war der 20. Juli 1970, der Jahrestag der Mondlandung von Apollo 11, und alles war vorbereitet.

Sven war zehn Jahre alt, und heute war sein großer Tag. Ein frischer Westwind blies kleine Wattewölkchen über einen strahlend blauen Himmel und rüttelte ordentlich an der selbst errichteten Dachveranda, die hoch oben auf dem First des Myrberg'schen Hauses balancierte. «Ameisenhügel» wurde das Haus der kinderreichen Familie genannt – nicht gerade ein origineller Name für eine Familie, die die Ameise, «myra», im Namen trug.

Hier sollte heute ein Flug stattfinden, und was für einer. Der Wind würde eine große Hilfe sein. Die Grasfläche vor dem Haus war mit erwartungsvollen Menschen gefüllt. Überwiegend Kinder, die von der Ankündigung gehört hatten. Konrad stand unter den Vordersten, doch ein wenig abseits wie immer. Aber es waren auch Hausfrauen gekommen und Männer, die Urlaub hatten, angelockt von den spektakulären Plakaten, die in den vergangenen Tagen an Bäumen und Hauswänden im Ort aufgetaucht waren. Nur wenige von ihnen hatten jemals zuvor einen Fuß in den wild wuchernden Garten der Myrbergs gesetzt, geschweige denn das Haus betreten. Aber das hier war schließlich etwas ganz Besonderes. Eine Mondlandung, jetzt war der jüngste Spross der Familie wohl vollkommen übergeschnappt.

Sven war lange Zeit wie besessen gewesen. Er war einer der Ersten, die sich das Poster bei Texaco besorgten. Mit dem Bild von dem schwebenden grauen Himmelskörper, umgeben von absoluter Dunkelheit. Stundenlang hatte er in seinem Zimmer gesessen und auf all die Meere mit den fantasievollen Namen gestarrt: «Mare Nubium», das Wolkenmeer. «Mare Crisium», das Meer der Gefahren. Und «Mare Tranquillitatis», das Meer der Ruhe. Dort würden sie landen, und dort hatte Sven bereits im Voraus eine Nadel mit einer amerikanischen Flagge hineingedrückt.

«Neil wird der Erste sein, der aussteigt», teilte er einige Tage im Voraus nonchalant mit. «Er ist der Beste, den die NASA hat. Buzz muss sich gedulden.»

Sven hatte schon lange aufgehört, die Astronauten beim Nachnamen zu nennen.

An dem denkwürdigen Tag, an dem Apollo 11 auf die staubige Oberfläche des Mondes hinabglitt, starrte er wie gebannt auf den Schwarz-Weiß-Fernseher der Familie, eingezwängt im Pulk seiner wild gestikulierenden älteren Geschwister. Alle plapperten durcheinander, nur Sven war still. Vielleicht hatte bereits damals sein grandioser Plan begonnen, Gestalt anzunehmen.

Zuerst hatte Sven allerdings an eine Art Kapsel gedacht. Einmal zeigte er Konrad eine Skizze. Ein kleines Gehäuse aus zusammengenagelten Brettern, mit Alufolie umhüllt, die er von seiner Mutter stibitzen wollte. Einen Fallschirm konnte man leicht aus alten Bettlaken nähen. Doch es scheiterte am Katapult.

«Wie zum Teufel baut man ein Katapult?», seufzte Sven missmutig, während er hinter dem Hühnerstall grübelnd mit seinen Clogs im Kies scharrte.

Schließlich sah er ein, dass er seinen Plan revidieren musste. Er fuhr mit dem Fahrrad zur Bücherei und lieh sich zwei Bücher aus: «Die Grundlagen der Aerodynamik» von Wolfgang von Schwarzkopf, einen dicken Wälzer mit vielen Zahlen. Und «Die genialen Gebrüder Wright» von John McGregor. Letzteres nahm er mit, um sich von den Bildern inspirieren zu lassen.

Mehrere Wochen lang war Sven in beide Bücher versunken, machte sich Notizen und berechnete Windstärken, bis er eines Tages auf dem Sportplatz auftauchte, wo gebolzt wurde. Er trug einen Stapel bunter Zeichnungen unterm Arm. Mit feierlicher Miene heftete er eine von ihnen mit Reißzwecken an das Schwarze Brett, quer über die Ligatabelle der Juniorenmannschaften.

Sensation! Der erste Schwede landet auf DEM MOND.

Das Bild, das das bevorstehende Ereignis illustrieren sollte, versprach ein phantastisches Abenteuer. Es war eine futuristische Collage aus einer Zeichnung und aus Zeitschriften ausgeschnittenen Fotos.

Als Sven sein Plakat aufgehängt hatte, drehte er sich um, formte die Hände zu einem Trichter und rief aus voller Kehle über den Fußballplatz:

«Am Donnerstag ist es so weit. Punkt drei Uhr. Da werdet ihr, verdammt nochmal, einen sehen, der zum Mond fliegt!»

Vom Haus der Familie Myrberg waren es gut und gerne hundertfünfzig Meter bis zum «Mond».

Doch sowohl die Windverhältnisse als auch die Topographie begünstigten Svens Vorhaben.

Der Wind kam fast genau aus Westen, und Svens Berechnungen zufolge musste somit eine Art Thermik entstehen, die am westlichen Giebel des riesigen Steinhauses hinaufzog. Er hatte sich eingehend mit dem Mysterium des Fliegens befasst. Mit Drachen. Albatrossen. Und mit Ricky Bruchs Fähigkeit, den Diskus bei Gegenwind extra weit zu schleudern.

Vom Haus aus fiel das Gelände ziemlich steil zum Myrsjö hin ab, einem kleinen, trüben Gewässer, in dem sich Frösche und Karpfen tummelten.

Ein Stück vom Ufer entfernt lag «der Mond».

Die Insel hatte den Namen ihrem Aussehen zu verdanken. Der kahle, gewölbte Erdhügel, der sich aus der Wasseroberfläche erhob, ähnelte mit seinen Felsen und Kratern tatsächlich der Oberfläche des Mondes. Nur ein Baum störte das Bild. Ein einziger Baum, eine kräftige Kiefer, die wie ein Fahnenmast mitten auf der Insel emporragte.

Um Punkt drei Uhr öffnete sich die Tür zur Dachveranda. Durch die Menschenmenge im Garten ging ein Raunen, dann wurde es still. Drei Krähen, die auf dem Schornstein nisteten, flatterten erschrocken davon.

Es dauerte einige Sekunden, bis Sven sich selbst und seine Ausrüstung durch die Tür gezwängt hatte. Dann stand er vollkommen unbeweglich auf dem schwankenden Holzboden oberhalb der Zuschauermenge.

«Was zum Teufel …», murmelte ein kräftiger Mann mit heiserer Stimme direkt hinter Konrad.

«Um Gottes willen», seufzte die Frau an seiner Seite.

«Die Außerirdischen greifen an!», schrie ein pickelübersäter Teenager mit gekünsteltem Schrecken.

Seine Freunde grinsten, und die Lacher breiteten sich wie ein Lauffeuer unter den Leuten im Garten aus.

Konrad dagegen empfand nichts als pure Bewunderung. Er hielt den Atem an. Und bald ebbte das Hohngelächter ab.

Hatte der Junge tatsächlich vor, es zu tun? Von den Eltern keine Spur. Wo steckten sie nur? Sixten und Elsa Myrberg waren doch sonst immer zu Hause. Waren sie wieder einmal besoffen? Wahrscheinlich lagen sie irgendwo da drinnen im dunklen Haus und schliefen schnarchend ihren Rausch aus. Müsste ihn denn nicht irgendjemand von seinem Vorhaben abhalten?

Sven sah aus, als würde er jede Sekunde genießen. Er war eindrucksvoll anzuschauen. Die Brille mit den runden Gläsern hatte er abgelegt. Der Wind zerrte an seinen roten Locken. Konrad fand, dass die türkisfarbenen Strumpfhosen an seinen dünnen Beinen und der glitzernde silberne Pulli, den er dem Kleiderschrank seiner Schwestern entliehen haben musste, ihm einen gewissen Glanz verliehen. Aber die Apparatur, die er mittels Wäscheleinen über Rücken und Schultern gespannt hatte, beeindruckte ihn am meisten. Ein riesiges Gerüst aus Bambusstäben, Stahldraht und ausgeblichenen Bettlaken, in allen Regenbogenfarben. Es waren die Flügel, die Sven Myrberg zum Mond tragen sollten.

Mit feierlichem Ernst in seinem sommersprossigen Gesicht hob und senkte er die Arme, wie um die Tragkraft seiner Konstruktion zu prüfen. Er blinzelte kurzsichtig zur Insel hinüber und nickte dann stumm. Es sah gut aus.

«Du bist doch verrückt, tu's nicht!», rief seine älteste Schwester unten vom Hof hoch, wo immer mehr Leute zu begreifen begannen, dass er es ernst meinte.

Die Dachveranda lag mindestens zwölf Meter über dem Boden.

«Kann ihn denn keiner aufhalten?», jammerte eine dicke Frau.

Doch der jüngere Teil des Publikums witterte Blut.

«Spring! Spring! Spring!», skandierte die Teenagergang vom Rosenbeet aus. Mitten unter ihnen stand Klas und übertönte alle anderen mit seinem Gebrüll. Konrad wünschte, der Stiefbruder wäre nicht da gewesen. Dieser aufgeblasene Idiot. Warum musste er immer alles kaputtmachen?

Jetzt hatte Sven seine Startposition eingenommen. Er stand mit dem Rücken zur Tür, die ins Haus führte, und hatte die Flügel ausgebreitet. Vor ihm lag eine aus Holzdielen bestehende Startbahn von fast zehn Metern bis zum Abgrund. Er hatte vorher einige Latten des Geländers entfernt, um ungehindert springen zu können.

Genau in dem Moment, als er die Beinmuskeln unter dem Nylonstoff anspannte, um loszurennen, schien er es sich jedoch anders zu überlegen. Er bückte sich und zog ein Megaphon hervor, das hinter einem Wäschekorb gestanden hatte. Eine zusammengerollte Pappscheibe, mit Alufolie beklebt.

«This is a small step for man, but one giant leap for mankind», lispelte er in die Flüstertüte.

Unten auf dem Rasen klang es blechern und wie aus immenser Entfernung. Fast, als käme die Stimme per Schallwellen aus dem Weltall.

Dann konzentrierte er sich erneut. Bewegte den Körper etwas vor und zurück. Wartete.

Als eine besonders starke Windbö über das Myrberg'sche Haus hinwegfegte, rannte er los.

Der Start wirkte etwas schwerfällig. Sven hatte offenbar Schwierigkeiten, mit seiner gigantischen Flugkonstruktion auf dem Rücken zu laufen. Er wankte wie eine angeschossene Dohle über den Dielenboden, zögerte am Abgrund allerdings nicht, sondern warf sich unerschrocken und bäuchlings geradewegs in die Luft.

Für eine Zehntelsekunde verließ ihn die Tragkraft, und er fiel. Doch dann griff der Wind ihm unter die Flügel. Und Sven Myrberg flog. Wie ein buntgefiederter Adler segelte er über den grasbewachsenen Abhang, während ein begeistertes Raunen aus der Zuschauermenge aufstieg. Die kleinen Kinder rannten johlend hinterher. Die Erwachsenen deuteten mit dem Finger in seine Richtung, stießen verwunderte Laute aus oder hielten lediglich eine Hand vor den offenen Mund und starrten ihm nach. Konrad stand wie versteinert da. Innerlich jubelte er, aber aus Angst, den verwegenen Mondfahrer abzulenken, wagte er nicht, auch nur einen Mucks von sich zu geben.

Die Richtung war zweifelsohne die richtige. Sven schwebte geradewegs auf den See zu und hielt die Flügel im perfekten Winkel, sodass der Luftstrom ihn tragen konnte. Aber es ging ziemlich schnell. Geradezu verdammt schnell. Und rasch war allen klar, dass der neunmalkluge Sven Myrberg zwar richtig berechnet hatte, in welcher Art und Weise die aerodynamischen Gesetze ihn tragen würden, aber vergessen hatte, sich über die Landung Gedanken zu machen.

Der Aufprall war ziemlich unsanft, das sah man sogar aus über hundert Metern Entfernung.

Mit voller Wucht krachte Sven in die einsame Kiefer, gut drei Meter über dem Boden. Man hörte einen dumpfen Schlag. Danach ein knirschendes Geräusch, als die Schwingen aus Bambus, Stahldraht und Bettlaken an der rauen Rinde zerbrachen. Leblos fiel der zehnjährige Astronaut Sven Myrberg auf die Oberfläche des Mondes herab.

Nach der Mondlandung war Sven Myrberg nicht mehr derselbe. Es war beinahe, als wäre er erwachsen geworden.

Der Crash hat seinem Gehirn arg zugesetzt, sagten die

Ärzte im Krankenhaus in Ystad. Nicht, dass er dümmer geworden wäre, im Gegenteil. Sven Myrberg zeigte sich eher noch faszinierter von Mathematik und technischen Zusammenhängen. Der Stapel von Büchern neben dem von Wolfgang von Schwarzkopf, das er nie zurück in die Bücherei brachte, wuchs stetig. Während die älteren der rothaarigen Kinder aus dem Myrberg'schen «Ameisenhaufen» auszogen, konnte Sven sich im Jungenzimmer immer mehr ausbreiten. Schon bald sollte sich zeigen, dass er ein absolutes Zahlengedächtnis besaß; ein Blick auf einen Busfahrplan, und jede Abfahrt saß wie in Stein gemeißelt. Nein, von der Gehirnerschütterung hatte Sven sich ohne Zweifel erholt, sein Kopf trug keinen Schaden davon.

Anders war es jedoch mit dem Rest des Körpers.

Die Bruchlandung auf dem Mond brachte ihm drei gebrochene Rippen sowie zwei ausgeschlagene Zähne und eine zertrümmerte Hüfte ein. Letztere heilte nie wieder vollständig, Sven musste sein Leben lang hinken. Nach fast einem Jahr im Krankenhaus und im Gipsbett zu Hause kam er zurück in die Schule. Da er die Vierte wiederholen musste, landete er in Konrads Klasse. Am ersten Tag kam er ohne ein Wort angehumpelt und setzte sich auf den einzigen freien Platz. Den neben Konrad.

Zwei Ausgestoßene.

Ein Polackenjunge. Und ein Sonderling, ein wahnsinniges Genie.

Es war nur natürlich, dass sie zusammenhielten.

Mehrere Jahre später sollte ihre Freundschaft auf ihre schwerste Probe gestellt werden.

Da nämlich begann das Gerücht zu kursieren, dass Sven anders war als die anderen. Auch, was das Sexuelle betraf.

KAPITEL 3

Der Traum, der ihn in dieser Nacht jagt, ist anders.

Er ist eher vage, nicht so aufdringlich. Nicht voller Schrecken, doch er bereitet ihm ein unterschwelliges Unbehagen.

Er erwacht nicht mit einem Ruck, wie er es normalerweise tut, sondern windet sich langsam aus dem Schlaf. Als er fast wach ist, gleitet er mehrfach wieder zurück, wie ein Ertrinkender in einem Eisloch. Das schwarze Wasser zieht seinen Körper herunter, er hat Schwierigkeiten zu atmen.

Merkwürdig, dass der See nicht kalt ist. Eigentlich müsste er es sein.

Jetzt befindet er sich unter der Wasseroberfläche. Die Luft in seinen Lungen wird langsam weniger, der Druck auf seiner Brust nimmt zu, und es rauscht in seinen Ohren. Er versucht, nach oben auf den hellen Fleck zuzuschwimmen, wo das Loch im Eis sein müsste, aber es ist, als hätte ihn alle Kraft verlassen. Sein Körper driftet im Wasser herum, ohne jeglichen Halt. Das Licht oberhalb des Eislochs verschwindet immer weiter in der Ferne.

Merkwürdigerweise friert er überhaupt nicht, dafür nehmen die Schmerzen zu. Schließlich werden sie unerträglich. Seine Lungen schreien nach Luft. In seinem Kopf dröhnt es, sein Gehirn ringt nach Sauerstoff, und Konrad spürt, wie er in die Bewusstlosigkeit abgleitet. Dennoch hat er keine Angst.

Fühlt sich lediglich einsam.

Um ihn herum ist es fast völlig dunkel. Aber genau an dem Punkt, wo das Licht aufhört, genau dort, wo er einige verschlungene Wasserpflanzen erahnt, die sich in Richtung der Unterseite des Eises nach oben winden, erblickt er mehrere Gestalten. Sie treiben im Seegras umher, offenbar willenlos, genau wie er.

Konrad versucht zu erkennen, wer sie sind. Doch es gelingt ihm nicht. Sein Blick ist trübe geworden. Sie kommen ihm irgendwie bekannt vor, aber ihre Konturen verschwimmen zunehmend, und jetzt tut es in seiner Brust so wahnsinnig weh.

Er muss endlich Luft bekommen.

Ich muss atmen!, denkt er und öffnet den Mund, sodass das schwarze Wasser seine Lungen füllt.

Gleich sterbe ich.

Konrad schlägt die Augen auf und starrt geradewegs auf die digitale Anzeige des Radioweckers auf dem Nachttisch. Die roten Ziffern zeigen 08:10 Uhr an.

Das Laken ist durchgeschwitzt und klebt ihm am Körper, wie Algen. Er schaut sich verwirrt um, und es dauert einige Sekunden, bis er weiß, wo er ist.

Draußen im Korridor hört er eine Tür zuschlagen. Ein schwacher Geruch nach gebratenem Speck sickert durch den Türspalt und breitet sich wie ein unappetitlicher Dunstschleier aus. Das Zimmer, das ihm zugewiesen wurde, liegt gleich neben der Küche. Die Jalousien vor dem Fenster tauchen es in eine gräuliche Dunkelheit. Ein dünner, gleißender Lichtstrahl, der durch eines der kleinen Löcher in den Lamellen hereindringt und die Staubkörner auf dem fleckigen Teppichboden aufwirbelt, verrät jedoch, dass draußen die Sonne bereits vom Himmel brennt. Auch heute scheint es wieder heiß zu werden.

Konrad bleibt noch eine Weile im Bett liegen und versucht, sich an den Traum zu erinnern.

Wen hat er da unten zwischen den Wasserpflanzen nur gesehen?

Die Bilder verblassen schnell, doch der Eindruck des Traumes bleibt noch eine Weile haften. Auch er ist undeutlich. Schließlich kann er ihn jedoch benennen.

Schuld.

Eindeutiger geht es nicht.

Konrad befreit sich aus den klebrigen Laken und geht ins Bad. Der Spiegel über dem Waschbecken hat einen Sprung. Er betrachtet sein Ebenbild. Die Schatten unter seinen Augen sind dunkler geworden. Die Falten, die die Kinnpartie von den Wangen trennen, ausgeprägter. Dreitagebart. Wirres braunes Haar, das an den Schläfen langsam grau wird. Und sein Blick, was drückt der aus?

Schrecken?

Schwer zu sagen, da der Sprung im Spiegel sein Gesicht diagonal teilt und beide Hälften um ein paar Zentimeter verschiebt. Er bewegt den Kopf ein wenig zur Seite, doch der Spiegel ist zu klein. Wie er es auch anstellt, ist der Sprung im Weg und verwandelt ihn in ein Gemälde von Picasso.

Er gibt auf.

Dann fällt sein Blick aufs Handy. Dieses Mal nimmt er allen Mut zusammen und ruft an.

Drei Klingelzeichen, dann hört er ihre Stimme auf dem Anrufbeantworter. «Hallo, hier ist Sonja. Ich bin leider gerade beschäftigt. Hinterlass mir eine Nachricht, wenn es wichtig ist. Schönen Tag noch!»

Dämliche Phrase, denkt er und wirft das Handy aufs Bett.

«Schönen Tag noch!» Verdammt, dass sie ihr Telefon nie anschaltet.

Aber eigentlich ist er ziemlich erleichtert darüber, dass sie nicht drangegangen ist.

Dann kann Konrad die Entscheidung nicht länger hinauszögern. Er muss es sich überlegen. Soll er bleiben?

Rein formell hat er die Erlaubnis zu fahren, wohin er will. Die Polizei hatte keine Einwände. Er muss ihnen lediglich mitteilen, wo er zu erreichen ist. Das hat Eva Ström ausdrücklich betont. Und natürlich hat er den anklagenden Unterton in ihrer Stimme wahrgenommen. Es gibt lediglich zwei Erben für Hermans und Signes bis vor kurzem noch geheimes Vermögen. Klas und ihn selbst.

Ohne Zweifel macht ihn das verdächtig.

Wenn er jetzt abhauen würde, wo sollte er dann hin? Der Mietvertrag für die Wohnung in Malmö läuft sowieso in ein paar Wochen aus. Was will er auch dort? Und Berlin … Konrad denkt an die Stadt, die in gewisser Weise seine Heimat geworden ist. Prenzlauer Berg. Die schattenspendenden Alleen. Die Cafés am Kollwitzplatz, wo die Leute bis weit in den Herbst hinein in Decken gehüllt draußen sitzen. Und Sonja, sie wohnt schließlich auch in der Stadt.

Er entscheidet sich, erst einmal zu frühstücken. Nach einer schnellen Dusche schlendert er in Richtung Speisesaal. Der Bacongeruch schlägt ihm entgegen, doch jetzt ekelt er ihn nicht mehr. Sein Magen knurrt. Er hat Hunger.

Außer ihm befindet sich nur noch ein weiterer Gast im Speisesaal. Ein blasser Mann mit Glupschaugen und einer unmodernen Frisur, eine Art geföhnter Haarkranz, der seine eingefallenen Wangen einrahmt. Er trägt ein Jackett in einem eigenartigen Roséton und ein Hemd mit kleinteiligem Blumenmuster. Er sitzt an dem runden Tisch mitten im Saal und murmelt etwas vor sich hin. Summt regelrecht, es klingt wie die Melodie eines Schlagers. Neben seinem Teller liegt ein Schreibblock, in dem er sich hin und wieder Notizen macht, woraufhin er zufrieden nickt und weitersummt. Konrad schaut ihn verwundert an. Hat den Eindruck, dass der Mann glücklich wirkt. Etwas hilflos, aber glücklich.

Neben dem Frühstücksbuffet liegen mehrere Zeitungen aus, die Konrad jedoch ignoriert. Er lädt sich eine große Portion Rührei und einige schlabbrige Baconscheiben auf den Teller. Verscheucht eine Fliege aus dem Brotkorb. Setzt sich an einen Tisch am Fenster mit einer einsamen Plastikblume in einer schmalen Vase. Der erste Schluck Kaffee brennt in der Kehle und lässt seinen Körper zusammenzucken. Doch die innere Unruhe, die ihn plagt, lässt ein wenig nach.

Da sitzt sie ihm plötzlich gegenüber.

Sie lächelt zweideutig.

Die Frau sieht aus, als sei sie ein paar Jahre jünger als er. Vielleicht so um die vierzig. Sie hat rotbraunes Haar, das sich weich bis hinunter zum Hals lockt. Ein paar Sommersprossen auf der Nase und einen rötlichen Teint, als sei sie sonnenempfindlich. Sie sieht ihn mit grünen Augen an. Schielt ein klein wenig, was ihrem Blick eine besondere Intensität verleiht. Konrad nimmt einen schwachen Geruch nach warmer Haut wahr; sie scheint schon seit dem frühen Morgen gearbeitet zu haben.

«Du erkennst mich nicht wieder, oder?»

Er betrachtet sie und gräbt in seiner Erinnerung. Fühlt sich ziemlich überrumpelt. Ist noch etwas schlaftrunken. Die Frau muss sich unbemerkt von der Seite angeschlichen haben und auf den Stuhl geglitten sein, während er den anderen Frühstücksgast anstarrte.

«Nee», gibt er zu.

«Um ehrlich zu sein, hab ich dich auch erst nicht erkannt. Aber ich hab schon gehört, dass du zurück bist.»

Konrad denkt intensiv nach, aber der Groschen fällt nicht.

«Keinen blassen Schimmer, was?»

Er nickt. Schüttelt schließlich resigniert den Kopf.

Sie lacht auf und lächelt ihn dann an.

«Gertrud», sagt sie. «Gertrud Myrberg.»

Mit einem Mal dreht sich die Zeit in rasendem Tempo zurück. Und dann sieht er sie vor sich. «Ameisen-Gertrud». Keiner in der Familie konnte dem Spitznamen entgehen. Ein drahtiges kleines Mädchen, das sich im geräumigen Haus der Myrbergs irgendwo im Hintergrund bewegte. So unscheinbar, dass er sie nie richtig wahrgenommen hat. Svens kleine Schwester. Sie gehörte einfach in das Haus, das immer leerer wurde, als die größeren Kinder nach und nach auszogen. Hatte sie irgendwelche Freunde? Konrad weiß es nicht. Damals hat ihn das nicht gekümmert. Doch jetzt, wo er weiß, wer sie ist, kommt sie ihm plötzlich erstaunlich vertraut vor.

«Gertrud», sagt er linkisch. «Ziemlich lange her.»

Er streckt seine Hand über den Tisch und macht einen Ansatz aufzustehen, bleibt dann jedoch sitzen. Sie schütteln sich wie Fremde die Hand. Dann wird es still.

«Ich arbeite hier», sagt sie nach einer Weile.

«Aha …»

«Seit letztem Herbst.»

«Tja, ich bin gestern erst angekommen und hab lediglich …»

«Bist du im Haus gewesen?», unterbricht sie ihn. «In Hermans und Signes?»

«Ja, gestern. Es war eigenartig», antwortet er langsam.

Sie blickt ihn ernst an.

«Es muss schrecklich gewesen sein. Man kann es kaum fassen. Ein solcher Mord in diesem Kaff.»

Konrad denkt nach. Hört in sich hinein. Was empfindet er eigentlich? Schließlich zuckt er mit den Schultern.

«Ist ja schon ziemlich lange her. Die Zeit, du weißt ja. Sie vergeht so schnell, und man verändert sich. Die Erinnerung verblasst. Und außerdem waren sie ja auch nie meine leiblichen Eltern.»

Gertrud betrachtet ihn misstrauisch.

«Du hast doch ... wie lange kann es gewesen sein ... bestimmt zehn Jahre bei ihnen gewohnt, oder? Sie haben dich doch sogar adoptiert, oder?»

«Ja, schon ... und sie waren auch immer nett zu mir, so ist es nicht.»

Er trinkt noch einen Schluck von seinem Kaffee, der inzwischen kalt geworden ist. Gertrud wirkt ungeduldig, als warte sie auf eine Fortsetzung. Erst jetzt fällt ihm auf, dass sie das Logo der Hotelkette auf der weißen Bluse unter ihrem schwarzen Jackett trägt. Sie folgt seinem Blick.

«Ist nur 'ne Übergangslösung», sagt sie fast ein wenig entschuldigend. «Der Job, meine ich. Das Einzige, was zu kriegen war, als ich zurückgekommen bin. Ich steh an der Rezeption und kümmere mich um alles, was sonst noch anfällt. Von irgendwas muss man ja leben.»

«Du bist also wieder hergezogen ...?»

«Ja, obwohl ich auch zu denen gehörte, die es hier nicht mehr aushielten. Aber das ist eine andere Geschichte. Erzähl mal von dir.»

Konrad ignoriert ihre Aufforderung und wiederholt stattdessen: «Es war so eigenartig. In Hermans und Signes Haus. Als ob man in ein Museum käme.»

«In dem eine Ausstellung über deine Kindheit gezeigt wird?»

«Ja, so in etwa ...»

«Wie lange bleibst du?»

«Weiß nicht. Im Augenblick ist alles etwas stressig hier», sagt er ausweichend.

Sie rümpft die Nase. Konrad kann nicht einschätzen, ob aus Verachtung oder aus einer Art Ungeduld. Jetzt ist sie jedenfalls ernst. Dann beginnt sie mit den Augen zu flackern, als mache sie einen Ansatz zu gehen. Konrad merkt, dass er sie aufhalten will, und fragt: «Bist du eigentlich verheiratet?»

Sie wirft den Kopf nach hinten und bricht in schallendes Gelächter aus. Konrad starrt verwirrt auf ihren weißen Hals.

«Na ja, ich meine, ob du Familie und Kinder hast und so ...»

«Entschuldige, aber es klang so komisch. Fast, als ob du zu einem Heiratsantrag ansetzen wolltest.»

Sie lacht zu Ende und wischt sich dann mit einer Serviette die Tränen aus den Augenwinkeln.

Konrad schüttelt verlegen den Kopf. Er spürt, dass er so rot wird wie schon lange nicht mehr.

«Ich versuch nur, mich mit dir zu unterhalten.»

Gertrud tätschelt ihm aufmunternd die Hand.

«Ich bin auch nicht gerade gut darin.»

Man hört ein schabendes Geräusch von Stuhlbeinen auf dem Fußboden und ein Klirren von Besteck und Geschirr, als der Schlagersummer seinen Stuhl zurückschiebt, sich dabei die Knie am Tisch stößt und schließlich auf die Füße kommt. Er ist lang wie eine Bohnenstange und schaut sich verlegen um. Lächelt dann Gertrud an.

«Danke fürs Frühstück. Bis morgen, Kleine!», trällert er und spaziert aus dem Speisesaal.

Sie lächelt fröhlich zurück und winkt. Folgt ihm mit dem Blick bis zur Tür, bevor sie sich wieder Konrad zuwendet.

«Unser treuester Stammgast. Er frühstückt hier jeden Morgen. Ist Sänger bei ‹Leif Jörgenz›. Sie hatten in den Siebzigern einen Hit in den Top Ten. Ich glaub fast, er ist ein bisschen verliebt in mich …»

«Oha …»

Dann fragt Gertrud unvermittelt und ohne die geringste Andeutung von Lachfältchen unter den Augen: «Hast du denn in der Zwischenzeit gar keinen Kontakt zu ihnen gehabt?»

«Du meinst …?»

«Zu Herman und Signe natürlich!»

Er schüttelt den Kopf und beeilt sich, eine Erklärung hinterherzuschieben.

«Du weißt ja, ich war noch ziemlich jung, als ich abgehauen bin. Hatte keinen Bock mehr. Dann ist 'ne Menge passiert, und die Jahre sind vergangen. Und plötzlich war einfach zu viel Zeit vergangen, um noch von sich hören zu lassen.»

Konrad hört selbst, wie hohl seine Worte klingen. Aber ihm fällt nichts Besseres ein. Sie nimmt es hin.

«Inzwischen hat sich hier 'ne Menge geändert», sagt sie.

Als er gerade fragen will, was sie damit meint, klingelt draußen in der Rezeption das Telefon. Gertrud sieht aus, als erwäge sie, es einfach klingeln zu lassen, steht dann aber mit irritierter Miene auf und läuft hinaus in die Lobby. Er hört sie telefonieren. Ihre Stimme klingt angenehm. Weiche, abgerundete Vokale und Konsonanten, die in den Ohren kitzeln.

Als sie auflegt, kommen drei Männer die Treppe vom

Obergeschoss herunter. Konrad sieht sie nur flüchtig durch die Türöffnung, während ein starker Geruch nach Rasierwasser in den Speisesaal strömt und sich mit dem Bratengeruch mischt. Offensichtlich wollen sie auschecken. Er hört, wie Gertrud mit ihnen scherzt.

Konrad entscheidet sich, vom Frühstückstisch aufzustehen. Nicht, dass er einen Termin einzuhalten hätte oder gar wüsste, wohin er will. Aber in seinen Beinen beginnt es zu kribbeln, und er verspürt den Drang, sich zu bewegen.

Die drei Männer stecken die Kreditkarten wieder in ihre Brieftaschen und rollen ihre Reisetaschen in Richtung des Ausgangs zum Marktplatz.

«Konrad!», hält ihn Gertruds Stimme zurück, als er sich gerade hinausschleichen will.

Er bleibt unmittelbar stehen.

«Ja?»

«Willst du denn gar nicht nach Sven fragen?»

Konrad ist nicht überrascht. Er weiß genau wie sie, dass die Frage unausweichlich ist. Aber er will noch warten. Noch ist er nicht bereit dafür.

«Später, Gertrud. Ich würde gern etwas später nach Sven fragen.»

Plötzlich kommt es ihm vor, als könne er seinen Blick nicht von ihr lassen. Er schaut sie noch ein paar Sekunden an. Sie steht vollkommen still hinter dem Tresen. Eine Fotografie, ein Stummfilm. Die Sekunden kommen ihm wie Stunden vor. Gertrud streicht eine rote Haarsträhne am Hals beiseite, sagt jedoch nichts mehr.

Sobald er die Eingangstür des Hotels öffnet, schlägt ihm die Hitze entgegen. Sie ist feucht, nahezu tropisch. Es ist erst früher Vormittag, doch er merkt sofort, dass er auf das

Unterhemd besser verzichtet hätte. Konrad will umkehren, auf sein Zimmer gehen und sich leichter anziehen. Doch dann müsste er erneut die Rezeption passieren. Was ihm im Moment unmöglich erscheint. Er beginnt zu schwitzen.

Er schlendert am Brunnen und an dem einsamen Obsthändler auf dem Marktplatz vorbei, wirft einen Blick in das Schaufenster vom Systembolag und geht weiter in Richtung Kirche.

Ich muss nachfragen, wann die Beerdigung stattfindet, fällt ihm ein.

Er überquert die Bahngleise und betritt den Friedhof. Die Kirche ist aus roten Ziegelsteinen erbaut und wirkt ziemlich unansehnlich. Eine ausladende Blutbuche breitet ihre Äste schützend über die Gräber aus. Kleine Erdhügel im Gras zeugen davon, dass nachts, wenn die Totengräber nach Hause gegangen sind, die Maulwürfe aktiv werden. Aber die Kieswege sind fein säuberlich geharkt. Hinten am Geräteschuppen neben einer hohen Buchsbaumhecke sieht er den Friedhofsgärtner seinen Rechen abstellen. Ansonsten ist niemand zu sehen. Lediglich einige herumstolzierende Elstern wagen sich auf die perfekt geharkten Wege.

Dann erblickt er den Hund.

Ein räudiger streunender Hund von nicht näher definierbarer Rasse.

Er steht am hinteren Ende des Kieswegs vollkommen reglos neben einem Wacholderstrauch und beobachtet Konrad mit gespitzten Ohren. Er ist schmutzig braun und wirkt abgemagert und ausgezehrt. Scheint neugierig und zugleich auf der Hut zu sein. Trotz des großen Abstandes meint Konrad, ein Leuchten in den Augen des Hundes zu erkennen. Ein Besitzer ist nirgends zu sehen. Gibt es hier etwa Wildhunde?

Er schüttelt angesichts seiner Wahrnehmung den Kopf, und im selben Augenblick zuckt der Köter zusammen, als hätte er sich erschrocken, und verschwindet hinter einem Busch. Dann ist er weg.

«Wollte er etwas von mir?»

Langsam geht Konrad durch die Reihen mit schwarzen und rotbraunen Granitsteinen. Grablichter mit niedergebrannten Kerzen. Vasen mit halb verwelkten Blumen. Er liest die Namen auf den Grabsteinen, einige von ihnen sagen ihm etwas. Es ist zwar lange her, aber damals war er oft hier langgegangen.

Konrad blickt sich suchend um, genau wie damals.

Obwohl er weiß, dass er das, was er sucht, niemals finden wird.

Agnes' Grab.

Unter der Blutbuche könnte es vielleicht sein. Er lehnt sich mit dem Rücken gegen den kräftigen Stamm und blinzelt angesichts der vereinzelten Sonnenstrahlen, die durch das Blattwerk dringen, in Richtung Himmel.

«Warum hast du mich verlassen, Agnes?», flüstert er.

KAPITEL 4

Es war der Köter, der ihn mit seinem Winseln weckte. Die alte Hündin kratzte mit ihren Pfoten an der Haustür und jaulte erbärmlich. Musste wie immer in aller Herrgottsfrühe pinkeln. Er seufzte, schob die Bettdecke beiseite und stand mit einem steifen Gefühl in seinen altersschwachen Gelenken auf.

Die alte Töle kann das Wasser nicht mehr halten, dachte er. Man sollte sie erschießen, damit sie sich nicht länger quält.

Als er draußen im Flur jedoch ihrem kläglichen Blick begegnete, überkam ihn ein schlechtes Gewissen. Er öffnete die Tür, sodass der Hund hinausschlüpfen konnte. Dann ging er selbst auf die Toilette. Die Klobrille war bereits hochgeklappt. Er betrachtete den kraftlosen Strahl, der in die gelbbraune Porzellanschüssel tröpfelte. Schüttelte seinen Schwanz ab und steckte ihn wieder zurück in die langen Unterhosen.

Mit dem ist auch nichts mehr los, dachte er. Vielleicht sollte man nicht nur den Hund erschießen.

Er wollte schon wieder unter die Decke kriechen und versuchen noch einmal einzuschlafen, überlegte es sich dann aber anders.

Nach Ruts Tod hat er es sich zur Gewohnheit gemacht, früh aufzustehen. Nicht, dass er jemals ein Langschläfer gewesen wäre oder als Rentner besonders viel zu tun hätte.

Die Sau hatte er mit den letzten Ferkeln zum Schlachten gebracht, und die Hühner begnügten sich damit, dass er ihnen ab und an einige Hände Mais zuwarf. Eigentlich war nur die grauschnäuzige Hündin auf ihn angewiesen.

Er humpelte in die Küche und holte die Kaffeedose aus der Speisekammer. Stellte einen Topf mit Wasser auf den Herd, füllte Kaffeepulver in den Filter und setzte sich dann auf einen Küchenstuhl und wartete darauf, dass das Wasser kochen würde. Die alte Kuckucksuhr an der Wand, die Rut als Andenken an ihren ersten und zugleich letzten Auslandsurlaub gekauft hatte, eine Busreise in die Alpen, zeigte Viertel nach vier an.

Muss sie heute reparieren, fuhr es ihm durch den Kopf. Schon vor ein paar Wochen war der dämliche Kuckuck nicht mehr wie sonst zur vollen Stunde herausgehüpft, um zu rufen. Und obwohl er damals geflucht hatte, weil er dagegen war, als Rut sie in St. Anton kaufte, fand er sie mit den Jahren ganz annehmbar, da sie eine gewisse Gemütlichkeit verbreitete, das musste er zugeben. Wahrscheinlich musste er nur eine Feder erneuern.

Draußen war es hell geworden, aber es würde noch dauern, bis die Sonne über den Hügeln und Kornfeldern auftauchte. Die Weidenallee, die hinunter zur Landstraße führte, lag verlassen da. Lediglich einige Krähen machten sich am Fallrohr der Dachrinne zu schaffen; dass sie verdammt nochmal bloß nicht wieder im Schornstein ihr Nest bauten. Muss wohl mal den Schornsteinfeger kommen lassen.

Dann erblickte er etwas, das nicht dort hingehörte. Direkt hinter der Wegbiegung stand ein Auto. Zum größten Teil wurde der Wagen von den Weiden und dem Weizenfeld verdeckt, aber einen Teil der Windschutzscheibe und das Dach des weißen Autos konnte er dort hinten zumindest ausmachen. Er stützte sich auf die Fensterbank und blinzelte. Alles war still.

Wer kann denn um diese Uhrzeit schon was von mir wollen?, dachte der Alte.

Die Seniorenhilfe würde nicht vor Donnerstag kommen. Der Briefträger tauchte nie vor dem frühen Nachmittag auf. Die Zeitung hatte er bereits vor langer Zeit abbestellt.

Und jemand anderen sah er heutzutage eigentlich selten hier draußen.

Als er das Wasser kochen hörte, stand er auf und goss es in den Filter. Er spürte, wie seine Hand leicht zitterte. Es irritierte ihn.

Plötzlich nahm er unmittelbar vor dem Fenster eine Bewegung wahr. Ein flüchtiges Vorbeihuschen, als hätte jemand einen kurzen Blick hereingeworfen und dann den Kopf wieder zurückgezogen. Sein Puls schnellte in die Höhe. Wer zum Teufel …?

Er stellte den Topf mit einem dumpfen Schlag ab, sodass das Wasser überschwappte und auf der Herdplatte zischte. Auf halbem Weg zur Tür hielt er inne.

Die Schrotflinte! Und die Patronen, wo zum Teufel hat er nur die Schachtel mit den Patronen hingelegt?

Dann klopfte es an der Tür.

Drei zögerliche, nicht besonders laute Schläge.

Der Alte stand reglos da und horchte. Er hörte ein leises Gemurmel, konnte aber kein Wort verstehen.

Um diese Uhrzeit kommt doch weiß Gott keiner mit ehrenhaften Absichten vorbei, dachte er.

Zum Glück hatte er auf die Anweisung der Polizei gepfiffen. Das Gewehr in einen Tresor zu schließen, der ein halbes Vermögen kostete. Blödsinn!

So leise er konnte, öffnete er den Kleiderschrank und nahm die Waffe heraus. Die Munition lag in der Kommode. Warf einen raschen Blick auf das schwarz-weiße Hochzeitsfoto im Goldrahmen, das ein halbes Jahrhundert alt war, und schob dann zwei Patronen in den Lauf, ohne dabei allzu sehr zu zittern. Der blank gewetzte Kolben der Schrotflinte flößte ihm Ruhe ein. Er fuhr sachte mit der Hand darüber.

Das Schloss der Hintertür war gut geölt, sie glitt, ohne einen Laut von sich zu geben, auf. In Wollsocken und langen Unterhosen schlich er um die hintere Hausecke. Von dort sah er den Wagen deutlicher. Ein rostiger alter Nissan. Der linke Kotflügel war verbeult und der Scheinwerfer zerbrochen.

Vorsichtig linste er um die nächste Hausecke.

Da lag der Hund. Auf dem Rasen, direkt neben dem Wermutstrauch. Leblos.

«Was zum Teufel!»

Gerade als der Alte losstürzen wollte, erblickte er die beiden jungen Männer. Sie standen direkt neben der Tür und fuhren herum, sichtlich überrascht. Einer von ihnen hielt eine Brechstange in der Hand. Der andere starrte ihn mit offenem Mund verdutzt an.

«Was zum Teufel nochmal habt ihr vor, ihr verdammten Hurensöhne!»

Er spürte, wie sein Gehirn in Wallung kam. Hinter seinen Schläfen dröhnte es wie von Kirchenglocken. Sein Blick flackerte unruhig zwischen der Hundeleiche und den Einbrechern hin und her. Unschlüssig. Dann sah er, wie sie ein paar Schritte auf ihn zu machten. Hörte sie etwas in einer Sprache sagen, die er nicht verstand, dann irgendwas Undeutliches auf Schwedisch, das er auch nicht begriff. Aber sie kamen näher, waren bereits auf Höhe des Brunnens, und der

Größere von beiden hielt noch immer das Brecheisen in der Hand, während der andere mit den Händen herumfuchtelte und schließlich einen Gegenstand aus seinem Hosenbund zog. Eine Waffe? Aus ihren Kehlen drang ein wirres Kauderwelsch, während dem Alten vor Wut und Schrecken der Kopf rauchte, bis er plötzlich den Kolben an seiner Wange spürte. Ohne zu zögern, drückte er den Abzug, zweimal schnell hintereinander, und die beiden Männer wurden wie Marionetten gegen die Hauswand geschleudert.

Der Geruch von Schießpulver stach ihm in die Nase. Mechanisch klappte er die Schrotflinte auf und schüttete die leeren Hülsen auf den Rasen.

Dann wusste er nicht recht, was er tun sollte.

Er betrachtete seinen Hund. Fühlte sich leer. Sie sah so klein aus, die alte Hündin, jetzt, wo sie tot war.

Die Rechtsanwaltsvilla liegt direkt neben dem Altersheim in einem dunklen Garten, umgeben von knorrigen Obstbäumen.

Eine hohe Fliederhecke schützt vor neugierigen Blicken. Der Efeu, der sich an den spitz zulaufenden Giebeln aus Ziegelsteinen windet, hat einen Stich ins Schwarze. Im Schatten der akkurat gemähten Rasenfläche riecht es modrig, obwohl die noch unreifen Äpfel kaum größer sind als Hasenkötel. Das Haus strahlt Kühle aus.

Auf der kleinen gepflasterten Fläche vor der Garage steht ein Mercedes, dunkel glänzend wie ein Leichenwagen.

Konrad zögert einen Moment, bevor er klingelt. Dann macht er zwei Schritte zurück und wartet auf den Bediensteten, der ihm mit steifer Haltung die Tür öffnen, ihn mit herablassendem Blick würdigen und mit gespenstischer Stimme auffordern wird, ihm durch düstere Korridore zu folgen. Aber nichts dergleichen geschieht, und er klingelt noch einmal. Die schwere Eichentür bewegt sich noch immer nicht. Der Türklopfer aus Gusseisen ist massiv wie ein Amboss in einer Schmiede. Er hebt ihn an, lässt ihn dann los, und es dröhnt, Metall auf Edelholz.

Im selben Augenblick wird die Tür geöffnet.

«Hallöchen!», ruft ein Mädchen und macht sofort wieder auf dem Absatz kehrt, sodass ihr kurzer karierter Rock hochwirbelt. Sie ist blond und duftet nach Veilchen, mehr kann Konrad nicht wahrnehmen, weil sie bereits wieder im Flur verschwunden ist. Doch kurz darauf reckt sie erneut ihren flachsfarbenen Schopf hervor.

«Kommen Sie doch rein! Biggan erwartet Sie schon.»

Sie sieht ihn mit großen Augen auffordernd an, kaut frenetisch und bildet dann ungeduldig eine riesige Kaugummiblase vor dem Mund. Die Blase platzt mit einem Knall, dann kaut sie weiter.

Mit einem Kopfnicken fordert sie ihn auf, ihr zu folgen.

Die Tür zu Birger B. Berelius' Arbeitszimmer ist angelehnt. Sie schiebt sie mit einem Kick aus der Hüfte ganz auf und bedeutet ihm mit dem Daumen hineinzugehen. Der Mann im Anzug hat sich bereits aus seinem Bürostuhl erhoben.

«Willkommen, Konrad, setz dich.»

Er reicht ihm eine blasse Kontoristenhand und macht eine einladende Geste in Richtung Besucherstuhl.

«Kaffee?»

«Ja, gern. Mit etwas Milch, wenn es geht.»

«Emma, kannst du uns zwei Tassen bringen?»

Das Mädchen seufzt genervt.

«Die Thermoskanne ist leer.»

«Dann setz doch bitte neuen auf.»

«Aber du hast doch gesagt, ich soll Pause machen.»

Der Rechtsanwalt lächelt angestrengt.

«Vielleicht kannst du mit der Pause ja ein paar Minuten warten, meine Liebe.»

Sie verdreht die Augen und wendet sich mit beleidigter Miene zum Gehen. «Ich bin, verdammt nochmal, nicht deine Liebe», zischt sie kaum hörbar zwischen den Zähnen hervor, während sie aus dem Zimmer rauscht.

«Meine Nichte. Sie brauchte einen Ferienjob. Du musst entschuldigen …»

Konrad nickt und lässt seinen Blick durch den Raum schweifen. Der Schreibtisch ist wuchtig und aus einem dunklen Holz. Auf dem Fußboden liegt ein dicker Orientteppich. Die eine Wand ist mit Bücherregalen bedeckt, die mit gebundenen Jahrgängen des Neuen Juristischen Archivs, alten Rechtsanwaltsverzeichnissen sowie diversen Zeitschriften gefüllt sind. Auf der anderen Seite hängen Porträts von drei Generationen der Berelius, den kleinen Messingtäfelchen auf den Rahmen nach zu urteilen alle Mitglieder der Schwedischen Rechtsanwaltkammer. Konrad erkennt Birger den Jüngeren auf einem der Ölgemälde wieder, das in etwas helleren Farbtönen gemalt ist.

Der Mann hinter dem Schreibtisch hat allerdings ein paar Kilo zugelegt, seitdem das Bild gemalt wurde. Er sieht aus wie knapp über fünfzig, trägt eine silbern eingefasste Brille auf der geraden Nase und hat leicht gerötete Wangen. Ein schmaler Schnurrbart verstärkt den Eindruck, dass er nahezu kein Kinn hat. Seine Stimme klingt hell und dünn.

«Ja, das ist wirklich eine Überraschung», sagt er und öffnet ein dunkelblaues Dossier. «Ich meine, dass sich so viel Geld im Nachlass befand. Das hätte wirklich keiner gedacht.»

Er blättert in seinen Unterlagen.

«Ich habe eigentlich geglaubt, über so ziemlich alles, was hier in Tomelilla geschieht, Bescheid zu wissen. Ist ja ein recht kleiner Ort, wie du weißt. Jeder kennt jeden. Meint man zumindest.»

Konrad räuspert sich und spürt, dass er etwas sagen muss. Seit er dieses düstere Haus betreten hat, sucht er in seiner Erinnerung. Der Rechtsanwalt müsste in Klas' Alter sein. Konrad versucht, ihn sich dreißig Jahre jünger vorzustellen, aber es gelingt ihm nicht.

«Tja, ich hatte jedenfalls keine Ahnung», sagt er abwartend.

«Natürlich nicht ...»

Berelius verstummt und wirft Konrad einen zweideutigen Blick zu.

«Übrigens», fährt er fort und wechselt das Thema, als hätte er Konrads Gedanken gelesen. «Ich hab dich jetzt einfach geduzt, wir kennen uns ja noch von früher. Klas und ich waren in der Realschule Klassenkameraden. Du erinnerst dich doch? Auch wenn du natürlich ein ganzes Stück jünger warst. Tja, wir hatten nicht gerade engen Kontakt, und dann bin ich ja aufs Gymnasium nach Ystad verschwunden und später an die Uni nach Lund.»

«Du hast die Kanzlei von deinem Vater übernommen?»

«Der sie wiederum von meinem Großvater übernommen hat. Ja, das war sozusagen der vorgezeichnete Weg. Aber ich kann nicht klagen. Nein, beim besten Willen nicht.»

Er schielt hinauf zu den ernst dreinblickenden Herren an der Wand und kratzt sich versonnen unterhalb des Mundes, dort, wo eigentlich das Kinn sitzen müsste.

«Und du bist um die Welt gereist, wie ich höre. Ist bestimmt ein spannender Job, oder?»

«Ja, schon …»

Konrad hegt keine besonderen Ambitionen, von sich zu erzählen. Leute, die Konversation mit ihm betreiben wollen, haben ihn schon immer stumm gemacht. Im Augenblick will er eigentlich nur wissen, warum der Rechtsanwalt ihn gebeten hat herzukommen.

Es wird für ein paar Sekunden still. Dann beschließt Berelius, sein Jackett über die Stuhllehne zu hängen. Auf dem Revers prunkt das Logo des Rotary Clubs. Die glänzende Krawattennadel wirkt protzig.

«Okay, back to business. Ich bin also als Nachlassverwalter eingesetzt. Es handelt sich dabei nur um eine Formalität, die man allerdings nicht außer Acht lassen sollte. Es sieht folgendermaßen aus: Sobald wir von der Polizei grünes Licht bekommen, können wir das Testament eröffnen. Eigentlich benötigt man dafür nur einen Erben, da aber sowohl Klas als auch du vor Ort sind, können wir das auch gemeinsam erledigen. Wir müssen zuerst einen Termin ausmachen. Ich glaube nicht, dass Herman und Signe irgendwelche Schätze im Haus hinterlassen haben. Aber eben doch einiges an Geld auf der Bank. Sobald wir genau wissen, was vorhanden ist, wird das Erbe ausgezahlt. Also nichts …»

Er hält inne, als das Mädchen hereinkommt und ein Tablett mit zwei Kaffeebechern auf den Schreibtisch knallt. Sie wirft ihnen einen verächtlichen Blick zu und verlässt den Raum ohne ein Wort.

«Also nichts Außergewöhnliches», fährt der Rechtsanwalt fort und zuckt mit den Achseln.

«Na gut. Dann können wir ja anfangen», schlägt Konrad vor.

Er hört selbst, dass er übertrieben gleichgültig klingt. Es ist, als ob die Tatsache, dass er mehrere Millionen Kronen erben wird, noch nicht bis in sein Hirn vorgedrungen wäre. Als wolle er sie nicht anerkennen. Der Gedanke an Hermans und Signes Geld verursacht ihm schlichtweg Unbehagen. Warum haben sie ihren Lottogewinn nicht unter die Leute gebracht, als sie noch die Möglichkeit dazu hatten? Warum haben sie sich keine Kreuzfahrt geleistet oder zumindest ein neues Auto? Warum haben sie das Geld nicht dem Roten Kreuz gespendet? Konrad weiß die Antwort bereits. Ihre Phantasie reichte nicht aus. Herman und Signe wussten ganz einfach nichts damit anzufangen.

Blutgeld, denkt er.

Konrad will kein Blutgeld haben. Er will lediglich wissen, was geschehen ist.

«Ganz so einfach ist es nicht», hört er Berelius sagen.

«Wieso?»

«Wir können den Nachlass nicht ohne weiteres auszahlen.»

«Nicht?»

«Na ja, es wird mit Sicherheit kein großes Problem darstellen», beschwichtigt der Rechtsanwalt.

Er lehnt sich in seinem Bürosessel zurück und verschränkt die Hände im Nacken, wie um einen entspannten Eindruck zu vermitteln. Die Schweißflecke unter seinen Achselhöhlen lassen ihn jedoch eher unsicher wirken.

«Es hängt von der Polizei ab. Sie sind der Meinung, dass man abwarten sollte, bis … tja, bis die Schuldfrage vollständig geklärt ist.»

Konrad schaut ihn verständnislos an.

«Es klingt zugegebenermaßen etwas merkwürdig. Ein wenig brüsk, wenn ich es so ausdrücken darf. Denn keiner glaubt ja ernsthaft, dass du … Aber dem Gesetz zufolge ist es so, dass ein Mörder seine Opfer nicht beerben kann.»

Berelius wirkt angesichts dessen, was er selbst gesagt hat, fast erschrocken. Er lächelt entschuldigend.

«Wenn du möchtest, kann ich …»

Er macht einen Ansatz aufzustehen, um das Gesetzbuch aus dem Regal zu holen.

«Nein danke», unterbricht ihn Konrad abwehrend. «Ich glaube, ich hab verstanden.»

Keiner von ihnen hat noch etwas zu sagen. Ohne viele Worte einigen sie sich darauf, mit Klas zu sprechen und einen Termin auszumachen, um die Habseligkeiten in Hermans und Signes Haus durchzugehen. Dann begleitet der Rechtsanwalt Konrad zur Tür.

Die Nichte ist verschwunden. Aber aus dem Radio in der Küche dröhnt Popmusik. In dem Moment, als sie sich die Hand geben, wird die Musik unterbrochen.

Guten Tag! Hier ist Radio Kristianstad mit den Nachrichten. Heute am frühen Morgen wurden zwei junge Männer vor einem Haus außerhalb von Onslunda erschossen. Nach Aussage der Polizei war es offenbar der Besitzer des Hauses, der die tödlichen Schüsse abgab. Aus ermittlungstechnischen Gründen macht die Polizei keine genaueren Angaben, doch laut zuverlässigen Quellen von Radio Kristianstad deutet alles darauf hin, dass die Männer versuchten, ins Haus einzubrechen, und dabei vom Eigentümer überrascht wurden. In den nächsten Nachrichten bringen wir weitere Informationen zum Drama …

Sie bleiben eine Zeitlang in der Türöffnung stehen und sehen einander an. Konrad versucht zu begreifen, was er gerade gehört hat. Doch bevor er seine Schlüsse daraus ziehen kann, ruft Berelius aus: «Das ist ja der helle Wahnsinn!»

Der Rechtsanwalt wirkt mit einem Mal nahezu kindlich aufgeregt. Hinter seinem silberfarbenen Brillengestell blitzt es auf.

«Du verstehst, was das bedeuten könnte, oder?»

Konrad versteht gar nichts. Was ist eigentlich los in diesem Kaff? Das hier ist doch Tomelilla und nicht Chicago! Er schüttelt den Kopf.

«Halbstarke, die bei alten Leuten einbrechen», sagt Berelius triumphierend. «Und sie ausrauben. Ich wette darauf, dass sie es waren, die Herman und Signe ermordet haben.»

KAPITEL 5

Die Zeit, bevor er verlassen wurde. Konrad hat oftmals versucht, sich daran zu erinnern, aber es ist ihm nie richtig gelungen.

Ihm kommen nur einzelne Bilder in den Sinn, diffus und schwer zu deuten. Und Gefühle, überwiegend unangenehme Gefühle, die zu einem dichten Nebel zusammenfließen, von dem er nicht so recht weiß, ob er ihn wirklich ergründen will.

Klar hat er zurückgerechnet. In dem Sommer, in dem Agnes verschwand, muss er sieben Jahre alt gewesen sein. Es war das Jahr 1968, so viel weiß er. Das Jahr der Revolution. In Paris fanden Krawalle statt, und an den schwedischen Universitäten wurde wahllos gegen den Staat demonstriert. Bei den Olympischen Spielen reckten zwei Schwarze auf einem Siegerpodest ihre geballten Fäuste gen Himmel. In Prag löschten sowjetische Panzer Menschenleben und Träume aus. Für Konrad sind es lediglich schwarz-weiße Fernsehbilder aus einer vergangenen Zeit.

An was er sich hingegen erinnert, ist die Einsamkeit. Eine Zweizimmerwohnung mit grauen Tapeten, die mit etwas dunkleren grauen Blumenranken versehen waren. Er betrachtet das Blumenmuster aus unmittelbarer Nähe, folgt dem Verlauf der Ranken vom dunklen Linoleumbelag auf dem Fußboden bis hinauf an die vergilbte Decke. Spinnweben in einer Ecke. Es riecht nach absolut gar nichts, vielleicht bohrt er deshalb die Nase in die eigene Achselhöhle, um überhaupt etwas zu riechen. Auf dem Sofa stapelt sich die Wäsche, und auf dem Küchentisch liegt ein Schneidebrett mit einem Brot darauf und einem Messer daneben.

Er sieht Agnes, wie sie vollkommen reglos dasitzt und aus dem Fenster starrt. Der Regen prasselt gegen die Scheiben und läuft wie eine kalte Tränenflut hinunter aufs Fensterblech. Die Kastanie draußen zerfließt in eine dunkelgrüne Wand. Abgesehen vom monotonen Trommeln des Regens ist es still. Die Geranie auf der Fensterbank hat nahezu all ihre Blätter verloren. Sie wirkt traurig, resigniert, als verstünde sie, dass keiner sie retten wird.

Agnes dreht den Kopf und schaut zu Konrad hinunter. Sie versucht, ihm zuzulächeln, und um ihre Augen herum bilden sich feine Fältchen, aber ihr Blick drückt etwas ganz anderes aus. Sie streckt ihre Hand aus und streicht ihm übers Haar. Ihre Finger sind kalt und kraftlos. Er zieht den Kopf weg, heftig, ohne es eigentlich zu wollen.

Konrad sehnt sich intensiv nach ihrer Umarmung. So muss es doch gewesen sein, oder? Aber da ist noch ein anderes Gefühl. Glühend heiße Wut. Er könnte denjenigen, der sie so traurig gemacht hat, regelrecht umbringen.

Drei Tage bevor die Schule begann, zog er in das graue Eternithaus zwischen dem Friedhof und dem Sportplatz. Herman und Signe standen auf der Treppe vor dem Haus und erwarteten ihn. Sie tauschten unsichere Blicke aus. Alles war ja recht kurzfristig entschieden worden.

Wie lange?, hatte Konrad versucht zu fragen.

Aber weder die Polizei noch die energische Frau vom Sozialamt, die ihm geholfen hatte, seine Kleider zusammenzupacken, wollten seine Frage beantworten. Die Frau war groß und stämmig wie ein Baum und trug einen hässlichen grauen Mantel, der fast bis hinunter zum Boden reichte. Einzig ein Paar riesige braune Schuhe lugten unter dem Saum hervor. Als sie ihn zum Auto zog, hielt sie seine Hand so fest umschlossen, dass es wehtat. Kein einziges Mal hatte sie sich zu ihm hinuntergebeugt, und Konrads Blick reichte irgendwie nicht bis nach oben zu ihrem Gesicht.

«Deine Mutter muss sich ausruhen. Aber du wirst es gut haben bei Herman und Signe», erklärte sie.

«Aber wo ist sie denn?»

«In einem Sanatorium. Denk jetzt nicht mehr an sie.»

Konrad wusste nicht, was ein Sanatorium war. Angenehm klang es jedenfalls nicht. Doch er traute sich nicht weiterzufragen und hielt deshalb während der kurzen Fahrt zu seinem neuen Heim den Mund.

Der Mann und die Frau auf der Treppe vor dem grauen Haus hatten raue Hände. Sie rochen fremd. Aber sie sahen nett aus. Irgendwie so rundlich. Sie tätschelten ihm vorsichtig den Kopf. Sobald sie ihm die Reisetasche abgenommen hatten, vergrub er seine Hände in den Hosentaschen und sah zu Boden. Im Schuhregal im Flur standen ein Paar lehmverschmierte Gummistiefel und drei Paar schwarze Holzclogs. Aus der Küche duftete es nach Frischgebackenem, das war doch immerhin etwas. Auf dem Tisch stand ein Teller mit zuckerbestreuten Zimtschnecken bereit.

Sie aßen schweigend. Herman schlürfte geräuschvoll seinen Kaffee. Signe rührte frenetisch in ihrer Tasse, sodass der Löffel gegen das Porzellan schabte. Die Sozialamtstante saß am dichtesten an der Tür. Sie behielt ihren Hut auf und spreizte ihren kleinen Finger ab, wenn sie die Tasse zum Mund führte. Konrad bekam wässrigen Himbeersaft zu trinken.

«Wir hoffen, dass du dich bei uns wohlfühlst», sagte Signe.

Konrad schwieg.

«Wir haben Kaninchen in einem Käfig hinter dem Haus», sagte Herman aufmunternd. «Ich kann sie dir später zeigen.»

Nach zehn Minuten brach die Sozialtante auf.

«Tja, das wäre dann wohl alles. Wir werden sehen, wie es klappt», sagte sie zum Abschied und nickte Herman zu.

«Wir müssen auf unseren Herrn vertrauen», seufzte Signe.

«Benimm dich ordentlich», bläute die Sozialtante Konrad ein.

Herman und Signe begleiteten sie in den Flur hinaus. Konrad blieb am Küchentisch sitzen, unschlüssig, was er tun sollte. Schließlich nahm er noch eine Zimtschnecke, hauptsächlich um die brennende Leere in seinem Innern zu füllen. Über dem Apfelbaum vor dem Fenster hingen dunkle Wolken. Ein Spatz flatterte zwischen den Zweigen umher. Vom Flur her hörte er gedämpfte Stimmen, dann wurde die Haustür geöffnet und wieder geschlossen. Plötzlich standen sie wieder da und sahen ihn an.

Herman kratzte sich am Kopf.

Signe begann, das Geschirr abzuräumen.

«Du möchtest doch bestimmt dein Zimmer sehen, oder?»

Ohne auf eine Antwort zu warten, machte Herman auf dem Absatz kehrt und ging die Treppe hoch. Konrad schaute seinen abgetragenen Latzhosen nach, die sich am Hintern ausbeulten, und folgte ihm dann mit einer letzten Zimtschnecke in der Hand.

Im Obergeschoss gab es vier Türen. Die rechte führte in

Hermans und Signes Schlafzimmer. Sie war angelehnt, und Konrad konnte flüchtig eine Kommode und eine grün geblümte Tapete erkennen. Die Tür in der Mitte war geschlossen. Auf ihr klebte ein Stück Karton, auf dem mit schwarzem Filzstift ein Totenkopf und zwei sich überkreuzende Knochen gemalt waren. Darunter stand: *Whites only*. Links von der Toilette lag Konrads Zimmer.

«Da wohnt Klas», erklärte Herman und wies auf die geschlossene Tür. «Du brauchst dich aber nicht um ihn zu kümmern.»

Konrad starrte auf das bedrohlich wirkende Schild. Den Text verstand er nicht. Aber der Totenkopf sah furchterregend aus.

«Ist er gefährlich?»

Herman drehte sich um und lachte.

«Nein, nein, ganz und gar nicht. Er ist ein ganz gewöhnlicher Junge, genau wie du. Obwohl es natürlich nicht mehr lange dauert, bis er erwachsen ist.»

Konrad kapierte nicht, was daran so lustig war. Er betrat sein Zimmer. Es roch abgestanden, als wäre das Fenster lange nicht geöffnet worden. In der einen Ecke stand ein schmales Bett mit einem grünen Überwurf. Eine Holzplatte auf zwei Sägeböcken bildete den Schreibtisch. Auf dem Fußboden lag ein gestreifter Teppich. Und an der grau gemusterten Wand gegenüber dem Fenster hing ein Gobelin, der das Jesuskind und die drei Weisen aus dem Morgenland darstellte. Josefs Gesicht war nicht genau zu erkennen, da sich das Garn an dieser Stelle gelöst hatte und ein paar Fäden herunterhingen.

«Ja, wir können es mit der Zeit bestimmt noch ein bisschen herrichten», meinte Herman. «Ein Poster aufhängen oder so.»

Er sah Konrad mit großen grauen Augen unschlüssig an und drehte ihm dann wieder den Rücken zu, als inspiziere er den Raum und dächte über verschiedene Einrichtungsmöglichkeiten nach.

«Man könnte vieles machen ...»

Er fing an, vor sich hin zu pfeifen, verstummte aber gleich wieder. Nach einer Weile sagte er mit völlig anderer Stimme: «Du brauchst nicht traurig zu sein, Konrad. Wenn man in deinem Alter ist, gibt es vieles, was man nicht versteht. Aber es wird schon alles ... gut werden.»

Herman räusperte sich und schluckte.

«Versuch einfach, nicht traurig zu sein», wiederholte er, und es klang fast wie ein Flehen, aber Konrad war sich nicht sicher, denn alles, was er von Herman sah, war sein breiter Hosenboden und der karierte Flanellrücken.

Traurig?

Konrad war nicht traurig.

Er war ein erloschener Vulkan. Nach der Nacht, in der Agnes nicht nach Hause gekommen war, hatte er über zwei Wochen lang glühende Lava gespuckt. Er war rasend gewesen, hatte geschrien und gebrüllt und sich blutig gekratzt. Er hatte geweint und nach ihr verlangt, sie angeklagt und verflucht, so lange, bis er nicht mehr konnte.

Jetzt war er nur noch leer.

Die Hülle eines kleinen Jungen, der zwischen Wachspuppen und Kulissen in einer Welt umherging, von der er noch nicht wusste, dass sie sein neues Leben darstellen würde.

Konrad blieb im Bett liegen und kniff die Augen so lange zusammen, wie er konnte, obwohl er dringend pinkeln musste und es sich anfühlte, als würde sein Unterleib jeden Moment platzen. Schließlich musste er aufgeben.

Gleich in der ersten Nacht das Bett vollzupinkeln, hatte er nicht vor.

Er tastete mit der Hand in der Dunkelheit, fand die Nachttischlampe und knipste sie an. Das grelle Licht brannte ihm in den Augen und zwang ihn dazu zu blinzeln. Er blickte sich um. Alles, was ihm während des Schlafens gelungen war zu verdrängen, war plötzlich wieder da. Jetzt in der Nacht noch bedrohlicher als am Abend zuvor beim Zubettgehen. Es roch ungewohnt. Der Bettpfosten, über den er seine Kleider gehängt hatte, warf einen gespenstischen Schatten an die Tür. Schwarz. Eine Hexe mit einer Sense über der Schulter. Bewegte sie sich etwa? Konrad bog die Lampe zur Wand.

Vorsichtig stand er auf. Der Boden unter seinen bloßen Füßen war kalt und knarrte ein wenig.

Wo war nochmal die Toilette?

Kurz bevor er zu Bett ging, war er bereits pinkeln gewesen, aber da war er so müde, dass er es sich nicht gemerkt hatte. Herman und Signe hatten in der Tür gestanden, gute Nacht gesagt und dann das Licht ausgemacht. Er war sofort eingeschlafen.

Vorsichtig drückte er die Türklinke herunter. Sie zu wecken, war das Letzte, was er wollte. Nur schnell pinkeln und dann wieder einschlafen.

Eine Wandlampe mit Holzeinfassung verbreitete einen schwachen gelblichen Schein im Flur. Sie half ihm, sich zurechtzufinden. Er schloss lautlos die Tür hinter sich, klappte den Klodeckel hoch und versuchte, den Strahl im Dunkeln so gut er konnte auszurichten. In der Klosettschüssel plätscherte es, und er richtete den Strahl etwas höher, um das Geräusch zu dämpfen.

Als er wieder in sein Zimmer zurückschleichen wollte,

hörte er Stimmen. Sie kamen von unten aus der Küche, ein schwaches Gemurmel. Erst hatte er vor, sie nicht weiter zu beachten, doch dann wurde eine der Stimmen lauter und steigerte sich zu einem wütenden Ausbruch.

«Der Bengel von der Polackenhure!? Ihr seid doch nicht ganz bei Trost!»

Konrad hielt mitten in der Bewegung inne. Er hörte zwei Stimmen beschwichtigend auf die zornige Person einreden. Das mussten Herman und Signe sein. Aber er konnte nicht verstehen, was sie sagten.

Langsam näherte er sich dem Treppengeländer. Drückte die Stirn gegen zwei Holzsprossen und sah hinunter. Die Küchentür war angelehnt. Ein Lichtkegel fiel durch den Türspalt und erleuchtete ein Stück des Flurteppichs.

Konrad presste sein Gesicht fester gegen die Holzstäbe, um einen Blick in die Küche zu erhaschen. Dort stand ein großgewachsener Kerl in einem blaugestreiften Norwegerpulli. Blond und mit Stoppelhaar, und als der Hüne den Kopf ein wenig drehte, sah Konrad, dass sein Gesicht vor Wut rot angelaufen war. Er reckte die geballte Faust drohend in die Luft.

«Ihr habt sie doch nicht mehr alle, verdammt nochmal!»

«Aber, Klas, mein Guter», hörte er Hermans Stimme sagen. «So schlimm wird es schon nicht werden. Er ist doch ein ganz Lieber …»

«Ich scheiß drauf, ob er lieb ist. Er muss hier weg!»

Die letzten Worte schrie er geradewegs hinaus. Dann wurde es plötzlich still in der Küche. Konrad hörte, wie sein Herz wie wild klopfte. Er drückte die Hand gegen die Brust, um es zu beruhigen. Dann war die fremde Stimme wieder zu hören, jetzt etwas leiser, aber immer noch erfüllt von unterdrücktem Zorn.

«Eins ist jedenfalls klar. Entweder er oder ich. Die Polackenbrut oder euer eigener Sohn.»

Einige Sekunden lang war es still. Dann hörte er Signes Stimme. Er erkannte sie kaum wieder. Während sie am Tag zuvor ruhig und mild geklungen hatte, war sie jetzt unerbittlich.

«Wir haben die Sünde im Blut», erklärte sie. «Wir werden nie wieder ein Wort darüber verlieren, Klas. Aber du weißt es. Und wir wissen es auch. Dass wir eine Sünde begangen haben, die wir sühnen müssen.»

Konrad begriff nicht alles, aber genügend, um zu verstehen, dass sie über ihn redeten.

Ohne sich die Mühe zu machen, besonders leise zu sein, rannte er in sein Zimmer. Er presste sein Gesicht gegen die Matratze, zog sich die Decke über den Kopf und kniff fest die Augen zu.

KAPITEL 6

Am zweiten Morgen stellt er fest, dass Örjan Palander noch immer im Ort ist. Er erkennt ihn auf dem winzigen Foto in der Zeitung fast nicht wieder, aber der Name ist kaum zu verwechseln. Es kann unmöglich zwei Journalisten mit demselben Namen geben. Zumindest nicht in ein und derselben Redaktion.

Aber gütiger Gott, der Mann muss ja inzwischen mindestens hundert Jahre alt sein.

Konrad erinnert sich noch gut an ihn. Ein großgewachsener, ziemlich fetter Kerl. Immer eine karierte Schirmmütze auf den kahlen Schädel gedrückt, immer auf dem Sprung, keuchend und mit rot angelaufenen Wangen, seine Nikon umgehängt, die ihm über dem dicken Bauch baumelte. Für die Leute ist er ein Unikum. Möglicherweise lag es daran, dass er gelegentlich eine gewisse humanistische Bildung durchblicken ließ. Es ging nämlich das Gerücht, dass Örjan Palander etwas durchgeknallt war, weil er in seiner Jugend zu viele Bücher gelesen hatte. Vermutlich war er jünger, als die Leute aufgrund seiner Glatze annahmen.

Dem Foto in der Zeitung zufolge hat Palander sich in der Zwischenzeit einen gewaltigen Schnauzbart zugelegt, der ihn aussehen lässt wie ein Walross. Konrad beschließt, ihn aufzusuchen.

Doch bevor er vom Frühstückstisch im Speisesaal des Hotels aufsteht, liest er sorgfältig die Zeitungsberichte über die Morde in Onslunda durch. Das Blutbad, wie es die Journalisten nennen. Die Angaben von Ystads Allehanda unterscheiden sich nicht so sehr von dem, was er am Abend zuvor in den Nachrichten gehört und in Sydsvenskan gelesen hatte. Die beiden getöteten Männer waren beide zwanzig Jahre alt. Gehörten albanischen Familien an, die in den Neunzigern aus dem Kosovo nach Schweden geflohen waren. Mit großer Wahrscheinlichkeit sind die Jungs auf frischer Tat ertappt worden, als sie in das Haus des alten Mannes einbrechen wollten. Sie wurden von den großkalibrigen Schrotkugeln im Gesicht und am Hals getroffen und müssen sofort tot gewesen sein.

Die Presse spekuliert natürlich, ob das, was in Onslunda passiert ist, in irgendeinem Zusammenhang mit den Morden an Herman und Signe steht. Vier Personen innerhalb von einer Woche in ein und derselben Gemeinde erschossen. Das kann kein Zufall sein. Aber keine der Zeitungen verfügt über entscheidende Fakten, und alle Berichterstatter sind gezwungen, auf die Polizei zu verweisen, die sich offenbar recht bedeckt hält.

In einem Hintergrundartikel schreibt Palander, dass es bereits in der Vergangenheit Ausschreitungen in Tomelilla gegeben habe. Im Zuge dessen seien Kosovo-Albaner mit Jugendlichen aus dem Ort aneinandergeraten. Dennoch, so betont er, sei weiter unklar, ob der Schusswechsel in Onslunda etwas damit zu tun haben könnte.

An einem Punkt ist Palander jedoch ausführlicher als die Konkurrenten. Nämlich im Hinblick auf den Täter: Er wird als fünfundsiebzigjähriger Witwer beschrieben. Ein ehemaliger Landwirt, der nie zuvor eine Straftat begangen hat, inzwischen in Untersuchungshaft sitzt und gegen den in Kürze Haftbefehl wegen Totschlags beantragt werden wird.

Örjan Palander weiß außerdem zu berichten, dass der Mann früher als Schöffe im Amtsgericht Ystad fungiert hat, wozu er von den Schwedendemokraten ernannt wurde.

Als Konrad gerade im Begriff ist, das Hotel zu verlassen, klingelt sein Handy. Es ist Maria, und sie wirkt aufgebracht.

«Hej Papa! Du hast ja überhaupt nichts von dir hören lassen.»

«Maria, hej Kleine. Ich hab schon vorgehabt, dich anzurufen …»

Sie unterbricht ihn brüsk.

«Hier liest man von 'ner Menge Morden in Tomelilla, und dann stellt man plötzlich fest, dass es sich um die eigene Verwandtschaft dreht. Na ja, oder wie man das nun nennen soll. Nicht, dass ich sie je kennengelernt hätte, aber immerhin!»

«Adoptiveltern. Herman und Signe, sie haben mich adoptiert, als ich klein war. Adoptivgroßvater und Adoptivgroßmutter …»

«Na ja, scheißegal, wie es heißt. Und wie geht's dir?»

Konrad holt tief Luft und denkt nach.

«Na ja, eigentlich ganz okay. Benommen. Bin nur ein wenig benommen.»

«Verdammt, was für ekelhafte Morde. Was ist das eigentlich für ein Ort, aus dem du kommst? Ich glaub, ich werd mir dort 'ne Anwaltskanzlei einrichten, wenn ich fertig bin.»

Konrad lächelt im Stillen. Es ist zweifellos sein Blut, das da in ihren Adern rauscht. Ansonsten ist sie allerdings das absolute Gegenteil von ihm. Vor vielen Jahren hatte ihre Mutter beschlossen, niemals mehr mit Konrad zu sprechen. Dementsprechend gestaltete sich dann wohl auch Marias Erziehung. Aber irgendeinen Schaden scheint sie nicht davongetragen zu haben. Inzwischen steht sie kurz vor ihrem Juraexamen, fest entschlossen, Strafverteidigerin zu werden.

«Ich hab gestern übrigens den Rechtsanwalt aus dem Ort getroffen. Einer, der die Kanzlei von seinem Vater und Großvater geerbt hat. Er könnte bestimmt ein wenig Konkurrenz vertragen.»

Maria lacht am anderen Ende der Leitung kurz auf.

Konrad überlegt, wie lange er nicht mehr mit ihr gesprochen hat. Es muss über einen Monat her sein.

«Wir müssen uns mal wieder sehen», sagt er vage.

«Du brauchst nur in den Zug nach Stockholm zu steigen. Du weißt ja, wo du mich findest.»

Er ist sich nicht ganz sicher, ob in ihrer Stimme eine Anklage liegt.

«Wie geht es dir eigentlich, Maria?»

«Du brauchst dir keine Sorgen zu machen. Du weißt doch, dass ich ein unverwüstlicher Typ bin. Wie auch immer das möglich ist bei solchen Eltern. Neulich hab ich übrigens mit Mama telefoniert. Sie hat mich ausdrücklich darum gebeten, dich nicht von ihr zu grüßen. Das ist doch, verdammt nochmal, nicht mehr gescheit, wie kindisch ihr seid!»

«Ich bin es ja nicht, der ...», beginnt Konrad, sieht aber schnell ein, dass es sinnlos ist, darüber zu diskutieren.

Wenn er etwas in seinem Leben als vollständig abgeschlossenes Kapitel bezeichnen kann, dann ist es seine Ehe. Wie kann ein Mensch, der die eigene Tochter geboren und mit dem man mehrere Jahre lang Bett, Kühlschrank und Waschmaschine geteilt hat, plötzlich so gleichgültig sein wie ein Paket Tiefkühlfisch?

«Dann grüß sie auch nicht zurück», entgegnet er mit erzwungener Heiterkeit.

Sie reden noch ein paar Minuten, während Konrad im Hotelfoyer auf und ab geht. Sie erkundigt sich nach den näheren Umständen der Morde und dem, was er über die polizeilichen Ermittlungen weiß. Er fragt, ob sie inzwischen einen Freund hat – wohl wissend, dass sie nicht antworten wird –, und verspricht ihr, bald einmal nach Stockholm hochzukommen. Konrad sehnt sich nach seiner Tochter. Aber er sagt es nicht geradeheraus. Einen Augenblick lang überlegt er, ob er ihr von Hermans und Signes Erbe erzählen soll. Die Millionen kommen ihm so unwirklich vor. Der Gedanke an das Geld kratzt wie ein Wollpullover auf nackter Haut. Plötzlich soll er vermögend werden. Wenn sich die Polizei nun nicht darauf einschießt, ihn als Mörder hinzustellen. Doch nicht einmal das mag Konrad so richtig ernst nehmen. Es kann doch wohl nicht sein, dass sie so blöd sind, oder? Er entscheidet sich, Maria erstmal nichts von dem Geld zu erzählen.

«Und Sonja, wie läuft's mit ihr so?»

Die Frage überrascht ihn, obwohl es dafür eigentlich keinen Grund gibt.

Wie läuft's mit Sonja? Er weiß es wirklich nicht.

Sonja Kronstadt, deutschstämmige Künstlerin aus vornehmem Hause, deren Familie nichts mehr von ihr wissen will. Seit zwei Jahrzehnten in Berlin und ziemlich erfolgreich in den kleinen Galerien im Prenzlauer Berg. Hauptsächlich bekannt für eine beachtenswerte Body-Art-Ausstellung Mitte der Neunzigerjahre, «Die Mauer in uns», die dem Rezensenten der Berliner Zeitung zufolge «die psychischen Mauern, die der moderne Mensch in sich selber errichtet, kompromisslos offenbart». Aber ebenso eine fleißige Lieferantin lukrativer Pop-Art in Anlehnung an Andy Warhol, die sie in ihrem Atelier nahe der Zionskirche herstellt. Sonja ist kurz gesagt eine Künstlerin, die Geld verdient. Vor allem aber war sie in den letzten zwölf Jahren Objekt von Konrads heißer Begierde.

Wie läuft's mit Sonja? Konrad weiß nicht mal, wie er möchte, dass es laufen soll. Er weicht der Frage seiner Tochter aus.

«Wir lassen die Beziehung gerade etwas ruhen.»

«Aha.» Marias Stimme klingt säuerlich.

«Aber wir telefonieren und so. Manchmal. Mal sehn, wie's weitergeht», fügt Konrad hinzu.

Er hört, wie sie verächtlich schnaubt, und sieht förmlich vor sich, wie sie resigniert ihre dunklen Locken schüttelt.

«Du bist wirklich ein hoffnungsloser Fall», sagt sie.

«Ich lieb dich auch», kontert Konrad.

«Manchmal frag ich mich, ob du jemals erwachsen wirst.»

«Vielleicht ist es ja genau das, was ich jetzt endlich versuche zu tun», entgegnet er ernst.

Örjan Palander hat gerade sein erstes Norrlands Guld geöffnet, als Konrad die Tür aufdrückt. Ein Glöckchen bimmelt heimelig über der Eingangstür, aber der Redakteur fährt erschrocken auf und beeilt sich, diskret eine aufgeschlagene Zeitung wie ein kleines Dach über der morgendlichen Bierdose auszubreiten, bevor er zu seinem Gast aufblickt.

«Verdammt, hab ich einen Schrecken bekommen. Hab gedacht, es wär Solveig», grummelt er und wirft die Zeitung in eine Ecke.

Er schließt die Augen und nimmt ein paar große Schlucke. Konrad sieht, wie sein Adamsapfel auf- und abspringt und einige Schweißperlen entlang der Schläfen hinab in Richtung Hemdkragen rinnen.

Erst nachdem er ein genussvolles Schnaufen und dann einen kräftigen Rülpser von sich gegeben hat, öffnet Palander wieder die Augen.

«Wir sind vor einer Weile aufgekauft worden», sagt er entschuldigend, als würde das alles erklären. «Von Bonniers. Ihnen gehört heutzutage alles. DN, Sydsvenskan, Expressen, TV4, you name it. Ich hab jetzt 'ne Mitarbeiterin in der Anzeigenabteilung hier, und seitdem kann man sich nicht mal mehr 'n Bier genehmigen, ohne dass es Ärger gibt.»

Obwohl auf dem Metallschrank gegenüber vom Schreibtisch ein Ventilator rauscht, ist es warm im Raum. Fast genauso heiß wie draußen auf dem Marktplatz. Konrad spürt, dass er bereits von dem kurzen Spaziergang vom Hotel bis hierher durchgeschwitzt ist. Palander muss seinen sehnsüchtigen Blick bemerkt haben.

«Sie sehen aus, als hätten Sie auch gern eins ...?»

Konrad nickt, woraufhin Palander aufsteht und schweren Schrittes hinüber zum Kühlschrank schlurft. Seine Khakihosen sind am Hosenboden verschlissen, und die Taschen seiner Anglerweste scheinen mit allem möglichen Kleinkram gefüllt zu sein. Auf der Dose, die er ihm reicht, hat sich Kondenswasser gebildet.

«Glas gibt es leider keins dazu.»

Konrad öffnet die Bierdose, sodass es zischt, und lässt einige Schlucke die Kehle hinabrinnen. Er stößt ebenfalls einen kleinen Rülpser aus, hauptsächlich aus männlicher Kollegialität, und blinzelt dann durch die halbgeschlossenen Jalousien nach draußen.

«Scheint auch heute wieder heiß zu werden ...»

Örjan Palander zwirbelt seinen Schnauzbart, und Konrad stellt fest, dass er tatsächlich gewachst ist. Gibt es etwa immer noch Leute, die das machen?

«Japp», sagt Palander und fläzt sich in seinen Stuhl. «Wenn man dem Langhaarigen glauben soll, wird die Hitzewelle noch die ganze Woche andauern. Sie kennen ja den Kerl, der immer das Wetter im Fernsehen vorhersagt. Sieht aus wie Deep Purple auf Konfirmandenfreizeit.»

Er streicht sich mit der Handfläche über die Glatze und wischt dabei einige Schweißtropfen in Richtung Boden. Dann wirft er Konrad einen zweideutigen Blick zu, grinst und beginnt mit feierlicher Stimme zu rezitieren: «Und bringt das goldene Kalb, das wir gemästet haben, und schlachtet's; lasset uns essen und fröhlich sein! Denn dieser mein Sohn war tot und ist wieder lebendig geworden.»

Konrad lacht auf, doch es klingt eher wie ein Schnauben.

«Lukasevangelium», erklärt Palander. «Der verlorene Sohn. Denn das sind Sie doch, der verlorene Sohn, der wieder nach Hause zurückgekehrt ist, oder?»

«Der Lieblingssohn? Ich? Sie machen Witze …»

«Nein, stimmt, wäre vielleicht auch etwas schwierig, die Vaterrolle in diesem Stück zu besetzen.»

Beide verstummen, unsicher, was sie als Nächstes sagen sollen. Konrad fällt auf, dass sie sich gar nicht richtig begrüßt haben. Aber sich noch einmal vorzustellen, wäre überflüssig. Er selbst kann sich nicht erinnern, jemals mit Örjan Palander gesprochen zu haben. Er hat immer nur Gerüchte aufgeschnappt und ihn auf seinem Fahrrad vorbeisausen sehen.

«Sie wissen also, wer ich bin?»

«Das weiß doch wohl jeder hier im Ort. Na ja, aber bilden Sie sich nicht zu viel ein, von Ihrer journalistischen Tätigkeit weiß hier wohl kaum einer etwas. Aber nach dem Mord an Herman und Signe hat die Gerüchteküche heftig zu brodeln begonnen, das können Sie mir glauben.»

«Und was sagen die Leute?»

«Ach, sie scheinen nicht so recht zu wissen, was sie glauben sollen. Diejenigen, die etwas älter sind, erinnern sich bestimmt daran, dass Ihre Mutter verschwunden ist und Sie damals adoptiert wurden. Auch die Nachricht vom Lottogewinn hat sich natürlich herumgesprochen.»

«Danke, dass Sie davon in der Zeitung nichts erwähnt haben.»

«Don't you worry. Wird morgen die Titelstory. Hoff ich zumindest.»

«Und dann hab ich all Ihre Kollegen auf dem Hals?»

«Wahrscheinlich. Sie müssen sich wohl irgendwas einfallen lassen, um sie abzuschütteln.»

Konrad nimmt einen letzten Schluck Bier, knüllt die leere Dose zusammen und wirft sie in Palanders Papierkorb. Er merkt, dass ihm das Pils bei der Hitze ganz schön zu Kopf steigt.

«Die Leute sind natürlich geschockt», fährt Palander fort. «Das müssen Sie verstehen. Sie haben das Recht auf Information. Erst ein derartig brutaler Doppelmord. Und dann Tore Torstenssons kleiner Shootout in Onslunda. Das ist ziemlich viel Action für so ein winziges Kaff.»

«Heißt er so, Tore Torstensson?»

«Exactemente!»

«Sie haben geschrieben, dass er Schwedendemokrat ist …»

«Ja, wir haben hier 'ne ganze Menge von diesen rechten Typen. Und darauf sind wir nicht besonders stolz. Wissen Sie übrigens, dass es am ersten Mai dieses Jahres einen einzigen Ort in Schweden gab, wo diese Blödmänner ihren Demonstrationszug mit blaugelben Fahnen abgehalten haben? Und raten Sie, welchen!»

«Hier?»

«Genau. Die Sozis haben ihren Zug eingestellt. Stattdessen hatten wir eine kleine nationalistische Prozession. Es waren nur ein paar Dutzend, aber immerhin.»

«Und Torstensson?»

«Er war dabei, darauf können Sie Gift nehmen.»

Örjan Palander starrt ihm eine Sekunde lang geradewegs ins Gesicht, und Konrad kann sehen, dass die Haut um seine Augen herum ziemlich glatt ist. Aber er müsste sich dennoch so langsam dem Rentenalter nähern.

Der Redakteur nuschelt etwas vor sich hin, wühlt dann in einer seiner ausgebeulten Westentaschen herum und fischt eine Blechschachtel mit pechschwarzen Zigarillos heraus. Er bietet Konrad einen an, der abwehrend mit dem Kopf schüttelt, und zündet sich daraufhin selbst einen an. Die Rauchwolke stinkt wie ein ganzer Aschenbecher.

«Ich kaufe meine Zigarillos in Polen. Echte Ware aus Kuba. Behaupten die Polen jedenfalls. Verdammt günstig. Und stark wie die Hölle. Man muss die Gelegenheit nutzen, solange der Drachen weg ist», erklärt er und nickt in Richtung des leeren Schreibtisches seiner Mitarbeiterin.

«Glauben Sie, dass ein Zusammenhang besteht?», fragt Konrad.

Er merkt selbst, dass seine Frage etwas ungeduldig klingt.

«Zwischen den Morden, meine ich. Vielleicht waren es ja tatsächlich die Jungs aus dem Kosovo, die Herman und Signe erschossen haben.»

Palander zuckt mit den Achseln und schaut dann zur Decke, als suche er in seiner Erinnerung.

«Man gebe mir sechs Zeilen, geschrieben von dem redlichsten Menschen, und ich werde darin etwas finden, um ihn aufhängen zu lassen.»

Konrad hebt fragend die Augenbrauen.

«Richelieu. Der französische Kardinal, Sie wissen schon. Er wusste, wie man die Sache angehen muss. Nicht, dass diese Knallköppe in Onslunda besonders ehrenwert gewesen wären. Aber Sie können davon ausgehen, dass hier der eine oder andere die Meinung vertritt, dass Torstensson ihnen mit gutem Recht die Schädel weggeblasen hat.»

«Sie allerdings nicht, oder?»

«Na ja, schwer zu sagen. Vielleicht war es wirklich Notwehr ...»

Plötzlich beginnt Palander, in den Papierstapeln auf seinem Schreibtisch herumzuwühlen. Er brummt etwas vor sich hin, bis er findet, was er sucht.

«Haben Sie das hier schon gesehen?»

Er wedelt mit einem gelben Flugblatt zwischen Daumen und Zeigefinger. Konrad nimmt es in die Hand und liest.

Lasst Tore Torstensson frei!!
Ein ehrenhafter Bewohner von Onslunda ist rechtswidrig eingesperrt worden. Sein einziges Verbrechen besteht darin, dass er sein Leben und sein Heim gegen fremde Gewaltverbrecher verteidigt hat. Schließt euch an und protestiert gegen den Justizmord. Donnerstag, 20 Uhr, auf dem Marktplatz in Tomelilla.

«Das ist heute», seufzt Palander.

«Und wer verbreitet so etwas?»

«Sie sehen selbst, es ist nicht unterschrieben.»

Vor seinem inneren Auge sieht er eine lynchende Menge wie in einem amerikanischen Western aus den Sechzigern. Mit Fackeln und Lassos. Wenn allerdings jemand gehängt wird, dann bestimmt nicht Torstensson.

Palander streicht sich über das glattrasierte Kinn.

«Kann mir denken, dass ziemlich viele kommen. Vor einer Weile war die Stimmung hier in Tomelilla schon einmal ziemlich aufgeheizt. In der letzten Zeit sind einige Flüchtlingsfamilien in die Mietshäuser oberhalb der alten Schule gezogen. Als Sie den Ort verlassen haben, waren dort sicher noch Felder, nehm ich an. Die meisten von ihnen sind bestimmt friedliche Menschen. Aber es gibt ja immer irgendwelche halbstarken Rowdys. Und die Leute schieben genau denen gerne die Schuld für allen Mist in die Schuhe, der im Umkreis angestellt wird. Da hat es schon ein paarmal Ärger gegeben. Wer allerdings den ersten Stein geworfen hat, weiß wohl weder Gott noch Allah …»

Palander wird vom Klingeln des Telefons unterbrochen. Er antwortet kurz angebunden, hört dann hauptsächlich zu und wirft einsilbige Kommentare ein. Konrad steht von seinem Stuhl auf, um zu signalisieren, dass er nicht ungebeten mithören will. Draußen vor dem Fenster liegt der Marktplatz erschreckend öde da. Nicht einmal der Obsthändler hat heute seinen Stand aufgebaut, und auch der Springbrunnen ist abgeschaltet. Auf der Bank im Schatten direkt vor dem Systembolag sitzt ein ausgemergelter alter Mann, der aussieht, als schlafe er. Oder als sei er tot.

Konrad hört Palander mit den Fingergelenken knacken. Er dreht sich um und sieht, wie der Redakteur auf den Kühlschrank zeigt und dann zwei Finger in die Luft hält. Konrad folgt der Aufforderung und nimmt zwei volle Bierdosen heraus, während Palander den Hörer auflegt.

«Ein Kollege von Expressen. Wollte gern ’n paar Tipps von mir haben. Es wohnt ja ’ne ganze Traube von Journalisten aus Malmö und Stockholm im Hotel, wie Sie vielleicht bemerkt haben. Aber morgen sind sie wieder weg.»

«Und, haben Sie ihm was gegeben?»

«Was meinen Sie?»

«Tipps.»

Palander schnaubt verächtlich.

«Nein, mein Lieber. Da muss er mich erst mit 'nem teuren Abendessen schmieren. Und außerdem weiß ich nichts, was er sich nicht auch mit seinem eigenen Arsch ausrechnen könnte.»

Plötzlich wird Palanders Blick gedankenvoll, als wäre ihm gerade etwas eingefallen.

«Und Sie? Haben Sie vor, darüber zu schreiben?»

Konrad erstaunt die Frage. Der Gedanke war ihm gar nicht erst gekommen.

«Nein zum Teufel, sicher nicht. Ich bin doch viel zu sehr involviert. Außerdem hab ich aufgehört. Zumindest vorerst.»

«Nach der Sache in Bagdad?»

Er nickt, und Palander öffnet den Mund, um weiterzufragen, hält jedoch inne. Konrad wirft ihm einen dankbaren Blick zu. Langsam beginnt er, den Kerl zu mögen.

«Erzählen Sie mir, was Sie über Herman und Signe wissen», bittet Konrad. «Sie wissen doch bestimmt mehr über sie als ich.»

«Kaum. Ich hab in unserem Archiv gesucht und keine Zeile über sie gefunden. Ach doch, Signe ist in einer Reportage über den Kirchenflohmarkt erwähnt worden. Sie hat handgefertigte Stickbilder verkauft. Aber dazu müssen Sie Folgendes wissen: Wenn man in einem so kleinen Ort wohnt, werden alle, und ich meine wirklich alle, früher oder später in der lokalen Presse erwähnt. Außer Herman und Signe Jönsson. Sie müssen extrem unscheinbare Figuren gewesen sein.»

Konrad versucht, sie sich in Erinnerung zu rufen. Ja, unscheinbar waren sie immer. So unscheinbar, dass sie sich sogar dem Muster der Tapete anglichen. Es wundert ihn selbst, dass er so wenig über sie weiß. Dass er nur so vage Gefühle für zwei Menschen hegt, die sich immerhin zehn Jahre lang um ihn gekümmert haben, ihm zu essen, Kleider und ein Bett gegeben haben. Vielleicht lag es gar nicht an ihnen …

Er kommt nicht dazu, den Gedanken abzuschließen.

«Warum haben sie Sie eigentlich adoptiert?»

«Ich weiß nicht», antwortet er zögerlich, in Gedanken immer noch weit weg. «Als meine Mutter verschwand … gab es keinen anderen.»

«Polin, oder? Ich hab davon gehört, obwohl es passierte, lange bevor ich die Stelle hier in Tomelilla antrat. Ihr Vorname, Konrad, ist wohl auch polnisch, oder? Sie ist also einfach verschwunden, Ihre Mutter, und keiner hat sich darum gekümmert, nach ihr zu suchen?»

«Ich nehme an, dass sie gesucht haben. Aber ich kann mich an nahezu gar nichts aus dieser Zeit erinnern. Es ist sozusagen wie weggeblasen.»

Konrad leert seine zweite Bierdose, stellt sie auf dem Schreibtisch ab und steht auf. Er spürt, wie es sich in seinem Kopf zu drehen beginnt. Sein Hemd klebt am Rücken. Er nickt Palander zu.

«Noch einmal danke fürs Bier. Wir sehen uns.»

Als er schon die Hand auf der Türklinke hat, fällt ihm noch etwas ein.

«Ach übrigens, Örjan. Ich wollte nur wissen, … wie alt sind Sie eigentlich?»

«Warum wollen Sie das wissen?»

Konrad zuckt mit den Schultern. Dann öffnet sich Palanders Gesicht zu einem breiten Lächeln. Er streicht zärtlich über seinen gewachsten Schnauzbart und deklamiert: «Jahrgänge sind ein Maß, das für Frauen, Wein und Automarken gilt. Also nicht für einen alten Schreiberling wie mich», verdeutlicht er. «Ich betrachte mich als ewig jung.»

Konrad muss eine ganze Weile auf eine Erklärung warten.

«Ist aus Lennart Hylands legendärem Abc-Buch von 1966, Sie wissen schon. Unter dem Buchstaben J. Einer der besten Sprüche, wie ich finde.»

«Noch nie gehört», sagt Konrad und lässt die Tür hinter sich zufallen.

KAPITEL 7

Letztlich ging es nur um ein Eis, ein gewöhnliches «Top Hat», und Konrad hätte es wohl einigermaßen verwunden, wenn Göransson nicht so überheblich gegrinst hätte.

Er grinste unerträglich höhnisch, dieser Blödmann.

Genoss jede einzelne Sekunde.

Konrad würde diesen triumphierenden Blick und den gestrengen Zeigefinger des Magisters, der in Richtung des Papierkorbes neben dem Seehundbecken wies, nie vergessen. Auch wenn die Prüfung, der er da ausgesetzt war, längst nicht die schwerste in seinem Leben sein sollte. Und oberflächlich gesehen war es ja eigentlich eine Lappalie. Eine Bagatelle, die der Rest der Klasse wahrscheinlich am nächsten Tag schon wieder vergessen hatte. Doch in Konrads Gedächtnis brannte sich dieses spöttische Grinsen fest ein.

Konrad war zehn Jahre alt, und seiner Auffassung nach hätte man es nicht deutlicher ausdrücken können. Der Mathematiklehrer Donald Göransson hätte genauso gut eine ganzseitige Anzeige in Ystads Allehanda aufgeben oder sich ein Megaphon vor die Kehle halten und es über den gesamten Schulhof posaunen können: «Konrad Jönsson, dieser kleine Dreckskerl, ist ein uneheliches Kind. Ein Polackenbengel. Der ist anders als wir anderen!»

Es war allgemein bekannt, dass Göransson ein fieser Kerl war. Hart, aber gerecht, behaupteten einige Erwachsene, doch die wussten nicht, wovon sie sprachen.

Oder sie wussten es nur allzu gut.

Der Mathelehrer war sich nicht zu schade, sich bei Eltern, die Geld und Einfluss besaßen, einzuschmeicheln. Wenn er mit seiner grauen Mähne und seinem gefürchteten, erhobenen Schlüsselbund durch den Korridor schwebte, waren es niemals ihre Kinder, die eins übergezogen bekamen, wenn sie ihre Füße nicht rechtzeitig einzogen. Gunnel war eines seiner Lieblingsopfer. Sie saß in der letzten Reihe und wurde ein gesamtes Schuljahr lang in jeder Mathestunde Göranssons psychischer Tortur ausgesetzt. Gunnel war dick. Sie sah ziemlich unansehnlich aus, nicht gerade hässlich, aber sie hatte irgendwie einen dümmlichen Blick. Sie war Tochter einer alleinerziehenden Molkereiangestellten, kaute ständig Kaugummi und hatte gewisse Lernschwierigkeiten. Vor allem aber war es ihr schlicht unmöglich, das Einmaleins zu lernen. Diese Tatsache nutzte Göransson aus, indem er jede seiner Lektionen mit derselben Frage einleitete: «Gunnel, wie viel ist acht mal sieben?»

Wie auf Kommando wurde das Mädchen leichenblass im Gesicht. Sie stotterte und riet wild drauflos, und einmal wurde sie sogar so nervös, dass sie sich geradewegs in ihr Rechenheft übergab. Natürlich war die Antwort immer falsch, woraufhin die ganze Klasse in lautes Gelächter ausbrach, was mit der Zeit nahezu ein festes Ritual wurde. Donald Göransson quittierte seine Genugtuung mit einem zufriedenen Lächeln.

Einmal hatte ein Opfer versucht, Göranssons Misshandlungen mit dem Schlüsselbund im Schülerrat aufzugreifen. Aber obwohl man bereits die Siebzigerjahre schrieb, waren Schulreformen, Schülerdemokratie und ähnliche neumodische Errungenschaften irgendwie noch nicht bis nach Tomelilla vorgedrungen. Die Sache verlief ziemlich schnell im Sande. Und Donald Göransson war mit Sicherheit nicht der einzige Lehrer, der seinen Schülern hier und da heimlich eine Kopfnuss verpasste.

Konrad hatte sich auf den Klassenausflug in Skånes Tierpark gefreut. Dort gab es Wölfe, Luchse und Kreuzottern, war ihnen versprochen worden.

«Teuflisch giftig», beteuerte Sven Myrberg, als sie in den Bus stiegen.

Auch auf diesem Gebiet hatte er eine umfassende Vorbildung.

«Wenn man gebissen wird, ätzt es einem die Adern weg. Aber zum Glück haben sie keine Speikobras. Die hätten uns mit 'ner Ladung Spucke töten können, während wir dastehen und sie anglotzen.»

«Jetzt übertreibst du aber ein bisschen, Sven», warf Magister Göransson ein.

Er hatte neben dem Busfahrer gestanden und zugehört, ohne dass sie ihn bemerkt hätten. Er trug ein Fernglas an einem Riemen um den Hals sowie eine Fjällrävenjacke und Militärstiefel.

«Es gibt keine Schlangen, die spucken. Und außerdem brauchst du ja keine Angst vor Schlangen zu haben, Sven. Du weißt doch wohl, dass sie roten Ameisen nichts anhaben können, oder?»

Der Busfahrer und ein paar Schüler, die seinen boshaften Witz mitbekommen hatten, lachten laut. Sven verstummte, suchte sich einen Platz und setzte sich. Er drückte seine Stirn gegen das Fenster und murmelte etwas, sodass die Scheibe beschlug. «Scheißkerl», schrieb er mit dem Zeigefinger, wischte es aber gleich wieder weg, damit ihn keiner verpetzen konnte.

Es dauerte eine knappe Stunde bis nach Frostavallen, und bereits auf halber Strecke roch es im Bus nach feuchten Wollsocken, halb vergammelten Bananen und ranzigen Butterbrotpaketen. Konrad öffnete seinen Schulranzen, um nachzugucken, was er dabeihatte. Signe hatte ihm drei Wurstbrote, ein hartgekochtes Ei und eine Zimtschnecke eingepackt. Außerdem waren da noch eine Flasche Orangensaft und zwei Kronen für ein Eis am Kiosk. Das Geld hatte er erst nach beharrlichem Betteln bekommen.

«Aber sag Mutter nichts», hatte Herman geflüstert, als er ihm schließlich die Münze zusteckte und einen unruhigen Blick hinter sich in die Küche warf.

Bei den Jönssons herrschte nicht gerade ein Überfluss an Geld, und Signe predigte immer wieder, dass Sparsamkeit eine Tugend sei. Sie hatte panische Angst vor Armut und entsaftete und kochte entsprechende Mengen ein, sodass der ganze Keller voll mit Einmachgläsern stand. Jeden Abend saß sie vor dem Fernseher und flickte Klas' abgelegte Klamotten. Konrad hasste sie, genau wie er seinen Stiefbruder hasste. Klas' Geruch schien niemals ganz rauszugehen, und das Zeug kratzte und juckte, aber jeden Morgen, wenn er in Unterhosen auf der Bettkante saß, endete es damit, dass er es wieder anziehen musste.

Konrad hielt das Zweikronenstück, das er von Herman bekommen hatte, in der Hosentasche fest mit seiner Hand umschlossen und ging im Kopf die Eiskarte durch. Süßigkeiten durften sie nicht kaufen, das hatte Göransson ihnen ausdrücklich verboten. Aber ein Eis als Nachtisch würden sie nach dem Mittagessen kaufen dürfen.

Sie wanderten ein paar Stunden zwischen den Käfigen und Gehegen mit Elchen, Wildschweinen und Ziegen umher, bis Göransson endlich signalisierte, dass es Zeit für die Mittagspause war. Es fiel ein leichter Nieselregen, und die Kinder drängten sich, so gut es ging, unter dem Windschutz zwischen dem Hirschgehege und dem Seehundbecken zusammen. Der Magister saß etwas abseits. Er aß ein Frikadellenbrot mit Ei und trank dazu ein Leichtbier.

Als die Brote und die Zimtschnecke aufgegessen waren und er das gekochte Ei in einen Brennnesselbusch entsorgt hatte, konnte Konrad sich nicht länger zurückhalten. Er stiefelte los zum Kiosk.

«Ein ‹Top Hat›, bitte!»

«Das macht zwei Kronen», sagte das Mädchen hinter der Luke. Sie hatte blonde Zöpfe und schaute ihn misstrauisch an, als könne sie sich nicht vorstellen, dass er so viel Geld hatte.

Konrad legte die Münze lässig auf den Tresen.

«Und streu noch ein paar Streusel drauf.»

«Streusel bekommt man nur auf Softeis», entgegnete sie schnippisch.

«Ist doch egal», konterte Konrad.

In dem Moment, als er das Eis entgegengenommen hatte, fiel ein unheilverkündender Schatten über ihn. Konrad brauchte sich nicht umzudrehen, um zu sehen, wer es war. Er spürte, wie eine eiserne Hand sein Herz umklammerte.

«Und was machst du hier, wenn ich fragen darf?»

Donald Göransson betrachtete ihn, als hätte er gerade gemerkt, dass ihm eine Maus in die Falle gegangen war, und überlegte, welche Art des Tötens die leidvollste für sie wäre. Er grinste wie ein Honigkuchenpferd.

«Ich hab es von meinem eigenen Geld gekauft», piepste Konrad kleinlaut.

Göransson wandte sich der Schulklasse zu, um sicherzugehen, dass er die volle Aufmerksamkeit aller genoss. Einige Schüler kicherten erwartungsvoll. Andere hielten erschrocken den Atem an.

«Ich kann mich nicht erinnern, das Startzeichen dafür gegeben zu haben», sagte der Magister mit gespieltem Erstaunen.

Konrad schwieg.

«Oder, Kinder? Hat jemand mich etwa sagen hören, dass ihr losgehen und Eis kaufen dürft?»

Aus der Kindergruppe waren Geflüster und unterdrücktes Lachen zu hören. Aber keiner traute sich, etwas laut zu sagen.

«Also dann. Dann gehst du und wirfst dein Eis in den Papierkorb dahinten.»

Donald Göransson streckte seinen krummen Zeigefinger aus, während sein Gesichtsausdruck trügerisch mild wie der eines Erweckungspredigers war.

Dann grinste er, dieser Idiot.

Ein nahezu unscheinbares Grinsen, aber voller Genuss und Verachtung zugleich.

Mit einem Kloß im Hals ging Konrad zum Papierkorb und warf sein Zweikronen-«Top Hat» hinein. Es landete zwischen Bananenschalen und halb gegessenen Pausenbroten.

«Also gut, dann wäre das erledigt», sagte der Magister frohgemut. «Und jetzt ist Zeit für alle, die Geld dabeihaben, Eis zu kaufen.»

Im Bus nach Hause fragt Sven Myrberg ihn zum ersten Mal nach Agnes.

Niemand hat bislang jemals das Thema angesprochen. Und Konrad hat schon vor langer Zeit begriffen, dass er selbst es besser auch nicht täte.

«Sag mal, deine Mutter, wo ist die eigentlich?»

«Signe?»

«Nee, deine richtige Mutter ...»

Konrad zuckt mit den Achseln und schaut aus dem Fenster. Draußen ist es dunkel. Der Bus rauscht auf der Landstraße durch einen dichten Tannenwald dahin, und das Einzige, was er sieht, sind die verzerrten Spiegelbilder seiner Klassenkameraden. Er formt die Hände vor dem Gesicht zu einem Trichter, aber nicht einmal dann sieht er besonders viel. Nicht mal einen Elch, der aus dem Tierpark ausgebrochen ist. Konrad mochte die hochgewachsenen königlichen Tiere. Sie rochen herb und gut. Eigentlich müssten sie locker ausbrechen können, dachte er. Es dürfte doch nicht so schwer sein, einfach über den Zaun zu springen und hinaus in den unendlichen Wald zu verschwinden.

«Stimmt es, dass sie aus Polen kam?», fragt Sven weiter.

«Ja, und was zum Teufel ist damit?», zischt Konrad.

«Nichts», antwortet Sven und lässt es dabei bewenden.

Sie sitzen eine ganze Weile schweigend da. Inzwischen riecht es im Bus nach Furzen und Fußschweiß. Mehrere Kinder sind eingeschlafen.

«Aber glaubst du, dass sie noch lebt?»

Konrad spürt, wie er innerlich ganz kalt und leer wird.

«Oder ist sie tot?»

Er dreht sich ruckartig zu Sven um.

«Natürlich lebt sie noch!»

«Glaub ich zumindest», fügt er etwas leiser hinzu. «Einmal haben sie gesagt, dass sie in ein Sanatorium gefahren ist ...»

Sven Myrberg fragt nicht nach, was ein Sanatorium ist. Er sieht aus, als wisse er es bereits.

«Verdammter Arsch, dieser Göransson», sagt er stattdessen gedankenverloren. «Man müsste ihm 'ne glühende Eisenfeile in den Arsch rammen.»

KAPITEL 8

Die Pizzeria heißt «Bella Napoli», wird aber von einem Türken aus Kiruna betrieben.

Im Lokal stehen vier runde Tische, umgeben von undefinierbaren Küchendünsten und unerfüllter Sehnsucht. Rotkarierte Tischdecken, Plastikblumen und Teelichter in kleinen Glasbehältern. An der Wand hängen zwei gerahmte Poster. Das eine stellt einen Sonnenuntergang über Capri dar, auf dem anderen geht derselbe glühende Ball hinter der Blauen Moschee in Istanbul unter.

Die eingeschweißte Speisekarte ist abgegriffen und verschmiert, sodass sie kaum zu entziffern ist. Aber eine Tafel über dem Bartresen hilft weiter. «Die Top Ten des Monats» zeigen, dass die Pizza mit Schweinefilet am meisten verkauft wurde, dicht gefolgt von «Göksin special». Konrad kann nicht umhin nachzufragen, was sich dahinter verbirgt.

«Einmal gab es Elchpizza», antwortet der Mann hinter dem Tresen in melodischem Norrländisch. «War 'n Riesenerfolg. Ich hab das Tier selbst angefahren, auf der Straße nach Sjöbo.»

Sein Gesicht ist mit kleinen rot unterlaufenen Kratern übersät. Ein dünner, flaumiger Schnurrbart sprießt auf seiner Oberlippe. Aus den Ärmeln seines mit Mehl bestäubten, geringelten T-Shirts ragen zwei behaarte fleischige Arme heraus. Die Goldkette um seinen Hals sieht aus, als wiege sie ein halbes Kilo.

«Elch?»

«Ja, aber meistens nehme ich irgendein anderes Fleisch als Belag, das übrig ist. Kebab, oder so. Ich verkauf die Pizza zum Sonderpreis. Schmeckt meist gar nicht so besonders, um ehrlich zu sein. Wollen Sie sie probieren?»

Er nimmt einen Teigklumpen aus einer Plastikschüssel im Kühlschrank und beginnt ihn auf der Marmorplatte zu kneten.

«Ich glaub, ich nehme einfach eine Margherita», sagt Konrad vorsichtig.

«Vernünftig», murmelt der Norrlandtürke, ohne aufzuschauen.

Die anderen Tische sind leer. Auf einem Teller mit übrig gebliebenen Pizzarändern summen einige Fliegen genüsslich herum. Eine dicke, braun gesprenkelte Katze streicht zwischen den Stuhlbeinen umher und wirft ihm einen hungrigen Blick zu. Einen Moment lang scheint sie zu überlegen, ob sie auf den Tisch springen und sich ein paar Essensreste krallen soll, doch dann ist es ihr offenbar die Mühe nicht wert. Konrad folgt der Katze mit dem Blick, bis sie in die Küche hinaushuscht.

Dann schaut er zwischen den verstaubten Wedeln der Yuccapalme am Fenster hindurch auf die Straße. Auf dem etwas entfernt liegenden Marktplatz ist noch nichts los, obwohl die Protestkundgebung schon in einer halben Stunde beginnen soll. Aber er sieht nicht besonders gut, denn quer über die Fensterscheibe verläuft ein Sprung, der notdürftig mit Kleister und Klebeband zusammengehalten wird.

«Nehmen Sie dazu doch ein Efes», schlägt der Türke vor. «Dann haben Sie ein türkisch-italienisches Menü.»

Konrad nickt.

«Sie sind also Göksin, nehme ich an?»

«Ganz genau!»

«Und Sie haben Feinde», fügt Konrad hinzu und deutet mit dem Daumen auf die kaputte Scheibe.

«Allerdings. Schon das vierte Mal in einem halben Jahr. Letztes Mal waren nur noch Splitter übrig. Zwölftausend Kröten hat es mich gekostet, sie auszuwechseln. Diesmal muss 'ne Reparatur reichen.»

Er schiebt die zügig ausgerollte Pizza in den Ofen, holt zwei Bierflaschen aus dem Kühlschrank und setzt sich ungebeten auf den Stuhl gegenüber von Konrad. Lacht plötzlich resigniert auf und schüttelt dann den Kopf, wie angesichts einer amüsanten Erinnerung.

«Die sind so verdammt blöd ...»

«Wen meinen Sie?»

«Na ja, die Leute halt ... »

Göksin klaubt eine Portion Kautabak aus seinem Mund und blickt sich unschlüssig um. Nach einem Blick auf den Blumenkübel am Fenster wirft er den Tabak auf den Teller mit der halb gegessenen Pizza. Dann beugt er sich vertraulich zu Konrad vor und stützt sich auf die Ellenbogen.

«Als ich vor drei Jahren hergekommen bin, hab ich allen gesagt, dass ich aus Kiruna komme. Stimmt ja auch. Mein Vater ist in den Sechzigern da hochgezogen, kurz bevor ich geboren wurde. Hat in den Gruben gearbeitet. Tja, und ich dann auch, bis ich eines Morgens in diesem klapprigen Aufzug saß und mir klar wurde: Ich werd mich in dieser dunklen Hölle, verdammt nochmal, nicht für den Rest meines Lebens zu Tode schuften. Ich hab also den nächsten Aufzug nach oben genommen, bin geradewegs zum Chef reingegangen, hab den Helm auf seinen Schreibtisch geknallt und gekündigt. Und dann bin ich, so weit es nur ging, vor der Kälte und der Dunkelheit geflohen. Und landete hier. Hab Unterstützung vom Staat bekommen und alles. Und wissen Sie, als ich die Pizzeria dann Bella Napoli genannt hab, dachten alle, ich sei Italiener. Das fanden sie okay. EU-Bürger und so weiter. Aber irgendwann sind sie draufgekommen.»

Konrad schaut ihn verständnislos an.

«Worauf sind sie gekommen?»

«Dass es keine Italiener gibt, die Göksin heißen.»

«Nein, das ist ja klar ...»

«Eines Tages muss irgendein kluger Kopf draufgekommen sein. Der Norrländer ist eigentlich Türke. 'n richtiger Kanake. Und dann haben sie angefangen, mir Steine ins Fenster zu schmeißen.»

Er wirft den Kopf nach hinten, reißt den Mund weit auf, macht eine schnelle Drehbewegung mit der Hand, die die Bierflasche hält, und lässt den Inhalt in einem einzigen Wirbel in seiner Kehle verschwinden. Es gluckert, wie wenn der letzte Rest Badewasser in den Abfluss fließt. Dann knallt er die Flasche auf den Tisch, sodass der restliche Schaum hochspritzt.

«Vier Komma acht Sekunden! Ist mein Rekord. Hat beim Bierwettbewerb in der Grubengewerkschaft zu Silber gereicht.»

Konrad ist beeindruckt. Er nippt an seinem Efes und kommt sich ein wenig wie ein Weichei vor.

«Und was sind das für Leute?»

«Die, die Steine werfen? Keine Ahnung. Nicht, dass es keine netten Leute hier gäbe, das will ich nicht sagen. Aber die feigen Schweine, die das gemacht haben, würd ich nur zu gern zu fassen kriegen.»

«Vielleicht sind es ja nur Dummejungenstreiche?»

Göksin schaut ihn skeptisch an.

«Viermal hintereinander?»

Er steht auf, nimmt seinen Holzschieber und holt Konrads Margherita aus dem Steinofen. Die Pizza dampft. Duftet richtig lecker. Konrad merkt plötzlich, dass er seit dem Morgen nichts mehr gegessen hat. Den Nachmittag hat er in einem traumlosen Schlummer im Hotelbett verschlafen.

Er schiebt sich einen Bissen in den Mund und verbrennt sich prompt den Gaumen am heißen, klebrigen Käse. Stürzt sich aufs Bier.

«Verdammt!»

Für einen Augenblick zerfließt Göksin in einem Tränenschleier. Konrad blinzelt und reibt sich mit dem Daumen die Tränen aus den Augen. Als er wieder etwas erkennen kann, sieht er den Türken spöttisch grinsen. Er schnieft und schneidet vorsichtig ein weiteres Stück Pizza ab.

Nach einer Weile versucht Konrad erneut einen Blick an der Yuccapalme vorbei durch das gesprungene Fenster auf den Marktplatz zu erhaschen. Vor dem Systembolag scheint sich so langsam etwas zu tun. Göksin räumt den Teller vom Nachbartisch ab und wischt die Krümel von der Tischdecke. Brummelt etwas vor sich hin. Konrad schweigt und isst zügig zu Ende.

«Vielleicht gehören sie ja zu denen dahinten», sagt er dann.

«Wer denn?»

«Die, die keine Türken mögen.»

Konrad legt einen Hunderter auf den Tisch und macht sich bereit, das Lokal zu verlassen.

«Oder meinetwegen auch Albaner.»

Genau in dem Moment, als er auf den Bürgersteig tritt, beginnt die Nationalhymne über den Marktplatz zu dröhnen.

Du gamla, du fria, du fjällhöga nord … scheppern die Stimmen eines Männerchors aus zwei Lautsprechern auf der Ladefläche eines Kleinlasters.

Sie haben eine blau-gelbe Fahne dabei.

Vor dem Laster steht eine Gruppe von Männern und Frauen steif und mit ernsten Gesichtern da, als wären sie auf einer Beerdigung. Jemand salutiert halbherzig in militärischer Haltung. Ein anderer blickt sich unruhig um. Einige singen die Hymne mit, aber die meisten bewegen einfach aufs Geratewohl ihre Lippen, als suchten sie nach Worten. Mitten unter ihnen steht eine Handvoll junger Leute in völlig anderer Aufmachung. Ihre Schädel sind kahlrasiert, martialische Tätowierungen zieren ihre Nacken und Schultern. Sie sehen streitlustig aus.

Dann verstummt die Musik. Ein junger Mann mit blondem Schopf und rotgefleckten Wangen übergibt seine Fahne an den Nachbarn und steigt auf die Ladefläche. Er trägt Cordhosen mit akkurater Bügelfalte und trotz der Hitze einen gelben Wollpullover über der Krawatte.

Er ergreift das Mikrophon.

«Dasiiiiiiüüüüüüü …», pfeift es aus den Lautsprechern, sodass alle zurückweichen.

Der zweite Versuch klappt besser: «Das schwedische Rechtswesen hat vor der Kriminalität der Ausländer kapituliert», erklärt der Redner einleitend und schaut dabei mit ernster Miene über den Marktplatz.

Außer den Teilnehmern der Kundgebung, die aus ungefähr vierzig Leuten besteht, haben sich kleine Grüppchen Neugieriger gebildet. Konrad lässt seinen Blick über die Menschen schweifen und versucht sie einzuordnen. Sie in ein Muster zu fügen. Deswegen ist er ja eigentlich hier. Um eine Art Struktur auszumachen. Aber es gelingt ihm nicht. In einem Gesicht meint er, einen Zug zu erkennen, der ihn an etwas erinnert. Ein Zwinkern. Eine Art, den Kopf zu neigen. Ein nervöses Blinzeln. Doch dann ist es plötzlich weg, und die Menschenmenge wirkt wieder so anonym wie zuvor.

Die Einwohner dieses Ortes, er kennt sie nicht mehr. Dies ist nicht mehr seine Heimat. Vielleicht ist sie es auch nie gewesen.

Ein Fernsehteam von Sydnytt sowie eine ganze Menge anderer angereister Journalisten sind vor Ort. Konrad kennt keinen von ihnen. Örjan Palander hat sich einen gestreiften Klappstuhl neben dem Brunnen aufgestellt, als erwarte er eine längere Vorstellung. Er hat einen Notizblock auf dem Schoß liegen und blinzelt erwartungsvoll in Richtung des Polizeiaufgebots, das aus Ystad hochgekommen ist. Vor der Würstchenbude hängt eine Gruppe Jungs beziehungsweise junger Männer herum, die sich deutlich von den anderen abheben. Ihr Blick strahlt etwas Befremdliches aus. Eine Aggressivität, auch wenn sie sich gleichgültig geben. Möglicherweise aber auch Angst. Sie rauchen und werfen der verlorenen Schar neben dem Kleinlaster verächtliche Blicke zu.

«Tore Torstensson ist ein Held!», ruft der Mann durchs Mikrophon.

Seine Stimme ist voller Trotz. Man kann schon von weitem erkennen, dass seine Wangen glühen. Er lässt die Worte wirken. Auf dem Platz herrscht absolute Stille.

Plötzlich spürt Konrad, dass ihn jemand anstarrt. Seine Wangen beginnen zu glühen. Er sucht nach dem namenlosen Blick. Schließlich sieht er ihn, Klas. Er steht alleine, gleich neben den Teilnehmern der Kundgebung, aber dennoch ein paar Meter entfernt, als könne er sich nicht entscheiden, ob er dazugehören will. Er trägt Clogs und einen sackartigen Pullover, auf dem «Skåne-Molkereien» steht.

Für einen kurzen Moment begegnen sich ihre Blicke. Klas stiert ausdruckslos und mit leerem Blick vor sich hin, als suche sein Gehirn an einem völlig anderen Ort. Weit, weit weg. Doch dann scheint es, als käme er plötzlich zur Besinnung. Er nickt nahezu unmerklich und dreht dann schnell den Kopf weg, in Richtung des Redners.

«Tore Torstensson ist ein Held, weil er das getan hat, was die Pflicht eines jeden ehrenhaften Schweden ist.»

Die Stimme des Mannes auf dem Kleinlaster ist kurz davor, sich zu überschlagen. Woraufhin er es eine Oktave tiefer versucht.

«Tore hat sein Haus gegen Einbrecher verteidigt. Und dafür ist er ins Gefängnis geworfen worden. Das ist nichts Geringeres als Justizmord, was da passiert, und es ist unsere Pflicht, als Schweden dagegen zu protestieren.»

Der Redner reckt eine Hand in den Abendhimmel, nimmt sie aber mit einem unruhigen Blick auf die Fotografen schnell wieder herunter. Seine kleine treue Schar applaudiert. Konrad sieht, wie Klas die Hände tief in den Hosentaschen vergräbt und seine breiten Schultern wie ein Stier aufbläst.

Plötzlich ertönt eine andere Stimme.

«Scheißmörder!»

Der Ausruf des Jünglings an der Würstchenbude lässt alle zusammenfahren. Er hat zwei Schritte auf den Kleinlaster zu gemacht und reckt einen ausgestreckten Mittelfinger in die Höhe. Seine Augen blitzen. Der Mund ist zu einem schmalen Strich geformt. Seine Freunde treten unruhig auf der Stelle, als wüssten sie nicht so recht, was sie tun sollen. Konrad sieht, dass auch ein paar Mädels unter ihnen sind.

«Scheißmörder!»

Dieses Mal stimmen einige der anderen wie ein Echo in den Ruf ein.

Die Anwesenden tauschen unruhige Blicke aus, allerdings nicht die Skinheads, die sich langsam in Richtung der Gang an der Würstchenbude bewegen. Der wütende junge Mann steht reglos wie eine Statue da, den Stinkefinger in die Luft gereckt.

Möglicherweise sind die beiden verworrenen Worte die einzigen, die er auf Schwedisch kann, doch die Botschaft seines Ausrufs ist glasklar. Der Redner auf der Ladefläche ist verstummt, sein Blick flackert unruhig, und die Neugierigen sind ein wenig zurückgewichen. Die Kameras der Fotografen klicken.

Für einen Augenblick ist es, als stünde alles still oder hinge in der Schwebe, als würde die Zündschnur bereits brennen und sich der Funke unaufhaltsam in Richtung Sprengladung bewegen.

Die Skinheads grinsen amüsiert. Angespannte Gesichtszüge und geballte Fäuste an der Würstchenbude. Eine Explosion scheint unausweichlich.

Dann schreitet ein Polizeitrupp ein. Sie stellen sich zwischen der Immigrantengang und dem Kleinlaster in einer Reihe breitbeinig auf.

«Jetzt machen wir aber mal halblang hier», sagt der großgewachsene Kerl, der offenbar als Befehlshaber der Einheit fungiert, und hakt seine Daumen in den Hosenbund ein. «In diesem Land herrscht immerhin Versammlungsfreiheit.»

Der Jüngling starrt ihn an. Atmet schwer, schielt in Richtung der anderen, auf der Suche nach Unterstützung. Zieht dann den Stinkefinger zurück und spuckt wütend aufs Pflaster. Ein Freund zieht ihn beiseite, und schließlich folgt er ihm widerwillig. Die Gang verduftet um die Ecke. Der Letzte, der verschwindet, ist ein drahtiger Junge, der nicht älter als zehn aussieht.

«Fuck you!», piepst er und spuckt ebenfalls auf den Boden, bevor ein Mädchen, seine Schwester vielleicht, ihn beim Arm nimmt und beide sich beeilen, den anderen zu folgen.

Als der Mann auf der Ladefläche wieder das Mikrophon ergreift, spielt ein unverhohlenes nachsichtiges Lächeln um seine Mundwinkel.

«Der Auftritt, dessen Zeugen wir gerade eben geworden sind, ist ein erneuter Beweis dafür, dass es manchen offensichtlich schwerfällt, Respekt vor der Demokratie und der Meinungsfreiheit zu zeigen», verkündet er triumphierend.

Seine Anhänger lachen angestrengt.

Während der Redner fortfährt, beginnt das Fernsehteam seine Ausrüstung im Wagen zu verstauen. Für heute Abend ist die Vorstellung vorbei. Die angereisten Journalisten ziehen in Richtung Hotel ab, um ihre Artikel fertigzustellen, ein paar Fotos auszuwählen und das Material an ihre Redaktionen zu schicken. Wenn sie sich beeilen, schaffen sie es noch auf ein Bier in die Kneipe, bevor sie schließt. Konrad seufzt erleichtert, denn ihn hat offenbar keiner erkannt.

Als er gerade gehen will, spürt er eine schwere Hand auf seiner Schulter.

Es ist Palander.

«Mats Blomberg», sagt er und nickt in Richtung des Mannes im Wollpullover, der seinen Auftritt auf der Ladefläche des Kleinlasters immer noch nicht beendet hat.

«Einer der neuen smarten Typen. Kommt nicht von hier. Ist aus Malmö angereist, um die Gelegenheit sozusagen beim Schopfe zu packen. Wenn man die Sache richtig angeht, kann sich diese Geschichte hier als Goldgrube für Typen wie ihn erweisen.»

Er fischt seine Blechschachtel aus der Westentasche und zündet sich einen seiner schwarzen Zigarillos an. Einer Eingebung folgend, hindert Konrad ihn daran, die Schachtel wieder einzustecken. Dieses polnisch-kubanische Rauchwerk riecht gut.

«Ehrlich gesagt, wenn Sie vielleicht noch so einen für mich übrig hätten …»

Palander hebt erstaunt die Augenbrauen und gibt ihm Feuer. Konrad saugt an seinem Zigarillo. Der Teer brennt wie Säure bis tief in seine Lungen hinein. Seine Augen tränen zum zweiten Mal an diesem Abend, er beginnt zu husten.

«Verdammt!»

Örjan Palander kichert heftig, sein Bauch wippt dabei auf und ab. Er sieht aus, als läge ihm ein Seitenhieb auf der Zunge, den er allerdings unterdrückt.

«Wie meinten Sie das», krächzt Konrad, als er fertig gehustet hat.

Palanders Blick nimmt einen verschmitzten Ausdruck an. Er deutet mit seinem Zigarillo in Richtung Kleinlaster, auf dem Blomberg gerade das Finale einzuleiten scheint.

«Ein Weißer wird von zwei Kanaken überfallen. Verteidigt Heim und Vaterland. Und wird dafür eingebuchtet. Dass er Parteimitglied ist, macht die Sache nicht gerade schwieriger. Diese Typen hier lieben es geradezu, Opfermythen über die eigenen Leute zu schüren. Das hier ist für sie das reinste Traumszenario.»

Konrad lässt den Zigarillo hinter seinem Rücken zu Boden fallen und hofft, dass der andere es nicht bemerkt.

«Aber ihre Leute hier draußen sind ein bisschen zu dumm, um zu begreifen, wie man die Situation für sich nutzen kann», fährt Palander fort. «Sie sind ja selber Verlierer in der heutigen Zeit. Merken, dass sie den Zug verpasst haben. Und die Angst verunsichert sie. Also klammern sie sich an jeden Strohhalm, den sie zu fassen bekommen:

Dreht die Zeit zurück! Werft alle raus, die unser schönes Land zerstören! Und dann träumen sie sich zurück in den alten Sozialstaat, in das gute alte schwedische Volksheim, in dem alle die gleiche Fleischwurst aßen und alles Friede, Freude, Eierkuchen war. Sie wissen ja, Vater schafft das Geld ran, und Mutter hütet die Familie. Und alle sind glücklich und zufrieden.»

«Ist es denn jemals so gewesen?»

«Natürlich nicht. Es geht um das Bild, das sie von sich haben. Als Ausdruck ihres Nationalismus. Das Bild vom glücklichen Wohlfahrtsstaat.»

Konrad schaut zu den Teilnehmern der Kundgebung hinüber. Die meisten sind Männer und Frauen mittleren Alters. Er versucht sich vorzustellen, was sie denken. Sind sie wütend? Rachsüchtig? Nein, nichts dergleichen. Die meisten Gesichter sind ausdruckslos. Manche sehen aus, als fühlten sie sich nicht wohl in ihrer Haut, als hofften sie, dass alles möglichst bald vorbei sein würde. Konrad hat den Eindruck, dass es sie eher nach Hause vor den Fernseher und zum Bingo zieht.

«Wie auch immer», sagt Palander. «Wenn's heiß wird und sie wissen, dass die Presse vor Ort ist, schickt die Partei natürlich einen smarten Typ wie Mats Blomberg.»

«Und was geschieht nun?

«Schwer zu sagen. Blomberg hatte sich heute Abend wohl ein bisschen mehr Action erhofft. Einen regelrechten Überfall dieser Immigrantengang, sodass die Polizei hätte hart durchgreifen müssen. Das wäre nach seinem Geschmack gewesen. Und die Skinheads wollen sie eigentlich auch nicht länger in ihren Reihen haben. Die machen sowieso nur Ärger.»

«Und wer waren die anderen?»

«Die Ausländer? Weiß nicht genau. Würde mich nicht wundern, wenn einer von ihnen mit den Jungs verwandt ist, denen in Onslunda die Birne weggeschossen wurde. Ich hatte eigentlich vor, dem Knaben mit dem Stinkefinger ein paar Fragen zu stellen, aber er war ziemlich schnell weg. Muss ich auf morgen verschieben.»

Spärlicher Applaus aus Richtung des Kleinlasters signalisiert, dass die Kundgebung zu Ende ist. Palander entschuldigt sich eilig und geht auf Blomberg zu. Konrad sieht, wie er den Kopf zur Seite neigt, einige Fragen stellt und sich Notizen in seinem Block macht. Blomberg scheint eine Menge zu sagen zu haben, und Palander muss ihn mehrmals unterbrechen. Er fuchtelt mit seinem Stift herum und gestikuliert. Nach ein paar Minuten ist er zufrieden.

Als er zurückkommt, leert sich der Marktplatz bereits. Konrad schaut in fragende Gesichter, als wären sich die Leute nicht ganz sicher, was für einer Vorstellung sie da beigewohnt haben. Die Sonne ist inzwischen hinter dem Gebäude der Sparkasse verschwunden, aber es dauert noch eine Weile bis zum Sonnenuntergang. «Und?», fragt Konrad neugierig.

«Es gibt drei Sorten von Lügen: Lügen, gemeine Lügen und Statistiken.»

«Mark Twain», erwidert Konrad schnell.

Palander scheint beeindruckt.

«Die Verbrechensstatistik sprudelt geradezu wie ein Wasserfall aus ihm heraus. Wenn man all dem glauben soll, gibt es nicht einen einzigen Schweden, der sich in den letzten fünfzig Jahren eines Mordes oder einer Vergewaltigung schuldig gemacht hätte.»

«Nichts Aktuelles?»

«Dieselben Phrasen wie immer. Er ist aalglatt.»

«Ich hab über Ihre Worte nachgedacht», sagt Konrad.

«Ja?»

«Theoretisch könnte es auch genau andersherum sein. Das hier ist möglicherweise ganz und gar nicht ihr Traum, vielleicht eher ein Albtraum. Schlussendlich kann die Story ja auch völlig anders ausgehen, als sie sich erhoffen: Schwedendemokrat schießt kaltblütig unschuldige junge Männer nieder.»

Palander schüttelt ungläubig den Kopf.

«Theoretisch … Aber die Frage ist ja, ob es eine so große Rolle für sie spielt.»

«Wie meinen Sie das?»

«Ich glaube, das Wichtigste ist der Konflikt. Die Angst. Dass sie Wasser auf ihre Mühlen bekommen und sich weiterhin darüber beschweren können, dass die Multikulti-Schiene nicht funktioniert. Dass alles den Bach runtergeht, wenn sich Schwarz und Weiß mischen.»

Sie schütteln sich die Hand und verabschieden sich. Palander, um einen Artikel zu schreiben. Konrad, um … tja, er weiß nicht so genau. Vielleicht, um die Zeit in der Bar totzuschlagen. Besonders verlockend erscheint ihm der Gedanke allerdings nicht.

Als er in Richtung Hotel schlendert, kann er eine weitere Person ausmachen, die er wiedererkennt.

Gertrud.

Sie ist gerade am Irish Pub vorbeigegangen, hat die kleine Kuppe am Bahnübergang passiert und ist kurz davor, um die Ecke in Richtung Bahnhofsgebäude zu verschwinden.

Er sieht ihr Gesicht nur flüchtig im Profil. Ihr rotes Haar flattert in einer Windbö.

Aber es besteht kein Zweifel. Es ist Gertrud.

KAPITEL 9

Die Hitze ist kaum zu ertragen. Konrad sehnt sich nach dem Meer.

Vor langer Zeit war er einmal zur See gefahren, um wegzukommen. So weit weg wie nur möglich.

Gerade mal siebzehn Jahre alt, beladen mit bitteren Erinnerungen und Signes verschlissener braunkarierter Reisetasche, hat er eine Zugfahrkarte nach Malmö gekauft. Es war am frühen Morgen nach seiner letzten Nacht in Tomelilla. Die Leere hatte die Wut in seiner Brust verdrängt. Aber nie im Leben würde er wieder dorthin zurückkehren. Dieses Versprechen, das er sich selbst gab, war hoch und heilig. Die Erinnerung an Hermans Hammer, den er in der Nacht fest umschlossen gehalten hatte, ließ er am Bahnhof zurück. Um Haaresbreite hätte er getötet. Als der Zug den Bahnhof verließ, schaute er nicht zurück.

«Es ist nur zu deinem Besten, Konrad. Sobald er dich zu sehen bekommt, wird er dich wahrscheinlich totschlagen.»

Signes Worte und ihr unglücklicher Blick blieben noch eine Weile haften. Auch die Umrisse Hermans, der drinnen hinter dem Küchenfenster gestanden und gewunken hat. Doch bald waren sie für immer verschwunden.

Warum er ausgerechnet in Oslo anheuerte, hat er vergessen. Vielleicht hatte er einen Tipp bekommen, vielleicht reichte sein Geld aber auch nur bis dorthin. Doch der Reeder hat keine Fragen gestellt, und der Lohn war gut.

In den ersten Wochen musste er kotzen wie ein Reiher. Die wettergegerbten Seeleute lachten. Doch er sehnte sich keine Sekunde lang nach Hause. Und als sie sich zum ersten Mal der Straße von Hormus näherten, hatte Konrad bereits schwielige Hände wie ein echter Seemann.

Der Öltanker «Knut Hamsun» fuhr mit einer Besatzung von sechsundzwanzig Mann. Konrad war der Jüngste, stand aber dennoch nicht auf der untersten Stufe der Rangordnung; dort standen die philippinischen Matrosen, egal wie alt sie waren.

Konrad gefiel das Leben auf See. Alles Kleingeistige, Engstirnige hatte er hinter sich gelassen. Heimtückische und offen zur Schau getragene Feindseligkeit. Die bösen Blicke und das Gerede.

Auf dem Meer war er frei. Zumindest dachte er das am Anfang. Dort herrschten Zucht und Ordnung, jeder wusste, wer das Sagen hatte, und wenn es mal hitzig wurde, war es meistens besser, die Klappe zu halten.

Die Tankschiffe und Frachter führten ihn an Orte, von denen er bislang nur hatte träumen können. Er kam nach New York und Rio, Rotterdam und Akaba und ziemlich oft hinunter in den Persischen Golf.

Dennoch wurde es Konrad schließlich zu langweilig. Nach sieben Jahren hatte er genug. Nicht von der Schufterei, sondern eher von der Langsamkeit. Die meiste Zeit über sah er ja nur Himmel und Meer. Ein Tag glich dem anderen. Außerdem hatte er zu viel Zeit zum Nachdenken. Das Einzige, was variierte, waren die Nuancen in den Sonnenuntergängen.

Die Kälte im Norden und die heftig wütenden Stürme. Die Schiffe, die ungerührt die grauen Wassermassen durchpflügten.

All das hat er verinnerlicht.

Aber noch öfter denkt Konrad an den frischen Wind, der für Abkühlung sorgte. Und wenn es im Sommer richtig heiß wird, sehnt er sich immer nach dem Meer.

Es ist fast wie eine Befreiung, als Eva Ström anruft und ihn bittet, hinunter nach Ystad zu fahren. Das Thermometer im Foyer des Hotels zeigt siebenundzwanzig Grad im Schatten an, obwohl es noch früher Morgen ist.

«Es sind nur noch ein paar Fragen zu klären», erläutert sie.

«Klingt ja unkompliziert», antwortet er beruhigt und steckt sein Handy wieder in die Tasche.

Auf dem Weg nach draußen wirft er einen Blick in die Lobby, um zu sehen, ob Gertrud da ist, aber er entdeckt sie nicht. Konrad hat seit seinem ersten Morgen im Hotel nicht mehr mit ihr gesprochen. Und sie nach der Kundgebung auf dem Marktplatz nur flüchtig gesehen.

Von Tomelilla bis hinunter zur Südküste sind es nicht mehr als fünfzehn Kilometer Luftlinie. Er braucht eine gute Viertelstunde, bis er vom Ort aus in Richtung Süden abgebogen, an der Kirche von Benestad vorbeigefahren ist und schließlich mit heruntergelassenen Seitenscheiben Ystad erreicht, wo er am alten Wasserturm vorbeikommt, der an eine Nuckelflasche erinnert. Er parkt den Opel vor dem Polizeigebäude und betrachtet die hässliche Ziegelfassade, bevor er den Eingang betritt.

An der Rezeption sitzt eine einsame uniformierte Frau. Sie hat das nachlässig zu einem Knoten hochgesteckte Haar mit einem Stift zusammengehalten und wirkt unendlich gelangweilt. Konrad widersteht einem inneren Impuls, nach Kurt Wallander zu fragen. Für eine Sekunde sieht er die aufgedunsene Gestalt des Kommissars aus dem Pausenraum am Ende des Korridors schlurfend auf sich zukommen.

«Eva Ström», sagt er stattdessen. «Ich suche Eva Ström.»

«Und wer sind Sie, wenn ich fragen darf?»

Die Rezeptionistin beendet ihre Frage mit offenstehendem Mund, als hätte sie Bedenken, dass ihr die Antwort entgehen könnte, während sie kaut. Auf dem Tresen liegt eine Schachtel mit Nikotinkaugummi. Sie macht einen ungeduldigen Eindruck.

«Konrad Jonsson. Sie hat mich gebeten zu kommen.»

«Setzen Sie sich!», sagt die Frau im Befehlston und nickt in Richtung einer schwarzen Ledersitzgruppe unter einem Schwarzen Brett.

Sie nimmt den Telefonhörer ab, doch bevor Konrad Platz nehmen kann, fliegt auch schon eine der schusssicheren Glastüren auf. Eva Ström scheint es eilig zu haben. Sie sieht bedeutend strenger aus als beim letzten Mal. Nimmt sich kaum Zeit, ihn zu begrüßen.

«Sie werden mit dem Kommissar sprechen müssen», klärt sie ihn auf.

«Wallander?», entfährt es ihm.

Sie kneift ihre schrägstehenden Augen zusammen, sodass ihr Gesicht noch breiter wirkt. Konrad kann nicht ausmachen, ob es ein Lächeln darstellen soll. Vielleicht hat sie ja Eskimoblut in den Adern, denkt er.

«Wohl kaum», entgegnet Eva Ström. «Eher genau das Gegenteil. Na ja, wenn man das so sagen kann. Er heißt Björn Bernhardsson. Und raten Sie mal, ob er diese Wallanderwitze wohl schon kennt?»

Zu seinem Erstaunen wird Konrad nicht ins Dienstzimmer des Kommissars geführt. Allerdings auch nicht in ein Vernehmungszimmer, in dem Polizisten, Zeugen und Opfer von Gewaltverbrechen ihn durch dunkelgetönte Scheiben beobachten können. Ein großer ovaler Tisch aus heller Birke ist das Erste, was er sieht, als Eva Ström die Tür öffnet. Dahinter ein Flipchart. Darauf hat jemand mit einem Filzstift kreuz und quer Pfeile gemalt und diese mit Ziffern versehen. Vielleicht ein Plan für eine Razzia. Konrad nimmt an, dass er sich in einer Art Konferenzraum befindet. Vielleicht wollen sie ihn in Sicherheit wiegen, bevor die Falle zuschnappt. Zumindest hat der Raum eine Klimaanlage und ist angenehm kühl.

Bernhardsson hat bereits Platz genommen. Als Konrad ihn erblickt, versteht er, was Eva Ström gemeint hat.

Der Kommissar ist extrem klein. Er ist schmal und drahtig, und sein kahler, buckliger Schädel lässt ihn wie ein Reptil aussehen. Bernhardsson trägt ein blütenweißes Hemd, eine limonengrüne Seidenkrawatte und darüber einen Nadelstreifenanzug, der teuer aussieht. Sein giftiger Blick macht deutlich, dass er nicht zu Scherzen aufgelegt ist. Weder heute noch an irgendeinem anderen Tag.

«Kaffee?»

Bernhardsson muss so um die sechzig sein, klingt aber wie ein Junge, der noch nicht in den Stimmbruch gekommen ist. Konrad nickt und nimmt den braunen Pappbecher entgegen. Eva Ström hebt abwehrend die Hand.

«Polizistenmagen. Ich trinke möglichst nur zwei Becher am Tag», erklärt sie und sinkt in den Sessel neben der Tür.

Bernhardsson nippt an seinem dampfenden Kaffee. Er hat seinen eigenen Keramikbecher aus seinem Arbeitszimmer mitgebracht. Darauf steht «Opa ist der Beste». Er mustert Konrad über den Rand hinweg mit einem forschenden Blick.

«Wir haben alle Hände voll zu tun», sagt der Kommissar

einleitend. «Ermitteln in vier Todesfällen gleichzeitig. Das entspricht nicht unbedingt dem normalen Pensum hier in Ystad.»

Er deutet mit dem Becher auf einen Stuhl und setzt sich selbst auf einen anderen. Eine Ahnung zu nahe für Konrads Empfinden. Bernhardsson verzieht das Gesicht, kann aber einen gedämpften Rülpser nicht unterdrücken. Konrad schiebt seinen Stuhl diskret ein Stück nach hinten, um seinem Atem zu entgehen.

«Sie haben Kriminalinspektorin Eva Ström ja bereits kennengelernt. Wir müssen allerdings noch ein paar Dinge komplettieren. Tatsache ist, dass wir aus den Morden an Ihren … Adoptiveltern nicht ganz schlau werden.»

«Sie haben noch keine heiße Spur?»

Bernhardsson ignoriert seine Frage. Er zieht ein paar Papiere aus einer braunen Mappe.

«Ich möchte gern, dass Sie mir detailliert aufschlüsseln, was Sie am zwölften und am dreizehnten Juni gemacht haben. In der Nacht auf den Dreizehnten wurden nämlich Herman und Signe Jönsson umgebracht.»

Sein Blick ist unmissverständlich. Der Kommissar ist eine giftige Eidechse, auf der Jagd nach Beute. Das geringste Gestammel oder irgendwelche Ausflüchte, und er wird zuschnappen. Konrad spürt, wie sich sein Magen zusammenzieht.

«Das hab ich doch bereits gesagt», verteidigt er sich, bereut aber sofort, dass er nicht einfach getan, wie ihm geheißen wurde.

Bernhardsson befeuchtet seine schmalen Lippen mit der Zunge.

«Also gut», sagt Konrad schnell. «Ich muss mich in meiner Wohnung am Möllan aufgehalten haben. Also am Möllevångstorg in Malmö. Ich wohne dort seit ein paar Monaten zur Zwischenmiete.»

«Sie müssen …?»

«Ja.»

«Ist das eine Schlussfolgerung, die Sie da ziehen? Oder etwas, an das Sie sich tatsächlich erinnern?»

Konrad schaut erst zu Bernhardsson und dann zu Eva Ström, kann aber bei keinem der beiden die geringste Bereitschaft erkennen, ihm auf die Sprünge zu helfen.

Er schließt die Augen und bemüht sich, die Tage zu zählen. Bekommt es nicht auf die Reihe. Seit das mit Mahmoud passierte und Konrad nach Berlin zurückkam, hat sich sein Leben in ein einziges Chaos verwandelt. Sonja und seine alten Freunde, plötzlich erschien es ihm, als kenne er sie nicht mehr. Als er nach Malmö zog, wurde es auch nicht besser. Vielleicht war es eine sinnlose Flucht. Oder ahnte er damals bereits, dass es an der Zeit war, nach … Hause zurückzukehren?

Das Wort irritiert ihn: welches Zuhause?

In Berlin ist er wenigstens zwischenzeitlich immer mal wieder Taxi gefahren. Was ihn zwang, nüchtern zu bleiben. Aber in Malmö … Wo sind die Tage dort bloß geblieben? Konrad besitzt hauptsächlich vage Erinnerungen an dieses muffige Zimmer, in dem er vor dem PC sitzt. Meistens viel zu besoffen, um irgendetwas Vernünftiges schreiben zu können. Er muss unheimlich viel geschlafen haben.

«Sie haben keinen Kalender, den Sie konsultieren können?»

«Nein.»

Plötzlich steigt Wut in ihm auf. Was gibt es eigentlich für einen Grund, hier zu sitzen und sich schämen zu müssen? Nur weil diese dämlichen Dorfpolizisten nicht in der

Lage sind, ihren Job zu machen. Was geht sie eigentlich sein Leben an? Sein verdammtes armseliges Leben. Konrad hält sich in letzter Sekunde zurück. Jetzt nur nicht ausrasten. Kein pathetischer Wutausbruch.

«Sie können doch nicht ernsthaft glauben, dass ich …»

«Wovon leben Sie im Augenblick?», unterbricht ihn Bernhardsson.

«Wie bitte?»

«Sie müssen doch irgendein Einkommen haben. Denn Sie liegen doch wohl nicht dem Staat auf der Tasche und leben von Sozialhilfe, oder?»

«Nein, ich hab ein bisschen Geld … Oder besser gesagt, hatte.»

«Von Ihrer Tätigkeit als Journalist in Berlin?»

Sein Blick ist eisig. Die Stimme voller Zweifel.

«Ja, eine Zeitlang funktionierte es recht gut. Ich hab als freier Journalist für einige große deutsche Zeitungen gearbeitet. Ein wenig für die Rente beiseitegelegt. Aber dann ist ein … Unglück geschehen. Oder wie man das auch immer nennen will. Sodass ich aufgehört habe.»

Konrad muss sich bis zum Äußersten anstrengen, um die Erinnerung zurückzudrängen. Er hat keine Bilder im Kopf. Da ist nur Dunkelheit. Geräusche und Gerüche. Die aufgebrachten Stimmen. Mahmouds erbärmliches Flehen. Der Schuss, der in seinem Kopf hallt. Und dann der Geruch. Nach Stahl, Schießpulver und warmem Blut.

Warum hat er nichts unternommen?

Konrad unterdrückt die letzten Eindrücke und öffnet die Augen.

«Jetzt ist das Geld nahezu aufgebraucht», erklärt er.

«Tragisch», seufzt Bernhardsson und macht den Eindruck, als meine er es ernst.

«Hier in Schweden hat der Zwischenfall eine Menge Aufmerksamkeit erregt», wirft Eva Ström ein. «In den Nachrichten und so. Aber Sie haben sich gar nicht dazu geäußert. Haben Sie Ihre Version denn nie öffentlich gemacht?»

«Nein.»

«Lassen Sie uns diese Sache jetzt nicht weiter vertiefen. Die Frage, die wir hier zu klären haben, ist also, ob Sie in irgendeiner Weise glaubhaft belegen können, wo Sie sich in besagter Nacht befanden. Die Nacht auf den dreizehnten Juni.»

Die helle Jungenstimme des Kommissars ist erneut kompromisslos. Er richtet seinen grünen Schlips.

«Leider nein.»

Konrad schüttelt den Kopf.

«Ich habe leider nichts Konkretes … Ich kann mich ganz einfach nicht erinnern.»

«Aber Sie befanden sich in Malmö?»

«Ja, auf jeden Fall. Ich muss dort gewesen sein.»

«Wir haben nämlich einen höchst glaubwürdigen Zeugen, der etwas anderes behauptet.»

Bernhardsson hat mitten in einer Bewegung innegehalten. Er wartet, bis seine Beute sich bewegt. Sich nähert. Oder zur Flucht ansetzt.

«Und wen?»

«Dazu kann ich leider nichts sagen.»

Konrad wendet sich an Eva Ström. Sie schaut ihm beharrlich in die Augen. Eskimogesicht. Ihr Blick gleicht einer Warnung. Sie wird ihm nicht zu Hilfe kommen.

«Die Person, von der ich spreche, hat Sie in Tomelilla gesehen. Am späten Abend des zwölften Juni. Genauer gesagt, weniger als eine Stunde vor dem Zeitpunkt, an dem Herman und Signe Jönsson nach Aussage des Rechtsmediziners erschossen wurden.»

Die Luft im Raum scheint plötzlich keinen Sauerstoff mehr zu enthalten. Ist etwa die Klimaanlage ausgefallen? Konrad beginnt zu schwitzen. Er spürt, wie sich klebrige Spinnweben um seinen Körper winden. Unsichtbar, aber zäh und stark.

«Es sieht in der Tat ziemlich schlecht für Sie aus», klärt ihn Eva Ström auf. «Wenn es etwas gibt, das Sie uns bisher vorenthalten haben, ist es höchste Zeit, jetzt damit rauszurücken.»

Konrad fühlt sich absolut leer. Er zuckt resigniert mit den Achseln.

Alle drei sitzen eine ganze Weile schweigend da. Es kommt ihm wie eine Ewigkeit vor. Aber das digitale Zifferblatt der Wanduhr schafft es gerade mal, eine Minute weiterzuspringen, bevor Bernhardsson aufsteht.

«Ich habe mich mit der Staatsanwältin beraten, bevor Sie hergekommen sind. Sie müssen wissen, Konrad, dass Sie kurz vor einer vorläufigen Festnahme stehen. Sie haben ein Motiv und kein Alibi. Aber die Staatsanwältin war der Meinung, dass wir noch abwarten sollten ...»

Er öffnet die Tür zum Korridor einen Spaltbreit.

«Denken Sie nach, ob Sie irgendeinen Beleg beibringen können, der beweist, dass Sie nicht lügen. Eine Quittung aus dem Geldautomaten. Einen Tankbeleg. Oder eine Rechnung für eine Kartenzahlung von wo auch immer», ermahnt ihn Bernhardsson.

Dass Sie nicht lügen. Konrad will sich gegen die Formulierung wehren, hat aber keine Kraft.

Er steht auf, nickt Eva Ström zu und verlässt den Raum.

Nach ein paar Schritten auf dem Korridor hält ihn die schrille Stimme des Kommissars auf.

«Wir möchten, dass Sie sich mindestens ein Mal täglich

bei uns melden. Bis auf weiteres. Das hat die Staatsanwältin angeordnet.»

Konrad nimmt die Visitenkarte mit Bernhardssons Telefonnummer entgegen und verlässt das Polizeigebäude ohne ein Wort.

Die Hitze schlägt ihm wie eine Wand entgegen. Auf dem Parkplatz ist es absolut windstill. Es scheint ein Gewitter in der Luft zu liegen. Ein Unwetter, das für Abkühlung sorgen würde, wäre jetzt befreiend. Doch der Himmel ist knallblau, ohne das geringste Wölkchen. Die Straße liegt öde da. Nur aus dem Wipfel einer Birke zwitschert verhalten eine Kohlmeise.

Im Wagen ist es heiß wie in einem Backofen. Er lässt beide Seitenscheiben herunter und fährt los, so schnell er kann. Es ist schon eine Weile her, dass die Klimaanlage ihren Geist aufgegeben hat, aber der CD-Player funktioniert zumindest. Konrad wühlt im Handschuhfach und findet eine Springsteen. Er schiebt sie hinein und dreht die Lautstärke auf.

Muss das Hirn durchpusten, denkt er. Den Kopf wieder frei bekommen.

Er beschleunigt, als er in Richtung Osten durch Sandskogen fährt, und spürt, wie ihm der Wind durchs Haar fährt. Clarence Clemons' dröhnendes Saxophon. Konrad ist allein und brüllt geradewegs in die Luft:

«Baby, this town rips the bones from your back
It's a death trap, it's a suicide rap
We gotta get out while we're young
Cause tramps like us, baby, we were born to run.»

Es herrscht nahezu kein Verkehr auf den Straßen. Die Leute haben die frühe Hitze offenbar nicht vorhergesehen. Die erste Reisewelle wird wohl nicht vor Mittsommer einsetzen. Bis dahin müssen die meisten wohl oder übel am Arbeitsplatz ausharren und schwitzen.

Das Meer.

Er sehnte sich doch nach dem Meer. Konrad beschließt, der Küste in Richtung Osten und Norden zu folgen.

Während er an dem Kiefernwald bei Sandhammaren vorbei in Richtung Simrishamn fährt, kommen die Gedanken zurück. Seit der Nachricht von Hermans und Signes Tod ist er die ganze Zeit nüchtern geblieben. Und dennoch kommt es ihm vor, als verliere er den Boden unter den Füßen, als würde er in einen wabernden Sumpf hinabgezogen. Der Entschluss zurückzukommen erscheint ihm im Nachhinein nicht mehr so klug. Aber hatte er denn eine Wahl? Konrad ärgert sich über seine Schwäche und all die Male, die er sich in dermaßen erbärmlichem Selbstmitleid betrunken hat.

Aber was soll er machen? Er stößt einen Seufzer aus. Es gibt nicht gerade viele Alternativen. Einem inneren Impuls, all dem Elend einfach zu entfliehen, kann er nicht folgen. Die Polizei würde ihn ziemlich schnell lokalisieren. Und der Gedanke daran, verhaftet und in einer Zelle eingesperrt zu werden, ist ihm unerträglich. Observieren sie ihn eigentlich in diesem Moment? Hören sie sein Handy ab? Konrad spürt, wie ihm ein Schauer über den Rücken läuft, als kröchen lauter kribbelnde Insekten unter seinem Hemd herum. Er versucht, sein Misstrauen abzuschütteln.

Eigentlich, redet er sich ein, ist doch das Entscheidende, selber zu wissen, dass er unschuldig ist. Das schwedische Rechtssystem kann wohl kaum so blind sein, dass sie einen Unschuldigen verurteilen. Oder?

«Du musst dich selber auf die Suche nach der Wahrheit machen», sagt er laut und hört seine Worte mit Springsteen durchs Seitenfenster hinausflattern.

Die Wahrheit worüber?

Wer Herman und Signe ermordet hat, natürlich.

Doch Konrad ist irritiert darüber, dass neben dieser Frage immer wieder eine andere in seinem Kopf auftaucht.

Winzige Erinnerungsfetzen formen sich in seinem Hirn allmählich zu einem Ganzen. Die Bilder sind immer noch unscharf, manche kaum zu erkennen. Doch Konrad beginnt zu ahnen, dass er eines Tages sehen wird, was sie darstellen.

Agnes, wo bist du geblieben?

Das Handy reißt ihn aus seinen Gedanken. Es liegt auf dem Beifahrersitz und summt, und Konrad ahnt nichts Gutes. Die Nummer auf dem Display kennt er nicht.

«Ja?»

«Hej, hier ist Linus Persson von Expressen. Legen Sie bitte nicht auf.»

Konrad seufzt tief. Es ist bereits das dritte Angebot, seit Palander den Artikel über ihn und das Erbe von Herman und Signe publiziert hat.

«Ich hab kein Interesse.»

«Warten Sie», ruft die Stimme aufgeregt. «Sie sind doch selbst Journalist, Sie wissen doch, dass Ihre Story von enormem allgemeinen Interesse ist.»

«Sie meinen, dass die Leute neugierig sind? Das ist nicht mein Problem.»

«Ich dachte an ein größeres Interview, in dem Sie über das, was damals in Bagdad passiert ist, und die jetzige Situation im Hinblick auf die Morde an Ihren Adoptiveltern sprechen. Wir können Ihnen auch eine Vergütung zahlen …»

«Sorry, Sie sind bereits der Dritte, der anruft.»

«Nun kommen Sie schon, zeigen Sie Solidarität mit einem Kollegen.»

«Ich hab jetzt keine Zeit mehr.»

Plötzlich ist die Freundlichkeit in Linus Perssons Stimme verschwunden.

«Sie verstehen sicher, dass wir auch unabhängig von Ihrer Bereitschaft etwas über Sie schreiben. Sie sind verdammt nochmal verdächtigt, zwei Morde begangen zu haben!»

«Tun Sie, was Sie nicht lassen können …»

Konrad drückt das Gespräch weg. Flucht im Stillen. Eigentlich würde er gern sein Handy ausschalten. Doch dann würde die Polizei womöglich denken, dass er sich entzieht. Scheiß drauf, was Linus Persson in seinem verdammten Käseblatt schreibt.

Das Wirtshaus in Svinaberga liegt im Schatten unter einigen ausladenden Eichen, direkt an der Straße. Ein düsteres Gebäude, umgeben von dichtem Grün, das sich den Hang hinaufzieht. Etwas entfernt liegt eine Koppel mit Wacholdersträuchern, Felsblöcken und Kühen, die sich unter die Bäume verzogen haben. Auf dem Hof befinden sich eine Benzinpumpe, einige aufeinandergestapelte Obstkisten und ein altertümlicher roter Traktor.

Konrad hält an.

Er betritt einen dunklen Raum und sieht erst mal gar nichts. Dann eine düstere, leere Gaststube, eingerichtet mit dunklem Holz und billigem Teppichboden. Der Geruch nach verschüttetem Bier und abgestandenem Suff ist unverkennbar. Auf einer Schiefertafel steht, dass man gebratenes Schweinefleisch mit Zwiebelsoße für fünfundsechzig Kronen bekommen kann.

Hinter den Zapfhähnen am Tresen steht ein Mann, der offenbar Besitzer, Koch, Kellner und Barmann zugleich ist. Er ist dick. Trägt einen Ring im Ohr und mit Soße bekleckerte, kleinkarierte Hosen. Sein gewaltiger Bauch, den ein schwarzes Hemd nur notdürftig bedeckt, hängt wie ein schlaffer Rettungsring über seinen Gürtel.

Außer dem Wirt ist nur noch eine weitere Person im Lokal. Ein drahtiges kleines Mädchen sitzt an einem Ecktisch mit einem Berg Köttbullar und einer Plastikflasche mit Ketchup vor sich. Ihr Gesicht ist erstaunlich faltig, als wäre sie vorzeitig gealtert. Sie runzelt die Stirn, hält ihre Puppe fest umklammert und starrt sorgenvoll auf ihre Köttbullar.

«Ich nehme Schweinefleisch mit Zwiebelsoße», sagt Konrad zögerlich und versucht, seinen Blick von dem Mädchen zu reißen.

«Gute Wahl», bekräftigt der Dicke. «Verdammt lecker, und macht ordentlich satt.»

Zehn Minuten später stellt er einen Teller mit einem ansehnlichen Berg Fleischscheiben und in Soße getränkten Kartoffeln auf den Tisch. Das Mädchen, wahrscheinlich Tochter des Wirts, ist verschwunden.

«Und wie läuft das Geschäft?»

Der Dicke hält inne. Er schaut unglücklich drein.

«Sie sehen ja selbst. Leer. So ist es fast immer.»

«Hier müssten doch jede Menge Leute herkommen», entgegnet Konrad, ohne seine Vermutung zu begründen.

«Na ja …»

Konrad erinnert sich an frühere Zeiten.

«Irgendwann war doch da oben bei den Apfelplantagen mal ein Tanzlokal, oder? In den Siebzigern …»

Der traurige Wirt grinst kurz, doch dann sinken seine Mundwinkel wieder herab.

«Tja, an das Lokal erinnert sich jeder», sagt er mit sehnsuchtsvoller Stimme. «Magic Eye hieß es. Lag im Keller eines ehemaligen Obstlagers, ein Stück den Berg hinauf. Mein lieber Mann, dort zwischen den Apfelbäumen ging es hoch her. Da hat wohl so manch einer seine Unschuld verloren.»

«Aber das gibt es nicht mehr, oder?»

«Nein, nein.»

Der Dicke schüttelt den Kopf. Er bleibt am Tisch stehen und sieht aus, als hätte er nichts dagegen, sich noch eine Weile weiter zu unterhalten. Zum Beispiel über sein schlecht gehendes Geschäft.

«Die Touristen», beginnt er. «Die wollen keine Hausmannskost. Die Stockholmer sind am schlimmsten. Totale Snobs. Stilvoll und chic soll es sein. Hier draußen wimmelt es inzwischen nur so von solchen Lokalen. Zwei Stängelchen Spargel mit einer Krabbe darauf. Wer soll denn davon satt werden?»

Konrad nickt zustimmend.

«Ich hab mit Pizza und Kebab angefangen, und eine Weile lief es richtig gut», seufzt der Wirt.

Er wirft einen Blick in die Ecke neben der Bar, wo ein Pizzaofen aus Stahl steht.

«Hab 'nen Pizzabäcker aus Montenegro hier gehabt. 'nen wirklich guten. Aber der Blödmann ist letzten Winter abgehauen.»

«Abgehauen?»

«Ja, ist weg, ohne was zu sagen. Da stand ich dann mit meinem neugekauften Ofen.»

«Ärgerlich», sagt Konrad.

Der andere nickt nachdenklich.

«Aber das Schlimmste war, dass er meine Frau mitgenommen hat …»

Kein Wunder, dass das Mädchen so traurig aussieht, denkt Konrad, als er sich eine Weile später wieder in den Wagen setzt.

Er passiert Kivik und biegt nach einigen weiteren Kilometern in Richtung des Militärgeländes von Ravlunda ab. Er entdeckt eine staubige Schotterstraße, die durch den Wald führt. Buchen, Ahorn und Kiefern. Hier und da kleine Lichtungen mit Steinfeldern, weichem Gras und knorrigen Eichen.

Als die Landschaft sich wieder öffnet, erblickt er Pferde, die gemächlich im Heidekraut umherstreifen. Zwitschernde Wiesenlerchen wirbeln durch die Luft, dicht über dem Boden. Herden mit weißen und grauschwarzen Schafen drängen sich überall, wo sie Schatten finden können, dicht zusammen.

Und dann sieht er das Meer.

Glitzernd und einladend.

Er parkt den Wagen unter einem alten Kirschbaum und geht das letzte Stück zu Fuß. Dort, wo die grasbewachsenen Sanddünen in Richtung Wasser abfallen, bleibt er stehen und setzt sich. Aus dem Hafen von Vitemölla läuft ein kleines Fischerboot tuckernd aus, und dahinter zeichnen sich die dunkelgrün bewaldeten Hänge des Berges Stenshuvud ab. Im Norden erkennt er die Konturen des Hafensilos von Åhus.

Konrad atmet tief durch und streckt sich auf dem Sand aus. Hoch über seinem Kopf kreischen ein paar Möwen.

Der Boden duftet nach Gras und Thymian.

Ohne Vorwarnung taucht Sven Myrberg in seinen Gedanken auf.

Es kam öfter vor, dass sie per Anhalter oder mit dem Fahrrad von Tomelilla hier heraufgeächzt kamen. Für Sven mit seiner lädierten Hüfte war es ziemlich anstrengend. Einmal durften sie mit einem Fischer rausfahren und einfach so zum Spaß Netze für den Schollenfang auswerfen. Außerdem liebten sie es beide, sich in den Wäldern herumzutreiben.

Konrad muss bei der Erinnerung an Svens staksigen Gang lächeln. Allerdings ist ihm dabei auch ein wenig unbehaglich zumute.

Wenn der Jahrmarkt nach Kivik kam, konnte Sven sich an William Arnes Todesrittern nicht sattsehen. Ein ums andere Mal zog er mit Konrad in die dröhnende Holzarena, in der waghalsige Männer wie surrende Fliegen mit ihren Motorrädern an den Wänden entlangrasten. Danach hielt er jedes Mal enthusiastische Vorträge darüber, wie sich mit der Zentrifugalkraft die Schwerkraft aushebeln ließ.

«Man muss wie verrückt Gas geben. Das Tempo hochhalten. Sobald man Angst kriegt, ist die Sache gelaufen. Dann ist man totgeweiht.»

Als Konrad und Sven etwas älter wurden, waren es die Stripperinnen vom «Eldorado» und die Liveshow im «Roten Rubin», die sie anzogen.

Das Geld reichte selten für den Eintritt. Aber die mit Pailletten geschmückten Damen zeigten bereits auf der Balustrade vor dem Zirkuszelt ziemlich viel nackte Haut, während ihre akrobatischen Nummern angekündigt wurden. Manchmal konnte man durch die Fenster ihrer Wohnwagen, in denen sie angeblich Besuch empfingen, einen Blick erhaschen. Und mit etwas Glück konnte man auf der Rückseite des Zeltes unter der Plane hindurchkriechen und eine gesamte Vorstellung gratis ansehen.

«An die mit dem breiten Arsch hab ich die ganze Nacht gedacht», vertraute Sven ihm eines Morgens an. «Hab mir sechsmal hintereinander einen runtergeholt.»

«Ich auch», gab Konrad zu.

Erst viel später ging es ihm auf: Wenn sie heimlich die Stripperinnen in Kivik beobachteten, hatte Konrad nie auch nur die geringsten Anzeichen in Sven Myrbergs Verhalten dafür gesehen, dass er irgendwie anders gepolt wäre.

KAPITEL 10

Herman und Signe glaubten an das Wort, so wie es in der Bibel stand und in Pastor Walterssons Kirche gepredigt wurde.

Gott hat die Welt in sechs Tagen erschaffen, und am siebten ruhte er. Dass Herman inzwischen nicht mehr als fünf Tage in der Woche zum Darmauswaschen bei Scan gehen und Signe am Wochenende keine Treppen mehr scheuern musste, gehörte wohl zu den Vorzügen, die die Sozialdemokraten dem Herrn höchstselbst abgerungen hatten. Die Eheleute Jönsson vertrauten beiden Institutionen blind, auch wenn das Himmlische selbstverständlich über dem Irdischen stand.

«Man muss sich vor den Freimaurern in Acht nehmen. Denk daran, Konrad», warnte Herman ihn gutmütig, während er seinen Kaffee am Küchentisch unter dem bestickten Wandbehang schlürfte.

Es waren Walterssons Worte. Jeden Sonntag nach dem Gottesdienst nahm er Herman und Signe draußen vor dem Kirchenportal zur Seite, um ihnen ein paar warnende Worte mit auf den Weg zu geben. Die Eheleute Jönsson waren nicht die Einzigen. Der Pastor wusste, wo die leichtgläubigen Seelen in der Gemeinde zu finden waren. Und er besaß genügend Verstand, um zu begreifen, dass Satan sich in unterschiedlicher Gestalt offenbaren konnte, je nachdem, wer es war, der ins Verderben gelockt werden sollte.

Für Herman und Signe war es nicht die Flasche. Noch weniger irgendwelche politischen Irrlehren; ein revolutionärer Linksruck hatte den Ort übrigens noch nicht erreicht, obwohl man bereits die Siebzigerjahre schrieb. Und wenn es ihn gegeben hätte, wären Herman und Signe die Letzten gewesen, die sich hätten mitziehen lassen.

Mit der Politik war es nun einmal, wie es war. Einmal in vier Jahren machten sie sich fein und spazierten zur Volksschule, wo sie ihre Stimme Erlander und später Palme gaben, obwohl ihnen im Grunde sein hitziges Temperament missfiel. Da die Sozis nun aber alles so gut arrangiert hatten, musste man wohl ein Nachsehen mit derlei Charakterschwächen haben.

In der Kirche sang Signe am lautesten von allen. Es war, als verleihe die Nähe zu Gottvater ihrer ansonsten so scheuen Gestalt überirdische Kräfte. Ihr Haar, das frühzeitig ergraut war, zu einem züchtigen Knoten im Nacken gesteckt, sang sie aus voller Kehle mit, sodass der Kantor, ein geduldiger Mann mit blassem Gesicht, sie einmal bitten musste, sich etwas zurückzunehmen, um den Chor auf der Orgelempore nicht zu überstimmen.

Wahrscheinlich war es diese Glut, kombiniert mit Hermans Trägheit, die Pastor Waltersson befürchten ließ, dass die Eheleute Jönsson Annäherungen anderer Seelenfänger ausgesetzt sein könnten.

Die Versuchung lauerte in dem weißgetünchten Haus mit Turm hinter dem Park. Zumindest nach Einschätzung des Pastors, die sich als nur allzu richtig erweisen sollte.

«Die Freimaurer, Konrad. Lass dich nicht in Versuchung führen», mahnte Herman und drohte gutmütig mit seiner Zimtschnecke.

Signe, die wie immer am Herd stand, nickte zustimmend.

Aber in ihrem Blick lag ein Anflug von Wehmut und Sehnsucht. Die strenge lutherische Verkündigung in Erik Walterssons Ausgabe der Heiligen Schrift konnte man durchaus als etwas nüchtern empfinden. Mit seinem aufgedunsenen rötlichen Gesicht und dem struppigen weißen Haar, das in alle Richtungen abstand, war er einer der letzten Prediger der Staatskirche, die das Jüngste Gericht verfochten.

Vielleicht konnte man woanders etwas mehr Wärme erwarten?

Die Zeugen Jehovas waren in Tomelilla nicht besonders zahlreich. Doch die Konkurrenz der Seelenfänger war groß. Die Pfingstgemeinde, Elim und die Missionsverbände konnten sich ihrer Mitglieder sicher sein. Also galt es, ausdauernd zu sein. Und so klopfte es an einem grauen Herbsttag schließlich an der Tür des Eternithauses.

Es waren ein Mann und eine Frau, adrett gekleidet, und weil sie jeder ihre Bibel in der Hand hielten und höflich darum baten, kurz reinkommen zu dürfen, dauerte es nicht lange, bis sie ihre Mäntel abgelegt hatten und am Küchentisch saßen.

Nach einer Weile wurde die Tür geschlossen. Was sich an diesem Nachmittag in Hermans und Signes Küche genau abspielte, ist unbekannt. Doch das Resultat war ziemlich dramatisch. Denn bereits am Abend desselben Tages fanden sich die Eheleute Jönsson im Königreichssaal ein, um ihre Bibelstudien einzuleiten, fest entschlossen, sich sobald wie möglich in dem gekachelten Bassin in dem weißgetünchten Haus mit Turm untertauchen und zum zweiten Mal in ihrem Leben taufen zu lassen. Dieses Mal jedoch nicht im Namen des Vaters, des Sohnes und des Heiligen Geistes, da ihr neuer Heilsbringer die Dreifaltigkeit leugnete. Dieses Mal würde die Taufe im Namen des einzigen Gottes Jehova stattfinden.

Zwei Wochen lang schwebte Signe mit glückseligem Blick durchs Haus. Konrad war erst zwölf, spürte aber deutlich, dass etwas geschehen war. Signe summte Psalmen, die er noch nie gehört hatte. Und sie antwortete kaum, wenn er sie ansprach. Und manchmal, wenn sie mit dem Putzlappen die Spüle wienerte, kam es vor, dass sie mitten in der Bewegung innehielt und aus dem Fenster starrte, vorbei am moosbewachsenen Apfelbaum über die Fliederhecke hinweg in Richtung eines Horizonts, der ziemlich weit entfernt sein musste.

Herman verhielt sich eher wie sonst, obwohl man ihm anmerkte, dass er zwiegespalten war. Auch er hatte gelobt, die Taufe zu empfangen, doch er tat es eher, weil Signe es getan hatte. Konrad spürte, dass ihn eine Unruhe umtrieb, die seiner eigenen ähnlich war.

An einem Sonntag vierzehn Tage nach ihrer Bekehrung zog gegen Abend eine schwarze Gewitterwolke auf und verdunkelte den Himmel über dem Eternithaus. Eine knochige Faust schlug gegen die Tür, mächtig und fordernd. Herman und Signe begriffen sofort, wer da kam. Sie tauschten angsterfüllte Blicke aus. Signe trocknete sich die Hände an der Schürze ab und hängte sie dann rasch in den Putzschrank. Herman stand mit beschämter Miene vom braungestreiften Sofa auf und stellte den Fernseher aus, als fühlte er sich bei etwas Verbotenem ertappt.

«Guten Abend allerseits!», donnerte der Pastor los und nickte missmutig.

Ohne ihnen die Hand zu geben oder zu warten, bis er hereingebeten wurde, marschierte er mit großen Schritten ins Wohnzimmer. Das rote Plüschsofa in der guten Stube knarrte, als er sich setzte.

Herman und Signe blieben mitten im Zimmer stehen,

wie zwei Eleven, die darauf warteten, Prügel zu beziehen. Er mit geneigtem Haupt, sodass die spärlichen, mit Wasser gekämmten Haarsträhnen ihm vom Schädel abstanden, in einer sackartigen Strickjacke und Strümpfen mit einem Loch am linken großen Zeh. Sie in blaugeblümter Bluse und ausgetretenen Pantoffeln. Sie kamen nicht einmal auf die Idee, dem Gast Kaffee anzubieten.

Waltersson betrachtete sie unter seinen buschigen, an Schweineborsten erinnernden Augenbrauen.

«Ich bin hier, um ein ernstes Wort mit euch zu reden», begann er bedächtig.

Möglicherweise hätte Erik Waltersson sich nicht getraut, anderen Leuten derart die Leviten zu lesen. Im falschen Haushalt hätte er zweifelsohne riskiert, rausgeworfen oder zur Hölle geschickt zu werden. Man befand sich immerhin im zwanzigsten Jahrhundert, und vor ihm auf dem Wohnzimmerteppich standen zwei erwachsene Menschen. Doch Herman und Signe waren anders als die anderen. Und der Pastor war ein intelligenter Mann, der die Schäfchen in seiner Herde kannte.

«Wir wissen, worum es geht», murmelte Herman.

«Verzeihung», flüsterte Signe.

«Es stimmt also, was ich gehört habe, nämlich dass ihr euch auf die Zeugen Jehovas eingelassen habt?»

Walterssons Stimme war dumpf und drohend.

Herman und Signe nickten und sahen zu Boden.

«Wisst ihr eigentlich, dass die Zeugen Jehovas die Gläubigen der Staatskirche als Abtrünnige des Satans betrachten? Sie scheuen keine Mittel. Aber ich sage euch hier und jetzt, dass sie es sind, die dem Fürsten der Finsternis dienen!»

Er unterstrich seine Worte mit drohend erhobenem Zeigefinger.

«Vergesst das nie.»

Konrad saß mucksmäuschenstill auf dem Fußboden im Obergeschoss, das Gesicht gegen die Sprossen des Treppengeländers gepresst. Er hielt die Luft an. Eher aus Neugier als aus Angst, entdeckt zu werden. Wenn Waltersson mitkriegte, dass er dort saß, ließ er es sich zumindest nicht anmerken.

Warum hatten sie nur solche Angst?

Als Konrad jünger war, hatten sie ihn in die Kirche mitgenommen. Doch später hatte er sich dann strikt geweigert. Die Feuchtigkeit, die harten Holzbänke und den Geruch nach Tod fand er abstoßend. Ganz zu schweigen von Walterssons endlosen Predigten. Nicht, dass er sie inhaltlich verfolgt hätte. Nein, in der Kirche hatte Konrad versucht, sich entweder die Zeit damit zu vertreiben, Liedtexte zu erdichten, die er später musikalisch arrangieren wollte, wenn er gelernt hätte, auf Hermans alter Gitarre zu spielen. Oder er dachte darüber nach, wie man Sven Myrbergs neueste Seifenkiste trimmen könnte. Doch die monotone Stimme des Pastors grub sich derart in seinen Schädel ein und die Eintönigkeit ließ seine Beine so stark kribbeln, dass er sich unmöglich konzentrieren konnte.

Als Signe auf das Thema zu sprechen kam, dass Konrad sich beizeiten auf seine Konfirmation vorbereiten müsste, hatte er getan, als hätte er es nicht gehört.

Warum haben sie nur solche Angst vor dem dämlichen Pastor?, dachte er verwundert und spähte durch das Treppengeländer hinunter zu Waltersson, der sich inzwischen mächtig in Rage geredet hatte und dessen aufgedunsenes Gesicht jetzt einem rotglühenden Kaminfeuer glich. Der Pastor war von dem Plüschsofa aufgesprungen.

«Gott kennt kein Erbarmen mit Abtrünnigen!», brüllte er. «Eure einzige Rettung ist, auf euren bloßen Knien um

Gnade zu flehen und wieder in seinen Garten aufgenommen zu werden!»

Herman und Signe standen mit hängenden Armen da, seelisch vernichtet und sichtlich außerstande, eine Entscheidung zu fällen. Vom Bild an der Wand oberhalb des Plüschsofas sahen die Jungfrau Maria und das Jesuskind mit mildem Blick mitleidsvoll auf sie herunter.

«Und, wollt ihr weiter auf dem Weg der Sünde wandeln? Oder wollt ihr den Herrn, euren Gott, um Vergebung bitten?»

Das Schweigen legte sich wie ein Bleigürtel um ihre Schultern. Walterssons Augen brannten geradezu vor göttlicher Gewissheit.

«Was sollen wir nur tun?», jammerte Signe kaum hörbar.

«Fallt auf die Knie! Hier und jetzt sollt ihr Gott, euren Vater, um Vergebung bitten und ihm aus vollem Herzen versprechen, niemals wieder an der wahren Lehre zu zweifeln!»

Der Pastor deutete auffordernd auf den Boden.

Ohne einen Blick zu wechseln, fielen die Eheleute Jönsson zu Füßen des Pastors auf die Knie. Schluchzend und schniefend knieten sie da auf ihrem eigenen Wohnzimmerteppich, die rundlichen Hinterteile in die Luft gereckt, bis Waltersson ihnen nach einer ganzen Weile mit gnädiger Hand wohlwollend über die Köpfe strich und ihnen bedeutete, wieder aufzustehen.

«Da ist noch eine Sache, die ich wissen will», sagte er mit sanftmütiger Stimme.

«Ja?»

Signes Unterlippe zitterte, und Herman duckte sich wie ein geprügelter Hund vor der Peitsche.

«Der Junge, war er bei diesem heidnischen Spektakel etwa auch dabei?»

«Klas? Er ist doch schon groß und macht sowieso nicht, was wir …»

«Ich meine natürlich Konrad», unterbrach sie der Pastor barsch.

Herman und Signe schüttelten heftig die Köpfe.

«Nein», beteuerten beide wie aus einem Mund. «Er auch nicht.»

Waltersson sah sie prüfend an, als sei er nicht ganz sicher, ob er ihnen vertrauen könnte.

«Gut», fuhr er dann fort. «Um ihn ist es ja auch schon übel genug bestellt …»

Ohne Vorwarnung ging er zur Haustür und nahm seinen Mantel an sich. Erst dann wandte er sich wieder um.

«Na ja, ich meine, wenn man … seine Herkunft bedenkt.»

Herman und Signe blieben so lange im Flur stehen und starrten auf die geschlossene Haustür, bis das Motorengeräusch von Walterssons schwarzem Volvo in der Ferne verstummte. Danach gingen sie ohne ein Wort jeder seiner Wege. Signe hinaus in die Küche und Herman mit schweren, müden Schritten die Treppe hinauf.

Dort fiel sein Blick auf Konrad.

Herman blieb stehen und öffnete den Mund. Konrad wartete. Aber es kam kein Wort über Hermans Lippen.

Seine Apfelbäckchen, die sonst immer leuchteten, hingen schlaff und bleich herunter. Er wandte seinen Blick ab und ging an Konrad vorbei ins Schlafzimmer, wo er auf dem Bettüberwurf zu einem Häufchen Elend zusammensackte.

KAPITEL 11

Natürlich war sein Name nicht an allem schuld, aber er spielte sicher eine Rolle. Schon früh entwickelte Konrad eine Art Hassliebe zu ihm.

«Konrad, was für ein hübscher Name», sagte die Lehrerin, die in der Sechsten die Vertretung für Schwedisch und Englisch übernahm.

Sie kam frisch von der Pädagogischen Hochschule in Kristianstad und war den meisten Dingen gegenüber noch recht wohlwollend eingestellt. Blauäugig, fanden Donald Göransson und die anderen Veteranen der alten Schule. Genauer gesagt an der Grenze zur Naivität in ihrem Glauben daran, dass in jedem Kind ein guter Kern stecke.

Konrad mochte sie sofort. Sie hieß Veronica, wie sie in der ersten Stunde erklärte. Allein schon die Tatsache, sich mit Vornamen vorzustellen. Und die Schüler «du» sagen und ohne die Hand zu heben antworten zu lassen. Das gehörte nicht gerade zu den Alltäglichkeiten in Tomelilla.

«Das ist ja regelrechte Anarchie», murrte Göransson im Lehrerzimmer. «Hier wird sie nicht lange bleiben.» Auf dem Korridor marschierte er demonstrativ an ihr vorbei, ohne zu grüßen.

Veronica war recht klein und etwas mollig. Sie hatte weizenblondes Haar, das sie immer zu einem Knoten hochsteckte, sicherlich, um ihre fehlende Größe zu kompensieren. Sie trug enge, ausgewaschene Jeans und meistens hochhackige

Schuhe, die ihren Hintern wunderbar wackeln ließen. Vor allem aber hatte sie füllige rote Lippen und Augen, die treuherzig glitzerten. Kurz gesagt war sie der feuchte Traum eines jeden Jungen im Teenageralter.

Die älteren Lehrer betrachteten sie mit Missbilligung. Sie zogen im Büro des Rektors über sie her und würdigten sie im Lehrerzimmer kaum eines Blickes. Wenn sie auch keine Kommunistin war, so war doch irgendetwas an ihr faul. Veronica merkte von alldem nichts oder tat zumindest so.

«Er ist polnisch», antwortete Konrad mit Stolz in der Stimme.

«Aha, ich dachte, Konrad sei ein deutscher Name.»

Sie legte den Kopf leicht schief, um nachzudenken.

«Konrad Adenauer war immerhin deutscher Bundeskanzler. Und dann gibt es noch Konrad Lorenz, der hat im vergangenen Jahr den Nobelpreis für Medizin bekommen. Aber er war meines Wissens Österreicher.»

«Er ist polnisch. Meine Mutter hat ihn mir gegeben. Und sie kommt aus Polen.»

Ein heimtückisches Kichern breitete sich in der Klasse aus. Veronica blickte sich um, schien es aber nicht deuten zu können.

«Wie auch immer, ein schöner Name», sagte sie beschwichtigend und drehte sich zu der schwarzen Tafel um.

«Konrad is a nice name. It's polish», schrieb sie unter die Reihen mit anderen englischen Satzgebilden.

Konrad spürte, wie Sven Myrberg ihn mit dem Ellenbogen in die Seite stupste.

«Hast sie schon halb rumgekriegt», flüsterte er und zwinkerte ihm zu.

«Ich finde, er klingt wie Kotze», ließ Benny aus der letzten Reihe großspurig verlauten.

Er war der Größte in der Klasse, ein Dreizehnjähriger, der aus Stahl gemacht schien, mit Stoppelhaaren und einem dauerhaft fiesen Grinsen in den Mundwinkeln.

Im Klassenzimmer wurde es still. Veronica sah sich unschlüssig um. Sie war gerade erst drei Wochen an der Schule, und diese Situation war neu für sie. Sie zögerte eine Sekunde zu lange.

«Oder Kakerlake», warf Roland ein, Bennys Kumpel und Tischnachbar.

«Nee, es klingt wie Kacke», fuhr Benny mit selbstsicherem Grinsen fort. «Kotze in der Kacke.»

Er gab eine angeberische Lachsalve von sich und zeigte mit dem Finger auf Konrad.

«Da sitzt unser Kack-Konrad!»

Jetzt lachte die gesamte Klasse. Erst etwas zögerlich, doch je mehr sie Veronicas Unschlüssigkeit spürten, desto lauter wurden sie. Einige zusammengeknüllte Papierbälle flogen auf Konrad zu.

«Jetzt ist aber Schluss ...», versuchte es Veronica und machte ein paar Schritte auf Benny und Roland zu, hielt dann aber inne. Irgendwie musste sie gespürt haben, dass es bereits zu spät war. Das höhnische Grinsen ließ sie zurückweichen.

Konrad spürte, wie er innerlich kochte. Verdammter Idiot. Doch seine Furcht vor Bennys harten Fäusten war ebenso groß wie seine Wut. Er blickte zu Sven rüber, um zu sehen, ob von ihm Hilfe zu erwarten war, aber wie immer, wenn es auf eine Konfrontation hinauslief, schaute die blöde Ameise weg. Konrad begriff, dass sein einziger Freund den Schwanz einziehen würde.

«Kack-Konrad! Kack-Konrad! Kack-Konrad!», skandierte das Team in der letzten Reihe siegesgewiss.

Sie steckten die anderen an. Plötzlich dröhnte es im Klassenzimmer wie in einem vollbesetzten Fußballstadion. Radiergummis flogen durch die Luft. Und selbst die anständigsten Mädchen, die sich normalerweise aus allem heraushielten, grölten und tobten wie die Hooligans.

Veronica stand mitten im Klassenzimmer und versuchte, sie, so gut es ging, zu bremsen. Der Glanz in ihren Augen war erloschen und durch pure Verzweiflung ersetzt. Man sah ihr an, dass sie den Tränen nahe war.

«Hört auf! Das ist überhaupt nicht lustig. Jetzt hört ihr aber sofort auf!», rief sie mit sich überschlagender Stimme.

Plötzlich reckte Benny den Arm in die Luft. Wie ein siegesgewisser Heerführer gelang es ihm, die Menge zu beruhigen. Die Klasse starrte ihn mit einer Mischung aus Angst und Bewunderung an. Benny schürzte die Lippen zu einem überlegenen Grinsen. Er schien die Situation in vollen Zügen zu genießen.

«Ich hab den Eindruck, das Fräulein würde zu gern mal an einem dicken, fetten Polacken-Schwanz lecken», sagte er nahezu schmeichlerisch. «Komm schon, Kack-Konrad, zeig ihr doch mal, was du draufhast!»

Bennys vernichtender Kommentar löste dreierlei Reaktionen aus, die alle auf ihre Weise heftig waren.

Die Klasse explodierte förmlich vor Lachen, Brüllen und Kreischen. Stifte, Bücher, einfach alles, was nicht niet- und nagelfest war, flog durch den Raum in Richtung der inzwischen völlig verängstigten Lehrerin und natürlich in Richtung Konrad.

Veronica brach in Tränen aus und stürzte aus dem Klassenzimmer.

Und Konrad, er fuhr von seinem Stuhl hoch und stürzte sich mit brennender Wut auf seinen Feind. Der erste Schlag war ein Volltreffer, und Konrad nahm den Geruch von Blut wahr. Benny war von seiner eigenen Meisterleistung so entzückt, dass er völlig vergessen hatte, in Deckung zu gehen. Einen kurzen Augenblick blieb er sitzen und starrte verwundert auf die rote Flüssigkeit, die von seiner Nase herab ins Schulbuch tropfte.

Dann rastete er aus.

Brüllend wie ein brünstiger Stier warf Benny sich auf seinen Widersacher. Konrad hätte genauso gut von einem Bus angefahren werden können. Er wurde mehrere Meter nach hinten geschleudert und landete mit gut und gerne achtzig Kilo Lebendgewicht über sich auf dem Fußboden. Die gesamte Atemluft wurde mit einem Zischen aus seinem schmächtigen Brustkorb gepresst. Und als Bennys fleischige Faust schließlich gegen seine Wange prallte, wurde alles um ihn herum rabenschwarz.

Dennoch war es eher das Nachspiel, das tiefe Wunden riss und in Konrads junger Seele Narben hinterlassen sollte.

Zwei Stunden nach dem Drama saß er im Büro des Rektors auf der Anklagebank. Vor der Tür war er Benny mit einer blutgetränkten Mulltamponade im Nasenloch und der für ihn typischen spöttischen Miene begegnet. Genau in dem Moment, als sie aneinander vorbeigingen, formte dieser die Lippen zu einem lautlosen «Kack-Konrad», das keiner außer Konrad sah.

Bennys Blessur war rein gar nichts gegen Konrads, der eine dicke Lippe und ein zugeschwollenes blauschwarzes Auge davontrug und unter Kopfschmerzen litt, die sich anfühlten, als blase in seinem Hirn jemand Basstuba. Als er wieder zu sich gekommen war, hatte er außerdem mit der Zunge gespürt, dass ein Backenzahn locker war.

Hinter dem Schreibtisch saßen Rektor Sune Alling und sein Stellvertreter, der kein Geringerer war als Donald Göransson. Alling war der athletische Typ. Ein ehemaliger Sportlehrer, der seine Eleven im Geiste Pehr Henrik Lings drillte und schließlich befördert wurde, als er sich dem Rentenalter näherte. Körperlich war er noch immer robust. Wenn er bei seinen Runden über den Schulhof nur ein wenig den Bauch unter dem Jackett einzog, konnte er sich zumindest einreden, dass er wie ein Sportsmann aussah. Es ging das Gerücht, dass Alling in seiner Jugend einen Hang zum Nationalsozialismus gepflegt hatte. Vielleicht war es aber auch nur üble Nachrede. Wie dem auch sei, nur einem Blinden konnte es entgehen, dass er gutgebaute blonde Athleten einem schmächtigen Polackenbengel allemal vorzog.

«Ziemlich ernste Geschichte», sagte Alling einleitend in strengem Ton.

Göransson pflichtete ihm nickend bei und fuhr sich mit der Hand durch seine graue Mähne.

«Aufruhr im Klassenzimmer und ein regelrechter Angriff auf einen Klassenkameraden. Das können wir natürlich nicht tolerieren», fuhr er fort.

«Stell dir nur vor, du hättest Benny ernsthaften Schaden zugefügt. Er ist immerhin unserer wichtigster Mann in der Schulmannschaft. Zumal das Spiel gegen Sjöbo bald stattfindet», klärte Alling ihn auf.

«Aber er hat angefangen», piepste Konrad.

Donald Göransson und Sune Alling sahen mit Abscheu in sein zugeschwollenes Gesicht.

«Nicht nach den Aussagen, die wir eingeholt haben», entgegnete Göransson. «Sämtliche Zeugen geben einstimmig an, dass du den ersten Schlag ausgeteilt hast. Der im Übrigen dazu führte, dass dein Kamerad jetzt blutet.»

«Dass du letztlich der schlechtere Kämpfer bist, tut nichts zur Sache», ergänzte Alling.

Konrad spürte, wie ihm die Tränen kamen, schaffte es aber mit einer Kraftanstrengung, sie zu unterdrücken. Diese Genugtuung würde er diesen Scheißkerlen zumindest nicht gönnen. Das war sein einziger Triumph.

«Benny nannte mich andauernd …»

Er verstummte.

«Ja?»

Göransson sah ihn unerbittlich an.

«Ach egal …»

«Es macht die Sache bestimmt nicht leichter, wenn du im Büro des Rektors Schimpfworte benutzt», sagte Alling säuerlich.

Nach einigen weiteren Minuten Strafpredigt fällten sie ihr Urteil: eine Woche lang nachsitzen. Außerdem war Konrads Note in Ordnung und Betragen ernsthaft gefährdet.

Drei Tage später schoss Benny zwei Kopfballtore im Match gegen Sjöbo, woraufhin ein Foto von ihm am Schwarzen Brett in der Schulkantine aufgehängt wurde.

Veronica ward in der Schule nicht mehr gesehen. Nach dem zu urteilen, was aus dem Lehrerzimmer verlautete, hatte sie sich kurzfristig entschieden, eine Vertretungsstelle in Lund anzunehmen.

Herman und Signe bekamen einen Telefonanruf von Sune Alling. Als Konrad am nächsten Abend nach Hause kam, standen sie neben dem gedeckten Küchentisch und sahen ihn mit Hundeblick an.

Im Topf auf dem Herd köchelte es, und Konrad merkte schon am Geruch, was es zu essen gab. Das graugefleckte Kaninchen, das Herman am Morgen aus dem Käfig hinterm Haus gezogen und auf den Holzklotz gelegt hatte.

Konrad hatte keinen Hunger mehr.

«Man muss sich in der Schule anständig benehmen», seufzte Herman.

«Der Rektor ist sehr ärgerlich», sagte Signe unglücklich.

«Tut es weh?», fragte Herman und machte einen Ansatz, seine Wunde zu berühren.

Konrad wich zurück. Er betrachtete die beiden einen Augenblick lang, unsicher, was er sagen sollte. Dann lief er die Treppe hoch und schloss die Tür zu seinem Zimmer hinter sich ab.

An diesem Abend ging er angezogen zu Bett. Das geschwollene Gesicht gegen das Kissen gepresst. Aber er vergoss keine einzige Träne.

«Die verdammten Schweine werden mich nicht zum Heulen bringen», dachte er noch, bevor er einschlief.

KAPITEL 12

Am Morgen erledigt Konrad drei Telefonate.

Zuerst ruft er bei der Dresdner Bank in Berlin an und muss erfahren, dass seine Ersparnisse auf ein klägliches Minimum zusammengeschrumpft sind.

Dann benachrichtigt er seinen Vermieter in Malmö, dass er die Wohnung am Möllevångstorg nicht länger mieten will. Seine wenigen Wertsachen hat er im Auto mitgenommen. Und das, was er zurückgelassen hat, kann der Hauswirt seinetwegen wegschmeißen oder zum Schleuderpreis verhökern. Die Miete hat er bereits im Voraus bezahlt.

Das dritte Telefonat führt er mit Sonja.

Es ist lange her, seit er mit ihr gesprochen hat, und ihm wird fast ein wenig mulmig, als sie sich meldet.

Ihre Stimme klingt geschäftsmäßig. Beinahe so, als habe sie ihn schon fast abgeschrieben.

Deutsch ist doch eine kalte Sprache, denkt Konrad. Kalt wie eine Scheidung.

Sie fragt, wie es ihm geht. Na ja, ganz okay. Den Umständen entsprechend. Während sie von einer Ausstellung berichtet, die viele Besucher angezogen hat, versucht Konrad, sie sich dicht neben sich vorzustellen.

Sie sitzen an einem kleinen runden Tisch in dem italienischen Restaurant am Rosenthaler Platz. Eine Kerze spiegelt sich in ihren Augen, aber sie flackert ein wenig in Sonjas nervösem Blick. Die Weinflasche ist fast leer. Sie redet ununterbrochen und zerknüllt mit der einen Hand eine Serviette.

Dann sieht er sie zu Hause in der Wohnung in der Zehdenicker Straße im vierten Stock. Sie ist verschwitzt. Das Bett zerwühlt. An ihrem Hals kleben feuchte Haarsträhnen. Ihre Brüste, die er vor kurzem noch in seinen Händen gehalten hat, heben und senken sich im Takt ihrer Atmung. Sie schiebt einige Kissen in ihrem Rücken als Lehne zusammen, überlegt es sich dann anders und streckt sich nach ihren Zigaretten. Lacht auf, als er mit seiner Zunge an ihrem Nacken entlangfährt. Ihre Rückenwirbel zeichnen sich deutlich ab. Sie nimmt einen tiefen Lungenzug, und er sieht, wie ihr Blick durchs Fenster in die Ferne entschwindet.

Wird er zurückkehren?

Natürlich kehrt er zurück. Die Frage ist nur, wann.

Die Stimme am Telefon, er kennt sie nur zu gut, und wiederum doch nicht. Etwas an ihrem Tonfall verunsichert ihn. Vielleicht hat er gehofft, dass sie ihm deutlicher zeigen würde, was ihr an ihm liegt.

Er beschließt, die Frage, die eigentlich der Grund für seinen Anruf war, doch nicht zu stellen. Dann muss er eben auf andere Weise an Geld kommen.

Konrad beendet das Gespräch wie immer. Sonja klingt plötzlich auch wie immer.

Du fehlst mir. Küsschen. Wir sehen uns bald.

Konrad legt auf und fühlt sich irgendwie verunsichert.

Das vierte Telefonat führt er erst gar nicht. Die Villa des Rechtsanwalts Birger B. Berelius liegt ohnehin so nahe, dass er nur knappe zehn Minuten braucht, um vom Hotel aus dorthin zu spazieren.

Das düstere Steinhaus lässt ihn zögern, genau wie beim

ersten Mal. Der Efeubewuchs und all die schattigen Flächen bis weit in den Garten hinein geben ihm das Gefühl, möglicherweise nie wieder herauszufinden. Es gibt Ecken, in die die Sonne niemals hineinreicht, nicht einmal jetzt, wo sie von einem knallblauen Himmel brennt. Hexenringe im Gras. Äpfel, die bereits faulen, noch bevor sie reif geworden sind.

Es ist der Rechtsanwalt selbst, der öffnet. Konrad kommt sich wie ein Bettler vor.

Doch Berelius klingt herzlich, auch wenn Konrad sein Kommen nicht angekündigt hat.

«Konrad Jonsson, was für eine Überraschung!»

«Störe ich?», fragt Konrad und flucht innerlich darüber, dass er so verdammt unterwürfig klingt.

«Auf keinen Fall. Komm rein.»

Berelius schüttelt ihm die Hand und führt ihn in den Flur. Die genervte Nichte, die einen Ferienjob brauchte, ist nirgends zu sehen. Vielleicht hat sie keine Lust mehr. Oder ist rausgeworfen worden.

«Ich habe einen Gast, den du begrüßen musst», sagt der Rechtsanwalt mit dem Rücken zu ihm.

Im Sessel neben dem kleinen Besuchertisch sitzt ein Mann. Konrad sieht über die hohe Rückenlehne hinweg zuerst nur seinen Nacken. Weißes wogendes Haar fällt ihm vom Hinterkopf in Richtung Hemdkragen. Eine altmodische Duftnote umgibt den Gast. Haarwasser. Oder ein Rasierwasser einer älteren Marke.

«Hier, Arvid, kommt Konrad Jonsson, von dem ich gerade erzählt habe», sagt Berelius.

Er zieht Konrad ein wenig am Arm, sodass schließlich beide vor dem Sessel des alten Mannes stehen.

«Darf ich vorstellen, Arvid Linder. Professor emeritus für

Strafrecht. Mein alter Lieblingsdozent aus dem Juridicum in Lund. Hart, aber gerecht. Nullum crimen sine lege. Kein Verbrechen ohne Gesetz. So was hat Arvid uns trägen Studenten eingebläut. Aber das ist lange, lange her.»

Berelius' Lachen klingt etwas angestrengt. Man merkt, dass er immer noch Respekt vor seinem alten Lehrmeister hat.

Arvid Linder trägt helle Sommerhosen und eine dünne Freizeitjacke über einem blaugestreiften Hemd, das am Hals aufgeknöpft ist. Ein sich scharf abzeichnender Adamsapfel wölbt sich unter der faltigen Haut. Sein Gesicht ist braun gebrannt und wettergegerbt, er muss sich viel im Freien aufgehalten haben. Linders Hände sind riesig, und Konrad bekommt unweigerlich den Eindruck, dass der Professor schon mit bedeutend schwereren Gegenständen als mit Gesetzbüchern hantiert haben muss. Arvid Linder sieht ziemlich groß aus, auch wenn seine Körpergröße in sitzender Position schwer zu schätzen ist. Er betrachtet Konrad mit freundlichen, stahlgrauen Augen. Macht jedoch keine Anstalten aufzustehen, um ihn zu begrüßen.

«Sie müssen entschuldigen, wenn ich nicht aufspringe. In meinem Alter muss man sich solche Übungen gut einteilen.»

«Kein Problem», entgegnet Konrad.

Er streckt schnell seine Hand aus. Linders Hand ist trocken wie Pergament. Er lächelt verschmitzt.

«Wenn ich es recht verstehe, stecken Sie ein wenig in Schwierigkeiten», sagt der Professor.

Linders Stimme ist akademisch und besonnen, aber zugleich voller Neugier. Konrad schwant, dass er dabei ist, die Hauptrolle in einem offenbar ziemlich spannenden Rechtsfall zu übernehmen.

«Ja, ich hab vorbeigeschaut, weil ich … ein Problem habe. Es ist mir etwas unangenehm. Aber es geht um Geld.»

Konrad weiß nicht genau, wie viel er im Beisein des alten Professors zu sagen bereit ist. Eine vage Irritation, die nicht so recht Form annehmen will, spukt in seinem Hirn herum. *«Konrad Jonsson, von dem ich gerade erzählt habe.»* Haben Rechtsanwälte denn keine Schweigepflicht?

«Professor Linder ist einer der angesehensten Experten in Sachen Strafrecht. Um nicht zu sagen, der angesehenste.»

Berelius plappert weiter, als hätte er nicht begriffen, dass Konrad gerade versucht hat, eine Frage zu stellen.

«Und ich bin in der glücklichen Situation, ihn in etwas kniffligeren Strafsachen konsultieren zu können.»

«Ja, ja», sagt Linder abwehrend. «Nicht der Rede wert. Peanuts.»

Er schaut Konrad mit gutmütigen Augen an und weist mit dem Daumen in Richtung Fenster.

«Sie müssen wissen, ich wohne sowieso hier in der Nähe. Und außerdem ist es ganz nützlich, auf seine alten Tage das Hirn ein bisschen auf Trab zu halten. Man möchte ja nicht unbedingt an Alzheimer zugrunde gehen, wenn man es verhindern kann. Und Birger benötigt alle Hilfe, die er kriegen kann.»

Die letzten Worte sagt er mit einem Augenzwinkern. Konrad muss unweigerlich lächeln.

«Wie dem auch sei», sagt Berelius, ohne dass es ihm gelingt, seinen Unmut über den kleinen Seitenhieb zu unterdrücken. «Ich hab Arvid deine Lage geschildert, für den Fall, dass sich die Situation für dich zuspitzen sollte. Na ja, das meiste stand sowieso in der Zeitung, aber dennoch. Die Sache kann jederzeit kompliziert werden, sodass wir auf seine Unterstützung angewiesen sind.»

«Noch sehe ich kein Problem», entgegnet Konrad widerwillig.

Die Wortwahl stört ihn. Wer zum Teufel sind «wir»? Soweit er weiß, hat er Berelius nicht den Auftrag erteilt, als Strafverteidiger für ihn zu fungieren. Ihm war gar nicht erst der Gedanke gekommen, dass er einen Verteidiger nötig haben würde.

Dann taucht die Nichte unerwartet wieder auf. Ihr Veilchenduft erfüllt den Raum. Sie ignoriert Konrad, lächelt jedoch zuckersüß, als sie eine zierliche, geblümte Kaffeetasse auf dem Tisch vor dem Professor abstellt.

«Bitte sehr, Onkel Arvid. Ich hoffe, er schmeckt dir.»

«Danke, Emma-Schatz.»

Linder dreht seinen Kopf kaum merklich, um ihr mit dem Blick folgen zu können, während sie aus dem Zimmer huscht. Ihr kurzer Jeansrock reicht gerade mal bis zur Unterkante ihres Slips.

«Glaubst du denn allen Ernstes …?», beginnt Konrad.

«Man weiß ja nie», unterbricht ihn Berelius und rührt umständlich seinen Kaffee um.

Er senkt die Stimme zu einem vertraulichen Ton.

«Ich persönlich bin natürlich völlig überzeugt von deiner Unschuld, aber ich habe heute mit der Staatsanwältin gesprochen. Cecilia Bengtsson. Sie hat noch einmal betont, dass du in ernsthaften Schwierigkeiten steckst. Eindeutiges Motiv. Kein Alibi. Wo warst du denn eigentlich in der besagten Nacht, Konrad?»

Plötzlich kommt die Wut, sie brodelt in seinem Körper hoch wie ein heißer Lavastrom. Konrad fährt von seinem Stuhl hoch.

«Wer zum Teufel gibt dir das Recht, in meinem Leben herumzuschnüffeln?»

Hinter seinen Schläfen pocht es, und seine Stimme klingt schrill.

«Ich bin, verdammt nochmal, nicht angeklagt! Und du verwaltest einen Nachlass und nichts anderes.»

Birger Berelius weicht erschrocken zurück. Sein offenstehender Mund hat sich zu einem schwarzen Loch geformt, sein Aussehen erinnert an einen Fisch. Es klirrt leicht, als er die Tasse mit zittriger Hand auf der Untertasse abstellt.

Konrad setzt sich wieder. Seine Wut hat sich gelegt. Mit einem Mal ist er nur noch müde.

Arvid Linder betrachtet die beiden mit amüsierter Miene, als säße er im Theater. Er nippt an seinem Kaffee und sagt dann: «Jetzt wollen wir es mal ganz ruhig angehen lassen.»

«Es tut mir leid, dass ich so aufgebraust bin», murmelt Konrad.

«Sie stehen unter starkem Stress. Das ist nichts Ungewöhnliches. Eine völlig normale Reaktion», erklärt Linder.

Berelius wirkt immer noch ein wenig sauer.

«Was Birger zu erklären versucht, ist, dass er zu Ihrer Verfügung steht, falls sich die Dinge für Sie nicht klären sollten. Vielleicht kann mein Fachwissen Ihnen ja auch weiterhelfen.»

Konrad nickt. Eigentlich müsste er dankbar sein.

«Aber dafür ist es noch zu früh. Sie tun gut daran, bis auf weiteres einfach abzuwarten», fährt der Professor fort.

Dann steht der alte Mann auf und wirkt dabei rüstiger, als Konrad es ihm zugetraut hätte. Ein steifes rechtes Bein verleiht seiner Gestalt etwas Militärisches. Wie ein alter Kavallerieoffizier, denkt Konrad.

«Und jetzt, meine Herren, müssen Sie mich entschuldigen. Jetzt habe ich nämlich vor, nach Kivik rauszufahren, um zu sehen, ob ich beim Fischer noch eine frischgefangene Scholle zum Abendessen bekomme.»

Sie begleiten ihn hinaus auf die Straße. Dort verabschieden sie ihn und stehen dann schweigend da, während der betagte Professor in seinen Landrover klettert, den Motor startet und dann in Richtung Simrishamn wegrollt. Das Letzte, was sie von ihm sehen, ist eine aufmunternd winkende Hand über seinem weißhaarigen Schopf.

«Du wolltest etwas von mir?», fragt Berelius.

«Ja», entgegnet Konrad verlegen. Er überlegt kurz, ob er es besser bleiben lassen soll, aber dann räuspert er sich.

«Ich habe ein kleines Problem mit meiner Liquidität. In den vergangenen Monaten, oder besser gesagt, schon eine ziemlich lange Zeit habe ich nicht mehr gearbeitet. Hab von Erspartem gelebt. Aber jetzt ist es langsam aufgebraucht.»

«Du willst einen Vorschuss auf dein Erbe haben?»

«Ja, wenn das möglich ist?»

Birger Berelius streckt seinen Rücken ein wenig, als würde er am liebsten von oben auf seinen Klienten herabsehen. Sein Gesichtsausdruck ist absolut neutral. Doch zum ersten Mal erahnt Konrad eine Art … Verachtung.

«Das geht nicht», sagt der Rechtsanwalt schroff.

Konrad ist noch nicht einmal in der Lage, nach dem Grund zu fragen.

«Der Nachlass von Herman und Signe kann noch nicht ausgezahlt werden. Du wirst immerhin wegen Mordes verdächtigt. Und der Miterbe des Nachlasses würde dem wohl kaum zustimmen. Keine Chance, vergiss es.»

Konrads erster Impuls ist, dem Rechtsanwalt seine geballte Faust geradewegs in die kinnlose Fresse zu rammen. Er unterdrückt ihn nur mit großer Mühe. Kehrt Berelius stattdessen den Rücken zu und verlässt die Villa.

Die Spätnachrichten sind gerade vorbei, als in der Mietswohnung im zweiten Stock des roten Backsteinhauses in Sundbyberg das Telefon klingelt.

Der Mann, der dösend auf dem Ledersofa gelegen hat, reibt sich schlaftrunken die Augen.

Er stellt den Fernseher aus, stöhnt und richtet sich dann schwerfällig auf. Lässt auf dem Weg zum Telefon einen krachenden Furz los. Nach dem fünften Klingeln erreicht er den Hörer.

«Ja?»

Zuerst hört er nur, wie jemand schwer atmet.

«Verdammter Wichser», murmelt er und will gerade auflegen, als er eine tiefe Stimme hört.

«Bin ich richtig bei Gunnar Nilhem?»

«Ja, wer ist da?»

Er unterdrückt einen Rülpser und wirft einen Blick auf die drei Bierflaschen auf dem Wohnzimmertisch. Zum Glück ist Lisbet bei der Gymnastik, denkt er. Ansonsten würde sie wie immer herumnörgeln. Verdammt, dass man nicht mal 'n paar Pils trinken kann, auch wenn man am nächsten Tag zur Arbeit muss.

«Ich bin's.»

«Wer?»

«Erinnerst du dich nicht mehr an deinen alten Freund?»

Am anderen Ende der Leitung ist ein nervöses Lachen zu hören. Einige Sekunden lang geschieht gar nichts. Unterdessen kratzt er seinen fülligen Bauch durch den Spalt zwischen dem Hemd und der aufgeknöpften Hose, während ein verwirrter Gedanke an Telefongesellschaften, die die Leute mitten in der Nacht terrorisieren, durch sein Hirn irrt.

Dann endlich kapiert er.

«Was zum Teufel!»

Plötzlich zittert ihm die Hand, und er spürt, wie er friert, sodass es ihn schüttelt.

«Es ist 'ne Menge passiert. Wir müssen reden», hört er die Stimme am anderen Ende der Leitung sagen.

Er schnappt nach Luft und greift sich an die Brust. Kalter Schweiß bricht ihm aus, ihm wird plötzlich übel. Er überlegt fieberhaft, bringt aber kein Wort heraus.

«Erst hab ich gedacht, ich scheiß auf alles. Aber das geht nicht. Was zum Teufel sollen wir denn jetzt tun?», fragt der andere mit verzweifelter Stimme.

Endlich bekommt er wieder Luft. Nur mit äußerster Anstrengung war es ihm damals gelungen, die Schleusentore zu seinem inneren Kraftwerk verschlossen zu halten, und mit einem Mal sprudeln die Worte wie schäumende Wassermassen nur so aus ihm heraus.

«Du verdammter Idiot! Kapierst du denn nicht? Wir müssen die Klappe halten. Ich weiß nicht, wer du bist. Und du weißt nicht, wer ich bin. Ist das klar? Lass nie wieder von dir hören!»

Er knallt den Hörer auf die Gabel und zieht sofort den Stecker aus der Wand.

Mit zitternden Händen kramt er das Handy aus seiner Brieftasche und schaltet es ebenfalls ab. Er reißt sich die Kleider vom Leib und zieht den rotgestreiften Pyjama an, den er von seiner Frau zu Weihnachten bekommen hat. Putzt sich dann so kräftig die Zähne, dass Blut ins Waschbecken tropft.

Muss eingeschlafen sein, bevor sie zurückkommt, denkt er, als er mit geschlossenen Augen und klopfendem Herzen unter der Decke liegt. Morgen bin ich wieder im Büro. Dann ist alles wieder wie immer.

Gertrud taucht wie ein rettender Engel auf.

Inzwischen ist es so spät geworden, dass er die Uhr über dem Bartresen nur noch verschwommen erkennt. Es muss schon eine Weile her sein, dass er sein letztes Bier bestellt und den blassen, gespenstischen Barmann gebeten hat, es auf die Rechnung zu setzen.

«Du bist wohl der Letzte, der noch wach ist. Im Hotel, meine ich. Lennart hat bereits vor einer halben Stunde die Kasse abgeschlossen und ist nach Hause gegangen.»

Er starrt sie dümmlich an.

«Schleichst du dich eigentlich immer von hinten an?»

Konrad hört selbst, dass er lallt. Verdammt! Sein Kopf ist schwer wie Blei. Er versucht sich aufzurichten, rutscht jedoch mit dem Ellenbogen am Tresen ab und fällt beinahe vom Stuhl.

Sie lacht auf.

«Ich bin auf dem Sprung nach Hause», sagt sie.

Er versucht verzweifelt auf etwas zu kommen, das sie daran hindern könnte zu gehen, aber bevor er die richtigen Worte findet, ist sie schon auf dem Weg nach draußen.

«Warte!», ruft er.

Gertrud hält inne und lässt die Glastür wieder zugleiten. Sie wirkt erstaunt.

«Was ist denn?»

«Tut mir leid», sagt er. «Es ist nur so … Ach, ich hatte nur das Bedürfnis nach ein wenig Gesellschaft.»

«Sorry, ist 'n bisschen spät für mich.»

Trotzdem bleibt sie stehen. In ihrem Blick ist ein Anflug von Mitleid zu erkennen, was Konrad missfällt. Mitleid ist das Letzte, was er jetzt braucht.

«Du kennst nicht zufällig jemanden, der billig ein Zimmer vermietet?»

«Gefällt es dir im Hotel nicht?»

Sie kommt wieder näher und lächelt sarkastisch. Konrad stört sich daran, dass sie klarer im Kopf ist als er. Er kippt den letzten Schluck Bier hinunter und wühlt in seinem Hirn nach einem smarten Konter.

«Ich bin fast pleite», sagt er schließlich.

Zu allem Übel bekommt er genau in dem Moment einen Schluckauf. Gertrud legt ihm die Hand auf die Brust.

«Halt die Luft an!», befiehlt sie ihm.

Der Druck ihrer Finger lässt die Atemmuskeln wieder entspannen. Für einen kurzen Moment berührt ihr Haar sein Gesicht, ohne dass sie es zu merken scheint. Konrad sitzt völlig reglos auf dem Barhocker. Atmet ihren Duft tief ein.

«Besser?»

Er nickt beschämt. Eigentlich müsste sie mich auslachen, denkt er. Die Situation ist ja geradezu lächerlich.

Doch Gertruds Stimme ist schmerzlich kühl.

«Du kannst es dir also nicht länger leisten, im Hotel zu wohnen. Ist das dein Problem?»

«So ungefähr …»

«Und ich dachte, du wärst Millionär.»

«Wie bitte? Woher weißt du das denn …?»

Sie seufzt hörbar.

«Das hier ist ein ziemlich kleines Kaff, das müsstest du doch eigentlich wissen. Hier gibt es keine Geheimnisse. Inzwischen weiß jeder, dass Herman und Signe eine Menge Geld auf der Bank hatten. Stand doch sogar in der Zeitung.»

«Geld, das nicht mir gehört. Jedenfalls noch nicht …»

Gertrud nimmt ihre Schultertasche und wendet sich zum Gehen.

«Ich hätte da vielleicht ’ne Idee. In meinem Haus wohnt eine alte Dame, die eine große Vierzimmerwohnung hat. Sie klagt immer über die hohen Kosten und hat schon überlegt, sie unterzuvermieten. Wenn du willst, kann ich mal nachfragen.»

Er verzieht wortlos das Gesicht. Der Gedanke daran, bei einer älteren Dame zur Untermiete zu wohnen, ist nicht gerade verlockend. Aber er hat letztlich keine Wahl.

Gertrud scheint seine fehlende Antwort als Zustimmung zu deuten. Sie tätschelt ihm flüchtig die Wange.

«Geh jetzt schlafen.»

Innerhalb von einer Sekunde ist sie in die Sommernacht hinaus verschwunden. Das Türschloss schnappt zu.

Konrad bleibt noch eine Weile sitzen und horcht. Ist er der einzige Gast?

Er durchwühlt seine Hosentaschen nach dem Plastikkärtchen zu seinem Zimmer. Muss es dreimal umdrehen, bis das kleine Lämpchen am Türgriff grün leuchtet und er die Tür öffnen kann. Der Geruch des Teppichbodens schlägt ihm entgegen. Säuerlich und muffig. Er knipst die Deckenlampe an, macht sie aber sofort wieder aus. Schiebt die Jalousien zur Seite, die er am Morgen heruntergelassen hatte, um zu verhindern, dass die Sonne das Zimmer aufheizt. Drückt das Gesicht gegen die Fensterscheibe, schaut erst nach rechts, dann nach links.

Der Marktplatz liegt öde und verlassen im Mondlicht da. Und Gertrud ist fort.

KAPITEL 13

Klas' Geist schwebte über dem Eternithaus wie eine dunkle Wolke, die sich zeitweilig verzog und dann wieder schwarz und drohend auftürmte.

Als Konrad einzog, war Hermans und Signes Sohn schon fast erwachsen und kam und ging, wann er wollte.

Am Rückspiegel seines getunten dunkelblauen Amazon, dessen Motor wie ein Donnergrollen dröhnte, baumelten zwei Würfel aus flauschigem Teddystoff. «Hunter» stand auf dem rosafarbenen Wunderbaum, der wie ein nackter Frauenkörper geformt war. Über der verschlissenen Rückbank hatte Klas eine große, blau-weiß-rote Texasflagge drapiert.

Im Kofferraum des Wagens lagen immer einige Pullen Wodka. Es war allgemein bekannt, dass Klas sich gerne einen Zehner extra verdiente, indem er Schnaps an Minderjährige vertickte. Aber Konrad traute sich nicht, danach zu fragen, nicht einmal, als er schon älter war.

Unter einer Wolldecke im Kofferraum lagen auch eine Schrotflinte der Marke Remington und ein paar Schachteln mit Patronen. Das hatte Konrad zufällig gesehen, als der Kofferraum aus Versehen eine Weile offen stand.

Manchmal geschah es, dass Klas nach Hause kam und einen blutigen Hasen vor Signe auf die Spüle warf. Wo er ihn geschossen hatte, war unklar; soweit seine Eltern wussten, besaß er keinen Jagdschein. Aber sie fragten nicht nach. Signe zog den Hasen das Fell ab, schabte die Haut sauber und hängte sie zum Trocknen vor den Geräteschuppen. Dann füllte sie ihre glänzenden Leiber mit Äpfeln, Zwetschgen und Petersilie aus dem Garten und schmorte sie im Backofen. Konrad fand, dass sie wie kleine nackte Kinder aussahen. Signe wurde zur bösen Hexe, und die Hasen verwandelten sich in Hänsel und Gretel. Allein schon bei ihrem Anblick drehte sich ihm der Magen um. Wenn das Essen dann auf dem Tisch stand, konnte er meist nur ein paar Kartoffeln essen.

Klas hingegen schlang alles schweigend hinunter. Nahm sich kaum Zeit, die Soße und Hermans selbst eingekochtes Traubengelee vom Teller zu kratzen, bevor er wieder nach draußen verschwand.

Seine Freundin hieß Janet, und ihren Namen sprach man genauso aus, wie er buchstabiert wurde. Oder besser gesagt: «Jaunet», mit schonischem Diphthong, der ihn völlig anders klingen ließ als den des amerikanischen Filmstars, der ihre Eltern eines Tages inspiriert haben musste.

Sie wurde ziemlich oft in Klas' dunkelblauem Amazon gesehen, und Konrad konnte ganz und gar nicht verstehen, was sie daran fand.

Janet war einige Jahre jünger als Klas. Sie war süß wie eine blühende Rose, hatte strahlende Augen und goldglänzende Locken, die sie immer mit einem roten Seidenband im Nacken zusammenhielt. In Konrads Erinnerung trug sie ausschließlich helle Sommerkleider aus rosafarbenem oder mintgrünem Stoff, die wie Blütenblätter um ihre braungebrannten Waden flatterten. Wenn sie lachte, entblößte sie eine kleine Lücke zwischen ihren blendend weißen Schneidezähnen. Das machte sie unwiderstehlich.

Wie konnte sich dieses phantastische Wesen nur von so einem Idioten wie Klas erobern lassen?

Hermans und Signes leiblicher Sohn hatte zu diesem Zeitpunkt bereits im Schlachthof angefangen, genau wie sein Vater. Massiv wie ein Zementblock, war er wie geschaffen für diesen Job.

«Er hantiert mit den Schweinen, als wären es Katzenjunge», gluckste Herman begeistert.

Klas war außerdem ein geachteter Außenverteidiger und für seine brutalen Rempler gefürchtet, die die Angriffslust so mancher Stürmer in der gegnerischen Mannschaft dämpften. Er hatte bereits mehrere Spiele in der A-Jugend absolviert. Möglicherweise imponierte das den Mädchen mehr als seine Geschicklichkeit im Umgang mit Schlachtermessern und Fleischerhaken.

Manchmal unterhielt Janet sich mit Konrad.

Es waren immer nur kurze Gespräche. Klas hatte seinen Amazon auf der Straße geparkt und war unterwegs, um noch etwas aus seinem verschlossenen, geheimnisvollen Zimmer zu holen. Gunnar und Benga, seine ständigen Begleiter, hingen am Auto herum, rauchend und grinsend. Janet gähnte, streckte sich gelangweilt über die Motorhaube und sagte so etwas wie: «Wann zum Teufel kommt er denn wieder?» oder «Oh Mann, ist mir heiß!»

Einmal, als sie gerade eine Dose Halspastillen aus ihrer Handtasche gekramt und sich ein paar in den Mund gesteckt hatte, erblickte sie Konrad, der sein Fahrrad kopfüber auf den Rasen gestellt hatte, um die Kette zu ölen.

«Möchtest du 'n Tic Tac?»

«Nee.»

«Nimm eins, die sind gut!»

«Nee, die sind nur was für Schnapsdrosseln.»

«Wie bitte?»

Janets amüsiertes Lächeln war in aufrichtiges Erstaunen übergegangen. Es krachte, als sie ein Dragee zwischen den Zähnen zerkleinerte.

«Schnapsdrosseln! Leute, die saufen.»

«Wo hast du das denn her?»

Konrad zuckte mit den Schultern. Er starrte auf die rostige Fahrradkette hinunter und schwieg.

Von Sven, natürlich. Sven sagte ständig solche Sachen. Und wenn sie aus seinem Mund kamen, klangen sie so selbstverständlich wie ein wissenschaftliches Faktum, das genauso belegt war wie der Satz des Pythagoras: «Tic Tacs sind was für Schnapsdrosseln, die sich 'nen Schluck aus dem Flachmann im Putzschrank genehmigt haben und dann Schiss kriegen, von ihrem Kerl verprügelt zu werden.»

Vielleicht stützte sich Sven auf empirische Studien im Myrberg'schen Ameisenhaufen. Mit solchen Studien konnte Konrad hingegen nicht aufwarten. Also murmelte er nur: «Das weiß doch jeder …»

«Du denkst also, ich bin 'ne Schnapsdrossel?»

Janet machte ein paar Schritte auf ihn zu. Stellte sich breitbeinig und mit vorgeschobenen Hüften vor ihm auf. Ausnahmsweise trug sie an diesem Tag abgeschnittene Jeans und eine enganliegende Baumwollbluse.

Konrad traute sich kaum hinzusehen. Zu seinem Fahrrad gewandt wurde er rot, während er den Duft von Pfefferminz und Maiglöckchen einatmete.

«Wenn du unbedingt willst, dann nehm ich eben eins …»

Schnell drehte er sich zu ihrem perlweißen Lachen um und nahm sich ein Dragee aus der Dose, die sie ihm hinhielt.

Er riskierte ein freundliches Grinsen.

«Danke.»

«Wie heißt du eigentlich?»

«Konrad … und du?»

Konrad wusste nur allzu gut, wie sie hieß. Janet hatte einen Ruf wie so viele andere Mädchen, deren Aussehen Neid weckte. Und Janet hatte schon das eine oder andere erlebt, das wussten alle. Selbst diejenigen, die sich nicht mal trauten, sie anzusprechen, weil sie genau wussten, dass sie nie eine Chance bei ihr haben würden. In den Diskotheken Tingvalla und Gislövs stjärna galt sie als begehrte Beute.

«Ich heiße Janet …»

Genau in dem Moment knallte die Haustür zu, und Klas kam mit einer vollgestopften Tasche über der Schulter die Außentreppe herunter. Gunnar und Benga drückten ihre Zigaretten aus und machten Anstalten, in den Amazon zu steigen.

«Okay, wir hauen ab!»

Auf halbem Weg zum Wagen hielt Klas an und starrte seine Freundin missvergnügt an.

Janet lächelte ungerührt.

«Süß, dein kleiner Bruder.»

Klas' Gesichtsausdruck verdunkelte sich. Für einen kurzen Augenblick begegnete Konrad dem Zorn in seinem Blick, bis er sich schnell umdrehte und die Ölkanne zur Hand nahm.

Die Stimme hinter seinem Rücken klang wie ein Donnerschlag.

«Er ist nicht mein Bruder.»

In derselben Nacht wurde Konrad von tierischen Geräuschen geweckt.

Hellwach setzte er sich im Bett auf und blinzelte ins

Mondlicht, das in sein Zimmer schien. Das Rollo hatte er vergessen herunterzuziehen. Es schien, als hinge der weiße Ball unmittelbar vor seinem Fenster. Die mystischen Meere, auf denen Armstrong und sein Kollege ein paar Sommer zuvor umhergewandert waren, traten wie dunkle Schatten hervor, ähnlich deutlich wie auf dem Poster von Texaco.

Doch die Geräusche, die ihn aus dem Schlaf gerissen hatten, kamen nicht vom Mond. Sie hatten eine gewisse Ähnlichkeit mit dem Heulen einer Wölfin in der Nacht. Die Geräuschquelle lag bedeutend näher.

Der Krach kam von der anderen Seite der Wand. Aus Klas' Zimmer, hinter der Tür mit dem bedrohlichen Totenkopf, der allen, die nicht der weißen Rasse angehörten, den Zutritt verwehrte.

Da war es wieder, das Geräusch.

Diesmal glich es allerdings nicht einem Wolfsgeheul, sondern eher dem Brüllen einer Kuh, die lange nicht gemolken wurde. Ein langgezogenes Stöhnen dröhnte in die Nacht hinaus, in dem Schmerz lag, aber auch Genuss. Das muss doch im ganzen Haus zu hören sein, dachte Konrad. Im gesamten verdammten Tomelilla.

Allmählich begriff er, was es war. Denn Sven Myrberg war auch auf diesem Gebiet ziemlich beschlagen. Zumindest theoretisch. Und er pflegte sein Wissen bereitwillig mitzuteilen.

Doch Svens Erzählungen hatten immer etwas Verlockendes an sich. Sie verursachten ein Kribbeln im Unterleib. Weiche, sich vorwölbende Haut. Runde überwältigende Formen. Der Geruch nach Salz und süßen Früchten.

Mit den Geräuschen aus Klas' Zimmer war es jedoch anders. Sie klangen eher bedrohlich. Aufdringlich.

Es knarrte und quietschte. Polterte gegen die Wand, als

würde eine ganze Herde brünstiger Kreaturen auf der anderen Seite herumtoben.

Konrad zog die Decke über den Kopf, um nichts mehr mitzukriegen.

Als er aufwacht, ist es bereits später Vormittag. Grelle Sonnenstrahlen schicken ihre Hitze durchs Fenster, geradewegs in Konrads Gesicht. Es brennt in seinem Schädel, und wenn er die Augen fest schließt, sieht er hellrote Sterne. Er streckt sich blind nach seiner Unterhose, setzt sich auf die Bettkante und horcht. Kratzt sich verschlafen an einem Mückenstich am Bein.

Im Haus ist es still. Herman muss schon vor Stunden zum Schlachthof geradelt und Signe wohl irgendwohin zum Putzen gegangen sein.

Er zieht sich an. Die Geräusche der letzten Nacht spuken ihm noch immer im Kopf herum, und es gelingt ihm nicht, die Unlust abzuschütteln.

In der Spüle stehen mehrere schmutzige Teller. Nicht gerade Signes Art, sie einfach stehen zu lassen. Konrad schaut aus dem Fenster und sieht, dass der Amazon weg ist. Er holt sich die Cornflakes aus der Speisekammer und Milch aus dem Kühlschrank. Zum tausendsten Mal liest er auf dem Stickbild: «Hochmut kommt vor dem Fall». Nisse, der graugesprenkelte Kater, hüpft lautlos von der Küchenbank und streicht mit krummem Rücken an seinem Bein entlang. Konrad krault ihn flüchtig hinterm Ohr.

In dem Moment, als er den letzten Löffel Cornflakes zum Mund führt, hört er ein leises Schniefen durch das offene Fenster.

Er steht auf und schaut hinaus. Zuerst sieht er nichts. Auf der Rasenfläche unter dem Apfelbaum ist niemand. Auch auf der Straße hinter dem Rosenbeet und dem rotgestrichenen Holzzaun sieht er keinen Menschen.

Doch dann hört er erneut ein Schniefen und entdeckt Janet. Sie sitzt im Schatten auf dem Boden, direkt am Geräteschuppen. Mit dem Rücken an die Bretterwand gelehnt, die Arme um ihre angezogenen Beine gelegt und das Gesicht gegen die Knie gepresst.

«Was ist denn, Janet?», ruft er durchs Fenster.

Sie schaut auf.

«Nichts, was dich etwas angehen würde, du verdammter kleiner Scheißer!»

Ihre Augen sind rot geweint, und ihre schwarze Mascara ist bis auf die Wangen heruntergelaufen.

Noch bevor Konrad nachdenken kann, ist er aus der Tür und die Treppe vor dem Haus hinuntergesprungen. Er bleibt ein paar Meter entfernt stehen. Sein Herz klopft aufgeregt. Er möchte ihr goldblondes Haar berühren, traut sich jedoch nicht recht.

«Tut mir leid», sagt sie und blickt ihn flüchtig an.

«Was ist denn passiert?»

Sie schüttelt ihre Locken und verbirgt den Kopf dann wieder zwischen ihren Armen. Konrad schleicht sich näher. Setzt sich neben sie und spürt die groben Bretter des Schuppens an seinem Rückgrat.

«Ich will ihn nie wieder sehen», hört er sie nuscheln.

«Wen denn?», fragt Konrad, auch wenn er genau weiß, wen sie meint. Er ahnt, dass sich eine Katastrophe anbahnt. Worum es geht, begreift er allerdings nicht. Nur, dass etwas Schreckliches passiert sein muss. Etwas, das nicht ungeschehen gemacht werden kann.

In seinem Kopf hört er wieder die nächtlichen Geräusche.

«Hat er dich geschlagen … Hat er dir wehgetan, heute Nacht?»

Sie schaut erneut mit geschwollenen Augen auf; das Leuchten ist verschwunden.

«Hast du was gehört?»

Konrad zuckt mit den Achseln und starrt in Richtung der Straßenecke, als warte er darauf, dass jemand kommt.

Janet lächelt müde mit tränenden Augen.

«Das geht dich gar nichts an. Das ist nur was für Erwachsene …»

«Weiß ich ja …»

Doch Konrad weiß überhaupt nichts. Tausend Fragen gehen ihm im Kopf herum. Wenn es nicht die schrecklichen Geräusche waren, weshalb war sie dann so traurig?

Vorsichtig, als würde er eine Bombe entschärfen, berührt er mit den Fingerspitzen ihr Haar. Ihr Nacken spannt sich an, aber sie lässt ihn gewähren. Er wird mutiger, streicht ihr über die weichen Locken, krault sie hinter dem Ohr, wie er es vorhin beim Kater getan hat.

«Es fühlt sich gut an, wenn du das machst», sagt sie.

Ein schwacher Wind lässt die Blätter im Apfelbaum rascheln. Eine Hummel summt friedlich im Lavendelstrauch. Sie sitzen eine ganze Weile schweigend da. Dann wird die Stille vom Zug nach Ystad unterbrochen, der auf dem Gleis hinter dem Haus vorbeidonnert. Sie horchen, bis das Getöse auf den Schienen in der Ferne abebbt.

Plötzlich ergreift sie fest seine Hand.

Ihr Blick heftet sich auf sein Gesicht. Er ist schwarz wie das Höllenloch, in dem sie letzte Nacht gewesen sein muss. Konrad bekommt es mit der Angst zu tun, als er ihn erwidert.

«Es ist nicht so, wie du denkst», sagt sie. «Was du

heute Nacht gehört hast, hat nichts zu bedeuten. Es ist … nichts.»

Er sieht ihr an, dass sie sich die Worte im Kopf zurechtlegt. Fühlt sich hilflos.

«Es geht um was anderes, Konrad. Nach dem, was heute Nacht war, hat Klas angefangen, mir etwas zu erzählen. Er wollte es eigentlich nicht. Er war total besoffen. Lallte und machte 'ne Menge Andeutungen. Es war, als würde er eine Tür einen Spaltbreit öffnen und mich kurz reingucken lassen. Nur so zum Spaß. Doch dann hat er es sich anders überlegt und sie wieder zugeknallt.»

«Was für eine Tür denn? Und was hast du gesehen?»

Janet schaut sich um, als hätte sie Angst, jemand könnte zuhören. Dann steht sie plötzlich auf und reibt sich die Augen mit dem Ärmel ihrer Bluse trocken.

«Ich muss gehen.»

Doch bevor sie sich umdreht, beugt sie sich zu ihm hinunter. Senkt ihre Stimme zu einem Flüstern.

«Klas ist gefährlich. Halt dich von ihm fern, so gut es geht, Konrad.»

Das ist das letzte Mal, dass er mit Janet redet. Das letzte Mal, dass er sie überhaupt sieht.

KAPITEL 14

Er muss angenommen haben, dass die Wahrheit irgendwo zwischen den Zeilen versteckt sein und auf ihn warten würde.

Aber so ist es keineswegs.

Er muss sich eingebildet haben, dass das Bild deutliche Konturen annehmen würde, wenn er nur zurückkäme. Die Umrisse klar werden und die Schatten sich lichten würden. Vielleicht ähnlich einer Sepia-Fotografie, aber scharf und eindeutig.

Konrad ist unweigerlich enttäuscht.

Es ist, als wäre die Flüssigkeit des Entwicklungsbades verunreinigt. Er steht in der Dunkelkammer, hat die rote Lampe angeschaltet und starrt in das Bad hinunter, aber er sieht nur ein weißes, leeres Blatt Fotopapier unter der Oberfläche schwimmen. Er tippt das Papier an und bewegt die Wanne ein wenig, sodass sich kleine Wellen bilden. Aber es hilft nichts. Die Wahrheit lässt sich nicht in einer einzigen Belichtung einfangen. Das müsste Konrad eigentlich klar sein. Nicht einmal in tausenden.

Aber sie lässt sich ergründen. Davon ist er hundertprozentig überzeugt. Hinter der nächsten Weggabelung. Tief im Wald, wo kein Sonnenlicht hinfällt. Begraben im stinkenden Mergelboden eines lehmigen Ackers.

Möglicherweise liegt die Wahrheit direkt vor ihm, und er vermag sie nicht zu erkennen.

Die Erkenntnis, dass er ausdauernd und lange suchen muss, ermüdet ihn. Die Schatten und Nuancen betrachten. Verwerfen und noch einmal neu beginnen.

Sein Kopf ist schwer wie eine Wassermelone. Es ist bereits spät, aber die Nacht ist hell. Er hört durch das halb geöffnete Fenster von der Straße her Stimmen. Schritte, die langsam verhallen. Er schüttelt sich, um den Nebelschleier zu verscheuchen.

Konrad ist irritiert.

Aber er hätte es natürlich besser wissen müssen.

Seine ersten stolpernden Schritte auf der Jagd nach der Wahrheit machte er in Berlin.

Es war im April 1989, also noch ein halbes Jahr bis zum Fall der Mauer. Der Regen fiel schwer und trostlos auf Malmö, als Konrad mit einem Rucksack auf den Schultern das Tragflügelboot über den Sund nahm.

Wieder auf der Flucht.

Es macht keinen Sinn zu bleiben, versuchte er sich selber einzureden.

Aber als der Nachtzug aus dem Kopenhagener Hauptbahnhof rollte, ätzte die Scham brennende Wunden in seine Seele.

Er, der er selber verlassen worden war.

Es war wie eine Erbsünde.

Maria war zwei Jahre alt, und er hatte sie in der letzten Zeit nicht oft sehen können. Die Wohnung in Lindängen war von Enttäuschung und Ohnmacht verpestet, die langsam in Schweigen überging. Dann der Aufbruch und die Einsamkeit. Maria begriff natürlich überhaupt nichts. Wie sollte sie auch? Und Konrad unternahm nie einen Versuch, es ihr zu erklären.

Unmerklich grub sich der Treuebruch in Mark und Bein.

Konrad gab auf und suchte Zuflucht in Berlin, der Stadt, die wie eine Insel im Feindesland lag.

Er landete in Kreuzberg, mitten unter den Türken, wo er sich bei einem desillusionierten Alten einmietete, der nichts anderes tat, als über die Fremden herzuziehen. Konrad begriff früh, dass der Kerl zu den Letzten gehört hatte, die die SS-Uniform ablegten, als die Russen kamen. Ganz hinten in einer Schublade seiner Kommode hatte er sogar ein Hakenkreuz versteckt und scheute sich auch nicht, es vorzuzeigen. Er behauptete sogar, dass er es direkt aus den Händen des Führers entgegengenommen hätte.

«Verdammtes Ungeziefer! Ich hab Tausende von Kameraden dabei sterben sehen, wie sie die Bolschewiken aufhalten wollten. Bin selber ein paarmal kurz davor gewesen draufzugehen. Und was passiert? Die Kommunisten bekommen die halbe Stadt und die Türken die andere Hälfte», wetterte der Alte.

Konrad konnte kaum hinhören.

Er wollte sich einigeln, untertauchen. Aber nicht in alten Strukturen, sondern in einem neuen Umfeld. Und das würde er auf der anderen Seite der mit Graffiti besprayten, stacheldrahtverstärkten Mauer finden, so viel hatte er mitgekriegt.

Immer öfter steckte Konrad seinen schwedischen Pass ein und spazierte zur Friedrichstraße oder zum Checkpoint Charlie, wo er mit Bedacht die Blicke der mürrischen Grenzer mied, als sie ihn in den Osten hinüberließen.

Die ersten Male war er erstaunt angesichts der vielen Grau- und Brauntöne, des Kohlegeruchs aus den Heizkesseln, der tuckernden Trabbis auf den Straßen und der Menschen, die immer wegschauten.

Doch dann begann er, Nuancen wahrzunehmen.

Die Frau im Lebensmittelladen, in dem es neben Brot nur gräulich verfärbte Glaskonserven in den Regalen gab, lachte entzückt, als er stümperhaft deutsch zu reden begann.

Der junge Straßenbahnfahrer, der mit den Achseln zuckte und darauf pfiff, dass er vergessen hatte, eine Fahrkarte zu lösen.

Die alte Frau, die in der heruntergekommenen Imbissbude neben der Zionskirche Bier und Würstchen verkaufte, lächelte mit zahnlosem Mund und tat wunderliche Prophezeiungen kund: «Ach die Mauer, die Mauer, nichts hält ewig.»

Und dort war es auch, um die Kirche am Prenzlauer Berg herum, wo er den anderen begegnete. Den Mutigen. Denjenigen, die sich nicht duckten und stillhielten.

Konrad traf sich mit ihnen in dunklen Kellern, auf verschlossenen Dachböden und in kalten Kirchenräumen, spät in der Nacht. Es waren Pastoren, Professoren und Naturwissenschaftler. Arbeiter, die in ihren verdreckten Overalls direkt von der Schicht kamen, und Punker mit Springerstiefeln, nietenbesetzten Jacken und Irokesenschnitt. Es war ihnen egal, ob sie möglicherweise abgehört wurden oder der Hauswirt ihnen nachspionierte. An der Kirche am Prenzlauer Berg versammelten sich diejenigen, die oft Angst haben mussten, aber immer den Mut besaßen, zu protestieren.

Konrad unterhielt sich mit ihnen, lachte und sang ihre Lieder mit, aber hauptsächlich hörte er ihnen zu.

Eines Abends kam ihm eine Idee. Er bat den alten Nazi, ihm seine Schreibmaschine zu leihen, ein altertümliches Stück der Marke Halda, und schleppte sie hinauf in sein Zimmer auf dem Dachboden in Kreuzberg. Dort öffnete er das Fenster und ließ die nächtlichen Geräusche hereinströmen. Dann begann er zu schreiben.

Am Anfang ging es nur zögerlich voran. In der Schule hatte er schlechte Noten gehabt, auch in Schwedisch, doch einmal war er von seiner alten Lehrerin Nordström tatsächlich für seine Phantasie gelobt worden. Auch jetzt fielen ihm die Worte nicht wie eine Gabe des Himmels zu. Er musste sie sich erkämpfen, sie drehen und wenden, einiges streichen und anderes hinzufügen. Langsam, aber sicher wuchsen sie zu Sätzen heran. Und die Menschen, über die er berichten wollte, erwachten zu Leben.

Konrad schrieb über Helmuth, den Pastor, der lieber Politik als Religion predigte und der schon mehrfach von der Stasi gewarnt worden war. Über Alexi, die Bäckereigehilfin, die ihren Job verlor, weil sie aus der Partei ausgetreten war. Er erzählte von Marlene, deren Vater vor vier Jahren von unbekannten Männern in grauen Mänteln abgeholt und seitdem nicht mehr gesehen worden war und die nun selbst jeden Tag ins Polizeigebäude ging und eine Erklärung forderte. Und Konrad schrieb über die beiden Schwulen Klaus und Gerhard, die sich weigerten, ihre Liebe zu verbergen, und die schließlich Hand in Hand die Kastanienallee entlangspazieren konnten, ohne ständig von der Polizei belästigt zu werden.

Als er fertig war, war die Sonne über den Dächern aufgegangen, und er hörte die Marktschreie der Gemüsehändler, die ihre Kohlköpfe, Gurken und Tomaten unten auf der Straße auspackten.

Er ging hinunter zum alten Nazi und warf einen Blick in seine Küche.

«Du hast auf der Halda rumgehämmert, als hättest du vorgehabt, sie zu erschlagen», brummte der Alte und stellte einen angeschlagenen Becher mit Kaffee vor ihm auf den Tisch.

«Auf der anderen Seite der Mauer ist ordentlich was im Gange», erklärte Konrad.

Der Nazi starrte ihn misstrauisch an.

«Bist du etwa drüben bei den Roten gewesen?»

Er nickte.

«Man müsste den ganzen Mist in die Luft sprengen. Ein Bataillon Leopard-Panzer losschicken und alles niederbrennen. Dann werden sie, verdammt nochmal, gucken», polterte der Alte, sichtlich erheitert von seiner Idee.

Konrad kümmerte sich nicht um sein Geschwätz. Er kippte den Kaffee hinunter, holte sein Manuskript aus dem Zimmer und ging zum nächsten Postamt, wo er es achtfach kopieren ließ. Dann steckte er seinen Artikel in acht Umschläge, kaufte Briefmarken und schickte ihn an genauso viele Tageszeitungen zu Hause in Schweden.

Eine Woche später wurde sein Text in Helsingborgs Dagblad, Norrköpings tidningar und im Dalademokrat publiziert. Die Bezahlung war miserabel, aber es war Konrads erste Arbeit als Journalist.

Die magische Nacht im November begann wie jeder andere Abend auch. Konrad saß zusammen mit seinen neuen Freunden in einer Bierkneipe am Kollwitzplatz, als ein kleiner Junge, verschwitzt und rot im Gesicht, die Tür aufriss und so laut rief, dass alle es hören konnten:

«Die Mauer ist offen! Man kann in den Westen rüber, die Grenzer lassen einen einfach durch!»

Ein unruhiges Gemurmel breitete sich im Lokal aus. Blödsinn! Verdammter Bengel, den Leuten so etwas einzureden! Aber Neugier und Sehnsucht waren groß. Dennoch konnte das doch wohl nicht wahr sein, oder? Jemand schaltete ein Radio ein. Und dann begannen die Leute aufzustehen und auf die Straße zu strömen, um der Sache selbst auf den Grund zu gehen.

Konrad ließ sich neugierig mitziehen. Bald wuchs das kleine Rinnsal von Menschen zu einem mächtigen Strom, der hinunter in Richtung Mauer stürzte. Und als Konrad die Massen am Grenzübergang erblickte und sah, dass die Mutigen den Stacheldraht heruntergerissen hatten und auf die Mauerkrone geklettert waren und dass die Aufgebrachten, die Wütenden mit Hacken und Brecheisen auf die Betonschicht losgingen, als er die hupenden Autos und die resignierten Grenzbeamten sah, da wurde ihm klar, dass es Wirklichkeit war.

Die Nacht war voller überbordender Gefühle. Die Freude war besinnungslos. Das Lachen und die Tränen schmeckten bald nach Champagner, bald nach Blut. Die Umarmungen versprachen ewige Freundschaft, und der Jubel schien bis ins ganze Universum hinauszuhallen. Und genau in dieser Nacht, in diesen wahnsinnigen Stunden, glaubte Konrad, dass auch er befreit worden sei.

Erst viel später, als seine Erinnerung an die phantastische Nacht in einer Fotografie erstarrte, sollte er begreifen, dass dem nicht so war.

In diesen Vierteln um den Prenzlauer Berg herum sollte Konrad auch bald Sonja begegnen.

Doch das geschah in einer anderen Zeit.

KAPITEL 15

Jemand hämmert an die Tür. Im Halbschlaf hört Konrad Stimmengemurmel auf dem Korridor. Aber er kann keine Worte erkennen. Ihm kommen böse Vorahnungen.

Er blickt sich schlaftrunken im Zimmer um. Gibt es irgendwo einen Fluchtweg?

Kurz zieht er das Fenster in Betracht, doch er weiß, dass es klemmt, und sieht ein, dass er es dort hinaus nicht schaffen wird.

Das Licht der Morgendämmerung sickert durch die heruntergelassenen Jalousien.

Wolfsstunde.

Erneut poltert jemand an die Tür. Drei Schläge, dann ist es wieder still. Konrad spürt, wie die Angst schleichend kommt, wie das Adrenalin durch seinen Körper pumpt. Zu dieser Tageszeit kommt nur jemand, der etwas im Schilde führt. Er sieht sich nach einem waffenähnlichen Gegenstand um, doch das Einzige, was er entdeckt, ist der Stuhl, über den er seine Kleider geworfen hat.

Konrad ist nackt und wehrlos.

Sie sind mindestens zu zweit, denkt er. Ich habe zwei Stimmen gehört.

Schnell zieht er die Unterhose an, wirft die restlichen Kleidungsstücke auf den Boden und greift nach der Lehne des Stuhls. Seine Rückenmuskeln spannen sich an, als er ihn anhebt, ein Krieger, bereit zum Angriff.

Dann hört er, wie sich der Schlüssel im Schloss dreht, der Türgriff heruntergedrückt wird und die Tür aufgleitet.

Mit einem Mal kommt Konrad sich ziemlich lächerlich vor.

Eva Ström mustert ihn von oben bis unten. Ein gereiztes Lächeln lauert in ihren schrägstehenden Augen.

«Sie haben es zumindest geschafft, sich eine Unterhose anzuziehen», stellt sie trocken fest.

Hinter ihr steht ein riesiger uniformierter Polizist. Sein Schädel ist kahl rasiert. In seinen Augen, die groß und blau sind wie Schwimmbecken, ist vor allem Erstaunen zu erkennen.

Konrad stellt den Stuhl auf dem Boden ab.

«Was zum Teufel wollen Sie so früh am Morgen hier?»

«Sie abholen.»

Eva Ströms Stimme ist kalt wie Stahl. Das Lächeln ist wie weggeblasen, ihr Blick lässt keinen Zweifel zu.

«Wie bitte?»

«Ziehen Sie sich eine Hose an», befiehlt sie.

«Aber ich …»

«Ziehen Sie sich jetzt an! Sie haben genau dreißig Sekunden!»

Sie legt eine Hand auf das Pistolenhalfter und macht einen Schritt in den Raum hinein, um dem Riesen hinter sich Platz zu machen. Der lacht unvermittelt los, als hätte er etwas Lustiges erblickt. Sein Gesicht leuchtet auf, und er deutet auf Konrads Unterleib.

«Dressman! Drei Paar für ’nen Hunderter. Die hab ich auch.»

Eva Ström wirft ihm einen wütenden Blick zu.

«Halt die Klappe, verdammter Idiot!»

Dann dreht sie sich wieder zu Konrad um, zieht die Pistole aus dem Halfter und zielt geradewegs auf seine Stirn. Sie steht jetzt so nahe, dass er den Geruch von Waffenöl wahrnimmt.

«Was zum Teufel …», entfährt es Konrad.

Das kleine runde, schwarze Loch, das die Mündung darstellt, zeigt direkt auf sein rechtes Auge, ein einziges Zwinkern, und er ist tot. Doch Konrads Angst ist wie weggeblasen. Stattdessen ist er extrem aufgebracht.

Doch bevor er etwas unternehmen kann, gibt Eva Ström ihrem Kollegen durch ein Nicken ein Zeichen.

Die großen hellblauen Augen des Polizisten sehen aus, als liefen sie über vor Glück, als er den Schlagstock hebt und Konrad einen gewaltigen Schlag gegen die Schulter versetzt. Es knirscht, als sein Schlüsselbein bricht. Ein brennender Schmerz zieht ihm bis ins Gehirn hinauf. Sein Arm verschwindet. Er ist gelähmt.

Dann geht das Licht aus. Sie haben ihm einen Sack über den Kopf gezogen, der gegen seine Wangen reibt, und er windet sich, um loszukommen, doch dann werden seine Handgelenke hinter seinem Rücken gefesselt. Er versucht zu schreien. Bekommt stattdessen Sackleinen in den Mund, das nach Erde schmeckt. Er spuckt. Dann wird ihm ein Riemen über den Mund geschnallt, der seine Kieferknochen auseinanderzwingt.

Er wird von Armen angehoben, die so stark sind wie Baggerschaufeln. Der uniformierte Polizist muss ihn sich über den Rücken geworfen haben. Konrad hängt wie ein geschlachtetes Schwein herunter, alles Blut fließt ihm in den Kopf, und als seine gebrochene Schulter gegen etwas Hartes stößt, wird ihm schwarz vor Augen.

Als er wieder zu sich kommt, liegt er auf dem Boden. Auf einem harten Betonboden, wie er mit der Hand fühlen kann.

Er muss eine Weile lang bewusstlos gewesen sein, da sie ihn in einen anderen Raum gebracht haben. Seine Schulter pocht und schmerzt. Der Riemen presst das schwarze Sackleinen in seinen Mund, sodass ihn ein Brechreiz überkommt.

Und plötzlich hört er Mahmoud, direkt neben sich. Er winselt wie ein Hund und fleht um sein Leben, er tut es auf Arabisch, doch Konrad versteht ihn genau. Und er weiß auch, was geschehen wird:

Der laute Knall. Der Geruch nach verbranntem Schießpulver und Blut.

Die Stille danach.

Dann wird er auf die Knie hochgezogen. Ein Messer schneidet den Riemen durch, jemand reißt ihm unsanft den Sack vom Kopf, und ein gleißend helles Licht explodiert direkt vor Konrads Gesicht. Er kneift fest die Augen zusammen.

In unmittelbarer Nähe lacht jemand, die Stimme kommt ihm erstaunlich bekannt vor.

Die Eidechse.

Sie steht direkt vor ihm. Konrad erkennt eigentlich nur ihre Silhouette, denn hinter dem Kommissar steht die Lampe mit dem hellen Schein. Aber das Aufblitzen in seinem Giftblick erkennt er wieder. Als Bernhardsson ein wenig den Kopf dreht und etwas zu Eva Ström sagt, die irgendwo im Hintergrund steht, sieht er eine schmale Zunge über seine Lippen spielen.

Auf dem Boden neben ihm liegt ein unförmiges Bündel. Es ist Mahmoud. Um seinen Kopf herum hat sich eine kleine schwarze Pfütze gebildet.

«Der Araber hat bekommen, was er verdient hat. Jetzt bist du an der Reihe», sagt Björn Bernhardsson mit heller Stimme.

Konrad spürt, wie eine kräftige Faust in seine Haare greift und seinen Nacken nach hinten biegt. Hinter seinem Rücken muss sich der Riese befinden. Über ihm breitet sich Eva Ströms warmer Atem aus, vermischt mit kleinen Speicheltropfen. Ihr Gesicht schwebt über dem seinen, und ihre Stimme klingt jetzt beinahe mütterlich.

«Wäre es nicht an der Zeit für ein Geständnis?», fragt sie. «Wir wissen, dass Sie Herman und Signe Jönsson ermordet haben.»

Konrad versucht den Kopf zu schütteln, aber er kann ihn nicht bewegen. Er will protestieren, seine ganze Verzweiflung herausbrüllen. Er will schreien: Das ist ein Missverständnis!

Aber über seine Lippen kommt kein Wort.

Dann ist sie aus seinem Gesichtsfeld verschwunden. Der Griff um seinen Nacken löst sich. Konrad sieht, wie sich ein Arm in einem Anzugärmel hebt und sich eine Pistolenmündung zu einem schwarzen bodenlosen Abgrund vor seinen Augen weitet.

Irgendwo dahinter zischt Bernhardsson:

«Polackenschwein! Du gehörst nicht hierher. Du hast noch nie hierhergehört.»

Das nächste Klopfen ist eher zurückhaltend, aber laut genug, um ihm einen Fluchtweg vor dem Tod zu ermöglichen. Konrad stürzt mit Gebrüll in Richtung Rettung.

Die Stimme auf der anderen Seite der Tür ist hell und freundlich.

«Hallo! Konrad, ich bin's, Gertrud.»

Er setzt sich im Bett auf und blickt sich verwirrt um. Es dauert einige Sekunden, bis er begreift, wo er ist.

Es klopft erneut.

«Hallo!»

«Äh, warte bitte kurz.»

Konrad stolpert ins Bad, dreht den Hahn auf und lässt sich eiskaltes Wasser über den Kopf laufen. In seinem Hirn zuckt es von Blitzen. Ein hagerer Verrückter mit strähnigem, nassem Haar und verquollenen Augen glotzt ihn aus dem gesprungenen Spiegel an.

Hastig dreht er den Blick weg und zieht sich die Jeans und das Hemd an, die über dem Stuhl gehangen haben.

«Verdammt!», entfährt es ihm, als er sich mit der Hand durchs nasse Haar fährt.

«Selber guten Morgen», erwidert Gertrud.

Sie betrachtet ihn verwundert, als wäre er das letzte Exemplar einer vom Aussterben bedrohten Tierart.

«Du hast geschrien wie ein abgestochenes Schwein.»

«Wenn du wüsstest …»

«Tut mir leid, ich hab nicht nachgedacht», sagt sie geniert. «Das war dumm von mir. Ich meine, wenn man an Herman und Signe denkt …»

Er macht eine abwehrende Handbewegung.

«Ist schon okay.»

Konrad winkt sie umständlich herein. Sie schaut sich um, entscheidet sich gegen das Bett und setzt sich dann auf die äußerste Kante des Stuhls. Ihre rotlackierten Zehennägel lugen aus einem Paar weißer Sandaletten heraus. Sie leuchten wie Blumen auf dem Fußbodenbelag. Ihr Haar ist feucht, als hätte sie gerade geduscht. Sie atmet pustend aus und schaut zum Fenster.

«Ich sollte es vielleicht öffnen», beeilt sich Konrad zu sagen.

Er zieht die Jalousien hoch, sodass Tageslicht hereinströmt, und kippt dann das Fenster. Es klemmt offensichtlich gar nicht. Ein warmer Windhauch dringt ins Zimmer und füllt den Raum mit Sauerstoff. Er sieht, dass es bereits nach zehn Uhr ist.

«Es klappt», sagt Gertrud. «Ich hab mit der Frau in meinem Haus gesprochen. Sie will achthundert Kronen im Monat für das Zimmer. Im Voraus, betont sie. Das ist ungefähr das, was du für eine Nacht im Hotel zahlst.»

Konrad zögert. Ein Teil von ihm ist immer noch voller Panik. Bernhardsson hat ihn immerhin hingerichtet. Was für ein verdammtes Schwein! Ist denn Gertrud wirklich real? Ist er auf irgendeine mirakulöse Weise dem Tode entronnen? Er schaudert.

«So schlecht ist es gar nicht», fährt sie fort. «Du hast einen eigenen Eingang vom Treppenhaus aus. Die Dame wirkt ein bisschen brüsk. Aber eigentlich ist sie ganz nett. Auf ihre alten Tage etwas verwirrt im Kopf, sagen die Leute, aber ich weiß nicht ... Sie heißt übrigens Gudrun Vernersson. Gudan, für die, die sie kennen.»

«Mir bleibt wohl nichts anderes übrig ...»

«Es ist nur ein Angebot. Aber ich hab der alten Dame schon gesagt, dass du es nimmst. Und versprochen, dass du ordentlich und reinlich und quasi Antialkoholiker bist.»

«Danke», sagt er und kommt sich wie ein Versager vor.

Sie steht vom Stuhl auf.

«Tja, ich bin eigentlich nur gekommen, um es dir zu sagen.»

Wieder dieses Gefühl. Sie festhalten zu wollen. Sie daran zu hindern, wieder um die nächste Ecke zu verschwinden. Warum kümmert sie sich eigentlich um mich?, denkt Konrad. Sie kennt mich doch kaum. Da ist so viel, was er sie fragen will, aber in seinem Kopf bewegen sich die Gedanken immer noch zäh wie Brei.

«Weißt du eigentlich, dass morgen Mittsommer ist?», fragt sie unvermittelt, die eine Hand bereits auf der Türklinke.

Er schüttelt dümmlich den Kopf.

«Nein, hab so viel anderes um die Ohren gehabt.»

«Na ja, Tanz auf dem Bootssteg kann ich nicht bieten. Aber vielleicht ein bisschen eingelegten Hering mit 'nem Schnaps dazu?»

Es dauert eine Ewigkeit, bis Konrad begreift, dass sie gerade eine Einladung ausgesprochen hat. Es erscheint ihm ziemlich lange her, dass er überhaupt irgendwo eingeladen wurde.

«Ja, ich hab nichts Besonderes vor ...»

«Hätte ich nicht gedacht.»

Die Ironie in ihrer Stimme ist nicht zu überhören.

«Es ist sogar so, dass ich auch übermorgen nichts Besonderes vorhabe. Und die darauffolgenden hundert oder tausend Tage auch nicht.»

Sie lacht auf, und um ihre Augen herum bilden sich kleine feine Fältchen.

«Wir feiern bei Sven zu Hause. Wir werden, glaube ich, zu fünft sein.»

«Und wer ...?»

«Außer dir und mir sind noch Sven und Lena da. Und dann konnte ich es einfach nicht lassen, Palander einzuladen.»

«Palander?»

«Tja, wir Außenseiter müssen doch zusammenhalten.»

«Er wohnt hier aber doch schon seit Jahrzehnten, oder?»

«Ja, aber für manche macht das keinen Unterschied. Sie sind sozusagen die geborenen Outsider.»

Konrad denkt über das nach, was sie gesagt hat. In seinem

Kopf taucht ein Bild von Sven Myrberg auf. Die Zeit hat es in eine Art Nebel gehüllt, sodass er nicht genau weiß, was es bedeuten soll. Ein vages Gefühl von Unlust breitet sich in seinem Bauchraum aus. Eigentlich müsste ich mich danach sehnen, ihn zu treffen, denkt Konrad. Aber im Grunde möchte er lieber sofort wieder absagen.

«Du musst doch neugierig sein, Sven zu treffen», sagt Gertrud, als könne sie ihn geradewegs durchschauen.

«Ja, es wird bestimmt lustig.»

Er zögert, und die Frage, die er dann stellt, formuliert er nur zur Hälfte.

«Lena, ich frag mich nur, ist sie …?»

«Svens bessere Hälfte, meinst du? Tja, so kann man es wohl nennen.»

«Ich dachte, er sei …?»

In ihren Augen blitzt es erneut amüsiert auf.

«Du wirst schon sehen. Und du wirst überrascht sein.»

Als Gertrud gegangen ist, hängt ihr Duft noch eine Weile im Zimmer. Konrad atmet ihn tief ein, um alle Nuancen zu erfassen. Er versucht ihn näher zu bestimmen, merkt aber, dass seine Fähigkeiten in Bezug auf Damenparfüms begrenzt sind. Zitrone auf warmer Haut, vielleicht. Langsam wird er vom Staub im Hotelzimmer und seiner eigenen Einsamkeit überlagert.

Eine Eingebung veranlasst Konrad, Palander anzurufen.

Das letzte Frühstück im Hotel nutzt er noch einmal ausgiebig. Er stopft Eier mit Speck, Joghurt und kleine Brötchen mit Käse in sich hinein und spült zum Abschluss ein fettiges Plunderstück mit Kaffee hinunter.

Wider Erwarten fühlt er sich fit. Bereit, sich den Herausforderungen des Tages zu stellen. Schließlich ist er nicht in einem allgemeinen Anflug von Nostalgie nach Tomelilla zurückgekehrt.

Warum ist er eigentlich gekommen?

Wegen Herman und Signe natürlich. Die Polizei hatte ihn ja schließlich gebeten zu kommen. Aber als sie anriefen, bestand immer noch die Möglichkeit, den Kopf aus der Schlinge zu ziehen. Doch das hat er nicht getan. Er ist aus eigenem Antrieb zurückgekommen, auch wenn es ihm widerstrebte. Keiner hat ihn gezwungen, zumindest bildete er sich ein, es aus freien Stücken getan zu haben. Inzwischen ist die Situation eine andere, denkt er. Jetzt sind aller Augen auf mich gerichtet. Jetzt weiß ich, dass sie alles tun werden, um mich festzunageln.

Herman und Signe. Wer stand in dieser Nacht hinter ihnen im Geräteschuppen und drückte ihnen die Pistole in den Nacken? Erst er, dann sie. Oder war es andersherum?

Haben sie um ihr Leben gefleht, genau wie Mahmoud?

Was hat derjenige, der zwei Sekunden länger leben durfte, im letzten Augenblick, in dem sein Gehirn noch funktionierte, wohl empfunden? Wahrscheinlich ein Entsetzen, das alles andere ausgeblendet hat. Oder besaß er noch ein Fünkchen Hoffnung? Vielleicht wurde derjenige, der länger lebte, hauptsächlich von Scham geplagt. Dass er seinen Lebensgefährten nicht retten, es nicht einmal versuchen konnte.

Konrad versucht sich Herman und Signe kurz vor ihrem Tod vorzustellen. Eine vage Erinnerung daran, wie sie vor Pastor Waltersson auf die Knie fielen, flimmert vorbei. Natürlich haben sie um ihr Leben gefleht, ganz sicher. Wer würde das nicht tun?

Er wirft einen Blick aus dem Fenster. Der Marktplatz, die triste Piazza des schwedischen Sozialstaates, liegt öde da, selbst in der Hitze wirkt er kalt.

Irgendwo da draußen liegt die Antwort, denkt Konrad.

Doch die Eingebung, die ihn nach dem Handy greifen und Örjan Palander anrufen lässt, hat nichts mit Herman und Signe zu tun.

Sondern mit Agnes.

Mit jedem Tag, jeder Stunde wird sie ihm gegenwärtiger. Vielleicht lebt sie immer noch in der Gegend. Der Gedanke war Konrad schon öfter gekommen, auch wenn er einsieht, dass es ziemlich unwahrscheinlich ist. Manchmal hat er den Eindruck, sie flüchtig zu sehen, so wie er sie in Erinnerung hat. Ein Gesicht, zur Hälfte von einer Küchengardine hinter einem Fenster im zweiten Stock verdeckt. Ein Reflex in einem Schaufenster. Eine Hand, die sich ein paar dunkle Haarsträhnen aus der Stirn streicht. Ein Schatten auf dem Friedhof.

Es muss irgendwelche Spuren geben.

Vielleicht lebt Agnes auch irgendwo weit weg?

Einsam in einer Wohnung in einem Ghetto am Rande irgendeiner Großstadt. Sie muss inzwischen Rentnerin sein. Besitzt sie ein Foto von ihm? Vielleicht befindet sie sich auch an einem weit entfernten Strand irgendwo in Asien. Wird sie dann an ihn denken, wenn sie auf das Meer hinausblickt? Vielleicht sitzt sie auch glücklich lachend an einem langen Tisch auf einer schwedischen Sommerwiese mit einem Kranz aus Margeriten und Kornblumen im Haar, zusammen mit ihrem Mann und weiteren Kindern und Enkeln. Taucht er dann wie ein Schatten aus der Vergangenheit in ihrem Kopf auf? Erstarrt sie für einen Augenblick unmerklich und fragt sich, was aus ihrem kleinen Jungen geworden ist? Vielleicht ist sie auch wieder zurück in Polen. Konrad stellt fest, dass er keine Ahnung hat, aus welcher Stadt in Polen Agnes kommt.

Aber es muss doch irgendeinen Hinweis geben.

Dann ruft er Palander an.

Nach fünfmaligem Klingeln hört er am anderen Ende der Leitung ein undefinierbares Grummeln. Konrad kommt direkt zur Sache.

«Sie sagten, Sie hätten im Zeitungsarchiv nachgesehen, was über Herman und Signe geschrieben steht?»

«Mm ...»

Ein schmatzendes Geräusch verrät, dass Palander gerade dabei ist, ein frühes Mittagessen zu vertilgen. Konrad hört den Redakteur etwas herunterschlucken.

«Ja, das stimmt.»

«Wie weit in die Vergangenheit erstreckt sich denn das Archiv?»

«Ziemlich weit ...»

«Bis zu der Zeit, in der meine Mutter verschwunden ist?»

Es wird für eine Weile still.

«Ich verstehe, worauf Sie hinauswollen», sagt Palander schließlich. «Die Sache ist die, dass ich selber bereits einige Nachforschungen betrieben habe. Kommen Sie rüber, dann zeig ich Ihnen etwas.»

Zehn Minuten später reißt Konrad die Tür zur Lokalredaktion auf und stößt dabei um ein Haar mit Solveig, Palanders Mitarbeiterin, zusammen. Sie wirft ihm einen vorwurfsvollen Blick zu, bevor sie sich an ihm vorbeischiebt und auf die Straße hinaus verschwindet.

Palander sitzt bequem zurückgelehnt in seinem Schreibtischstuhl, die Füße auf eine herausgezogene Schublade gelegt und den Tischventilator gerade mal zwei Meter von sich entfernt stehend. Er macht dermaßen Wind, dass Palanders ansonsten steifer Schnauzbart im Luftzug flattert. Sein geblümtes Hawaiihemd ist bis zur Brust aufgeknöpft. Sie ist genauso unbehaart wie sein Schädel. Vor ihm liegen die Reste eines Hamburgers. Er knüllt die Verpackung zusammen und wirft sie in den Papierkorb.

«Ich wollte Sie heute auch schon anrufen», sagt er und nimmt die Füße herunter.

«Wie geht es mit den Mordermittlungen voran?», fragt Konrad und setzt sich auf den Besucherstuhl mit dem verschlissenen Bezug.

Ihm fällt ein, dass er in den beiden vergangenen Tagen nicht einmal einen Blick in die Zeitung geworfen hat. Geschweige denn Nachrichten gesehen oder gehört hat.

«Es scheint, als ob die Polizei ein wenig auf der Stelle tritt. Oder aber es gelingt ihnen, nichts nach draußen sickern zu lassen. Und die überregionale Presse hat das Interesse verloren. Das merken Sie ja bestimmt auch im Hotel, wo es inzwischen wahrscheinlich wieder so leer ist wie immer, oder? Manchmal ruft jemand aus Malmö oder Stockholm an und fragt, ob ich etwas Neues gehört hätte. Hab ich natürlich nicht.»

Er hält kurz inne, aber nicht lange genug, dass Konrad seine Frage formulieren könnte.

«Sie fragen sich natürlich, ob Sie noch immer ‹prime suspect› sind?»

«So ungefähr …»

«Nach meinen Quellen sind Sie es leider noch. Sie und Klas Jönsson. Sie können davon ausgehen, dass man Sie beide genau unter die Lupe nimmt. Ich persönlich glaube zwar nicht, dass sie etwas Konkretes haben. Aber Björn Bernhardsson ist ein Iltis. Beißt sich fest wie der Teufel und lässt nicht wieder los.»

Palander seufzt tief und macht einen bekümmerten Eindruck.

«Sie untersuchen natürlich, ob es einen Zusammenhang mit der Schießerei in Onslunda gibt. Das gehört zur Routine.»

«Nichts Neues im Hinblick auf die Albaner?»

«Ich bin draußen in der Gegend gewesen, wo sie wohnten, und hab versucht, mit den Leuten zu reden. Aber die sind misstrauisch. Sagen nicht viel. Die Jungs, denen Torstensson die Schädel weggeblasen hat, besaßen, wenn es nach ihnen geht, natürlich absolut weiße Westen. Und Torstensson müsste auf der Stelle gehängt werden. Sie sind ziemlich wütend, Sie haben es ja bei der Kundgebung auf dem Marktplatz selbst gesehen. Ein paar von ihnen haben mir gedroht, sodass ich mich beeilen musste wegzukommen.»

Konrad nickt. Lässt den Blick durchs Fenster nach draußen schweifen. Der ausgemergelte Mann, der neulich auf der Bank vor dem Systembolag lag und vor sich hin döste, ist heute auch wieder da. Wohnt er etwa dort? Man kann schon von weitem erkennen, dass er sich vollgepinkelt hat. Seine hellgrauen Hosen sind im Schritt und an den Innenseiten der Oberschenkel dunkel verfärbt. Aber es scheint ihn nicht zu kümmern. Sein Mund bewegt sich, und es sieht aus, als schimpfe und wettere er lauthals, doch es ist keiner in der Nähe, der zuhört.

«Aber Sie sind wegen Agnes hergekommen, oder?», fragt Palander bedächtig.

«Ja, ich dachte ...»

«Es ist nämlich so, dass ich selber neugierig geworden bin, als wir uns letztens getroffen haben. Also bin ich nach Ystad runtergefahren und hab die Damen im Archiv der Zentralredaktion gebeten, mir im Keller suchen zu helfen.

Die neueren Artikel befinden sich ja im Computer, aber die alten, die sind noch auf Papier in Karteien abgelegt.»

Er zieht die unterste Schreibtischschublade heraus und wirft drei braune Kuverts auf den Tisch. Sie riechen nach Staub und sind an den Kanten abgegriffen. Auf dem oberen steht mit altmodischer Schreibmaschinenschrift ganz oben: *Schuld und Sühne. Tomelilla. 1968.*

«Ich bin sie bereits durchgegangen», sagt Palander und fischt drei vergilbte Zeitungsausschnitte aus dem Kuvert, die mit einer Büroklammer zusammengehalten werden. «Das hier ist alles, was es über sie gibt.»

Alle drei Artikel sind mit der Signatur «NS» versehen. Ein kurzer Artikel, eine Notiz und ein etwas längerer Text.

«NS steht für Nils Söder», erklärt Palander. «Mein Vorgänger, ein komischer Kauz. Ich hab ihn nur kurz kennengelernt, als ich Mitte der Siebzigerjahre hier anfing. Unscheinbarer Typ. Gehörte noch zur alten Garde, die schrieb, was ihnen der Kommunalrat und der Polizeichef diktierten. Kein großer Stilist, wie Sie feststellen werden.»

Konrad starrt auf die Zeitungsartikel, die auf dem Schreibtisch liegen und auf ihn warten. Es ist, als riefen sie geradezu nach ihm, als besäßen die spröden Papierfetzen, die so lange in ihren Umschlägen gelegen haben, ein Eigenleben und täten nichts lieber, als ihm ihre Geschichte zu erzählen. Dennoch zögert er. Er wagt sie kaum zu berühren. Was erwartet er? Es sind schließlich nur eilig zusammengeschusterte Kriminalberichte, ein Routinejob eines Redakteurs, der mit Sicherheit keine intensiveren Nachforschungen auf eigene Faust betrieben hat.

Dennoch zittern ihm die Hände, als er den ersten Artikel zur Hand nimmt. *Frau auf mysteriöse Weise verschwunden*, lautet die Überschrift.

Der Text ist knapp gehalten und scheint einen Kriminalkommissar mit Namen Kurt Nilsson direkt zu zitieren. Es wird berichtet, dass eine dreißigjährige Frau, wohnhaft in Tomelilla, spurlos verschwunden ist. Ihr Verschwinden wurde den Behörden bekannt, als Nachbarn bemerkten, dass der siebenjährige Sohn der Frau unbeaufsichtigt war. Der Junge befindet sich inzwischen in der Obhut der Sozialfürsorge.

Wir wissen noch nicht, ob es sich um ein Verbrechen handelt oder ob die Frau den Ort aus eigenen Stücken verlassen hat, wird Kommissar Nilsson zitiert.

Konrad versucht, hinter den Sinn der Buchstaben zu kommen. Er sieht einen kleinen drahtigen Jungen einsam am Küchentisch in einer leeren Wohnung sitzen. Der Wind zerrt an einer großen dunklen Kastanie vor dem Fenster. Der Junge hat Magenschmerzen, nicht nur vor Hunger. Er wartet darauf, dass jemand kommt. Horcht, ersehnt Schritte auf der Treppe.

Konrad hebt den Kopf und schaut Palander an, der ihn gespannt beobachtet, als wolle er nicht die geringste Reaktion verpassen.

Der zweite Artikel enthält lediglich eine kurze Notiz und ist auf den Tag nach dem ersten datiert. Redakteur Söder bestätigt, dass die Polizei immer noch keine heiße Spur hat, die Ermittlungen jedoch fortgesetzt werden.

Der dritte Text ist der längste. Das Papier ist an den Rändern ausgefranst und spröde; es fühlt sich an, als würde es jeden Moment zu Staub zerfallen. Der Artikel ist eine Woche nach dem Verschwinden geschrieben. Die Polizeiarbeit scheint abgeschlossen zu sein, und man gewinnt den Eindruck, als hätte Nils Söder sich entschieden, die Ereignisse mit einer etwas ausführlicheren Version abzurunden, in der er sich auch eigene Gedanken erlaubt.

Erst hier erhält Agnes einen Namen.

Die Überschrift lautet: *Polin hat ihren Sohn verlassen.*

Als hätte sie eine Wahl gehabt, denkt Konrad und spürt, wie etwas Heißes in ihm aufsteigt. Aber gegen wen soll er seinen Zorn richten?

Schon in der Einleitung wird erkennbar, dass Nils Söder sich ein klares Bild von Agnes gemacht hat.

Neun Jahre lang lebte Agnes Stankiewic in Tomelilla. Ein fremder Vogel in der Idylle von Schonen.

Angesichts der vor Kitsch triefenden Fortsetzung, in der Söder über den verlassenen kleinen Jungen berichtet, wird Konrad übel. Er hat definitiv den Eindruck, dass der Verfasser das meiste erfunden hat.

Dann geht der Text in eine umständliche Berichterstattung im Hinblick auf die Überlegungen der Polizei und der Sozialbehörden über.

Die interessanten Aspekte kommen erst am Schluss.

Die Polizei hat keine Anhaltspunkte dafür gefunden, dass Agnes Stankiewic einem Verbrechen zum Opfer gefallen ist, schreibt Söder. *Höchstwahrscheinlich hat sie eigenständig beschlossen, den Ort zu verlassen, um ihr Glück woanders zu suchen. Aus Sicht des Sozialamts hätte man sich bereits früher um den Jungen kümmern müssen.*

Ein zuständiger Mitarbeiter des Sozialamts ist nicht genannt. Das abschließende Zitat stammt von Kommissar Kurt Nilsson:

Wir wissen, dass sie ihren Lebensunterhalt auf eine Art und Weise verdiente, die nicht gerade als ehrenwert angesehen wird und die wir in unserer Gemeinde nicht gewöhnt sind. Wir können nichts ausschließen. Aber wir haben mit mehreren ihrer sogenannten Kunden Kontakt aufgenommen. Sie konnten allerdings keine bedeutenden Hinweise erbringen.

Als Konrad den letzten Artikel wieder zurücklegt, spürt er, dass er friert. Draußen vor dem Fenster brennt die Sonne auf den Asphalt, aber drinnen in der Redaktion ist es, als zöge ein kalter Luftzug aus einem dunklen, feuchten Kellergewölbe herauf. Er stellt den Tischventilator aus, ohne Palander zu fragen. Das Rauschen ebbt ab, und mit einem Mal wird es vollkommen still im Raum.

Palander räuspert sich und nimmt einen seiner schwarzen Zigarillos zur Hand. Betrachtet ihn eine Sekunde lang und steckt ihn sich dann hinters Ohr.

«Lebt er noch?», fragt Konrad.

«Nils Söder? Quatsch! Er ist wenige Jahre, nachdem er in Ruhestand gegangen ist, in die ewigen Jagdgründe eingezogen.»

«Und dieser Kommissar?»

Örjan Palander schüttelt den Kopf.

«Weiß nicht. Aber es dürfte nicht allzu schwer sein, das herauszufinden.»

Konrad steht zögerlich auf, als könne er sich nicht recht entscheiden, ob er gehen oder noch bleiben soll. In seinem Kopf beginnt sich alles zu drehen. Niedriger Blutdruck. Er spürt, dass sein rechtes Bein leicht eingeschlafen ist.

«Sie sehen blass aus», sagt Palander freundlich.

«Das ist echt ein verdammt schreckliches Gefühl.»

«Dass Ihre Mutter …?»

Konrad schwankt ein wenig. Der Schwindel lässt nicht nach.

«Dass sie recht hatten», erwidert er leise. «Dass es wahr ist, dass ich der Sohn einer Hure bin.»

KAPITEL 16

Die Zigeuner kamen immer im Frühjahr, und es dauerte nie lange, bis die Klatschweiber aus der Fabriksgata sich wieder aufregten und darüber beschwerten, dass die Kinder in die Büsche schissen.

Meistens kamen sie in der Nacht. Das behaupteten die Leute jedenfalls, denn es schien, als hätte keiner jemals ihre Wohnwagen durch den Ort rollen sehen. Eines Morgens standen sie einfach auf dem kleinen Campingplatz neben dem Välabad in einem Kreis, als fürchteten sie einen Überfall.

Woher sie kamen, wusste niemand, auch nicht, wohin sie fuhren, wenn sie wieder aufbrachen. Woher sollte man es auch wissen? Einen Grund, mit den Fremden zu sprechen, gab es nicht, und außerdem verstanden sie wohl kaum Schwedisch. Nicht selten wurde jemand von ihnen von der Polizei abgeholt, wenn ein Mieter oder Hausbesitzer aus der Nachbarschaft sich beschwert hatte.

Für alle, die eine weiße Weste besaßen, war es offensichtlich, dass es das Beste war, sich von den Zigeunern fernzuhalten. Aber solange sie sich im Ort aufhielten, waren sie Gegenstand des mit Entzücken und Schrecken verbundenen Grauens aller Einwohner.

Es wurde über schwarzäugige Männer mit gefährlichen, samtweichen Blicken getuschelt, die durch den Ort zogen und anboten, Messer zu schleifen. Über Frauen in goldenen und buntgefärbten Röcken. Über zahnlose alte Mütterchen, die mit einem Blick in die Karten sowohl Reichtum als auch Unglück vorhersagten. Und über Kinder, die so schmutzig und verfilzt waren, dass sie aussahen wie Trolle.

Abends hörte man Geigen- und Ziehharmonikaspiel von ihren Lagerfeuern, die unter den Ulmen am Bach loderten. Es wurde im Mondschein getanzt, berichteten die Leute, deren Balkone in Richtung des Baches wiesen. Bestimmt grillten sie auch Igel. Hatte nicht der Hausmeister im Schwimmbad selbst gesagt, dass er merkwürdige Knochenreste in der Asche gefunden hatte, als das Pack im Vorjahr wieder abgezogen war?

Wovon die Zigeuner lebten, wusste keiner. Folglich gingen alle davon aus, dass sie stahlen.

«Sie haben das Stehlen im Blut», behauptete Signe, nachdem sie einer Frau, die mit einem kleinen Kind auf dem Arm gekommen war, um Schnittrosen zu verkaufen, die Tür des Eternithauses vor der Nase zugeschlagen hatte.

Signes Blick war düster, als hätten sie an einem Karfreitag Popmusik im Radio gespielt, als sie die Spitzengardine vor dem Fenster vorsichtig beiseiteschob und der Zigeunerin nachblickte.

«Sie tragen den Teufel höchstselbst um den Hals», murmelte sie.

«Hat sie was geklaut?», fragte Konrad erstaunt, der am Küchentisch saß und Monster in sein Ringbuch malte.

Signe nickte ernst. «Ich hab gesehen, wie sie sich Hermans rote Mütze von der Hutablage schnappte.»

«Und warum hast du sie nicht aufgehalten?», fragte Konrad verwundert.

Sie schüttelte den Kopf und sah ihm mit der Redlichkeit der Überzeugten tief in die Augen.

«Sie hatte ein Messer unter dem Rock. Das haben sie immer.»

Es war sicherlich falsch zu behaupten, die Zigeuner wären verhasst. Dafür waren sie zu bedeutungslos.

Parasiten, entsetzte sich jemand. Aber nach einer Woche waren sie jedes Mal wieder fort, und keiner glaubte ernsthaft, dass sie die bestehende Ordnung und die eingefahrenen Muster der Ortsgemeinschaft gefährdeten.

Für die meisten waren die Zigeuner eher eine exotische Attraktion. Klar, dass sie Menschen einer anderen, niederen Rasse waren. Launisch wie Kinder, unzuverlässig und, wenn sie in Bedrängnis gerieten, sicherlich gefährlicher als ein verletzter Wildhund. Selbst wenn wenige der Ortsbewohner es zugegeben hätten, ging von ihnen auch eine gewisse Verlockung aus, der Reiz an ihrer stolzen Verachtung, ihrer Freiheit, wann immer es ihnen beliebte, weiterzuziehen und wie die Kraniche den Küstensaum zu erkunden.

Für Konrad und Sven stellten die Zigeuner ein einziges Abenteuer dar.

So oft sie konnten, schlichen sie in den Büschen um den Campingplatz herum und phantasierten, was sich wohl innerhalb der Wagenburg abspielte.

«Verdammt, wenn sie uns erwischen. Dann braten sie uns am Spieß über dem Feuer», flüsterte Sven einmal, als sie sich durch das hohe Gras besonders nahe herangeschlängelt hatten.

«Wenn sie uns entdecken, springen wir einfach über den Bach und rennen weg. Sie haben nämlich Angst vor Wasser», flüsterte Konrad zurück.

Sven nickte und formte Daumen und Zeigefinger zu einem Ring. Genialer Plan. Sie blinzelten durch die Dämmerung.

Krochen noch ein wenig näher. Zwischen den Wagenrädern sahen sie das Feuer leuchten, rot und verführerisch. Davor bewegten sich Schatten. Sie hörten Stimmen, jemand lachte, ein anderer schimpfte, und plötzlich begann ein Hund zu bellen.

«Mist, er hat Witterung aufgenommen», platzte es aus Sven heraus, der vollständig vergaß, seine Stimme zu dämpfen.

Er stemmte sich auf alle viere hoch, um zu fliehen, doch bevor Konrad ihm folgen konnte, war der Weg versperrt.

Eine große, kräftige Gestalt stand breitbeinig direkt über ihnen. Sie musste sich lautlos herangeschlichen haben. Ein donnerndes Lachen erhob sich über ihnen, während sie hilflos wie zwei in die Falle geratene Kaninchen im Gras lagen.

«Was haben wir denn hier? Spione!»

Konrads Herz hämmerte wie eine keuchende Dampfmaschine in seiner Brust, während er in Svens Augen Tränen des Schreckens erblickte. Aber um den riesenhaften Zigeuner nicht noch mehr zu reizen, verhielten sie sich beide still.

Zwei mächtige Fäuste legten sich um ihre Nacken und zogen sie auf die Füße hoch.

«Jetzt wollen wir mal sehen, was wir da für unseren Eintopf gefangen haben», murmelte der Mann und schob sie ohne Umschweife in Richtung des Lagerfeuers.

Innerhalb des Wagenkreises wurden ihnen hungrige Blicke zugeworfen, lechzend nach weißem Menschenfleisch. Der Eisentopf, der über dem Feuer hing, sah genauso aus, wie Konrad befürchtet hatte, nämlich groß genug für zwei Jungenleiber. Männer mit mörderischem Blick und vernarbten Gesichtern, Frauen mit roten schwülstigen Lippen und gefletschten Zähnen und ausgemergelte Kinder glotzten sie an, vor sich hin murmelnd und auf sie zeigend.

Konrad und Sven richteten sich darauf ein zu sterben. Sie kniffen die Augen zusammen und flehten um ein Wunder.

Doch nichts geschah.

Sie horchten nach den gedämpften Stimmen.

Nach einer Weile wagten sie, die Augen zu öffnen und sich umzusehen. Da erst merkten sie, dass die Menschen um sie herum überhaupt nicht bedrohlich waren. Sie lachten sogar. Plötzlich sah Konrad in ein Paar Augen, die vor Neugier glitzerten. Kinderhände vor kichernden Mündern. Er hörte dröhnendes Gelächter und entzückte Ausrufe. Und der muskulöse Zigeuner, der sie eingefangen hatte, hatte sie längst wieder losgelassen.

Als er erneut etwas sagte, hörten sie, dass er ein gebrochenes Schwedisch sprach, das sie sehr wohl verstanden.

«Seid ihr hungrig, Jungs? Wir wollen gerade essen.»

Ohne eine Antwort abzuwarten, drückte er sie auf eine der Bänke nieder, die im Kreis ums Feuer standen. Eine dicke alte Frau, vielleicht seine Ehefrau, schöpfte mit einer Kelle Eintopf in Blechschalen und verteilte sie.

«Esst!», ermahnte sie der Mann, und im flackernden Feuerschein sah Konrad, dass er lächelte.

«Was gibt es denn?», piepste Sven skeptisch.

«Jungenfleisch. Mit etwas Gemüse. Die sind gestern Abend hier herumgeschlichen.»

Konrad lächelte zurück und schob sich mutig einen Löffel voll Eintopf in den Mund. Es schmeckte wie … tja, ganz ähnlich wie Rindfleisch.

Besonders viel wurde an diesem Abend, den Konrad und Sven am Lagerfeuer verbrachten, nicht gesprochen. Doch mit ziemlicher Sicherheit hatte noch keiner aus dem Ort je zuvor mit den Zigeunern zusammengegessen.

Die Jungen aßen schweigend mit weit aufgerissenen Augen und gespitzten Ohren. Als sie satt waren, sahen sie die Frauen das Geschirr zum Bach hinuntertragen. Die Kinder krochen in die Zelte zwischen Kissen und Decken, und die Männer legten sich mit ihren Pfeifen zur Ruhe oder kümmerten sich um ihre Pferde.

«Lauft jetzt nach Hause, Jungs. Erzählt euren Müttern und Vätern, dass ihr mit Zigeunerhäuptling Zandor zu Abend gegessen habt!», dröhnte der großgewachsene Mann, bevor er in einen der Wohnwagen stieg.

Am nächsten Morgen waren die Zigeuner verschwunden. Der Campingplatz am Välabad lag genauso öde da wie immer. Die einzige Spur von Zandor und seiner Sippe waren das heruntergetretene Gras und die schwelende Asche des nächtlichen Lagerfeuers.

Konrad traute sich natürlich nicht, Herman und Signe von ihnen zu erzählen. Was würden sie schon verstehen von all den Eindrücken, die in ihm sprudelten? Herman würde ihn mit seinen treuen Kalbsaugen ungläubig anstarren und dann zu Signe herüberschielen. Und die würde Konrad mit größter Wahrscheinlichkeit nach oben in die Badewanne schicken, um den Schmutz wegzuschrubben, und schließlich ein Gebet für seine Erlösung sprechen.

Und Klas, was er dachte, darüber herrschte kein Zweifel.

«Das Zigeunerpack ist weitergezogen», verkündete er am nächsten Tag zufrieden am Abendbrottisch. «Zum Glück sind wir die Parasiten wieder los.»

Herman, Signe und Konrad kauten schweigend.

«Wisst ihr eigentlich, dass sie verkümmerte Hirne haben? Das ist wissenschaftlich bewiesen. Sie sind wie Neger, nur listiger», beteuerte er und schob den Küchenstuhl mit aufrührerischer Miene nach hinten.

«Tja, dann will ich mal ...», murmelte Herman und stand auf, um sich um den Abwasch zu kümmern.

Konrad starrte auf den letzten Fleischklops und ballte die Fäuste unterm Tisch.

«In Amerika machte der Ku-Klux-Klan jedenfalls kurzen Prozess mit den Negern. Das sollten wir mit den Gypsies auch tun», meinte Klas.

Als er bereits auf dem Weg durch die Tür nach draußen war, explodierte Konrad mit einem lauten Gebrüll.

«Dein Hirn ist wohl verkümmert! Du hast doch nur Scheiße in deinem verdammten Schweinehirn!»

Mit dem Brüllen eines wild gewordenen Stiers im Rücken stürzte Konrad die Treppen hoch und schloss die Tür zu seinem Zimmer ab.

Sven konnte natürlich mal wieder nicht den Mund halten. Wahrscheinlich, weil sein Hirn das schlaueste in der ganzen Schule war, was mathematische und physikalische Zusammenhänge betraf. Die Lehrer übrigens eingeschlossen. Und ziemlich oft rasselte Sven sein Wissen mit einer Geschwindigkeit herunter, die diejenige der Elektronen, die in seinem Kopf herumsurrten, bei weitem überstieg.

«Zandor war 'n verdammt netter Typ», schwadronierte er, während er nach der letzten Stunde mit seinem über die Schulter geworfenen, nach Schweiß müffelnden Turnbeutel neben Konrad herhumpelte.

Seine Stimme troff nur so vor künstlicher Nonchalance, und er redete so laut, dass es bestimmt alle hören konnten.

Die Sportstunden bei Sune Alling waren für Sven eine Qual. Er schwänzte sie, so oft er es nur wagte. Und wenn er mitturnte, wurde er nach seinen missglückten Versuchen, über den Bock zu springen oder den Brennball weiter als einen Minifurz weg zu schlagen, nie von Verunglimpfung und Hohngelächter verschont. Danach war seine Lust auf Revanche immer besonders groß. Und das war gefährlich.

«Wann, glaubst du, kommt Zandor zurück?», plapperte er lauthals weiter, völlig unbeeindruckt von Konrads bösem Blick.

Und als er schließlich die zischende Mahnung seines Freundes «Halt die Klappe!» hörte, war es bereits zu spät.

«Wer ist denn Zandor?», fragte Lisa Pålsson, die Streberin der Klasse.

«Ach, keiner», entgegnete Konrad.

«Einer, den wir kennen», sagte Sven, der immer noch nicht begriff, was los war.

«Komischer Name», meinte Lisa und schien das Interesse zu verlieren.

Aber Benny, der Fußballstar der Schule, hatte genügend aufgeschnappt, um sein böswilliges Hirn in Gang zu setzen.

«Ist wahrscheinlich nur 'n Polacke», sagte er unschuldig geradewegs in die Luft.

«Nee, er ist Zigeunerhäuptling. Konrad und ich haben mit seiner Familie zusammen im Lager zu Abend gegessen», erklärte Sven eifrig.

Die Gruppe blieb unvermittelt stehen.

Theoretisch gesehen gab es jetzt zwei Alternativen für das, was geschehen könnte. Die Neugierigen, die mehr wissen wollten, hätten die Oberhand gewinnen können, sie hätten Fragen stellen und Sven und Konrad von ihren Abenteuern am Lagerfeuer des Zigeunerhäuptlings Zandor erzählen lassen können. Doch das war nur eine theoretische Möglichkeit. Zum Tragen kam die zweite Alternative: Benny beendete die Diskussion mit einem vernichtenden gehässigen Grinsen.

«Zigeuner oder Polacken, ist doch dasselbe, alle wissen, dass sie wie die Schweine in die Büsche scheißen.»

Am nächsten Morgen hatte jemand eine Portion Hundekacke auf Konrads Fahrradsattel geschmiert.

KAPITEL 17

Seine letzte Erinnerung an Sven Myrberg ist voller Scham. Schwere dunkle Herbstwolken haben sich über die Ebene gesenkt. Über den braunen, frischgepflügten Äckern flattern dicke Krähen zwischen den Furchen umher, auf der Jagd nach Würmern und kleinem Getier. Die Landstraße liegt öde da. Die Weidenbäume an der Allee zum Gutshof hinauf ducken sich in der Erwartung von Regen, und auf den Wiesen kauern sich die Kühe mit ihren ewig mahlenden Mäulern unter den Haselsträuchern zusammen.

Die Straßen im Ort sind leer und ohne Leben. Vereinzelte Menschen verschwinden eilig um die Ecke oder in einem Hauseingang. Ein Moped knattert vorbei, und vor Bertils Würstchenbude parken ein paar Autos. Im großen Postgebäude brennt Licht, aber die Tür zu Jove Bengtssons Zigarrenladen ist geschlossen, und im Brunnen auf dem Marktplatz steht lediglich eine Pfütze mit Regenwasser.

Irgendwo dort, vor Rosengrens Eisenwarenladen an der Straße, die zum Park hinaufführt, humpelt eine einsame Gestalt den Bürgersteig entlang, die roten Locken feucht vom Nieselregen. Der Regenmantel ist so lang, dass er beinahe über den Boden schleift. Der Blick des Mannes ist aufs Pflaster geheftet, und die schmächtigen Schultern sind bis zum Hals hochgezogen, als wolle er alles um sich herum ausblenden.

Er hält inne und schaut kurz in ein Schaufenster, wie um

vielleicht doch einen Blick auf seine Umgebung zu erhaschen. Dann humpelt er weiter, sein steifes Bein mühsam nach sich ziehend.

In Konrads letzter Erinnerung an Sven kommen ein paar kleine Jungs auf ihren Fahrrädern vorbei. Zwei Rotznasen in Trainingsanzügen und Stollenschuhen auf dem Weg zum Sportplatz. Als sie den Eigenbrötler erblicken, hören sie auf zu treten und lassen ihre Räder auf der Straße ausrollen. Sie flüstern etwas. Geben sich heimlich Zeichen. Und schreien dann mit ihren piepsigen Stimmen, so laut sie können, über den Marktplatz:

«Da kommt Sven, der schwule Schwanzlutscher!»

Dann lachen sie sich siegesgewiss zu und treten in die Pedale, was das Zeug hält.

Der einsame Wanderer im Regenmantel scheint kaum zu reagieren. Bleibt nur kurz stehen und horcht, als hätte er einen seltenen Vogel in der Luft gehört oder einen Freund, der ihm etwas zuruft, um letztlich festzustellen, dass er sich getäuscht hat.

Und Konrad, er macht kehrt und überquert mit schnellen Schritten die Eisenbahnschienen in Richtung Bahnhof.

Sven wusste viel über das Leben, zumindest theoretisch.

Bereits in jungen Jahren lieh er sich enorme Mengen an Büchern in der Stadtbibliothek aus und überredete die Bibliothekarin, die pensionierte Grundschullehrerin Svea Andersson, diverse wissenschaftliche Bände für ihn zu bestellen, von denen in Tomelilla keiner je gehört hatte.

Lange Zeit jedoch war der Hobbex-Katalog seine Bibel. Sobald eine neue Ausgabe in den Briefkasten plumpste, stürzte er sich darauf und sog die neuesten technischen Erkenntnisse in sich auf.

Sven und Konrad sammelten leere Flaschen, pflückten Erdbeeren und klauten im schlimmsten Fall Geld aus der Keksdose im Küchenschrank, wo Signe ihre Haushaltskasse aufbewahrte, um die «phantastischen Konstruktionen», die als kleine Zeichnungen im Katalog abgebildet waren, bestellen zu können.

Eine Woche später holten sie dann braune Pakete bei der Post ab und rissen sie erwartungsvoll auf. Und obwohl die Ware selten ihren Erwartungen entsprach, gaben sie nicht auf.

«Binoskop, das Wunderding, das Ihren Schwarz-Weiß-Fernseher zu einem Farbfernseher macht», bestand aus rotgrünen wabbeligen Kunststoffscheiben, die den körnigen Bildschirm des alten Myrberg'schen Apparats aussehen ließen wie ein psychedelisches Kunstwerk.

Von der «X-Ray Röntgenbrille» erhofften sich Sven und Konrad besonders viel. Das Bild im Hobbex-Katalog war vielversprechend. Ein Junge mit dicken, schwarzeingefassten Brillengläsern auf der Nase und einem glückseligen Lächeln auf den Lippen starrte auf zwei süße Mädels in Sommerkleidern. Den gestrichelten Konturen der nackten Körper der Mädchen zufolge erkannte man, dass der Junge dank X-Ray geradewegs durch ihre Kleider hindurchsehen konnte.

Bewaffnet mit diesem phantastischen Instrument, radelten Sven und Konrad hinunter zum Välabad. Sie machten es sich auf der grüngestrichenen Holztribüne neben dem Bassin bequem, wo die Damenmannschaft des Schwimmklubs auf den ersten beiden Bahnen Starts übte, während der Rest des Bades für die Allgemeinheit freigegeben war. Konrad setzte die Brille zuerst auf.

«Und, siehst du was?», fragte Sven aufgeregt.

«Es ist etwas verschwommen …»

«Lass mich mal.»

Doch weiter kamen sie nicht. Denn plötzlich stand der Bademeister vor ihnen, ein stoppelhaariger Muskelprotz mit Namen Jan-Erik, der während des Winterhalbjahres Türsteher in Ystad war.

«Was macht ihr denn da?», brummte er.

«Ach, nichts», murmelte Sven.

Doch neben ihm auf der Tribüne lagen sowohl der Hobbex-Katalog als auch die beiliegende Gebrauchsanweisung für «X-Ray». Blitzschnell riss Jan-Erik Konrad die Brille von der Nase und begann, in der Anweisung zu lesen.

«Verdammte Lustmolche», knurrte er und warf ihnen einen verächtlichen Blick zu.

Dann setzte er sich die Röntgenbrille selber auf und richtete den Blick auf eine der Schwimmerinnen, die auf dem Startblock stand und sich warmmachte.

«Das ist ja der helle Wahnsinn!»

Eine Weile stand er völlig still da und leckte sich die Lippen. Schließlich nahm er die Brille wieder ab.

«Die muss ich leider beschlagnahmen. Sie ist konfisziert. Und euch will ich hier mindestens eine Woche lang nicht mehr sehen. Ihr könnt froh sein, dass ihr nicht für den Rest der Saison Hausverbot habt. Verschwindet jetzt!»

Wie zwei begossene Pudel trotteten Konrad und Sven von dannen.

«So 'ne Scheiße aber auch. Zwölf Kröten für 'n Arsch», maulte Sven und kickte einen Stein weg, sodass er quer über die Straße sprang und gegen den Kühlergrill eines parkenden Volkswagens knallte.

«Du», meinte Konrad. «Ich glaub, sie hat tatsächlich funktioniert.»

«Im Ernst?»

«Als er da stand und rummeckerte, also bevor er mir die Brille geklaut hat, hab ich, glaub ich, verdammt nochmal, sein Skelett gesehen.»

Sven sah ihn ungläubig an.

«Sicher?»

Konrad nickte.

«Er wird sie bestimmt selbst behalten.»

«Mm …»

«Verdammter Glückspilz.»

In gewisser Weise war es wohl vorherbestimmt, dass Sven Myrberg zum Außenseiter werden würde.

Das lag natürlich an seinem unglückseligen Humpeln.

Doch der jüngste Sohn der Myrbergs fiel auch in anderer Hinsicht auf. Einige seiner älteren Geschwister verteidigten ihn, solange sie noch zu Hause wohnten, doch einer nach dem anderen verschwand, und schließlich waren die Nachzügler Sven und Gertrud mit ihren versoffenen Eltern allein.

Sven war in gewisser Hinsicht ein Genie, und sein großer Fehler war, dass es ihm nur selten gelang, das zu verbergen.

Natürlich hatte das manchmal auch seine Vorteile. Zum Beispiel als Donald Göransson in der Mathestunde einen Wettbewerb ausrief, bei dem es darum ging, wer am schnellsten Primzahlen addieren konnte. Der Magister selber würde «außerhalb der Wertung» teilnehmen, um seine Schüler anzuspornen, wie er mit hochmütiger Miene deklamierte. Der Gewinner, also derjenige, der am dichtesten an Göranssons Ergebnis herankam, konnte sich gute Chancen im Hinblick auf die Zeugnisausgabe ausrechnen, die vor den Weihnachtsferien anstand.

«Kann jemand erklären, was eine Primzahl ist, sodass alle wissen, wovon die Rede ist?»

Einige wenige Schüler hoben den Finger, jedoch keiner so energisch wie Lisa Pålsson.

«Lisa?»

«Eine Primzahl ist eine ganze Zahl, die größer ist als eins und nur durch sich selber und durch eins teilbar ist.»

«Ganz genau. Und die Anzahl der Primzahlen ist unendlich, das hat bereits der alte griechische Mathematiker Euklides bewiesen», verkündete Göransson.

Es wurde eine Zeitspanne von fünf Minuten anberaumt. Man durfte außer Stift und Papier keine anderen Hilfsmittel benutzen. Eine Eieruhr wurde auf das Katheder gestellt. Wenn sie klingelte, mussten alle unverzüglich ihre Stifte zur Seite legen. Nur korrekt angegebene Summen, in der richtigen Reihenfolge notiert, würden anerkannt werden.

Die langsameren Schüler seufzten, doch nicht einmal Beton-Benny wagte es, sich zu beschweren, als Göranssons eiskalter Radarblick über das Klassenzimmer peilte und seine kleinen sehnigen Hände mit dem Zeigestock durch die Luft fuhren. Lisa Pålsson setzte eine erwartungsvolle Miene auf.

Dem einen oder anderen Schüler kam der Gedanke, dass Göransson sich möglicherweise vorher im Lehrerzimmer oder zu Hause in seiner Junggesellenbude vorbereitet hatte. Was ihm natürlich einen klaren Vorteil einbrächte. Aber im Grunde mit Schummeln gleichzusetzen war. Natürlich äußerte keiner diesen Verdacht laut.

Der Startschuss fiel, und Donald Göransson stürzte sich am eifrigsten von allen über seinen karierten Spiralblock. Konrad grübelte, dass ihm der Schädel rauchte, aber kam sich schon im Voraus geschlagen vor. Am ruhigsten ließ Sven es angehen. Ohne sich auch nur ansatzweise zu beeilen, kramte er einen Anspitzer hervor und drehte seinen Bleistiftstummel ein paarmal darin, bis er schließlich so kurz war, dass er völlig in seiner Hand verschwand. Dann begann er methodisch, Ziffern auf sein Blatt Papier zu schreiben.

Als die Eieruhr klingelte, kommandierte Göransson: «Abbrechen!», und hämmerte seinen eigenen Stift mit militärischer Kraft aufs Katheder.

«Also dann», begann er und blickte mit triumphierender Miene auf seine Schäfchen herab. «Dann wollen wir die Ergebnisse mal an der Tafel durchgehen.»

Er stand auf und nahm ein Stück Kreide zur Hand.

«Ich selbst bin bis zur fünfundzwanzigsten Zahl gekommen. Als ich vierundzwanzig Primzahlen addiert hatte, war ich bei 961. Die fünfundzwanzigste Zahl ist 97. Die Summe lautet also 1058.»

Der Mathematiklehrer kritzelte seine Lösung in rasender Geschwindigkeit an die Tafel und setzte dahinter mit lautem Knall einen Punkt, sodass der Kreidestaub nur so durch die Luft wirbelte.

«Hat es jemand bis in die Nähe geschafft?»

Lisa Pålssons Hand fuhr hoch.

«Zwölfte Zahl», vermeldete sie zufrieden. «Die Summe ist 197.»

«Nicht schlecht», lobte Göransson. «Sogar sehr gut.»

Konrad betrachtete die mickrigen Zahlen auf seinem eigenen Papier. Damit würde er sicher keinen Blumentopf gewinnen können. Beton-Benny gähnte und schaute gelangweilt aus dem Fenster.

«Noch jemand?», fragte Göransson mit einem spöttischen Lächeln auf den Lippen. «Gunnel vielleicht?»

Gunnels pausbäckiges Gesicht verfärbte sich unmittelbar knallrot, und in ihren matten Augen konnte man sehen, dass sie dabei war, sich wie so oft auf eine Erniedrigung einzustellen. Doch Sven kam ihr zu Hilfe.

«Ich hab dreißig Zahlen geschafft», sagte er mit lauter und klarer Stimme. «Die Summe ist 1593.»

Göransson fuhr herum, als hätte ihm in der Schulkantine jemand eine heiße Kartoffel in den Nacken geworfen. Sein Gesichtsausdruck war voller Zweifel. Aber er offenbarte auch eine gewisse Unruhe; Sven Myrberg hatte schon des Öfteren unvorhersehbare Fähigkeiten bewiesen. Aber dreißig Zahlen! Das war doch völlig unmöglich!

«Aha, wirklich …», sagte Göransson ungläubig.

Mit einem Mal herrschte eine gewisse Spannung im Klassenzimmer. Die Gelangweilten und Uninteressierten, die dagesessen und von ganz anderen Dingen geträumt hatten, erwachten plötzlich zum Leben. Achtundzwanzig Paar Augen richteten sich neugierig auf den Lehrer, der offensichtlich Probleme hatte, mit der unerwarteten Situation umzugehen.

«Das wollen wir doch erst mal kontrollieren.»

Mit leicht zitternden Fingern nahm er das Blatt Papier entgegen, das Sven ihm reichte. Er betrachtete die Zahlen, und in seinem ansonsten so strengen Gesicht breitete sich Unsicherheit aus.

«Hier fehlen ja die Rechenvorgänge. Da stehen nur die Summen. Das reicht nicht. So wie hier sollte es eigentlich aussehen», sagte er kritisch und hielt der Klasse seinen eigenen Block hin. Dort waren die gesamten Additionen gestochen scharf in ordentlichen Reihen untereinander aufgelistet.

«Das ist doch völlig unnötig», entgegnete Sven lässig.

«Inwiefern?»

«Ich hab's im Kopf ausgerechnet. Ist doch ganz einfach. Dann braucht man nicht so viel zu schreiben. Man kann es leicht im Kopf rechnen.»

Göransson warf seinem Schüler einen vernichtenden

Blick zu und setzte sich wieder hinter das Katheder. Er wühlte einen Taschenrechner aus seiner abgewetzten braunen Ledermappe und begann, die Summen nachzurechnen. Sein rechter Zeigefinger bewegte sich so rasant wie die Nadel einer Nähmaschine. Hinter jedem Ergebnis machte er ein Häkchen in den Block und schüttelte den Kopf.

Schließlich richtete Göransson sein aschfahles Gesicht auf die Klasse. Sein Blick war leer und kraftlos.

«Es stimmt», murmelte er leise. «Dreißig Zahlen. Die Summe ist 1593.»

Eine ganze Weile saß er stumm und mit hängenden Schultern da. Durch den Raum ging ein Murmeln. Für einen Augenblick schien es, als wären sie Zeugen eines historischen Ereignisses geworden. Ein Stuhlbein schabte über den Fußboden. Jemand hustete dumpf. Kleine Staubkörner schwebten durch die Luf.

War er wirklich geschlagen? War tatsächlich ein Wunder geschehen?

Im selben Augenblick, als es zur Pause klingelte, sprang Donald Göransson mit verzweifeltem Gesichtsausdruck auf. In allerletzter Sekunde war es ihm gelungen, sich zu etwas, das einem Gegenzug gleichkam, zu sammeln. Mit einer Handbewegung hielt er die Schüler auf ihren Stühlen zurück.

«Nichtsdestotrotz», teilte er mit, «fehlt auf Svens Papier eine vollständige Aufschlüsselung. Ein klarer Regelverstoß also. Deshalb küre ich Lisa zur Gewinnerin des Wettbewerbs.»

Ein schwer zu deutendes Gemurmel brach im Klassenzimmer aus, und dieses eine Mal erstickte Göransson es nicht mit seinem stählernen Blick. Er raffte hastig seinen Rechner und seine Bücher zusammen, verstaute sie in der Mappe und verließ das Klassenzimmer.

Man hätte meinen können, dass Sven Myrberg nun zumindest für eine Zeitlang der Held der gesamten Schule sein würde. Denn nie zuvor hatte jemand den verabscheuten Mathematiklehrer derart in seine Schranken gewiesen.

Das war jedoch nicht der Fall.

Lisa Pålsson und ihre Freundinnen verbreiteten nämlich schnell das Gerücht, dass Sven geschummelt hätte, und im Lehrerzimmer gelang Donald Göransson dasselbe.

Für Benny und seine Kumpels war es nicht gerade schwer, Svens haushohen Sieg in eine schändliche Niederlage zu verwandeln. Die Ameise hatte ja wieder einmal bewiesen, dass sie nicht ganz normal war.

«Ist doch völlig krank, so viele Zahlen im Kopf zu haben», platzte es bereits im Korridor aus Benny heraus.

«Der glotzt bestimmt immer ins Mathebuch, wenn er sich einen runterholt», kicherte Roland.

«Verdammter Zahlenschwuli», murmelte Benny.

Als Konrad viele Jahre später begriff, wie das Ganze zugegangen war, wurde er nur in seiner Auffassung bestärkt, dass Sven Myrberg tatsächlich eine Art Genie war.

Im Sommer nach der Neunten bekamen Konrad und Sven einen Ferienjob in Lantmännens Silo bei Spjutstorp. Sie waren beide für den Herbst in der metallverarbeitenden Fachrichtung an der Österportschule in Ystad angenommen worden, was keiner großen Leistung bedurfte. Sven war zwar von der Lehrerschaft in Tomelilla benachteiligt worden, aber dank seiner Begabung konnte man nicht umhin, ihm Noten zu geben, die locker für die technische oder die naturwissenschaftliche Oberstufe gereicht hätten. Sven begnügte sich jedoch damit, sich für die zweijährige praktisch ausgerichtete Oberstufe zu bewerben.

Der Ferienjob im Silo war perfekt. Der Stundenlohn war in Ordnung und der Arbeitseinsatz fast immer überschaubar. Wenn die Bauern auf ihren Traktoren mit vollbeladenen Anhängern mit Raps und Ölrübsen und später mit Gerste und Weizen angefahren kamen, mussten Konrad und Sven lediglich darauf achten, dass das Getreide auf das richtige Transportband und weiter in die richtige Lagerhalle geleitet wurde. Wenn alles funktionierte, ging das meiste wie von alleine. Ging es schief, konnte es vorkommen, dass sie bis zum Bauchnabel und hustend im schwarzen staubenden Raps standen. Dann blieb ihnen nichts anderes übrig, als wie der Blitz zur Schaufel zu greifen, bevor Ratten-Kuno auftauchte.

Der Vorarbeiter im Silo hatte seinen Spitznamen wegen seiner Leidenschaft für Ratten verpasst bekommen. Von ihnen gab es unzählige im Getreidesilo. Kuno hegte große Bewunderung für sie. Oder eher eine Art Respekt, wie ihn Krieger vor besonders furchtlosen Feinden haben.

«Findet ihr nicht, Jungs, dass es phantastische Tiere sind?», grinste er, während er mit Daumen und Zeigefinger den Schwanz eines besonders prachtvollen Exemplars ergriff, das sich in einer seiner Fallen das Genick gebrochen hatte.

Konrad und Sven starrten mit Abscheu auf die verfilzte Ratte, die vor ihren Gesichtern baumelte.

«Pfui Teufel», fluchte Sven.

«Sie sind teuflisch gut im Kampf ums Überleben», behauptete Kuno, obwohl der Kadaver in seiner Hand in gewisser Weise wohl eher das Gegenteil bewies. «Fressen, was immer sie kriegen können. Sind heller in der Birne als Menschen.»

Als gewisse Menschen jedenfalls, dachte Konrad.

Aber er schwieg, denn er hatte gerüchteweise bereits gehört, was Kuno mit Aushilfskräften machte, die ihm zu aufmüpfig wurden. Und das Letzte, was Konrad wollte, war, ihn zu reizen.

Kuno war trotz seines kleinen Wuchses ein furchteinflößender Mann. Kaum älter als dreißig, aber schon sehnig wie eine Ziege. Er trug immer riesige Gummistiefel und einen grünen, mit Öl befleckten Overall. Seine Nase war spitz, die Haut vernarbt von alten Pickeln, und möglicherweise waren es seine gelben Zähne, die ihn selbst ein wenig wie ein Nagetier aussehen ließen. Das einzig Versöhnliche an Kuno waren seine langen strähnigen Haare, die ihm im Hardrock-Stil bis über die Schultern fielen, wie auch die Tatsache, dass er in jeder Pause eine Deep-Purple-Kassette in seinen verdreckten Kassettenrecorder steckte und die Lautstärke voll aufdrehte, während er seine Wurstbrote verdrückte.

«Einer, der hier gearbeitet hat, steckte mal bis zum Hals in Ölrübsen», erzählte Kuno, als sie in seinem kleinen Büro saßen und ihre mitgebrachten Brote aßen. «Der Blödmann konnte sich nicht vom Fleck rühren. Steckte total fest. Schrie wie der Teufel, aber keiner hörte ihn. Dann kamen die Ratten und fraßen ihm die gesamte Visage weg.»

«Ist er gestorben?», fragte Sven mit weit aufgerissenen Augen.

Kuno schüttelte den Kopf, sodass seine strähnigen Haare wie Rattenschwänze auf seinem Rücken hin- und herwedelten.

«Nee, aber er landete in der Klapse. Sankt Lars in Lund, glaub ich.»

Trotz seiner Faszination für Ratten wusste Kuno genau, dass es seine Aufgabe war, sie zu bekämpfen. Was er auch mit großer Lust tat.

Wenn er Zeit hatte, zimmerte er selbstgebaute Fallen, die

den Ratten nicht zwangsläufig das Genick brachen, sondern sie in Stacheldrahtfallen erdrosselten oder ihnen einen Nagel durch den Schädel rammten.

Ziemlich oft erledigte er sie auch im Nahkampf. Bewaffnet mit einer Schaufel und einem Blecheimer, betrat er die Lagerhalle und verübte die reinsten Massaker. Von draußen hörte man dumpfe, abscheuliche Geräusche: schrille Rattenschreie, dumpfes Poltern und schließlich Kunos Fluchen. Dann kam er wieder heraus, völlig verschwitzt und verdreckt und den Eimer bis zum Rand mit Rattenleichen gefüllt.

Einmal konnte Konrad seinen Ekel nicht unterdrücken.

«Du bist ja, verdammt nochmal, total krank! Verfluchter Tierquäler!»

Das war zweifellos ein Fehler.

Kunos Miene verdüsterte sich. Er fletschte die Zähne, sodass er das Zahnfleisch über seinem gelblichen Gebiss entblößte, und zischte irgendetwas Unverständliches. Wenn ihn jemand zur Raserei brachte, dann Gören wie diese, die sich ihre zarten Finger nicht schmutzig machen wollten und ihn verhöhnten, nur weil er seinen Job erledigte.

«Aha, so denkst du also …»

Kunos samtweicher Stimme nach zu urteilen, die überhaupt nicht zu dem streitlustigen Ausdruck in seinen Augen passte, zog Konrad den Schluss, dass Gefahr im Verzug war. Er erhob sich langsam aus dem Gras an der Scheunenwand, wo er gesessen und seinen nackten Oberkörper gesonnt hatte, und sah sich nach einem Fluchtweg um.

Plötzlich griff Kuno nach einer großen blutverschmierten Ratte aus dem Eimer, packte sie am Schwanz und begann sie wie eine Steinschleuder über seinem Kopf zu schwingen.

Die erste Rattenleiche klatschte direkt neben Konrads Kopf gegen die Bretterwand. Die andere traf ihn zwischen den Schulterblättern, als er gerade im Begriff war wegzulaufen. Und als Kuno schließlich die wilde Jagd aufgab, war Konrad von einer Ratte im Nacken, einer am Hosenboden und einer weiteren an der Wange getroffen worden, die so dicht an seinem Mund landete, dass er den Geschmack von Rattenblut auf der Zunge spürte.

Es sollte eine ganze Woche dauern, bis Konrad sich wieder traute, zu seinem Ferienjob zurückzukehren.

Die besten Stunden mit Sven waren die, in denen sie am Abhang hinunter zum Myrsjö im hohen Gras auf dem Rücken lagen und nichts anderes taten, als die Sommerwolken zu betrachten, die am Himmel vorbeisegelten.

Wenn sie die Gedanken weit, weit weg schweifen ließen.

Sie würden Astronauten werden, Entdeckungsreisende und Millionäre. Fußballprofis, obwohl keiner von ihnen sich für die Juniorenmannschaft qualifiziert hatte, und Rockstars, obwohl keiner von beiden auch nur eine Gitarre besaß.

Mit friedlich summenden Insekten vor dem Gesicht versuchte Sven, die physikalischen Gesetze zu erklären, die Ralf Edströms Supertor gegen Westdeutschland möglich gemacht hatten.

Und während ein Fuchsfalter vorbeiflatterte, träumte Konrad laut davon, wie er Agneta Fältskog half, ihre wundervollen Glitzerhosen auszuziehen, die ihren Hintern wie einen verführerischen Blaubeerkuchen aussehen ließen.

«Wie oft hast du es schon getrieben?», fragte Sven während einer dieser Stunden in der Sommerhitze.

«Was meinst du?»

«Gebumst. So richtig.»

Konrad versuchte, den Eindruck zu erwecken, als dächte er nach, während er im Gras lag und auf einem Grashalm herumkaute. Doch die einzige Erfahrung, die dem einigermaßen nahekam, war sein Herumgeknutsche mit Gunnel. Auf der Schuldisco in der Kantine des Gymnasiums hatten sie sich einmal in die dunkle Ecke hinter dem Milchautomaten verdrückt.

«Zählt es, wenn man Titten begrabscht hat?»

«Nee.»

«Dann also keinmal …»

Eine Gegenfrage erschien Konrad unnötig. Dass Sven auf irgendeine mirakulöse Weise seine Unschuld verloren haben könnte, hielt er für völlig ausgeschlossen.

«Stell dir vor, man ist schwul», sagte Sven plötzlich.

Konrad hielt in seinen Gedanken inne.

«Was meinst du damit?»

«Wenn man es nie ausprobiert hat, kann man es ja auch nicht wissen, oder?»

«Das ist doch krank. Eklig.»

«Ich hab 'n Buch gelesen von einem Nelson Rockweiler. Sie haben es in der Bibliothek für mich bestellt. Er ist Psychologe. Amerikaner. Und darin stand, dass man schwul sein kann, ohne es zu wissen. Mindestens einer von zehn ist schwul. Das sind allein schon drei in unserer Klasse. Na ja, anderthalb, wenn man die Mädels nicht mitrechnet.»

«Ein halber Schwuler …?»

«Ich mein das ernst. Wie soll man es wissen, wenn man es nicht ausprobiert hat?»

«Ach, hör doch auf mit dem Scheiß.»

Konrad stand abrupt auf. Plötzlich hatte er überhaupt keine Lust mehr, im Gras zu liegen und zu spekulieren.

«Ich muss nach Hause. Glaub, Signe hat Köttbullar gemacht.»

Nach dem Sommer im Silo in Spjutstorp wurde es mit Konrad und Sven nie wieder so wie früher.

Irgendetwas war passiert, aber keiner von ihnen verstand genau, was. Als wäre eine Nebelwand zwischen sie geraten, und all das, was vorher leicht und selbstverständlich gewesen war, erwies sich jetzt als diffus und verschwommen. Sie hatten sich damals zu zweit gegen den Rest der Welt verbündet, aber stellten offenbar jetzt fest, dass es nicht so einfach war.

Zwei Monate nach Beginn des Wintersemesters sprang Sven von der Schule in Ystad ab und begann in der Meierei in Lunnarp zu arbeiten.

«Du bist echt verdammt smart, du kannst doch nicht nur da draußen rumstehen und dein Leben lang in die Milch pissen», sagte Konrad sauer. Er fühlte sich irgendwie im Stich gelassen.

Sven zuckte resigniert mit den Schultern und sah Konrad mit einem Blick an, der ihm mit einem Mal fremd war.

«Was ist denn daran so verkehrt? Wenn man Eltern hat, die saufen, muss man halt arbeiten.»

Die Abstände zwischen ihren Begegnungen wurden länger und länger. Konrad saß allein im Morgenbus nach Ystad und verbrachte die Nachmittage und Abende damit, auf seinem Bett zu liegen und sich wegzuträumen. Sven nahm jeden Morgen das Fahrrad und radelte die sechs Kilometer zur Meierei hinaus und ließ nur selten von sich hören, wenn er wieder zurückkam.

Wann genau das Gerücht aufkam, war nicht sicher, ebenso wenig, wodurch es ausgelöst wurde. Doch plötzlich schlugen die Leute im Ort einen anderen Tonfall an, wenn sie über Ameisen-Sven tratschten.

Konrad bekam es irgendwann zu Beginn des Frühjahrs mit, als der bräunliche Schneematsch, der seit dem vergangenen Dezember in Tomelilla gelegen hatte, begann wegzuschmelzen. Es war Klas, der es zum ersten Mal laut sagte.

«Du weißt ja, dass er schwul ist, dein Freund, oder?»

«So etwas sagt man nicht, Klas!», schimpfte Signe, die vor der Spüle stand und Teller abwusch.

Ihr Sohn warf ihr lediglich einen verächtlichen Blick zu.

«Rune, der draußen in Lunnarp arbeitet, hat erzählt, dass die Ameise Schwulenzeitschriften in ihrem Spind versteckt hat. Verdammt, wie eklig! Sie sagen, dass er sie alle anglotzt, als wollte er ihnen am liebsten einen blasen.»

«Gott, vergib ihm!», platzte es aus Signe heraus, die die Spülbürste ins Becken warf und aus der Küche stürzte, woraufhin die Küchentür mit einem lauten Knall hinter ihr zuschlug. Ob sie Sven oder Klas meinte, blieb unklar.

Konrad schwieg.

Er dachte über das nach, was Sven gesagt hatte, als sie auf der abschüssigen Wiese am Myrsjö lagen und Schmetterlinge beobachteten.

Damals hatte Konrad gedacht, es wäre der Wissenschaftler in seinem Freund, der seine Neugier geweckt hatte. «Eine Hypothese kann man nicht verwerfen, bevor man sie nicht überprüft hat.» Solche Aussprüche gab er ja andauernd von sich. «Wie kann man wissen, ob man schwul ist, wenn man es nie ausprobiert hat?»

Aber jetzt, was sollte er jetzt glauben?

Konrad schwieg.

Von nun an wich er Sven aus. Bis zu dem Tag, an dem er selbst den Ort verließ.

KAPITEL 18

Am frühen Morgen des Mittsommertages ruft Örjan Palander an. Es klingelt siebenmal, bis Konrad, der gerade unter der Dusche steht, das Handy hört. Er dreht den Wasserhahn zu, schnappt sich ein Handtuch, stürzt aus dem Bad und bekommt das Handy genau in dem Moment zu fassen, als Palander auflegen will. Er klingt aufgeregt.

«Da ist was im Gange. Können Sie sofort vorbeikommen?»

Von Konrads Körper tropft Wasser, und er versucht, so gut es geht, sich mit einer Hand abzutrocknen, während er das Handy in der anderen hält.

«Äh, ja klar, wenn Sie mir sagen, worum es geht.»

«Ich hab von der Polizei einen Tipp bekommen. Aber ich kann jetzt nicht länger reden. Sie haben bereits angefangen. Fahren Sie raus zu Tore Torstenssons Haus in Onslunda, und zwar so schnell Sie können. Es liegt draußen auf der Ebene nördlich des Ortes. Wenn Sie der Straße durch den Ort folgen, sehen Sie es schon. Bis gleich!»

Noch bevor Konrad Luft holen kann, um etwas zu sagen, hat Palander aufgelegt.

Erst will Konrad ihn zurückrufen. Doch dann sieht er ein, dass es nur Zeitverschwendung ist. Was auch immer da draußen im Gange ist, es scheint eilig zu sein. Er zieht die Unterhose, Jeans und ein kurzärmliges Hemd an und steckt die Autoschlüssel und sein Portemonnaie in die Hosentasche. Springt dann die Treppe hinunter. Im Vorbeigehen winkt er Gertrud im Foyer zu und ruft: «Ich checke dann in ein paar Stunden aus.» Sie blickt ihm erstaunt nach.

Der Wagen ist um die Ecke geparkt. In den Staub auf der Heckscheibe hat jemand mit dem Finger *Hier fährt ein Schwuler* geschrieben. Konrad nimmt sich nicht die Zeit, es wegzuwischen, sondern rauscht mit einem derartigen Kavalierstart los, dass die Reifen auf dem Asphalt quietschen. Dann nimmt er schnell den Fuß vom Gas.

Die Straße nach Onslunda hinauf führt an langgestreckten Feldern vorbei. An den Halmen der Getreidefelder sprießen die Ähren. Der Raps hat seine gelben Blüten bereits verloren. Auf den Höfen ist es still, einzig eine alte Frau steht auf einem Kartoffelacker über ihren Spaten gebeugt. Sie schaut neugierig auf, als er vorbeifährt. Am Himmel ist kein Wölkchen zu sehen. Es scheint wieder ein heißer Tag zu werden.

Plötzlich biegt ein Traktor auf die Straße ein und zwingt Konrad zu bremsen. Es ist kurvig und ein wenig hügelig, und hinterm Steuer sitzt ein Bauer mit Lärmschutz auf dem Kopf. Konrad schleicht hinter ihm her und spürt, wie er vor Ungeduld ganz kribbelig wird.

Was geschieht wohl da draußen auf Tore Torstenssons Hof? Es muss etwas Wichtiges sein, ansonsten hätte Palander ihn nicht angerufen und aufgescheucht. Etwas, das mit Konrad selbst zu tun hat.

Sicher hat Eva Ström oder möglicherweise auch diese giftige Eidechse von Kommissar erwähnt, dass die Polizei einen Zusammenhang zwischen dem Schussdrama in Onslunda und den Morden an Herman und Signe sucht. Es klang zwar hauptsächlich wie eine Routineangelegenheit, die sie zwangsläufig durchführen müssen, wenn vier Menschen innerhalb von einer Woche in ein und derselben Gemeinde eines unnatürlichen Todes sterben. Aber man weiß ja nie, denkt Konrad, während er langsam hinter dem Traktor hertuckert. Vielleicht haben sie ja etwas gefunden.

Palanders Auffassung zufolge war Torstensson ein widerlicher Typ. Wenn er es war, der die beiden Albaner erschoss, hat er aus irgendeinem Grund vielleicht auch Herman und Signe ums Leben gebracht. Konrad sieht sie wieder vor sich, auf den Knien unmittelbar vor ihrer Hinrichtung. Hat Signe sich darauf vorbereiten können, ihrem Gott zu begegnen? Hat Herman verstanden, was sie beide erwartete? Konrad schämt sich dafür, dass gegenwärtig sein größter Wunsch darin besteht, selbst von dem Verdacht befreit zu werden, sie ums Leben gebracht zu haben.

Es ist inzwischen eine ganze Woche vergangen, seit er nach Tomelilla gekommen ist, und bisher hat er nicht mal einen Teil dessen herausgefunden, was er sich vorgenommen hatte. Eigentlich weiß er noch immer nicht, wo er anfangen soll zu suchen.

Genau wie Palander gesagt hat, kann man Torstenssons Haus schon von weitem sehen. Von der Landstraße führt eine schmale, von Weidenbäumen gesäumte Schotterstraße zum Hof hinauf, auf dem drei Polizeiwagen parken. Hinter ihnen steht ein roter Citroën, der Palander gehören muss.

Konrad parkt ein Stück entfernt vom Haus und geht das letzte Stück zu Fuß. Es riecht nach Gülle. Im Kräutergarten neben dem Tor erblickt er eine Katze, die sich zwischen dem Wermutstrauch und dem wuchernden Dill hindurch wegschleicht. Gehört sie Torstensson? Dann muss sie sich jetzt wohl von Mäusen ernähren, wo ihr Herrchen hinter Gittern sitzt.

Die Polizisten sind um den Brunnen herum versammelt.

Konrad zählt sechs Männer. Aber Örjan Palander, der ein Stück abseits mit seiner Nikon vor dem Bauch steht, erblickt ihn als Erstes. Er hält einen Finger vor den Mund, um ihm zu signalisieren, dass er sich still verhalten soll. Zwei kräftige Polizisten halten ein Seil fest, das in der Tiefe verschwindet.

«Sie sind runter in den Brunnen. Wenn Sie Glück haben, finden sie dort Ihren Freifahrtschein», flüstert er heiser.

Konrad macht ein paar Schritte vor und schaut in den Brunnen. Er sieht den Lichtkegel einer Taschenlampe aufleuchten und einen Schatten, der sich da unten im Dunkeln bewegt.

«Das ist ja unglaublich!»

Auf der anderen Seite des Brunnens steht Eva Ström in einem verschwitzten blaugrauen Polizeihemd. Sie muss drinnen im Haus gewesen scin, als er ankam. Sie betrachtet ihn misstrauisch.

«Was zum Teufel haben Sie denn hier zu suchen? Konnte Palander mal wieder nicht die Klappe halten?»

Konrad kommt nicht zum Antworten.

«Zum Teufel auch, Ström!», knurrt Palander und sieht aus wie ein streitlustiges Wildschwein. «Haben Sie schon mal etwas vom Grundgesetz gehört? Sie sollten eigentlich wissen, dass es Sie nichts angeht, mit wem sich Journalisten unterhalten.»

Die Kriminalinspektorin seufzt tief.

«Es widerspricht mit Sicherheit jeder Bestimmung in der Prozessordnung, dass ein Verdächtiger während einer Beweissicherung anwesend ist», entgegnet sie.

«Nichtsdestotrotz werde ich Ihnen die Hölle heißmachen, wenn Sie uns von hier fernhalten», entgegnet Palander und lächelt entwaffnend.

Genau in dem Moment hört man einen Ausruf tief unten aus dem Brunnen.

«Ich habe etwas gefunden!», hallt es dumpf herauf.

Alle Gespräche verstummen, und die Blicke richten sich in die Tiefen des Brunnenschachts.

«Ist es eine Waffe?», fragt Eva Ström hinunter in die Unterwelt.

Offensichtlich führt sie das Kommando. Keine Antwort. Jemand stöhnt. Konrad spürt, wie sein Herz schneller zu schlagen beginnt. Langsam geht ihm auf, worauf sie aus sind.

Dann taucht ein Kopf über dem Brunnenrand auf. Ein Gesicht, das rot ist vor Anstrengung, und ein nasser blonder Schopf. Und vor allem eine Hand, die eine glänzend schwarze Pistole in der Hand hält.

«Sie lag auf dem Grund, aber das Wasser da unten ist nicht tiefer als einen Meter», erklärt der Polizist, der aus dem Schacht klettert.

Örjan Palander kann ein enthusiastisches Pfeifen nicht unterdrücken. Dann nimmt er die Kamera und knipst einige Bilder. Eva Ström wirft ihm einen ärgerlichen Blick zu, bevor sie einen Stift durch den Abzug der Waffe schiebt und sie in einen Plastikbeutel gleiten lässt.

«Keine Chance auf Fingerabdrücke, aber sicher ist sicher», murmelt sie wie zu sich selbst.

«Eine Luger», sagt Palander laut. «Deutsche Pistole. In der Nazizeit gang und gäbe. Aber auch in Schweden gibt es Massen davon.»

Während die Polizisten ihre Ausrüstung wieder zusammenpacken, bleibt Konrad am schwarzen Brunnenloch stehen und wartet. Eigentlich sind sie ihm doch eine Erklärung schuldig, oder? Doch keiner scheint mehr von ihm Notiz zu nehmen. Der Brunnentaucher zieht sich unter dem Apfelbaum trockene Kleidung an, während seine Kollegen die Seile zusammenrollen und Eva Ström etwas abseits telefoniert. Örjan Palander sitzt in einem weißgestrichenen Gartenstuhl und macht sich in seinem Block Notizen.

Konrad beäugt das Haus und den Garten und versucht sich vorzustellen, was an dem besagten Morgen geschah. Er wirft einen Blick über die Ebene und stellt fest, dass es bis zum nächsten Nachbarn ziemlich weit ist. Neben dem Holzschuppen picken einige Hühner unruhig auf dem Boden herum. Die Axt ist tief in den Hackklotz gerammt. Neben der Haustür des weißgetünchten Wohnhauses sieht er bräunlich rote Spritzer an der Wand. Torstensson hat nicht an Schrot gespart, mit dieser Ladung hätte er sicher locker sowohl einen Elch als auch einen Wolf erlegen können.

«Okay, ich nehme an, Sie wollen wissen, was all das hier zu bedeuten hat.»

Er dreht sich um und steht Auge in Auge mit Eva Ström. Jetzt blickt sie etwas freundlicher drein.

«Ich habe mit Bernhardsson gesprochen, und er sagte, dass es nichts ausmacht, wenn Sie es jetzt erfahren. Er glaubt … wir glauben, dass es die Ermittlungen nicht länger beeinträchtigt», erklärt sie und lässt sich schwer auf die weiße Holzbank neben Palanders Stuhl fallen. Das Holz knarrt unter ihrem Gewicht.

Konrad wählt einen Sprossenstuhl.

«Es kann nämlich zweifellos von Bedeutung für Sie sein», fügt sie langsam hinzu.

«Fangen Sie von vorne an», bittet Konrad sie, ohne seine Ungeduld zu verbergen.

Palander rückt ein wenig näher und blättert in seinem Block die nächste leere Seite auf.

«Torstensson besteht darauf, dass es Notwehr war», erläutert Eva Ström. «Zweifelsfrei hat er seine Schrotflinte direkt vor den Gesichtern der beiden Kosovo-Albaner abgefeuert. Wenn er allerdings beweisen kann, dass er selber mit einer Waffe bedroht wurde, wird er freigelassen. Im Strafgesetz fällt es unter Notwehr. Und Torstensson behauptet, dass sie eine Pistole hatten.»

Sie macht eine Pause und wischt sich mit einem Taschentuch umständlich den Schweiß aus der Stirn.

«Wie hießen sie eigentlich?»

«Feriz Rama und Sali Mato. Kleinkriminelle. Sind schon ein paarmal verhaftet worden, aber nichts Schwerwiegendes.»

Konrad nickt nachdenklich.

«Wie dem auch sei, erst haben wir Torstensson nicht geglaubt. Die Jungs haben ja seinen Hund mit dem Brecheisen erschlagen, was sie wohl nicht hätten tun müssen, wenn sie eine Schusswaffe dabeigehabt hätten. Außerdem haben wir den gesamten Garten abgesucht, ohne etwas zu finden. Aber Torstensson war stur wie ein Esel. Sie hatten eine Pistole, und deshalb hat er geschossen, behauptete er. Darauf hätte er Gift nehmen können. Und dann …»

«Außerdem ist er ja ein stadtbekannter Rassist, oder?», wirft Örjan Palander plötzlich ein, ohne den Blick von seinen Notizen zu nehmen. «Klar geht die Polizei davon aus, dass er ohne Grund Ausländer abknallt, oder, Ström?»

Sie wirft ihm einen griesgrämigen Blick zu.

«Dazu sag ich lieber nichts, Palander.»

«Und weiter?», fragt Konrad.

«Ja, schlussendlich haben wir uns entschieden, der Sache auf den Grund zu gehen. Es war übrigens sein Verteidiger, der die Hypothese aufstellte, dass die Pistole möglicherweise im Brunnen gelandet sein könnte. Und dass sie den Hund mit dem Brecheisen getötet haben, um nicht so viel Lärm zu machen. Dass einer der beiden seine Waffe zog und daraufhin von Torstenssons Kugelhagel getroffen wurde. Ihre Leichen sind ja mindestens ein paar Meter nach hinten geschleudert worden, da dürfte eine Pistole auch ein ganzes Stück weit fliegen. Und der Brunnendeckel war zur Hälfte abgenommen. Torstensson hatte nämlich Probleme mit dem Rohr für die Pumpe.»

«Ja, verdammt!», seufzt Palander mit einem kindlich zufriedenen Ausdruck im Gesicht, als hätte man ihm gerade ein Märchen mit glücklichem Ausgang erzählt.

«Sein Verteidiger ...», fragt Konrad. «Wer ist das?»

Eva Ströms breites Gesicht nimmt einen verwunderten Ausdruck an.

«Na, Birger Berelius. Er hat ja eine Art Monopol hier in der Gegend.»

Konrad stutzt angesichts ihrer Erklärung. Es ist, als hätte man ihm einen unangenehmen Verdacht bestätigt. Was es allerdings genau bedeutet, ist ihm nicht klar. Noch nicht, dazu existieren zu viele Ungereimtheiten. Aber merkwürdig ist es schon, dass Berelius sowohl zu Torstenssons Strafverteidiger als auch zum Verwalter des Nachlasses von Hermans und Signes Erbe bestimmt worden ist.

«Bedeutet das, dass Torstensson freikommt?», fragt Palander.

Eva Ström zuckt mit den Schultern.

«Das muss die Staatsanwältin entscheiden.»

«Das Wichtigste für Sie, Konrad, ist ja, was die Polizeitechniker zu der Knarre sagen, die sie gerade herausgefischt haben», schließt Palander frohen Mutes. «Herman und Signe sind mit einer Neun-Millimeter-Pistole erschossen worden. Wenn Sie richtig Glück haben, war es just die, die im Brunnen lag.»

«Millionäre fallen zwei verzweifelten Raubmördern zum Opfer», überlegt Eva Ström. «Na ja, warum nicht.»

Konrad schaut sie an und formuliert im Stillen eine Frage. Zwei albanische Kleinkriminelle erfahren von dem Lottogewinn und beschließen, ihr eigenes Glück zu schmieden. Nicht völlig unmöglich. Aber warum schlugen sie dann eine Woche später bei Tore Torstensson zu? Weil sie an Hermans und Signes Vermögen nicht herankamen.

Als Eva Ström sich gerade umdrehen und zum Streifenwagen gehen will, wo ihr Kollege bereits ungeduldig auf sie wartet, hält Konrad sie zurück.

«Frau Ström, wer war es eigentlich, der behauptet hat, mich in der Nacht, als Herman und Signe ermordet wurden, in Tomelilla gesehen zu haben?»

Sie sieht ihn mit ausdruckslosem Blick an.

«Das werden Sie wahrscheinlich nie erfahren.»

Dann geht sie.

Das Knallen der Autotür erschrickt eines der Hühner, das neben dem Vorderreifen gepickt hat, fast zu Tode. Es flattert verängstigt davon.

Konrad schaut dem Polizeiwagen nach. Hinter sich hört er Palander belustigt pfeifen und schließlich mit nachdenklicher Stimme sagen: «Not even the beginning of the end. Perhaps the end of the beginning.»

KAPITEL 19

In kaum fünf Minuten hat Konrad seine Sachen im Hotelzimmer zusammengesucht. Wenn er irgendetwas im Leben gelernt hat, dann ist es Packen. Aufzubrechen. Ob es nun aus einem verruchten Hotelzimmer in Amman, einer Wohnung in Berlin oder einem ganzen verdammten Leben ist.

Er sieht sich hastig um und vergewissert sich, dass er nichts vergessen hat. Schließt dann die Tür hinter dem fleckigen Teppichboden und dem gesprungenen Spiegel im Bad mit einem Gefühl der Erleichterung.

Gertrud hat immer noch Dienst an der Rezeption. Sie sitzt vor dem Computer, tief versunken in einer Art Buchungsliste, und bemerkt ihn zunächst gar nicht. Das Foyer ist leer, und in der unbeleuchteten Bar erkennt er Lennart, den aschfahlen Barmann, der Gläser abtrocknet. Konrad findet, dass er irgendwie merkwürdig guckt. Er versucht sich daran zu erinnern, wie betrunken er neulich Abend war. Ziemlich, muss er zugeben. Aber es ist ja wohl schon öfter vorgekommen, dass Gäste zur fortgeschrittenen Stunde einen über den Durst tranken.

«Du hast es heute Morgen aber eilig gehabt», sagt Gertrud und schaut auf. Sie druckt die Rechnung aus und legt sie vor Konrad auf den Tresen. Er gibt ihr seine Visa-Karte.

«Ja, da war einiges los …»

Gertrud sieht ihm mit einem klaren grünen Blick, der unverstellte Neugier ausdrückt, geradewegs in die Augen.

«Wovon du mir aber nichts erzählen willst, oder?»

Sie werden von Schritten und Stimmen im Korridor unterbrochen, und plötzlich stehen ein Mann und eine Frau in der Lobby, die laut und verärgert in amerikanischem Englisch lamentierten. Der Mann ist fett und hochrot im Gesicht. Seine Tennisshorts sind so groß wie Feldlazarette. Er schleppt zwei riesige Samsonitekoffer und erinnert an eine watschelnde Ente. Hinter ihm trippelt eine schmächtige, wasserstoffblonde Frau her, vermutlich seine Ehefrau. Ihr Gesichtsausdruck hat etwas Gequältes, was offensichtlich darauf beruht, dass ihre Füße in ein Paar Sandaletten mit Stilettoabsätzen gequetscht sind und sie sich aufs äußerste anstrengen muss, um mit ihrem Mann Schritt halten zu können.

«This is the middle of nowhere, Margie!», knurrt der Mann. «Who the hell told us to stay here?»

«But it was just for one night, dear. Tonight we'll be in Copenhagen.»

«I hate places with beds for midgets», entgegnet der Ehemann brummend und zieht eine grüne Kreditkarte hervor.

Gertrud lächelt die beiden professionell an und bedeutet Konrad zu warten. Er sieht, wie sie den Bezahlvorgang durchführt und nach einem Taxi ruft.

«Have a nice day and welcome back again!», ruft sie fröhlich und winkt dem verirrten Paar hinterher.

«Over my dead body!», zischt der Mann. Die Ehefrau winkt zurück und lächelt entschuldigend.

Als sie durch den Ausgang verschwunden sind, wendet Gertrud sich an Konrad und lacht kurz auf.

«Mr. and Mrs. Andrew Darlington aus Bed Rock, Wisconsin», erklärt sie. «Ihre erste Reise nach Europa. Die Frau hat schwedische Vorfahren. Du hättest die Ärmste gestern mal sehen müssen. Sie war verzweifelt. Sie hat angenommen, dass ihr Urgroßvater hier auf dem Friedhof begraben liegt. Aber offenbar hat sie sich im Ort geirrt. Sie haben das Grab nicht gefunden. Und der Mann war, wie du gesehen hast, stinksauer, weil er umsonst hergereist ist.»

Konrad blickt aus dem Fenster, wo er Herr und Frau Darlington auf dem Bürgersteig stehend auf ihr Taxi warten sieht. Er beobachtet, wie der Mann seine Frau anbrüllt und sie beschimpft. Sie schüttelt den Kopf und dreht sich verärgert weg.

Eine plötzliche Schwermut überkommt Konrad. Alles erscheint ihm irgendwie so bedrückend.

«Früher konnte ich die Namen auf jedem Grabstein da hinten auswendig», sagt er wie zu sich selbst.

Gertrud blickt ihn erstaunt an.

«Auf dem Friedhof?»

«Ja.»

«Du hast also gesucht ...?»

Er nickt. Lässt seine Gedanken in den Schatten unter der Kastanie und der düsteren Blutbuche schweifen. Schüttelt dann die Erinnerung ab, wie um sich wachzurütteln.

«Gertrud, es ist nicht zufällig so, dass ... Wann hast du eigentlich heute Feierabend?»

«Ungefähr in einer Viertelstunde», antwortet sie.

«Ich bin irgendwie ziemlich rastlos. Wollen wir nicht ... tja, etwas gemeinsam unternehmen? Ich meine, an die Küste rausfahren, oder so.»

«Ja gern, ich hab heute Nachmittag nichts Besonderes vor», entgegnet sie. «Jedenfalls nichts Wichtiges.»

Doch in ihrer Stimme liegt ein gewisser Zweifel. Oder hat er nur falsch gehört?

«Ich glaub sowieso nicht, dass Gudan vor heute Abend zu

Hause sein wird. Um den Schlüssel zu deinem Zimmer zu holen, meine ich.»

Konrad hängt sich die Tasche über seine Schulter.

«Jetzt sofort?»

Sie wirft dem Barmann Lennart einen raschen Blick zu.

«Geht schon klar, Gertrud», sagt er mit seiner gespenstischen Stimme. «Zieh nur los. Ich halte die Stellung.»

Offensichtlich hat er ihr Gespräch mitgehört.

«Ich muss dich aber vorwarnen, ich hab keine Klimaanlage in meinem Opel», sagt Konrad.

«Egal», entgegnet Gertrud unbekümmert und hängt sich bei ihm ein.

Obwohl der Wagen nur eine halbe Stunde gestanden hat, kocht die Luft im Inneren bereits. Sie lassen alle Scheiben herunter.

«Fahr schon los, bevor ich wegschmelze», lacht sie.

Der Schweiß beginnt bereits, an ihren Schläfen hinunterzurinnen.

«Und, bereust du es schon?»

«Fahr einfach!»

Ohne zu fragen, wohin sie möchte, peilt er die Strände bei Haväng an. Die erste Wegstrecke ist dieselbe, die er heute am frühen Morgen in Richtung Onslunda gefahren ist. Sie sitzen beide schweigend da und lassen sich vom Fahrtwind erfrischen. Konrad betrachtet Gertrud heimlich. Sie hat ihre Sonnenbrille aufgesetzt und sich ein wenig nach hinten gelehnt. Ihre Haare wirbeln wie rote Flammen über die Kopfstütze. Der rechte Ellenbogen hängt aus dem offenen Fenster, sodass der Wind in den Ärmel ihrer dünnen Baumwollbluse fährt.

Sie sagt nichts. Schielt ein paarmal zu ihm rüber, doch die Sonnenbrille lässt nicht erkennen, wohin sie den Blick richtet. Nach einer Weile begreift er, dass sie möchte, dass er erzählt.

Konrad wartet noch, bis er Onslunda passiert hat. Erst, als sie die Weidenallee hinter sich gelassen haben, deutet Konrad zu Torstenssons Hof hinauf. Er muss beinahe schreien, um sich verständlich zu machen.

«Hier bin ich heute Morgen gewesen. Palander hat mich angerufen. Weiß der Teufel, wo er seine Informationen herholt, aber er war schon da.»

Sie kurbelt ihre Scheibe wieder hoch, sodass nur noch ein kleiner Spalt offen bleibt.

«Dort hat dieser alte Nazi die beiden albanischen Einbrecher niedergeschossen, oder?», fragt sie.

Konrad nickt. Nazi? Na ja, das behaupten die Leute jedenfalls. Er berichtet Gertrud von der polizeilichen Tauchaktion im Brunnen und von der Pistole, die sie gefunden haben.

Sie versteht sofort, was das möglicherweise bedeutet.

«Wenn es die richtige Waffe ist, wenn es also die war, mit der Herman und Signe erschossen worden sind, dann fällt der Verdacht gegen dich weg?»

«So ist es. Die Polizei vergleicht das Kaliber. Und sie schicken die Kugeln, die sie im Geräteschuppen gefunden haben, mit Sicherheit zur genaueren Analyse. Die Techniker überprüfen die Rillen im Lauf. Wenn eine Kugel nicht allzu stark verformt ist, können sie genau sehen, aus welcher Waffe sie abgefeuert wurde.»

Gertrud versinkt in Schweigen, die Augen hinter ihrer verspiegelten Sonnenbrille verborgen. Hat sie sie aufgesetzt, um sich gegen die Sonne zu schützen, oder damit er ihr nicht in die Augen sehen kann?

«Das würde bedeuten, dass du in ein paar Tagen frei bist

und entscheiden kannst, wohin du gehen willst», sagt sie nach einer Weile, ohne irgendwelche Gefühle zu offenbaren.

«Ja ...»

Als er nicht weiterspricht, wendet sie sich ihm zu und nimmt die Sonnenbrille ab. Konrad kommt ihr zuvor:

«Aber es scheint, als hätte ich noch 'ne Menge anderer Dinge hier oben zu klären», sagt er schnell.

Hinter Vitaby biegen sie ab in Richtung Meer. Die weißgetünchte Kirche strahlt wie ein Zuckerstück in der Sonne, und unterhalb der am Hang liegenden Felder breitet sich die Bucht von Hanö im Sonnenlicht aus, dunkelblau und verträumt. Konrad lässt den Wagen den Berg hinab in Richtung des Hafens von Vitemölla rollen, überquert den Fluss und parkt neben dem Badestrand. Oberhalb der Sanddünen hängen die Netze der Fischer über Pfählen aufgespannt. Neben einer roten Scheune steht ein Traktor mit Fischernetzen und Bojen auf dem Anhänger. Es riecht schwach nach Teer und Tang.

Sie gehen in Richtung Norden auf den Strandwiesen entlang. Die Heckenrosen sind gerade aufgeblüht, und von den Büschen, die wie Inseln im Sand wachsen, strömen liebliche Düfte aus. Unmittelbar neben dem Fischerdorf liegen kleine Grüppchen von Badegästen, doch weiter hinten ist der Strand bis auf den einen oder anderen Spaziergänger leer.

Als Konrad gerade ansetzen will, etwas zu sagen, erblickt er eine Person, die er wiedererkennt.

Ein großgewachsener weißhaariger Mann mit einem Stock in der einen Hand und einem Strohhut in der anderen spaziert einsam auf dem kleinen Weg direkt neben den mit Stacheldraht eingezäunten Weiden entlang. Er bewegt sich zügig in Richtung Fischerdorf, aber man kann schon von weitem sehen, dass er ein wenig humpelt.

Als sich ihre Blicke treffen, sind es gut und gerne fünfzig Meter bis hinunter zum Ried, wo Konrad und Gertrud gehen, doch der Mann entdeckt sie und wedelt fröhlich mit seinem Hut. Ein Problem mit den Augen hat er jedenfalls nicht, denkt Konrad. Er winkt freundlich zurück.

«Arvid Linder», erklärt er. «Professor für Strafrecht. Ich hab ihn bei Berelius kennengelernt. Scheint ein recht sympathischer älterer Herr zu sein.»

Gertrud wirft dem Alten lediglich einen flüchtigen Blick zu. Offenbar hat sie nie etwas von ihm gehört.

«Du wolltest gerade etwas sagen, oder?»

«Ja, ich dachte an …», beginnt Konrad, spricht aber nicht weiter, weil er nicht weiß, wie er es formulieren soll.

«Du dachtest an Agnes, deine Mutter, oder?»

Er sieht sie erstaunt an.

«Woher weißt du das?»

Sie lacht, und er kann nicht genau ausmachen, ob sie errötet oder ob ihre empfindliche Haut einfach zu viel Sonne abbekommen hat.

«Über was solltest du auch sonst nachgrübeln?»

Sie setzen sich auf den Boden und lehnen sich mit dem Rücken gegen einen Betonbunker, der damals gebaut wurde, um die russische Invasion zu verhindern, von der man annahm, dass sie das Land bedrohte. Heute ist der Bunker mit gelben Flechten bedeckt. Sie schauen durch eine Schießscharte hinein ins Dunkel und stellen fest, dass dort jemand einen Berg Bierdosen hinterlassen hat. Aber oberhalb des Bunkers duftet es angenehm nach Thymian und Meer.

«Palander hat mir von Nachforschungen berichtet, die er angestellt hat», beginnt Konrad. «Nichts Besonderes, nur ’n paar alte Zeitungsausschnitte. Sie handeln vom Verschwinden meiner Mutter.»

«Ja?»

«Es können natürlich auch Gerüchte gewesen sein, aber ich glaube es nicht. In einem Artikel wurde ziemlich deutlich darauf angespielt, dass sie … Prostituierte gewesen ist.»

Gertrud legt ihre Hand auf seine.

«Und du hast nichts davon gewusst … oder geahnt?»

Er schüttelt den Kopf und blickt aufs Meer, wo am Horizont die Konturen eines Frachters erkennbar werden. Das Wasser liegt nahezu still da, winzige gluckernde Wellen plätschern gegen den Strand. Eine Seeschwalbe stürzt sich auf der Jagd nach kleinen Fischen ins Wasser hinunter.

«Ich weiß nicht, eigentlich müsste man es sich doch selbst ausrechnen können. Eine einsame ausgestoßene Polin hier in diesem Kaff. Aber ich hab keine Erinnerungen mehr, jedenfalls keine klaren. Herman und Signe haben sich geweigert, über sie zu sprechen, und als ich älter wurde, ist mir der Gedanke eigentlich nie gekommen.»

«Sven hat mal erzählt, dass sie dich wegen ihr aufgezogen haben.»

«Ja, das kam vor. Aber ich hab es irgendwie nie an mich rangelassen. Lange Zeit war ich überzeugt, dass sie zurückkommen und mich holen würde. Und dann hab ich irgendwann beschlossen, dass sie tot war.»

Plötzlich hören sie Stimmen. Ein junges Paar radelt vorbei. Sie lachen und stöhnen, als die Räder sich in den Sand graben, sodass sie mit aller Kraft treten müssen, um die Pedale in Gang zu halten. Gertrud folgt ihnen mit dem Blick.

«Und dein Vater …?», fragt sie mit immer noch abgewandtem Gesicht. «Hast du jemals erfahren, wer er war?»

Konrad steht abrupt auf.

«Mit einer Hure als Mutter? Das kann doch, verdammt nochmal, jeder x-beliebige Kerl sein!»

Er geht zum Wasser hinunter und spürt ihren Blick im Rücken brennen. Nimmt einen grauweißen Stein zur Hand, der vom Wasser glatt geschliffen wurde, und wirft ihn so weit, wie er nur kann. Er folgt ihm mit dem Blick, bis er mit einem Plumpsen die Wasseroberfläche durchbricht und verschwindet. Watet dann selbst ein Stück ins kalte Wasser hinaus, ohne sich darum zu kümmern, dass seine Sandalen und Hosenbeine nass werden. Sein Puls, der so plötzlich in die Höhe geschnellt war, beruhigt sich wieder.

Als er wieder zum Betonbunker zurückkommt, liegt Gertrud ausgestreckt auf dem Rücken im Gras. Sie hat die Augen geschlossen.

«Tut mir leid», sagt er. «Ich hatte kein Recht, so aufzubrausen.»

Sie liegt wie tot da.

«Erzähl von dir, Gertrud», fordert er sie auf und lehnt sich zurück.

«Ich hätte nicht gedacht, dass du fragen würdest», entgegnet sie, ohne die Augen zu öffnen.

Konrad sieht, wie sich ihre Rippen unter dem Baumwollstoff unterhalb zweier weicher Erhebungen abzeichnen. Zwischen der Bluse und dem Bund ihrer verwaschenen Jeans ist ein Streifen Haut sichtbar. Sie bewegt den einen Fuß ein wenig, wie im Schlaf. Konrad wird von einer starken Sehnsucht erfasst, sich neben sie zu legen, traut sich aber nicht recht. Es ist gerade mal eine Woche her, dass er vor ihr stand und nicht wusste, wer sie war. Und jetzt kommt sie ihm erstaunlich bekannt vor. Svens kleine Schwester. Das macht sie in gewisser Weise … unantastbar.

«Ich bin ja die Jüngste, deshalb war ich es auch, die das Elend am längsten aushalten musste», sagt sie in gleichgültigem Tonfall.

Konrad fühlt sich ertappt wie ein Spanner, obwohl sie immer noch mit geschlossenen Augenlidern daliegt. Er versucht sich an das Myrberg'sche Haus zu erinnern, wie er es zuletzt gesehen hat. Es strotzte nur so vor Schmutz, Essensresten und leeren Pfandflaschen.

«Deine Eltern, Sixten und Elsa, sie haben sich mit ihrem Saufen ziemlich ruiniert, oder?»

«Das kann man wohl sagen», entgegnet sie, und kurioserweise fliegt dabei ein Lächeln über ihre Lippen. «Ihre letzte Kotze hab ich wegwischen müssen. Sven war natürlich auch da. Manchmal zumindest. Aber er ist eben, wie er ist. Zum Glück sind sie früh gestorben. Mit nur ein paar Monaten Abstand. Bei ihm hat die Leber aufgegeben. Und dann schien es, als wollte sie auch nicht länger leben. Sie hat sich geweigert, zu essen und zu trinken. Lag einfach nur da oben im Bett und starrte auf ihr altes Hochzeitsfoto und sagte, dass sie beschlossen hat zu sterben. Denn dann würde sie ihn wiedertreffen. Im Himmel. Ich wusste nicht einmal, dass sie religiös war.»

«Und warum …?»

Sie setzt sich plötzlich wieder auf.

«Ich weiß nicht. Sie haben gesoffen, seit ich denken kann. Aber sie waren nie gewalttätig. Weder gegen einander noch gegen uns Kinder. Sie sind wohl einfach nicht mit dem Leben klargekommen. Ich glaub, Sven hat am meisten darunter gelitten.»

Ein vages Gefühl von Unruhe breitet sich in Konrads Magen aus.

«Für ihn war es die Hölle, musst du wissen», fährt Gertrud mit einer neuen Intensität in der Stimme fort.

Ihr schiefer Blick, in den er sich sozusagen hineinsuchen muss, um ihm zu begegnen, macht ihn unsicher. Konrad blickt aufs Meer und weiß nicht, was er sagen soll. Sich nach dreißig Jahren entschuldigen? Er findet irgendwie nicht die passenden Worte.

«Ich muss mit ihm reden, jetzt, wo ich hier bin», sagt er schließlich.

«Das solltest du tun», entgegnet sie.

Die Begegnung mit Sven kann er noch eine Weile aufschieben. Er unterdrückt die Unlust. Und erkennt in Gertruds Gesicht, dass sie genau weiß, was er gerade fühlt.

«Wo sind eigentlich deine ganzen Geschwister hin?», fragt Konrad unvermittelt.

«In alle Winde verstreut», antwortet sie. «Wenn man sich mit zehn Geschwistern unter einem Dach drängeln muss, ist es vielleicht nur natürlich, dass man so weit wie möglich weggehen will, sobald man die Möglichkeit dazu hat. Zu einigen hab ich Kontakt, einer ist in Mamas und Papas Fußstapfen getreten. Und Lelle sitzt in Kirseberg.»

«Im Gefängnis?»

Konrad sucht in seiner Erinnerung. Ein verschwommenes Bild von Svens älterem Bruder taucht in seinem Kopf auf. Lelle, der Heißsporn mit dem finsteren Blick. Einer der mittleren Brüder. Von ihm hieß es, dass er einmal drei Polizisten vor der Disco den Kiefer ausgerenkt hatte. Wurde damals als lebensgefährlich eingestuft. Konrad ist nicht überrascht.

«Er wurde wegen Mordes zu dreizehn Jahren verurteilt. Lebenslänglich. Ist bei 'nem Libanesen eingebrochen, der am Möllevångstorg Amphetamin vertickte, und hat ihn erstochen.»

Sie sieht Konrad mit leerem Blick an.

«Wir schreiben uns. Er hat … seinen Gott gefunden, behauptet er jedenfalls. Ich glaube, dass er es auch so meint.»

Eine schwache Brise vom Meer weht ihr eine Haarsträhne

in die Stirn. Sie streicht sie gedankenverloren mit der Hand weg.

«Und du selber?», fragt Konrad leise.

«Ich?»

Sie wirkt geradezu erstaunt.

«Als Mama und Papa gestorben sind, bin ich abgehauen, so schnell ich konnte. Sven ist dageblieben. Er wohnt seitdem im Haus. Ich bin erst mal in einer Kommune in Lund gelandet. Total verrückter Haufen. Hab 'n bisschen Literaturwissenschaft studiert und nebenbei im Krankenhaus gejobbt. Dann war ich ein paarmal mit dem Rucksack in Asien. Kam wieder zurück und hab 'ne Ausbildung als Krankenschwester gemacht. Ach, und was deine Frage betrifft, so lautet die Antwort: ja.»

Konrad versteht nicht, was sie meint. Sie muss angesichts seines verwirrten Gesichtsausdrucks lachen.

«Das war doch das Erste, was du gefragt hast, als wir uns im Hotel begegnet sind. Bist du verheiratet?»

«Aha … und das bist du also?»

Sie nickt und sagt mit einer Unberührtheit, die nur gespielt sein kann:

«Japp! Verheiratet und dann geschieden. Hab mich in einen Mediziner verliebt. Wie in einer von diesen Arztserien, du weißt schon. Er war gut aussehend und intelligent. Joakim hieß er. Wir haben geheiratet, sind nach Stockholm gezogen und haben zehn Jahre lang in einem Reihenhaus in Viksjö gewohnt, bis ich gemerkt hab, dass er ein Idiot war.»

«Du hast keine …?»

«Kinder? Nein, ich …»

Gertrud bricht mitten im Satz ab, als hätte sie es sich anders überlegt und beschlossen, das Thema nicht weiter auszuführen.

«Warum fallen eigentlich so viele hübsche Frauen auf Idioten rein?», fragt Konrad aufrichtig verwundert.

Sie bricht in schallendes Gelächter aus, und er schaut sie erstaunt an, ohne zu verstehen, was daran so lustig war.

«Das klang ja geradezu wie 'ne absolut filmreife Szene», sagt sie, als sie sich wieder gefangen hat, und wischt sich eine Träne aus dem Augenwinkel.

Konrad kann nicht umhin, etwas beleidigt zu sein, obwohl er weiß, dass sie recht hat.

Plötzlich drückt Gertrud ihm einen Kuss auf die Wange und springt schnell auf.

«Komm, es ist Zeit zurückzufahren.»

KAPITEL 20

Das Blatt Papier vor ihm ist leer.

Die Hand umfasst den Stift, er hat gerade den Fernseher ausgeschaltet, und jetzt kann er nicht anders, als zuhören.

Ahmed sollte seinen Samen nicht auf diese Weise vergeuden, denkt er wieder einmal irritiert.

Es gelingt ihm nicht, sich gegen das Geräusch zu wehren. Ahmeds Stöhnen. Fast jeden Abend hört er es.

«Er ist doch mit einem süßen Mädel verheiratet. Er müsste sich nur bis zum nächsten Wiedersehen enthalten», sagt er zu sich selbst und verspürt einen Anflug von Neid, den er eigentlich nicht spüren will. Absolut nicht. Seine erleuchtete Seele, das Dunkle darf das Licht nicht verdrängen.

Aber er wollte sich ja auf den Brief konzentrieren. So schwer wie heute fällt ihm der Anfang sonst nie.

Er denkt oft an sie, beinahe jeden Tag. Mit einem guten Gefühl, aber es ist auch schmerzhaft. So viel hat sie leiden müssen. Damals war es ihm nicht in den Sinn gekommen, Mitleid mit ihr zu haben, doch heute ist es anders.

Auf der anderen Seite der Wand, es kann nicht mehr als einen Meter entfernt sein, wird das Stöhnen und Keuchen immer lauter. Geradezu qualvoll. Schließlich hört er einen kurzen unterdrückten Schrei. So armselig. Dann wird es vollkommen still.

Also dann, denkt er. Möge er nun wenigstens einschlafen, sodass man seine Ruhe hat.

Er greift wieder zum Stift, den er aufs Laken gelegt hat, und schreibt ganz oben auf das Papier: *Liebe Schwester!*

Aber die Gedanken beginnen erneut abzuschweifen. Es irritiert ihn furchtbar. Eigentlich müsste es hier doch nicht viel geben, was ihn ablenken könnte. Aber vielleicht ist gerade das der Punkt, dass es so wenig gibt. Denn jedes Ding schreit förmlich nach Aufmerksamkeit. Die Bücher. Der Kamm, der Rasierhobel und die Dose mit Rasierschaum auf dem Regal. Seine Kleidung, die fein säuberlich auf dem Stuhl zusammengelegt ist. Das Kruzifix an der Wand, wo die Pin-ups gehangen hatten, die er irgendwann heruntergerissen hat. Die Bibel, immer auf dem kleinen Tisch neben dem Bett. Und das Mondlicht, nicht zuletzt das Mondlicht, das durch das Gitterfenster strömt und einen Schatten in Form eines Kreuzes an der Wand hinterlässt.

Letzteres ist ein gutes Zeichen.

Weit entfernt hört er jemanden seine Angst herausschreien; er klingt wie ein verletztes Wild, und es ist, als pflanzte sich seine Stimme entlang der Mauern fort und brächte jeden einzelnen Stein zum Vibrieren. Er hört Schritte auf dem Korridor. Dann erkennt er flüchtig ein Auge in dem kleinen Guckloch in der Tür.

«Hier hat keiner geschrien. Vielleicht war es oben auf der Zweiten», hört er jemanden sagen. Dann verklingen die Schritte.

Die Aufseher. Früher hat er sie gehasst und hätte jeden von ihnen, ohne mit der Wimper zu zucken, erschlagen können, wenn er nur die Möglichkeit dazu gehabt hätte. Wenn man einmal getötet hat, kann man es jederzeit wieder tun.

Wenn man nicht religiös wird.

Jetzt empfindet er hauptsächlich Mitleid mit ihnen. Wir sind ja alle Schafe auf der Weide unseres Herrn.

Also. Der Brief. Er sieht erneut auf die beiden Wörter hinunter: *Liebe Schwester.*

Vielleicht ist es einfacher, wenn er so beginnt wie sonst auch. Weniger dramatisch.

Dieses ist der siebenundvierzigste Brief, den ich dir schicke, nachdem ich das Licht erblickt habe.

Er horcht kurz auf, murmelt dann etwas vor sich hin und beginnt weiterzuschreiben.

Deinem letzten Brief habe ich entnommen, dass es nicht leicht für dich gewesen ist, nach Tomelilla zurückzukehren. Ich fühle wirklich mit dir. Dort ist viel Unheil geschehen. Und zu einem Teil habe auch ich dazu beigetragen.

Er ruht die Hand einen Augenblick lang aus und versucht, sie vor sich zu sehen. Sie, an die der Brief gerichtet ist.

Ein kleines zartes Mädchen mit unruhigem Blick. Warum hat er ihr damals nie geholfen?

Aber ich habe sie immerhin nie geschlagen, versucht er sich in Gedanken zu rechtfertigen. Nicht einmal, als mein hitziges Temperament regelrecht mit mir durchgegangen ist.

Dann bereut er seine Ausflucht und verdammt seine eigene Erbärmlichkeit.

Sie musste so viel auf ihren schmalen Schultern tragen. Viel zu viel. In ihrem roten Haar trug sie große hellblaue Schleifen. Sie saßen immer ein bisschen schief. Wer hätte sie auch gerade rücken sollen?

Aber das Bild ist nun veraltet. Inzwischen hat sie ihm ein neues geschickt. Er hatte extra darum gebeten und schaut es sich immer wieder gerne an. Eine reife Frau, sehr hübsch. Ihre grünen Augen strahlen jetzt eine Kraft aus, für die er dankbar ist.

Aus dem Inneren des Gebäudes ertönt ein weiterer Schrei

und unterbricht seine Gedankengänge. Dieses Mal kann er ein paar Worte verstehen. Jemand möchte sterben. Er versucht herauszuhören, wer da geschrien hat, aber es gelingt ihm nicht.

Können sie ihm denn nicht ein bisschen Valium geben?

Olsson hörte sich in den Nächten, bevor er starb, genauso an. Bevor er sich in seiner Zelle erhängte.

Es war furchtbar traurig.

Und ich dachte, dass man seine Seele hätte retten können. Er war ja so nahe dran. Zumindest schien es so.

Er sieht den anderen jetzt vor sich. Graue Augen, wässrig wie Quallen. Dünne graue Haarsträhnen über den vorgewölbten Adern an den Schläfen.

Warum saß er eigentlich ein? Das hatten alle wahrscheinlich längst vergessen. Bestimmt war es bereits seine zwanzigste Runde. Drogen oder ein Einbruch, was spielt es auch für eine Rolle?

Aber er war so nahe dran, das war ja das Ärgerliche. Die Gefängnispastorin, dieses junge Ding, hat mit ihm gesprochen, aber was hat es gebracht? Nichts. Sie war allzu vage in ihrer Botschaft. Viel zu relativ. Als wäre es möglich, seinen Glauben nach eigenem Gutdünken auszurichten.

Er schüttelt in seiner Einsamkeit verärgert den Kopf. Entweder glaubt man aus vollem Herzen oder gar nicht, denkt er. Man muss sich bedingungslos hingeben, das ist der einzige Weg zur Erlösung.

Olsson war nahe dran, davon war er überzeugt. Wenn er es nur geschafft hätte, ein wenig länger zu leben.

Es ist spät geworden. Der Abend wird zur Nacht. Er spürt ein Zucken in den Augenlidern. Die Müdigkeit kommt ihm inzwischen wie ein Geschenk vor. Man arbeitet hart in der Werkstatt, trainiert seinen Körper im Fitnessstudio und seinen Geist beim Studieren, sodass einen die Müdigkeit abends wie eine Belohnung übermannt.

Aber auf dem Blatt Papier in seinem Schoß stehen erst einige wenige Zeilen. Der spärliche Lichtschein der Nachttischlampe färbt es gelb.

Olsson wollte etwas loswerden, ohne Zweifel. Er wollte sein Gewissen erleichtern.

Aus diesem Grund schreibe ich diesen Brief, denkt er.

KAPITEL 21

Als er Sven Auge in Auge gegenübersteht, weiß Konrad plötzlich nicht mehr, wovor er Angst hatte.

Svens sommersprossiges Grinsen ist noch genauso entwaffnend wie vor dreißig Jahren. Die roten Locken sind verschwunden, sein Kopf ist inzwischen von kurzem, bronzefarbenem Haar bedeckt. Sein Gesicht, damals kindlich rund, ist eckiger geworden, und sein Kinn ist bedeckt mit einem gepflegten Bart. Aber hinter den Brillengläsern leuchtet immer noch derselbe Blick: lebhafte Knopfaugen, die aufmerksam und neugierig alles um sich herum betrachten.

Was hatte er erwartet?

Einen abgewrackten Typ, der sein Leben darauf verschwendet hat, sich angesichts aller Erniedrigungen zu grämen? Einen ausgestoßenen Sonderling, niedergeschlagen und resigniert? Vielleicht eher einen einsamen Schatten, der im Regen verschwindet.

Doch Sven strahlt nichts dergleichen aus, als er in der Türöffnung steht. Sein Händedruck ist voller Energie.

«Mensch, Konrad! Wie schön, dich zu sehen!»

«Sven!»

Das ist das Einzige, was er herausbringt.

Für den Bruchteil einer Sekunde scheint es, als wollten sie sich umarmen, doch dann lassen sie es bleiben. Oder warten zumindest. Konrad reicht Sven die Flasche Hallands fläder, die er noch schnell im Systembolag gekauft hat.

«Zum Matjes», sagt er etwas unschlüssig.

Doch Sven hat die Aufmerksamkeit bereits auf Gertrud gerichtet, die unmittelbar hinter ihm wartet.

«Kleine Schwester, hübscher denn je!», ruft er und schließt sie in die Arme.

Konrad blickt sich im Flur um. Er ist kaum wiederzuerkennen.

Schon als sie sich dem Myrberg'schen Haus näherten, hat er gemerkt, dass sich einiges verändert hat. Die Fassade, die immer fleckig und unansehnlich war, erstrahlt jetzt frisch verputzt im Sonnenlicht. Der Garten, der ihnen damals wie ein Dschungel vorkam, sieht gepflegt aus.

Im Flur ist die schmutzig braune, abgewetzte Tapete verschwunden. Jetzt laufen rote und blaue Wellenlinien über kreideweiße Wände. Dort, wo die alte Kommode stand, steht jetzt ein Ohrensessel, und darüber hängt ein großer Spiegel in einem Stahlrahmen. Der Holzboden ist abgeschliffen und hell. Der säuerliche Geruch nach verschwitzten Strümpfen und tausend Paar ausgelatschten Schuhen ist wie weggeblasen, und aus der Küche riecht es nicht mehr nach altem Fett und verdorbenen Essensresten. Alles scheint frisch renoviert zu sein.

Sven folgt seinem Blick und macht nicht den geringsten Versuch, seinen Stolz zu verbergen.

«Das ist alles Lenas Verdienst. Sie ist Künstlerin. Und ein Genie in Sachen Inneneinrichtung.»

«Zwei Genies unter einem Dach», entfährt es Konrad, und er hört selbst, dass es etwas spöttisch klingt, auch wenn er es nicht so gemeint hat.

Gertrud lacht auf, während Sven ihm einen zweideutigen Blick zuwirft.

«Kommt rein und sagt hallo. Örjan sitzt bereits oben auf

der Veranda mit einem Longdrink in der Hand», fordert er sie auf.

In dem Moment lugt ein Kopf aus der Küche.

«Glaub dem Angeber kein Wort!», sagt die Frau und lächelt fröhlich. «Ihr hättet diese Bruchbude sehen sollen, als ich eingezogen bin. Ich hab nur ’n bisschen Farbe reingebracht.»

Sie verschwindet für einen kurzen Augenblick wieder in der Küche, und man hört, wie sie die Hände unter dem Wasserhahn abspült. Dann ist sie wieder da und sieht aus wie ein Graffiti-Kunstwerk, das mit einer Spraydose an die U-Bahn gesprüht wurde: stark geschminkte Augen mit einem Kajalstrich, der fast bis an die Schläfen reicht. Kirschrote Lippen. Drei Ringe im linken Ohr und einen in der Unterlippe. Und über ihrem blassen Gesicht flammt ein leuchtend roter Haarschopf auf, der zwischen lila und violett changiert.

«Hej, ich bin Lena», sagt sie und streckt die Hand aus. Sie ist kalt und feucht.

«Und du musst Konrad sein. Ich hab schon viel von dir gehört.»

«Schön, dich kennenzulernen», sagt Konrad und versucht so zu klingen, als hätte er die Situation unter Kontrolle.

Es wird still im Flur.

«Ist bestimmt hundert Jahre her», sagt Konrad schließlich und sieht Sven an.

«Tausend, mindestens.»

«Du siehst ziemlich … fit aus.»

«Danke … du aber auch. Hast dich kein bisschen verändert.»

Sven lächelt und fingert an dem Etikett der Schnapsflasche herum. Konrad hüstelt trocken. Gertrud öffnet den Mund, um etwas zu sagen, doch Lena kommt ihr zuvor:

«Ja, Sven, geh du doch schon mal mit den Gästen nach oben, dann komme ich gleich mit den Kartoffeln nach. Der Rest ist schon aufgedeckt.»

«Ja, natürlich …»

Als Sven sich zur Treppe umdreht, sieht Konrad, dass er immer noch humpelt. Als würde sein Hinken einfach verschwinden können. Es hatte immer etwas Rührseliges. So ist es jetzt auch wieder. Sven sieht durchtrainiert aus, wirkt muskulöser als damals, als er jung war. Aber seine Art zu gehen, dieser ruckartige Gang, bewirkt, dass er ihm plötzlich völlig vertraut erscheint. Als hätten sie sich erst gestern zuletzt gesehen.

Auf dem Treppenabsatz dreht Sven sich plötzlich um und legt Konrad vertraulich die Hand auf den Arm.

«Am besten, wir schaffen es gleich aus der Welt.»

«Was denn?»

«Du denkst doch bestimmt noch daran, oder? War er nicht schwul? Das denkst du doch.»

«Nein, nein, überhaupt nicht …»

Konrad kommt sich plötzlich lächerlich vor. Ertappt. Er zuckt entschuldigend mit den Schultern.

«Oder doch, vielleicht …»

«Die Typen, die mich verspottet haben, hatten übrigens recht in dem Punkt», erklärt Sven und blickt sowohl stolz als auch zufrieden drein. «Ich bin schwul. Oder bisexuell. Ich gehöre eben dem Regenbogenvolk an, so würde ich es formulieren. Es hat einige Jahre gedauert, bis ich darauf gekommen bin. Aber jetzt bin ich auf jeden Fall bis über beide Ohren in dieses wunderbare Wesen da unten in der Küche verliebt. Lena ist übrigens auch homo.»

Als er Konrads verwirrten Blick sieht, fügt er hinzu: «Na ja, bi.»

«Es war nicht …», beginnt Konrad. «Ich hab nie angenommen …»

«Du brauchst gar nichts dazu zu sagen. Später vielleicht, wenn du willst. Ich hab nur gedacht, dass es vielleicht gut wäre, die Sache klarzustellen. Hab nämlich gelernt, dass es oft leichter ist, die Dinge direkt anzusprechen.»

Er lächelt Konrad aufmunternd zu und nimmt die letzten Stufen nach oben.

Die Veranda balanciert oben auf dem Dachfirst, genau wie früher. Die Glastür klemmt immer noch. Doch die Abendsonne scheint jetzt auf einen frischgeölten Dielenboden, und am Geländer hängen Töpfe mit Geranien.

«Meine Kommandobrücke!», sagt Sven mit einer einladenden Geste.

«Du meinst wohl Abschussrampe.»

Sie müssen beide lachen, dann erfasst sie ein Anflug von Sentimentalität, und ihre Blicke werden in Richtung des Sees und der kleinen Insel gezogen, die sie «den Mond» genannt haben.

«Ja verdammt, was für ein Abenteuer», seufzt Sven.

«Du warst mein Held, damals …», entgegnet Konrad.

Eine ganze Weile bleiben sie in Erinnerungen versunken so stehen, bis sie von einer tiefen Stimme in die Gegenwart zurückgeholt werden, die rezitiert: «Die Erinnerung an Vergnügen ist kein Vergnügen mehr, die Erinnerung an Schmerz ist immer noch Schmerz.»

Örjan Palander sitzt gemütlich zurückgelehnt auf der Bank an der Wand.

«Ja, ich hab gehört, dass ihr auf Svens schrecklichen Flug anspielt. Er hat mir davon erzählt», gluckst er.

«War das nicht Lord Byron, der das geschrieben hat?», fragt Gertrud.

Palander blickt verdutzt drein.

«Stimmt. Nicht schlecht, meine Liebe.»

Auf dem Tisch vor ihm ist ein weißes Tischtuch ausgebreitet, auf dem, wie es sich für ein zünftiges Mittsommeressen gehört, mehrere Schalen mit Matjesheringen stehen. Eine Flasche Jubiläumsaquavit thront neben der blau-gelben Tischflagge.

«Was möchtet ihr trinken, Freunde?», fragt Palander, der sich schnell wieder gefangen und offensichtlich für den heutigen Abend zum Barkeeper ernannt hat. Er hält einen Gin Tonic in der Hand und trägt zur Feier des Tages einen roten Schlips, den er am Hals bereits gelockert hat.

«Darf ich einen Sommerklassiker vorschlagen: Gin Tonic. Bei der heutigen Jugend nicht besonders beliebt, wie ich mitgekriegt habe. Aber die Briten hatten Verstand genug, ihn in Indien zu trinken. Gut gegen Malaria, behaupteten sie. Keine Ahnung, ob das stimmt. Wie auch immer, es ist ein phantastischer Drink, der nach einem heißen Tag wunderbar erfrischt. Meine Prognose lautet, dass der Konsum von Gin Tonics dramatisch zunehmen wird, proportional zum Treibhauseffekt, der uns zunehmend heißere Sommer beschert.»

Ohne eine Antwort oder Reaktionen auf seinen kleinen Vortrag abzuwarten, schenkt er zwei Gin Tonics ein und garniert sie mit Zitronenscheiben. Konrad und Gertrud müssen lachen. Dann erscheint Lena mit einem Topf voller dampfender Frühkartoffeln auf der Veranda.

«Mein Gott, setzt euch doch», sagt sie auffordernd wie eine Hausfrau, die zum Sonntagsessen eingeladen hat.

Doch Palander erhebt sich stattdessen von seinem Platz und richtet sich zu seiner vollen stattlichen Größe auf.

«Jetzt, wo die ganze Gesellschaft versammelt ist, schlage ich vor, wir stoßen an», verkündet er.

Er macht eine Kunstpause und blickt ziemlich feierlich drein.

«Ein Prosit auf ... die Gerechtigkeit!»

Erstaunte Blicke richten sich auf ihn, aber niemand fragt, was er eigentlich damit meint. Sie trinken schweigend.

«Ahhh!», prustet er und lässt sich mit einem Krachen zurück auf die Bank fallen. Sein Bart ist feucht vom Drink. Die Abendsonne lässt seinen kahlen Schädel glänzen.

«Gerechtigkeit ...?», fragt Gertrud schließlich verwundert.

«Findest du nicht, dass es angebracht ist? Im Ort sind vier Menschen umgebracht worden. Da ist es wohl an der Zeit, dass Gerechtigkeit waltet.»

Der Matjeshering ist gerade richtig gesalzen, die Kartoffeln sind leuchtend gelb und schmecken nach Mandeln. Das Bier erfrischt, und der erste Schnaps sorgt dafür, dass sich eine behagliche Wärme im Körper ausbreitet. Der Abend ist weich wie Samt. Auf dem Abhang unterhalb der Veranda leuchten die Birkenstämme weiß, und weiter unten liegt der Myrsjö blank und schwarz da. Konrad meint, einen Frosch quaken zu hören.

Sie unterhalten sich über Themen, die man aufgreift, wenn man sich lange nicht gesehen hat. Das Essen auf dem Tisch. Das Haus. Oberflächliche Aussprüche, die keiner weiter ernst nimmt: «Du siehst wirklich noch genauso aus wie früher!»

Und sie reden natürlich über die Hitze. «Kann man die warmen Abende denn überhaupt genießen, wenn man weiß, dass der Globus kurz davor ist, einen Hitzschlag zu erleiden?» Sie tasten sich voran und horchen nach, darauf bedacht, sich nicht zu vertraulich zu geben.

Sven, der galante Gastgeber. Gertrud mit einem Blumenkranz im Haar. Palander mit seinem Großhändlerschnauzbart. Und Lena, eine Punkversion von Elsa Beskows Tante Lila.

Konrad betrachtet sie, während ihn ein Gefühl von Unwirklichkeit beschleicht. Bin ich hier in einen Werbefilm geraten?

In dem Fall ein ziemlich angenehmer Film.

Auf Palanders Weisung hin singen sie sogar ein kleines Trinklied. «Wenn man doch nur ein kleines Schnapsglas um den Hals hängen hätt' …»

«Und skåååål!»

«Und fröhlichen Mittsommer!»

Sie lachen und reden über alles Mögliche. Plötzlich ruft Lena mit dem lilafarbenen Haar völlig aus dem Zusammenhang gerissen aus: «Ja, pfui Teufel, wie schrecklich, diese ganzen Morde in der letzten Zeit! Das ist ja wie im Schlachthaus. Unsereins zieht aufs Land, um seine Ruhe zu haben, und dann landet man im Wilden Westen.»

Alle verstummen. Aber alle waren sich bewusst, dass irgendwer früher oder später am Abend das Thema anschneiden würde. Örjan Palander räuspert sich geräuschvoll und nutzt die Gelegenheit, seine Zigarillos hervorzuholen.

«Hab ich was Dummes gesagt?», fragt Lena.

Konrad spürt die Blicke der anderen.

«Nein, das ist kein Problem», antwortet er und meint es auch so.

Diese beiden Menschen, die ja doch in gewisser Weise seine Eltern waren. Zu der Zeit, als er jung war, hat er sie nie richtig verstanden. Und jetzt – ja, jetzt sind es seine eigenen Gefühle, die er nicht versteht.

Als benötige er Hilfe, sie zu deuten.

«Mir ist da ein Gedanke gekommen», sagt Sven nachdenklich. «Es war komisch, aber als ich gehört habe, dass Herman und Signe ermordet worden sind, war ich kein bisschen überrascht. Entschuldigt, wenn das etwas verrückt klingt. Aber schon damals, als wir Kinder waren, haben sie irgendwie Unglück ausgestrahlt. Signe war halt, wie sie war, und Herman hat manchmal zwar so seine Scherze mit uns gemacht. Aber es lag immer eine gewisse Melancholie über dem Haus, in dem du gewohnt hast, Konrad. Damals konnte ich es irgendwie nicht in Worte fassen, aber irgendwann hab ich gedacht, dass es schien, als wüssten sie, dass sie früher oder später … geopfert werden würden.»

«Geopfert?», wiederholt Gertrud. «Von wem?»

«Ja, und wem denn geopfert?», fragt Lena mit großen Augen.

Sven zuckt mit den Achseln.

«Das ist nur so ein Gefühl …»

Er wirft Konrad einen unruhigen Blick zu.

«Ich nehme an … ich gehe davon aus, dass du nichts dagegen hast, wenn wir darüber sprechen, oder?»

Konrad schüttelt den Kopf. Geopfert werden wie Lämmer, denkt er. Ja, vielleicht ist da etwas dran.

«Du, der du hier wohnst, siehst du Klas eigentlich manchmal?», fragt er.

«Nicht oft. Wir bewegen uns nicht in denselben Kreisen. Das heißt, ich beweg mich eigentlich gar nicht in irgendwelchen Kreisen. Jedenfalls nicht mehr als nötig. Und er, dein Stiefbruder, oder wie es heißt, war ja einer der Schlimmsten. Ich war nicht gerade scharf darauf, ihm zu begegnen.»

Palander sieht aus, als wolle er etwas sagen, hält jedoch inne und bläst stattdessen eine wohlriechende Rauchwolke in Richtung einer Mücke aus.

«Es stört doch keinen, hoffe ich?»

«Das mit diesen Morden ist aber schon verdammt spannend», sagt Lena mit weit aufgerissenen Kajalaugen. «Irgendwer muss sie ja schließlich erschossen haben. Und zwar ganz real. Und das warst doch hoffentlich nicht du, Konrad, oder?»

«Ganz bestimmt nicht!»

Konrad macht eine wegwerfende Geste und lacht ausdruckslos. Tut so, als hätte er ihre Frage als Scherz aufgefasst. Aber er ist sich nicht sicher. Er betrachtet die Frau, die die Liebe seines Jugendfreundes geworden ist. Es ist schwer abzuschätzen, ob sie nur durchgeknallt ist oder ob sie ihn provozieren will. Oder allen Ernstes glaubt, dass er seine Adoptiveltern einen nach dem anderen mit je einem Schuss in den Nacken hingerichtet hat, um an ihren Lottogewinn zu kommen.

Wie dem auch sei, in Svens Blick liegt große Zärtlichkeit.

«Ich glaube schon, dass wir davon ausgehen können, dass Konrad unschuldig ist», sagt Palander. «Die Polizei hat heute gewisse Beweismittel sichergestellt, die ... ja, über die ihr mehr in der Online-Ausgabe der Ystads Allehanda nachlesen könnt. Leider geht sie erst nach dem Wochenende in Druck.»

«Eine Pistole», erklärt Gertrud. «In dem Brunnen dieses verrückten Torstensson in Onslunda.»

«Jetzt steh ich aber gerade völlig auf dem Schlauch», meint Sven mit verwirrter Miene.

Palander erläutert: die Pistole im Brunnen. Die albanischen Jungs, die bewaffnet waren. Höchstwahrscheinlich mit derselben Pistole, die sie auch Herman und Signe in den Nacken gedrückt haben. Also muss die Polizei jeglichen Verdacht gegen Konrad fallenlassen.

«Ahaaa!», platzt es erleichtert aus Sven heraus.

Und dann sagt Lena treuherzig: «Aber das muss doch ein wunderbares Gefühl für dich sein, Konrad!»

Tja, was für ein Gefühl ist es? Er lacht mit den anderen und lächelt über Lila-Lenas Naivität, von der er immer noch nicht weiß, ob sie echt ist. Wieder dieses irreale Gefühl. Wie bin ich eigentlich hier gelandet, in einem völlig anderen Leben?, fragt er sich. Sonjas Gesicht flimmert vorbei, verschwindet aber sofort wieder, sodass erst gar keine Sehnsucht aufkommen kann. Auf der anderen Seite des Tisches sieht er Gertrud mit leicht geröteten Wangen sitzen. Die Sonne ist inzwischen untergegangen, aber die Dämmerung zeichnet sich immer noch in hellen Grautönen ab.

Was für ein Gefühl ist es? Erstaunlicherweise ein ziemlich … gutes, denkt Konrad.

Als das Handy in seiner Hosentasche zu vibrieren beginnt, zuckt er zusammen, als hätte ihn eine Wespe gestochen. Die Blicke der anderen folgen den seinen.

Es ist eine SMS von Maria.

Fröhlichen Mittsommer, Papa! Sitze mit Freunden auf einer kleinen Felseninsel, deren Namen ich nicht weiß, und fühl mich wie in der Pripps-Blå-Werbung. Das Meer ist schöner als im Traum.
Du musst kommen und mich besuchen, wie du es versprochen hast.
Fühl dich umarmt, Maria.

Wie in einem Werbefilm. Konrad muss lachen, und als er aufblickt, stellt er fest, dass er sich erklären muss.

«Von Maria, meiner Tochter. Sie … wir hatten denselben Gedanken.»

«Passiert das öfter?»

Gertruds Blick ist ernst geworden.

«Ich glaube schon. Wir haben nicht immer so engen Kontakt gehabt. Aber doch, ich hoffe, dass es so ist.»

«Telepathie …», sagt Lena, deren Blick etwas Verträumtes annimmt. «So ist es mit Sven und mir auch. Mit meiner letzten Freundin, also, Partnerin, ging es immer nur um Sex, Sex und Sex.»

Sie blickt Sven schuldbewusst an, der sich jedoch nichts anmerken lässt.

«Aber mit Sven ist es die reinste Magie. Keiner von uns braucht je etwas laut zu sagen. Es ist, als wären unsere Gehirne miteinander verbunden.»

«Hm …», meint Palander.

Konrad unterdrückt einen sarkastischen Impuls, sie Primzahlen addieren zu lassen, und ist Sekunden später erleichtert darüber, es nicht laut gesagt zu haben. Man kann Lena einfach nicht böse sein.

«Und wie alt ist sie?», fragt Sven.

«Maria? Sie ist im Frühjahr zwanzig geworden.»

«Jetzt ist es aber Zeit für Kaffee!», ruft Palander aus und stößt beim Aufstehen mit den Knien an den Tisch, sodass das Geschirr klirrt. «Bleibt bitte sitzen, ich erledige das.»

Schnell hat er ein paar Teller zusammengeräumt und ist mit Lena im Schlepptau verschwunden. Gertrud steht langsam auf.

«Ich geh mit runter und helfe ein bisschen», sagt sie und folgt den anderen.

Konrad und Sven bleiben sitzen, allein.

Schweigend.

«Deine Tochter …», beginnt Sven.

«Maria?»

«Wie …?»

«Ihre Mutter und ich sind seit langem geschieden. Absolut kein Kontakt. Aber ich treffe mich mit Maria, sooft ich kann.»

«Gut.»

Sven nickt nachdenklich, als hätte er gerade eine angenehme Neuigkeit gehört, und gießt sich noch ein wenig Schnaps ins Glas.

«Und du selber», fragt Konrad. «Du arbeitest noch in der Molkerei?»

«Yes! Es sind inzwischen bald dreißig Jahre», sagt Sven und sieht plötzlich etwas trotzig aus, als hätte man ihm einen Vorwurf gemacht.

«Ist es … gefällt es dir?»

«Ich weiß genau, was du denkst.»

«Tust du das?»

«Du denkst: Dieser smarte Teufel, wie kann er nur so dumm sein und immer noch mit der Milch herumplanschen? Wie kann er, das Mathegenie, sich jahrein, jahraus nur so erniedrigen lassen? Ist es nicht das, was du denkst?»

Seine Stimme klingt mit einem Mal aggressiv und herausfordernd. Der Blick hinter den Brillengläsern saugt sich sozusagen fest, bohrt nach.

«Ich weiß, dass ich etwas hätte sagen sollen …»

Sven stürzt hastig seinen Schnaps herunter.

«Du hättest etwas sagen sollen. Ich hätte etwas tun sollen. Es gibt so viel, was man im Leben bereuen kann. Aber es ist müßig, sich darüber Gedanken zu machen, oder?»

Der Ausdruck in seinen weitgeöffneten Augen ist derart intensiv, dass Konrad seinem Beispiel folgen muss. Er leert seinen vierten Schnaps.

«Ich sag dir eins», beginnt Sven, «wenn hier jemand etwas zu bereuen hat, dann bin ich es. Jahrelang bin ich herumgeschlichen und hab den Schwanz eingezogen, beim Job und hier in der Stadt. Ich hab gehört, wie sie tuschelten. Und am Anfang, musst du wissen, hat es verdammt wehgetan, dass du nie zu mir gestanden hast.»

Was soll man dazu sagen? Konrad beginnt den Schnaps im Kopf zu spüren, und er merkt, wie sich Schuldgefühle mit der verwirrten Suche nach einer Entschuldigung vermischen. Was sagt man, wenn man erfährt, dass ein Treuebruch, den man dreißig Jahre lang verdrängt hat, einen Menschen so lange gequält hat?

«Ich weiß nicht, was ich sagen soll, Sven.»

«Ist doch scheißegal, ich will es ja nur erklären.»

«Warum bist du eigentlich nicht abgehauen? Warum hast du dieses Kaff nie verlassen? Mein Gott, du hättest doch Professor für alles Mögliche werden können.»

Sven schnaubt irritiert. Zuckt dann mit den Schultern, während sein Blick irgendwie ausweicht.

«Ich bin ab und an nach Malmö gefahren. Hab 'nen Typen aufgerissen. Manchmal musste ich ihn bezahlen. Aber jedes Mal bin ich wieder hierher zurückgefahren. Ich weiß nicht, vielleicht, weil ich nicht wusste, wo ich sonst hinsollte. Vielleicht wollte ich diesen verdammten Idioten aber auch nicht die Genugtuung geben, mich vertrieben zu haben.»

Sein Gesicht nimmt einen milderen Ausdruck an.

«Eines Tages», sagt er langsam, «hab ich mich schließlich entschieden. Ich weiß nicht, was der Auslöser war. Ein Blick. Jemand, der tuschelte oder auf mich zeigte. Wie auch immer, jedenfalls hab ich ihn einmal hergeschleppt, meinen damaligen Freund …»

Er deutet mit seinen Fingern rasch Anführungszeichen in der Luft an.

«Ich bin mit ihm vom Bahnhof bis zum Marktplatz Hand in Hand gegangen und hab ihm direkt vor der Milles-Statue den heißesten Zungenkuss gegeben, den dieses Kaff je gesehen hat. Du kannst dir ja vorstellen, wie die Leute geguckt haben. Das Erstaunliche war, dass mich danach kaum jemand mehr verspottet hat.»

Er grinst ohne jede Bitterkeit.

«Das Ironische ist, dass es danach nicht lange gedauert hat, bis ich Lena getroffen und mich Hals über Kopf in sie verliebt habe.»

«Ich freu mich wirklich für dich.»

«Mir ist eins durch den Kopf gegangen», fährt Sven fort und setzt eine philosophische Miene auf. «Liebt man eigentlich einen Mann oder eine Frau?» Er schüttelt angesichts seiner eigenen Frage hastig den Kopf. «Das ist nämlich Quatsch. Man liebt einen Menschen.»

Konrads Schweigen lässt ihn lächeln.

«Und man muss kein Psychologe sein, um zu sehen, dass du auf dem besten Weg bist, dich in meine kleine Schwester zu verlieben.»

Es ist das zweite Mal innerhalb einer Woche, dass sie mich betrunken erlebt, denkt Konrad. Oder schon das dritte?

Die kurze Nacht ist dabei, sich zu verabschieden, und über dem Myrsjö liegt ein dünner Nebelschleier. Die Lampions, die Lena in der Dämmerung angezündet hat, sind heruntergebrannt. Palander ist mit einem seligen Lächeln und den Händen um ein auf seinem Bauch abgestelltes Kognakglas eingeschlafen. Er schnarcht leise. Lena ist ins Bett gegangen. Jetzt kann man in der Ferne eine Nachtigall hören, die ihr eigenwilliges Lied singt. Die Decken, in die sie sich gehüllt haben, sind mit Tau bedeckt.

«Erinnerst du dich noch …», lallt Sven zum hundertsten Mal in dieser Nacht, weiß dann aber nicht weiter.

Konrad grinst dümmlich.

Dann fällt ihm eine Frage wieder ein, über die er lange nachgedacht hat.

«Dieser Wettbewerb in Göranssons Mathestunde. Erinnerst du dich? Die Primzahlen … Wie zum Teufel hast du es eigentlich angestellt?»

Ein zufriedenes Grinsen macht sich in Svens Gesicht breit. Die Innenseiten seiner Brillengläser sind leicht beschlagen.

«Es war ganz einfach. Er hat geschummelt. Also hab ich auch geschummelt.»

«Und wie?»

Er wischt die Gläser mit einer Serviette trocken und blinzelt zufrieden.

«Zufällig war ich am Tag zuvor ins Lehrerzimmer geschlichen. Alles leer. Seine Mappe stand weit offen. Also hab ich kurz reingeguckt, und da lag der Block mit den gesamten Additionen und ausgerechneten Zahlen. Ich brauchte nur in die Bibliothek zu gehen und nachzuschlagen, was zum Teufel Primzahlen sind, 'n paar Rechnungen anstellen und den ganzen Scheiß auswendig lernen.»

«Verdammt …!», ruft Konrad beeindruckt aus.

«Möglicherweise bin ich gar kein Genie. Aber ich hab ein Gedächtnis wie 'n Elefant.»

Sie lachen lange und befreiend, bis sie nicht mehr können. Verfallen schließlich in angenehme Stille.

«Mein Gott, was für Idioten sie waren», sagt Sven schließlich.

«Mm …»

«Die anderen, meine ich.»

«Wir waren die anderen, Sven», erklärt Konrad in einem klaren Augenblick.

Es ist drei Stunden her, seit sie einander zum ersten Mal umarmt haben, und mehr als zwei Stunden, seit Konrad aufgehört hat, sich darum zu scheren, dass sie beide sentimental geworden sind wie in einem Spencer-Tracy-Film.

Die Augenlider sind schwer wie Blei, und es ist Gertrud, die die erlösenden Worte spricht.

«Tja, wir haben ja jetzt denselben Heimweg.»

«Feel free zu übernachten, wo immer ihr wollt. Das Haus ist groß. Ich leg mich jetzt auf jeden Fall schlafen», sagt Sven.

Sie wandern auf leeren Straßen durch den Ort.

Gertrud hat sich einen roten Strickpulli, den sie von Sven geliehen hat, über den Kopf gezogen und die Ärmel hochgekrempelt. Konrad ist erstaunt, dass er selber nicht friert, obwohl er nur ein Sommerhemd trägt. Ein goldgelbes Licht im Osten kündet davon, dass die Sonne durch den Morgennebel hindurch aufgeht. Keine Menschenseele ist zu sehen, auch keine Katze, die um die Ecke schleicht. Auf den Dächern zwitschern vereinzelte Vögel als einziger Beweis dafür, dass Leben im Ort herrscht.

Dennoch ist es eine Nacht, die kein Ende hat.

«Es war schon … eigenartig», sagt Konrad unsicher.

Sie bleibt stehen und schaut ihn mit Augen voller Versprechen an.

«Sven zu treffen?»

«Alle. Sven und seine neue Partnerin. Und Palander. Und dich, nicht zuletzt dich.»

Auf Höhe des Parks, in dem alle Laternen gelöscht sind, spürt er ihre Hand in der seinen. Sie schickt eine Welle der

Wärme durch seinen Körper. Plötzlich ist es, als lichte sich der Nebel. Der Schnapsrausch legt sich. Wie von Zauberhand wird alles, was eben noch unscharf war, vollkommen deutlich und klar. Er beugt sich eine Ahnung zu ihr hinüber und saugt ihren Duft ein. Mit den Fingern spürt er jede noch so unbedeutende Bewegung ihrer Handmuskeln.

Als sie vor der Haustür des roten Ziegelhauses stehen und er den Schlüssel, den Gudan ihm gegeben hat, in seiner Hosentasche spürt, sagt sie, als wäre es die natürlichste Sache der Welt: «Du kannst bei mir schlafen, wenn du möchtest.»

Im Flur stehen unausgepackte Umzugskartons. Auf dem Küchentisch sieht er einen einsamen Kaffeebecher stehen. Die Blume im Fenster lässt den Kopf ein wenig hängen. Blasses Tageslicht erfüllt die Wohnung.

Sie warten nicht.

Sie haben beide schon allzu lange gewartet.

Svens roter Pulli liegt bereits auf dem Boden. Die Bluse mit dem kleinen Blütenmuster ist aufgeknöpft. Im warmen Dunkel unter dem Stoff sieht er Gertruds weiße Brüste.

Hungrig ergreift sie seinen Kopf und saugt an seinen Lippen.

Glücklich erforscht er ihren Körper.

Entblößter Hals, geschlossene Augen. Seine Hände tasten sich voran, er spürt den Schweiß auf ihrem Rücken. Sie nimmt ihn weich und zugleich hart in sich auf, Fingernägel kratzen auf der Haut.

Dann scheint die Sonne unter dem halb heruntergezogenen Rollo hindurch und kündigt erneut einen sehr heißen Tag an.

KAPITEL 22

Die deutlichsten Bilder kann man im Grenzbereich zwischen Schlaf und Erwachen sehen. Eine Sekunde oder eine Ewigkeit, so lange bleiben sie.

Erstaunlich, wie viel in eine so unbestimmte Zeiteinheit hineinpasst, denkt Konrad. Oder vielleicht träumt er das auch.

Man sagt, dass jemand, der ertrinkt, sein gesamtes Leben innerhalb eines Augenblicks noch einmal Revue passieren sieht.

Konrad sieht sich selbst: der verlassene Junge. Um den man sich gekümmert hat, den man aber niemals liebte. Oder empfanden Herman und Signe auf ihre eigene unbeholfene Weise eine Art Liebe für ihn? Herman lächelt ihn an, sagt aber nichts und berührt ihn erst recht nicht. Signe schielt über den Rand ihrer Bibel und setzt eine Miene auf, die man wohl als freundlich bezeichnen kann. Vielleicht hatten sie lediglich Mitleid mit ihm wie mit einem verwaisten Katzenjungen. Aber was ist mit der Fotografie? Die da zwischen den anderen Fotos im Wohnzimmerregal stand. Er saß doch oben auf Hermans Schultern. Der Geruch nach Haarwasser, eine notdürftig mit wenigen Strähnen überkämmte Glatze. Merkwürdig, dass er sich nicht daran erinnert, wann das Foto aufgenommen wurde.

Aber Konrad sieht noch mehr in diesem blitzlichtartigen Schnelldurchlauf, der sich vor seinem inneren Auge abspielt:

den aufrührerischen polnischen Jungen, der sich andauernd geprügelt hat und ständig eins auf die Nase bekam. Ein Raufbold mit Schrammen, blauen Flecken und Beulen und einem Trotz im Blick, den die Lehrer verabscheuten.

Und der Duckmäuser. Der sich verbrannt hat und daraufhin begann, das Feuer zu meiden. Den Blick abzuwenden. Loszulassen.

Maria ruft schon seit langem nach ihm.

Er hat Gesichter von Frauen vor Augen, einige waren bereit, alles für ihn zu opfern, von anderen erinnert er nicht mal mehr den Namen. Sonja, auch sie verschwindet hinter einer Nebelwand.

Doch Konrad ertrinkt nicht.

Er gleitet wieder an die Oberfläche.

Sonnenstrahlen wärmen seine Augenlider, und der letzte Bruchteil einer Sekunde, den er im Grenzbereich verbringt, verfärbt sich goldgelb.

Seine Hand gleitet über das Laken, das zerknittert und warm ist. Er lächelt erwartungsvoll, glücklich über das, was seine Fingerspitzen gleich berühren werden. Dort irgendwo … er tastet … und spürt nichts.

Sie ist weg.

Konrad öffnet die Augen und blickt sich um. Er weiß genau, wo er sich befindet, und alles ist genauso wie erwartet. Außer, dass Gertrud nicht da ist. Er vermisst sie sofort, sodass es in seiner Brust schmerzt.

Sie ist wahrscheinlich nur Brötchen holen gegangen.

Aber Konrad wird von etwas ergriffen, das einer Art … Panik gleicht.

Das ist doch lächerlich, redet er sich ein.

Aber die Vernunft ist noch nicht erwacht. Er drückt die Nase aufs Laken und saugt den Duft ihres Körpers ein.

Bleibt dann auf dem Rücken liegen, nackt, und starrt an die Decke.

Dort krabbelt eine Spinne herum. Eine große, grauschwarze Spinne mit einem Kreuz auf dem Rücken verlässt ihren Unterschlupf in einem Spalt über dem Fenster und begibt sich auf ihr Netz, das sie in einer Ecke unter der Decke gesponnen hat.

Es ist Ewigkeiten her, dass ich zuletzt eine Kreuzspinne gesehen habe, denkt Konrad.

In der Mitte des Spinnennetzes hängt eine Fliege fest. Sie scheint noch nicht tot zu sein, denn der eine Flügel bewegt sich, oder ist es nur der Zug vom Fenster, der ihn flattern lässt? Jetzt ist die Spinne da. Sie hockt sich über ihre Beute und bleibt reglos dort sitzen.

Dann klingelt das Handy.

Konrad stürzt aus dem Bett, wühlt in seinen Kleidern und findet es schließlich in der Hosentasche seiner Jeans, die auf dem Boden liegt. Er drückt rasch die grüne Taste.

«Palander hier!»

Konrad ist enttäuscht und zugleich erleichtert. Er sinkt wieder auf die Bettkante zurück. Was hatte er sich erhofft – dass Gertrud anriefe?

Er wirft einen Blick auf die billige Ikea-Uhr an der Wand. Viertel nach neun. Nicht gerade viele Stunden Schlaf. Wie kann Örjan Palander es überhaupt schaffen, um diese Zeit schon wieder nüchtern zu sein?

«War nett gestern, oder?»

Er klingt unverschämt munter.

«Ja wirklich, sehr nett …»

«Und Gertrud hat dafür gesorgt, dass Sie wieder heil in Ihrem neuen Zuhause gelandet sind?», fragt Palander unschuldig.

Die Frage irritiert Konrad. Schnüffelt er in seinem Leben herum? Oder hat er nur eine stark ausgeprägte Intuition? Palanders Reporterinstinkt scheint offensichtlich hoch entwickelt zu sein. Vielleicht ist er auch nur neugierig, so wie man es auf Menschen ist, die einem etwas bedeuten. Nichts jedenfalls, worüber man sauer sein müsste.

«Das Letzte, was ich von Ihnen gesehen habe, war jedenfalls, wie Sie mit einer Flasche Cognac im Arm auf Svens Bank lagen. Sah aus, als hätten Sie süße Träume gehabt», kontert Konrad und lacht kurz auf.

Er hört Palander am anderen Ende glucksen.

«Na ja, einen besseren Bettgefährten kann man wohl nicht bekommen. Aber wie dem auch sei», fährt er fort, «der Grund für meinen Anruf zu dieser unchristlichen Zeit ist, dass ich eine Neuigkeit habe.»

«Und die wäre?»

«Na ja, besser gesagt, zwei Neuigkeiten. Eine gute und eine schlechte.»

«Und jetzt soll ich auswählen, welche ich zuerst hören will?»

«Nein, ich sage Ihnen auf jeden Fall zuerst die gute.»

«Okay?»

«Ich hab heute Morgen einen Anruf von meiner Kontaktperson in der Polizeibehörde bekommen, die sich, ihrer belegten Stimme nach zu urteilen, in genauso erbärmlichen Zustand befunden hat wie der Anrufende. Nichtsdestotrotz schuldete mir der Mann einen Gefallen. Er hat mir also mitgeteilt, dass die Polizeitechniker ausgerechnet gestern am Mittsommerabend Überstunden geschoben haben, um die Pistole aus dem Brunnen zu untersuchen.»

«Und?», fragt Konrad ungeduldig.

«Der Optimismus, der uns nach dem Fund in Onslunda

beschlichen hat, scheint berechtigt. Die vorläufigen Ergebnisse zeigen, dass die Luger dasselbe Kaliber besitzt wie die Waffe, die Hermans und Signes Mörder benutzt hat. Eine alte Kanone, bestimmt noch aus dem Krieg. Aber gut erhalten, wie mein Gewährsmann bestätigt. Und die Spuren an den Patronen scheinen mit dem Lauf übereinzustimmen.»

«Das klingt ja … gut», erwidert Konrad, ohne sich besonders erleichtert zu fühlen.

Das Einzige, was ihm durch den Kopf geht, ist, wo zum Teufel Gertrud steckt.

«Ich möchte allerdings betonen, dass es sich um ein vorläufiges Ergebnis handelt. Sie werden sowohl die Pistole als auch die Patronen mit Sicherheit nach Malmö schicken. Oder ins Staatliche Kriminaltechnische Labor in Linköping zur genaueren Analyse. Dort sind sie technisch besser ausgestattet.»

«Ich bin echt froh, dass sie etwas gefunden haben, das diesen Bernhardsson zwingt lockerzulassen», sagt Konrad.

«Mm, absolut.»

In der Leitung wird es still.

«Da ist noch etwas anderes», sagt Palander in unergründlichem Tonfall.

«Zeit für die schlechte Nachricht?»

«Am Telefon ist es etwas schwierig … Wo sind Sie?»

Konrad sieht sich erneut in der Wohnung um, als müsse er sich erst selbst überzeugen, bevor er antwortet. An einer der weißgestrichenen Schlafzimmerwände hängt ein gerahmtes Poster. Sonnenblumen von van Gogh. Über einen alten Korbstuhl sind ein paar Hosen geworfen. Neben dem Bett steht ein kleiner Tisch aus Kiefernholz mit ein paar Tuben und Döschen und Taschenbüchern drauf. Eine Packung

Iberogast; hat sie Probleme mit dem Magen? Am Spiegel ist ein Strauß getrockneter Blumen mit einer Schnur befestigt. Alles wirkt etwas flüchtig. Ein Zimmer, das von jemandem bewohnt wird, der nicht vorhat, lange zu bleiben. Durch die halb geöffnete Schlafzimmertür erkennt er ein Bücherregal, das, außer einem Regalbord, auf dem zwei Fotografien stehen, mit Büchern gefüllt ist. Die Fotos sind zu weit entfernt, als dass er sehen könnte, was sie darstellen. Ein dunkelblaues Rollo ist nur bis zur Hälfte heruntergezogen.

«Zu Hause …», sagt er unsicher.

«Können Sie in die Redaktion kommen?»

«Sind Sie dort?»

«Nein, ich möchte, dass Sie lediglich die Putzfrau antreffen … Klar bin ich hier, Sie Witzbold. Also kommen Sie?»

«Ja, natürlich.»

«Gut», antwortet Palander und wirft den Hörer auf die Gabel.

Einen kurzen Augenblick sitzt Konrad mit dem Handy in der Hand da und hat das Gefühl, mitten in einem Gedanken unterbrochen worden zu sein. Ein Gedanke, der dabei war, Form anzunehmen. Er schüttelt irritiert den Kopf.

Seine volle Blase macht sich bemerkbar. Er steht auf, um die Toilette aufzusuchen. Unterwegs fällt sein Blick erneut auf die Fotos. Es sind zwei Bilder in den gleichen einfachen Holzrahmen.

Konrad nimmt das eine zur Hand. Es ist ziemlich neu, vielleicht vom vergangenen Sommer. Gertrud und Sven vor dem großen Haus am Myrsjö. Sie sind sommerlich gekleidet und lachen den Fotografen an. Sven hat beschützend den Arm um Gertrud gelegt. Die Schatten sind lang und reichen fast bis zum Haus. Es muss Abend gewesen sein, als das Foto gemacht wurde.

Er stellt es zurück ins Regal.

Das andere Bild ist älter. Man kann nicht erkennen, wann es aufgenommen wurde. Gertrud sieht jünger aus, vielleicht um die dreißig. Sie befindet sich auf einer Straße, aber die Häuser sind anonym und die Gesichter der Menschen im Hintergrund nicht zu erkennen. Vor ihr steht ein Mädchen, das scheu in die Kamera blickt. Die Kleine hat rote Locken und trägt einen hellblauen Pulli mit einer Micky Maus darauf. Gertrud hat sich hinuntergebeugt und die Arme liebevoll um sie geschlungen.

Sie sehen sich ziemlich ähnlich, denkt Konrad.

Aber Gertrud hat doch gesagt, dass sie keine Kinder hat, oder?

Er betrachtet das Bild erneut. Das Mädchen scheint zu schmollen. Er bekommt den Eindruck, dass sie sich gerade gestritten haben, und Gertrud versucht, es vor dem Fotografen zu überspielen. Ihr Lächeln wirkt angestrengt.

Unschlüssig geht er in die Küche.

Dort kann er nicht erkennen, dass jemand gefrühstückt hätte. Auf der Spüle, direkt neben der Kaffeemaschine, liegt ein Zettel. Er leuchtet ihn weiß und höhnisch an.

Ihre Handschrift ist schludrig, und man sieht, dass sie es eilig hatte, als sie die Nachricht geschrieben hat:

Muss los. Zieh die Tür einfach hinter dir zu.
Bis bald!
Gertrud

Konrad schaut mit leerem Blick auf die nichtssagenden Worte. Ein ziehendes Unbehagen breitet sich in seinem Magen aus.

Die Einsamkeit, an die er sich zwangsläufig gewöhnen

musste. Jetzt macht sie ihm Angst. Gertrud kann doch nicht einfach verschwinden. Das muss sie doch verstehen. Sie kann ihn nicht auf diese Weise verlassen.

Wovor habe ich eigentlich Angst?, denkt er in einem Versuch, seine Gefühle unter Kontrolle zu bringen.

Die Worte, sie sind so nüchtern.

Für eine Sekunde sieht er sie wieder vor sich: die Hitze, die unerwartete Wildheit in ihrem Blick. Verschwitzte feuchte Locken an ihrem Hals. Ihr Körper, weiß und gespannt wie ein Bogen. Die Erschöpfung danach. Die grünen Augen, die ihm so nahe sind, und ihre weichen Fingerspitzen an seinem Rückgrat, kurz bevor er einschläft.

Warum, zum Teufel, konnte sie es ihm nicht einfach sagen?

Ihm kommt die Idee, sie anzurufen, aber er stellt fest, dass er nicht einmal ihre Handynummer besitzt.

Das hat nichts zu bedeuten, redet er sich ein. Verdammt, du bist schließlich erwachsen! Reiß dich zusammen.

Er zwingt sich, einen Impuls zu unterdrücken, ihre Wohnung zu durchsuchen. Nach was auch?

Spuren?

Ich habe kein Recht, in ihr Leben einzudringen, denkt Konrad.

Er wirft einen letzten Blick ins Schlafzimmer und zieht dann die Wohnungstür hinter sich zu.

Als er sich umdreht, stellt er fest, dass Gudrun Vernersson auf der Treppe steht, direkt unterhalb des Absatzes. Sie hält mitten in der Bewegung inne und starrt ihn erstaunt an.

Gudan ist groß gewachsen, aber knochendürr. Auf dem Kopf trägt sie einen weißen Strohhut in der Art, von der Konrad angenommen hat, dass ältere Damen schon vor dreißig Jahren aufgehört hätten, sie zu tragen. Er lässt sie aussehen wie eine Darstellerin in einem alten schwedischen Spielfilm. Gräuliche Blutgefäße wölben sich auf ihren Handrücken, die eine Hand ist auf einen Stock gestützt, und in der anderen baumelt eine Tüte vom Bäcker.

«Hej», sagt Konrad und versucht, sich ungezwungen zu geben.

Er hat seine Vermieterin bisher nur einmal getroffen, und das recht flüchtig. Es war, als Gertrud ihn ihr gestern vorgestellt und er den Schlüssel bekommen hat, sodass er seine Sachen im Zimmer abstellen konnte.

«Guten Morgen», erwidert sie mürrisch und verzieht dabei den Mund.

Gudans Wohnung liegt im zweiten Stock mit dem Eingang nach rechts, während Konrads eigene Tür nach links abgeht. Was zur Folge hat, dass er für zwei Stockwerke ihre Begleitung in Kauf nehmen muss, wenn er nach oben in sein Zimmer möchte.

Er zögert.

«Haben Sie sich in der Wohnung geirrt?», fragt sie mit einem Blick, der offenbart, dass sie nicht einen Augenblick lang geglaubt hat, dass dem so ist.

Dann drängt sie sich an ihm vorbei und nimmt die nächsten Stufen in Angriff. Ihr grauer Mantel ist so lang, dass er fast über den Boden schleift.

«Äh, nein … wir sind nur Freunde», stammelt Konrad, ohne selber zu verstehen, was er damit meint.

Er hört ein Schnauben von weiter oben im Treppenhaus.

«Freunde! Blödsinn! Aber was geht das ein altes Weib wie mich schon an.»

Konrad nimmt die Treppen nach unten in Richtung Haustür.

Palander steht vor der Eingangstür zur Redaktion und wartet in Shorts, Unterhemd und seiner alten Anglerweste. Er wirkt ungeduldig.

«Verdammt, ich bin etwas rastlos. Wir können uns doch ein wenig bewegen, während ich erzähle, oder?»

«Natürlich.»

Von der Bank vor dem Systembolag auf der anderen Straßenseite erregt ein lautes Murren kurzfristig ihre Aufmerksamkeit. Derselbe Säufer, der sich letztens vollgepisst hat, liegt jetzt wie ein Häufchen Elend zusammengerollt da. Er brummt im Schlaf und flucht, als wäre er stocksauer. Vielleicht verdammt er die Sonne, die schonungslos auf die Bank brennt. Aus irgendeinem Grund muss Konrad an Gertruds Eltern denken. Sixten und Elsa. Sie mussten ihren Rausch immerhin nicht auf der Straße ausschlafen.

Sie spazieren eine Weile schweigend. Konrads Gedanken schweifen ab. Die krampfhafte Unruhe über Gertruds plötzliches Verschwinden will sich nicht legen, obwohl er einsieht, dass sie übertrieben ist. Palanders schlechte Nachricht müsste mir eigentlich mehr zu denken geben, überlegt er.

«Nun, rücken Sie denn jetzt mal damit raus?»

Palander steckt mit einer dramatischen Geste die Hand in eine der vielen Taschen seiner Anglerweste und zieht einen Zettel heraus.

«Was sagt Ihnen das hier?»

Konrad bleibt stehen und nimmt ihn entgegen. Es ist eine kurze Mitteilung. Die Worte sind mit schwarzem Filzstift geschrieben, unregelmäßig und in kindlichem Stil:

Feriz und Sali haben die reichen Schweden nicht erschossen.
Sie haben die Pistole gekauft, nachdem sie gestorben sind.
Von einem, der sie kennt.

Er liest die Zeilen dreimal, ehe er Palanders forschendem Blick begegnet. Der ihn nicht gerade entspannen lässt.

«Was soll das bedeuten, ein Witz?»

«You tell me.»

«Wollen Sie mir auch sagen, woher Sie den haben …?»

«Er lag im Briefkasten der Redaktion. Ich bin heute Morgen früh aufgewacht. Das passiert immer, wenn ich was getrunken habe. Es kribbelt sozusagen am ganzen Körper. Und es fällt mir schwer, still zu sitzen. Also habe ich einen Spaziergang am Büro vorbeigemacht. Da lag der Zettel im Briefkasten.»

Sie haben eine Bank erreicht. Konrad lässt sich schwer niedersinken. Palander folgt seinem Beispiel, und beide starren hilflos auf den Zettel.

Die reichen Schweden. Konrad hat Schwierigkeiten, sich Herman und Signe als vermögend vorzustellen. Vermutlich ist es ihnen selber nicht gelungen. Darum wussten sie wohl auch nicht, was sie mit all dem Geld anfangen sollten.

«Feriz und Sali …»

«Das sind die Albaner, die Torstensson erschossen hat», erklärt Palander. «Feriz Rama und Sali Mato.»

«Ich weiß, aber wer kann es geschrieben haben?»

«Keine Ahnung. Sie können genauso Ihre Vermutungen anstellen wie ich. Vielleicht, wie es da steht, jemand, der sie kennt.»

«Möglicherweise ein Verwandter oder Freund. Die Sprache ist zweifellos unbeholfen, als hätte es jemand geschrieben, der noch nicht so lange in Schweden wohnt.»

«Sie haben die Pistole gekauft, nachdem sie gestorben sind», liest Palander und schnaubt. «Wunderbarer Ausdruck.»

«Als könnten Tote Waffen kaufen», sagt Konrad zerstreut.

«Wer auch immer diesen Zettel geschrieben hat, ich würde gerne mit ihm sprechen.»

«Oder mit ihr.»

«Es kann sich ja auch um einen schlechten Scherz handeln», schlägt Palander vor. «Von irgendeinem Idioten, der sich aufspielen und die Presse verarschen will.»

«Hm, vielleicht ... Meinen Sie, es sind Fingerabdrücke drauf?»

«Wohl kaum. So dämlich kann ja wohl keiner sein.»

Palander verstummt. Schnieft plötzlich und zieht ein Taschentuch aus seiner Hosentasche, in das er sich geräuschvoll schnäuzt.

«Haben Sie sich heute Nacht erkältet?»

«Mm ... Aber haben Sie eins bedacht?», fragt er dann.

«Was denn?»

«Der Text ist im Präsens geschrieben. *Von einem, der sie kennt.* Aber Feriz und Sali sind ja tot. Also müsste da stehen: *von einem, der sie kannte.*»

Konrad schüttelt den Kopf.

«Ich glaube nicht, dass das etwas zu bedeuten hat. Derjenige, der das geschrieben hat, kennt sich vielleicht nicht richtig mit den Zeiten in der schwedischen Sprache aus.»

Vom Eingang zum Sportplatz sind Stimmen zu hören. Eine Gruppe Teenager kommt mit Sporttaschen über den Schultern angeschlendert. Sie lachen laut und schubsen sich gegenseitig, einer von ihnen wirft einen Blick auf das ungleiche Paar auf der Bank neben dem Spazierweg. Dann drängen sie sich in einen Minibus, der auf der Straße gestanden und gewartet hat. Konrad folgt dem Bus mit dem Blick, bis er in Richtung Ystad verschwunden ist.

«Es gibt nur eine Möglichkeit, den Zettel zu lesen, sodass er Sinn macht», folgert Palander nachdenklich. «*Sie*, die die

Pistole gekauft haben, muss sich auf Feriz und Sali beziehen. Aber *nachdem sie gestorben sind* bezieht sich auf Herman und Signe. In dem Fall behauptet der Verfasser der Mitteilung, dass die Jungs die Pistole erst nach dem Mord an Ihren Adoptiveltern gekauft haben und sie deshalb nicht ermordet haben können.»

Konrad hat bereits begriffen, was das für ihn bedeuten würde.

«Und was wollen Sie unternehmen?», fragt er.

Palander seufzt, als stünde er vor einem großen Dilemma. Dann beginnen seine Augen, verschmitzt zu leuchten.

«Man sollte ihn wohl der Polizei übergeben.»

«Aber …?»

«Vielleicht kann das noch einen Tag warten, bis ich darüber in der Zeitung berichtet habe.»

Sie schauen einander an, und Konrad sieht, dass Palander es ernst meint. Von mir aus, denkt er. Nur, dass sie mich nicht auch noch wegen Unterschlagung von Beweismitteln anzeigen.

«Feriz und Sali», wiederholt er leise, als wären die Namen der toten jungen Männer eine Zauberformel.

«Sie waren nicht gerade Engel. Wahrscheinlich schmachten sie jetzt in der Hölle.»

«Kann sein», entgegnet Konrad. «Aber waren sie Mörder? Haben sie Herman und Signe tatsächlich erschossen?»

Örjan Palander wirft ihm einen eigentümlichen Blick zu und steht zügig von der Bank auf.

«Für Sie wäre es natürlich das Beste, wenn die Polizei glaubt, dass sie es getan haben.»

KAPITEL 23

Es ist ein Gefühl, als wolle sich eine Wildkatze aus ihrer Brust befreien. Die Wut lässt ihr die Worte im Halse stocken. Fatima erkennt, dass es ihr in keiner Weise gelungen ist, die Sache zu erklären, und das bringt sie zur Verzweiflung.

Mit einem Schnappen klappt sie das Handy zu und lässt es in ihre sackartige Stofftasche gleiten.

«Verdammte Hexe!»

Sie wühlt ein zerknülltes Päckchen Blend heraus und fummelt mit dem Feuerzeug herum, bis sie es schließlich schafft, die Zigarette anzuzünden. Sie kaut gestresst auf einem Stück Nagelhaut herum und blickt sich unschlüssig um.

Der Park liegt öde da, es riecht nach trockenem Gras. Eine einsame Stockente, die nicht schlau genug war, sich unter den Büschen am Weiher niederzulassen, taumelt mitten in der Sonne umher, benommen von der Hitze. Doch über dem kleinen Spielplatz werfen die ausladenden Kronen von Ulmen und Kastanien einen kompakten und geheimnisvollen Schatten, es ist beinahe wie in einer Grotte. Fatimas Rückzugsort. Es ist fast nie jemand dort. Nur sie und ihre Gedanken, wenn sie vor dem Geschrei und den Streitereien zu Hause geflohen ist.

Heute aber fällt es ihr schwer, zur Ruhe zu kommen.

Sie hat ja nicht mal zugehört. «Rufen Sie am Montag wieder an.» Bullenfotze!

Fatima ist ebenso sauer auf sich selbst. Die Frau in der Zentrale hat sie völlig aus der Fassung gebracht. War schnoddrig und mies gelaunt. Hat ihr das Gefühl gegeben, wie ein absolutes Dummchen daherzukommen.

Fatima hasst es, wenn die Leute sie wie ein dummes Ding behandeln. Sie weiß nämlich, dass sie smart ist. Die Vertretung, die sie im Frühjahr in Gemeinschaftskunde hatten, hat auf sie eingeredet und gemeint, sie solle weiter zur Schule gehen und lernen, damit aus ihr etwas Anständiges würde. Aber die Leute hören ja schon an ihrer Stimme, dass sie Ausländerin ist, auch wenn sie bereits mehr als ihr halbes Leben in diesem Land verbracht hat. Wie zum Beispiel diese Polizeifotze am Telefon.

Aber es sind nicht nur die Schweden. Papa und Mama verhalten sich genauso. Glauben, dass sie keine Ahnung hat, obwohl sie schon fast sechzehn ist. Und Feriz hat, bevor er starb, immer so spöttisch gegrinst und sie «meine kleine Prinzessin» genannt, als wäre er ein verdammter Mafiaboss.

Ihr bleibt fast die Luft weg, wenn sie an ihn denkt.

Er war schon immer rastlos. Hager, mit einem gefährlichen Blick. Hat coole Klamotten getragen, wo auch immer er das Geld dafür hernahm. Ihre Freundinnen wurden jedes Mal rot, wenn er mit ihnen schäkerte. Fatima tat dann so, als schäme sie sich, aber in Wirklichkeit war sie stolz auf ihn.

Feriz, der Herzensbrecher.

Feriz, der Gangster.

Ihr Bruder.

Die Jungs in ihrer Klasse kapierten irgendwann, dass mit ihm nicht zu spaßen war. Grinsende Idioten. Hatten sie Hure genannt und glaubten, sie könnten mit ihr machen, was sie wollten. Einmal hatten David und Markus sie in der Schule in die Toilette gedrängt und sie festgehalten und begrabscht und … Aber als sie dann schrie und um sich schlug, haben sie es wohl doch mit der Angst zu tun bekommen. Haben die Tür wieder aufgeschlossen und später geprahlt, dass die «Albanerfotze endlich mal ’n richtigen schwedischen Schwanz zu spüren bekommen hat». Obwohl sie es gar nicht geschafft hatten.

Wie hat sie es genossen, als Feriz die Typen danach fertiggemacht hat. Sie saß auf der Rückbank in seinem Wagen und zeigte auf sie. Die Idioten hingen vor Bertils Würstchenbude herum, als er seitlich heranfuhr, ausstieg und sie einfach niederschlug. Peng, bumm, zwei gebrochene Nasen, und es sah so lustig aus, wie sie da mit der Visage voller Blut auf dem Boden saßen.

Sie wirft die Zigarettenkippe in den Sandkasten, ergreift die Eisenketten der Schaukel und holt Schwung, so wie sie es als Kind getan hat. Wirft den Rücken nach hinten und die Beine so weit sie kann nach vorne, um sich so kraftvoll wie möglich abzustoßen. Immer höher schaukelt sie, bis die Ketten quietschend am Eisengestell hin- und herreiben und sie spürt, wie sie ihr in die Finger schneiden. Als sich die Schaukel oberhalb des Eisenbalkens befindet, an dem die Ketten befestigt sind, beginnt das gesamte Gestell zu schwanken. Der Fahrtwind weht ihr angenehm ins Gesicht, und sie denkt, wenn sie genau im richtigen Augenblick loslassen würde, könnte sie ganz weit wegfliegen. Über die Büsche hinweg, dann über die Ulmen hinauf in den knallblauen Himmel und weit, weit weg von diesem öden Kaff. Sie würde spüren, wie ihr die Sonne ins Gesicht scheint und der Wind mit ihrem Haar spielt, wenn sie dahinfliegt, frei wie ein Vogel, über das Meer an einen Ort, an dem sie … ja, was eigentlich?

Das ist ja genau das Problem. Fatima hat nämlich keine Ahnung, was sie mit ihrem Leben anfangen will.

Sie lockert den Griff um die Eisenketten und lässt die Schaukel langsam ausschwingen. Spürt, wie die Pendelbewegungen immer kleiner werden, bis sie schließlich wieder still dasitzt und auf ihre eigenen Füße starrt.

Ich muss mit jemand anderem reden, denkt sie. Jemand, der mir zuhört.

Dann fasst sie endlich einen Entschluss. Sie steht mit einem Ruck auf und reißt ihre Tasche an sich, die im Sand liegen geblieben ist, als sie sich auf die Schaukel gesetzt hat.

Ich muss jemanden finden, der kapiert, dass Feriz kein verdammter Mörder ist.

Die Rastlosigkeit überfällt Konrad, sie frisst sich wie ein Schwarm Termiten in seinen Körper hinein. Eigentlich müsste er in seiner Sehnsucht nach Gertrud zuversichtlich sein, aber alles, was er empfindet, ist Unruhe. Irgendetwas muss geschehen. Im Ort ist es so eng und erdrückend, trotz der Stille und der leeren Straßen.

Aber Konrad weiß, dass er bleiben muss. Die Verbindungen, von denen er angenommen hat, dass er sie längst abgebrochen hätte, sind immer noch da und zerren an ihm. Irgendwer zerrt an ihm.

Aber wer?

Das weiß er nicht.

Doch es gibt Dinge, die darauf drängen, an die Oberfläche zu gelangen. Wenn er nur wüsste, wo er anfangen soll zu suchen.

Die Kassiererin im Konsum-Supermarkt hat ein Tattoo in Form eines kleinen Drachens auf der Innenseite ihrer Brust, unmittelbar neben der tiefen Spalte, die in der grünen Uniform des Konsumkittels verschwindet. Ihr Gesicht ist rundlich und das Haar kurz geschnitten, dauergewellt und an den

Spitzen blondiert. Sie arbeitet wie eine Maschine, schiebt Konrads Brot, den Käse und das Sixpack Falcon, ohne aufzublicken, über den Scanner, der drei Pieptöne von sich gibt. «Zweiundachtzig Kronen», sagt sie mit eintöniger Stimme wie im Schlaf.

Konrad nimmt das Wechselgeld entgegen und will den Supermarkt gerade verlassen, als er feststellt, dass er sie von früher kennt.

«Gunnel …?»

Sie sieht ihn fragend an.

«Du bist doch Gunnel, oder? Aus der Neunten. Gunnel … äh …?»

Er sucht in seiner Erinnerung. Doch der Nachname ist wie weggeblasen. Er kommt sich dumm vor.

«Du erinnerst dich nicht mehr an mich? Konrad Jonsson. Oder Konrad Jönsson?»

Plötzlich breitet sich ein Lächeln auf ihrem Gesicht aus, als hätte jemand einen Hahn aufgedreht und ihren Blutkreislauf in Gang gebracht.

«Schau an, der liebe Konrad!»

Sie wirft einen Blick in den Laden hinein und stellt fest, dass die Reihen zwischen den Regalen, soweit sie es sehen kann, leer sind. Dann richtet sie mit der Hand ihre Frisur, sodass ihre Armreifen klirren, und streckt ihren Rücken.

«Da sitzt man hier in seiner eigenen Welt und träumt. Taub und blind», lacht sie entschuldigend.

«Du hast dich kein bisschen verändert», lügt Konrad.

Sie lächelt kurz, und er begreift, dass sie ihn sofort durchschaut hat. Es wird still. Konrad wechselt die Plastiktüte von der einen in die andere Hand.

«Wie nett, jemanden aus der Klasse wiederzutreffen!», versucht er es.

«Ja, wirklich …»

«Hast du noch Kontakt zu den anderen?»

«Ja, die meisten wohnen noch im Ort. Anna-Lena und Bettan arbeiten auch hier im Konsum.»

«Schön …»

«Und du bist Journalist, wie ich gehört habe?»

«Ja, nachdem ich das eine oder andere ausprobiert hab. Und du? Okay, du arbeitest hier, aber wie geht's dir sonst?»

Konrad hat die Tüte mit Lebensmitteln abgestellt und sich in einem Versuch, entspannt zu wirken, ans Ende des Kassentresens gelehnt. Gunnel verschränkt die Arme über der Brust und wirkt plötzlich etwas reserviert. Sie blinzelt mit den Augen und zieht dann gehemmt die Schultern hoch.

«Man geht zur Arbeit. Kauft ein. Versorgt die Kinder. Hockt abends gemeinsam mit dem Mann auf dem Sofa und guckt fern. Wartet aufs Wochenende. So ist wohl das Leben heutzutage …»

«Ja, klar …»

«Wir hatten übrigens vor einigen Jahren fünfundzwanzigjähriges Jubiläum. Wir haben uns bemüht, alle einzuladen, aber ich glaube, sie hatten keine Adresse von dir.»

«Nein, ich … war viel unterwegs. Kein Problem. Aber es wäre bestimmt lustig gewesen, dabei zu sein.»

Gunnel nickt zustimmend und sagt dann in vertraulichem Ton, als hüte sie ein intimes Geheimnis: «Und weißt du, wer da war?»

Konrad schüttelt den Kopf.

«Donald Göransson!»

«Oh, verdammt!»

Sie betrachtet ihn eine ganze Weile forschend.

«Ich weiß nicht, wer ihn eingeladen hat. Aber er saß dort in einer Ecke und hat sich nett mit allen unterhalten. Etwas bucklig und gekrümmt, aber noch ziemlich fit. Inzwischen ist er vollkommen weißhaarig. Wohnt wohl immer noch in seiner alten Wohnung am Park. Ein reizender alter Mann.»

«Aber ich hab gedacht …?», entfährt es Konrad perplex.

Plötzlich verfinstert sich ihr Blick. Als fühle sie sich bedroht.

«Was hast du gedacht?»

Kann sie es denn vergessen haben? Das ist doch wohl nicht möglich. Mit einem Mal befindet sich Konrad dreißig Jahre zurückversetzt im stickigen Klassenzimmer, in dem es nach Kreide und feuchten Wollsocken riecht. Es herrscht eine Stille, die wie elektrisiert ist. Die Schüler beben erwartungsvoll angesichts des bevorstehenden Schauspiels, unersättlich, was die Erniedrigung anderer Mitschüler betrifft. Donald Göranssons Blick ist wie aus Stahl. Sein höhnisches Grinsen sprüht geradezu vor Bosheit, als die dicke, unförmige, dumme Gunnel kreideweiß im Gesicht wird und alle nur auf den Augenblick warten, in dem sie aus purer Angst die Spaghetti mit Hacksoße auf ihr Rechenheft erbricht. *Acht mal sieben, Gunnel! Das kann doch nicht so schwer sein!*

«Nein, ich weiß nicht …», sagt Konrad. «Ich konnte nicht so gut mit ihm.»

«Nicht?»

«Ja, ehrlich gesagt fand ich, dass er ein verdammter Faschist war.»

«Fandest du …?»

Jetzt ist sie es, die erstaunt dreinblickt. Sie starren einander an, als kämen sie von unterschiedlichen Planeten. Sie fingert unsicher an dem Goldkettchen, das um ihren Hals hängt, dann an dem kleinen Herz, das sich in der Drachenspalte versteckt hat. Konrad stellt fest, dass sie einen Ehering am Finger trägt.

«Okay», sagt er schließlich. «Ich muss weiter. War nett, dich zu sehen.»

«Fand ich auch», entgegnet sie in neutralem Ton.

Er steht mit seinem Plastikbeutel mit Bier, Brot und Käse schon vor den automatischen Schiebetüren, als ihm plötzlich ein Gedanke kommt. Er dreht sich noch einmal um.

«Du, Gunnel, darf ich dich etwas fragen?»

«Ja?»

«Mit wem bist du eigentlich … verheiratet?»

Er deutet mit einer Geste auf seinen eigenen nackten Ringfinger.

«Warum willst du das wissen?»

«Bin halt neugierig», lacht er unschuldig.

«Mit Benny», antwortet sie. «Er … ich bin direkt nach der Neunten schwanger geworden.»

Konrad schluckt ein weiteres «Oh, verdammt!» herunter und nickt lediglich stumm. Beton-Benny und Gunnel.

«Sie ist inzwischen schon erwachsen. Unsere Tochter, meine ich. Aber wir haben auch noch einen Jungen. Patrik, er spielt in der Mannschaft der Vierzehnjährigen. Benny ist dort Trainer, das ist natürlich … toll.»

Sie verstummt und wirkt etwas verlegen, als hätte ihr jemand vorgeworfen, sie würde zu viel reden.

«Und du selber?», fragt sie dann. «Hast du Kinder?»

«Maria. Sie ist inzwischen zwanzig.»

Eine Frau mit übervollem Einkaufswagen versucht, Gunnels Aufmerksamkeit auf sich zu ziehen. Sie sieht genervt aus. Das Laufband vor der Kasse biegt sich förmlich unter Milchpackungen, Erfrischungsgetränken, tiefgefrorenen Pizzen und Vorteilspackungen mit Hackfleisch.

«Ich will dich nicht länger aufhalten», sagt Konrad schnell. «Wir sehen uns!»

Gunnel lacht auf, kurz und unsicher, bevor sie wieder in Sonderangeboten versinkt.

Konrad verlässt den Supermarkt mit einem merkwürdigen Gefühl in der Magengegend. Es kommt ihm vor, als würde man ihn überwachen. Einbildung, versucht er es abzutun, jedoch ohne sich selbst zu überzeugen. Er sieht ja, dass die Menschen, denen er begegnet, genau in dem Moment ihren Blick abwenden, in dem er merkt, dass sie ihn anstarren.

Seit er zurückgekommen ist, sieht er in fremde Gesichter, die ihm lediglich, wenn überhaupt, einen gleichgültigen Blick zuwerfen. Doch dann fällt ihm an ihnen etwas auf. Ein kurzes Aufflackern. Die erschöpfte Frau, die Lebensmitteltüten und schreiende Kinder über den Parkplatz schleppt. Der Bauer im grünen, nach Diesel stinkenden John-Deere-Overall. Der keuchende, dickbäuchige Mann in Cordanzug und Krawatte, dem er vor der Bank begegnet ist. Unter den Falten und Tränensäcken in ihren Gesichtern, hinter aller Sorge und Verzweiflung, hinter wässrigen Augen und Spuren von unzähligen Abenden mit billigem Rotwein, Chips und Werbefernsehen entdeckt er noch etwas anderes: ein Kind, einen Teenager, der irgendwann einmal eine Sehnsucht verspürt hat.

Jemand, den er möglicherweise kannte.

Auf der Straße vor dem Konsum sind nicht besonders viele Leute, doch die Stille verstärkt den Eindruck, dass es sich nur um eine Kulisse handelt. Konrad ist nahezu sicher, dass sie nur so tun, als würden sie ihn nicht kennen.

Irgendetwas stimmt auch mit den Farben nicht. Die Sonne steht im Zenit an einem unfassbar blauen Himmel, aber als Konrad sich umschaut, hat er den Eindruck, dass alles verblichen ist wie auf einer alten Postkarte.

Obwohl er weiß, dass all das nur Einbildung ist, kann er den Verdacht nicht abschütteln: Wenn letztlich alles nur ein Film oder eine Theatervorstellung wäre, in der alle außer ihm Statisten sind?

Die Menschen, denen er begegnet, machen den Eindruck, als wüssten sie etwas. Als teilten sie ein Geheimnis und tuschelten, zeigten hinter seinem Rücken mit dem Finger auf ihn und schüttelten mitleidig die Köpfe.

Armer Konrad, da geht er umher und kapiert rein gar nichts!

Selbst der vollgepisste Säufer, der an seiner Bank vor dem Systembolag festgewachsen zu sein scheint, hebt seine schweren Augenlider und blickt ihn mit einem falschen Lächeln aus seinen blutunterlaufenen Augen an.

«Verdammt nochmal, reiß dich jetzt zusammen!», ruft Konrad sich auf dem Weg zu seinem Wagen im Stillen zur Räson.

Aber seine Gedanken sind wieder bei Gunnel an der Supermarktkasse. Warum hat sie sich so merkwürdig verhalten? Und Sven, den er einmal so gut kannte wie seinen eigenen Schatten, was meinte er mit seinen Andeutungen in der Mittsommernacht? Und Gertrud. Natürlich muss er andauernd an Gertrud denken.

Dann sieht er Palander vor sich. Irgendetwas an ihm geht ihm auf die Nerven. Etwas, das nur flüchtig auftaucht, wie ein Blinzeln in den Augenlidern oder ein Zucken im Mundwinkel. Natürlich kann er sehr nett und hilfsbereit sein. Aber es ist, als beobachte er ihn immerfort. Als würde er heimlich ein Puzzle legen und sich eine List ausdenken, um auch noch an das letzte Teil heranzukommen.

Er ist ein schlauer Fuchs, denkt Konrad.

Als er gerade den Autoschlüssel in den Opel stecken will,

entdeckt er eine weitere Beobachterin. Auch wenn sie nicht gerade diskret zu Werke geht. Das Mädchen sitzt zusammengekauert im Schatten an der Gebäudewand, das Kinn auf die Knie gelegt, die in verschlissenen Jeans stecken, und macht nicht den geringsten Ansatz, ihren Blick abzuwenden, als er sie entdeckt. Sie ist klein und schmal. Ihr Gesicht ist blass, und unter ihrem rabenschwarzen Pony blitzen ein Paar Pfefferkornaugen auf. An den Füßen trägt sie staubige rote Chucks ohne Schnürsenkel.

Konrad wendet ihr den Rücken zu, um ihrem Blick zu entkommen. Er geht ums Auto herum, öffnet die Fahrertür und wirft den Beutel vom Konsum auf den Rücksitz. Dann merkt er, dass sie etwas von ihm will. Sie ist aufgestanden und hat ihre Stofftasche über die Schulter geworfen, als würde sie jeden Moment auf den Beifahrersitz springen wollen. Konrad hält inne und betrachtet sie über den Wagen hinweg. Auch dieses Mädchen kommt ihm irgendwie bekannt vor. Aber sie kann schließlich kein Schatten aus der Vergangenheit sein, dafür ist sie viel zu jung. Als er den Mund öffnet, um sie anzusprechen, erinnert er sich, dass sie der Gang angehörte, die am Kiosk herumhing, als die Schwedendemokraten ihre Kundgebung auf dem Marktplatz abhielten.

«Willst du irgendwas von mir?»

Sie schaut sich unruhig um.

«Sie sind doch dieser Journalist, oder?»

Konrad nickt und wartet. Das Mädchen scheint sich nicht recht entscheiden zu können, ob sie weiterfragen soll. Sie blickt ängstlich drein.

«Willst du dich ins Auto setzen?»

Ohne zu antworten, öffnet sie die Wagentür und springt rein.

«Fahren Sie einfach irgendwohin!»

Er startet den Motor und fährt langsam und etwas planlos in Richtung der südlichen Ausfallstraße nach Ystad.

«Du kannst deine Scheibe auch runterkurbeln, ansonsten wird es ziemlich heiß hier drinnen.»

Das Mädchen tut, was er gesagt hat. Wühlt dann eine Zigarette aus ihrer Tasche und zündet sie, ohne zu fragen, an.

«Ich fahr in Richtung Fyledalen. Du kannst dir Zeit lassen», sagt Konrad.

Zehn Minuten später rollt der Opel auf der verschlungenen Schotterstraße in das langgezogene Tal hinunter. Das Mädchen hat noch immer keinen Laut von sich gegeben. Konrad hat sie aus dem Augenwinkel beobachtet. Aber geschwiegen. Irgendetwas sagt ihm, dass er ihr die Möglichkeit geben muss, selbst die Initiative zu ergreifen. Er passiert die Steinbrücke über den Fluss, biegt nach Norden ab und folgt dann der Straße, die an den Weideflächen vorbeiführt. Das Knirschen der Reifen dringt durch die heruntergelassenen Scheiben. Entlang des Flusslaufs liegen vereinzelte Höfe. Auf den morastigen Wiesen grasen schwarz-weiße Kühe. Ein Stück entfernt erheben sich die Bergrücken mit grün schimmerndem Buchenwald.

Nach einer Weile hält Konrad am Straßenrand an. Er steigt aus. Kurz darauf folgt das Mädchen seinem Beispiel.

«Als ich jung war, bin ich immer hierhergefahren und hab Vögel beobachtet», sagt er mit dem Rücken zu ihr gewandt. «Sven hatte ein Fernglas. Hier gibt es 'ne Menge Raubvögel. Bussarde und Milane, und wenn man Glück hatte, konnte man auch Königsadler sehen.»

«Sven?»

«Ein alter Freund. Von damals …»

Er blickt über das Tal, das von geheimnisvollen Wäldern eingerahmt wird und sich von Norden nach Süden erstreckt, so weit das Auge reicht. Svens und seine eigene frühere Wildnis. In ihren Spielen war der schwarze Fluss, der jetzt so friedlich dahinfließt, ein gefährliches Gewässer, das von wilden Räubern beherrscht war. Im tiefen Buchenwald gab es blutrünstige Indianer, und in den unbewohnten, verfallenen Häusern wohnten Drachen und Monster.

«Die Leute denken, dass Sie die beiden Alten erschossen haben, oder?»

Das Mädchen schaut ihn forschend an, abschätzend, als versuche sie, die Dinge in ihrem Kopf zu ordnen.

«Ich hab darüber in der Zeitung gelesen. Die Polizei hat Sie als Mörder verdächtigt, oder?»

«Ja, so war es. Aber inzwischen …»

«Inzwischen glauben sie, dass es mein Bruder war.»

Sie starrt ihn trotzig an, wie ein kleines Kind. Doch Konrad weiß, dass sie älter ist.

«Dein Bruder?»

«Aber es stimmt nicht. Sie schieben es ihm nur deswegen in die Schuhe, weil er Ausländer ist. Ich weiß, dass Feriz es nicht getan hat.»

«Warte mal …»

Konrad ergreift instinktiv ihren dünnen Arm, aber sie reißt sich wütend los.

«Tut mir leid …»

Er setzt sich auf die heiße Motorhaube, und mit einem Mal blickt sie weniger feindlich drein.

«Ist schon okay. Ich bin nur so verdammt wütend.»

Ein Anflug von Trauer zieht über ihr Gesicht, sodass ihre blasse Haut nahezu durchsichtig wird. Plötzlich sieht sie müde aus. Konrad begreift, dass sie etwas Wichtiges zu erzählen hat.

«Kannst du nicht ganz von vorn anfangen?»

Sie schnieft und klettert dann ebenfalls auf die Motorhaube, sodass beide wie auf einer Bank mit der Windschutzscheibe als Rückenlehne sitzen.

«Ich heiß Fatima», sagt sie. «Und es war mein Bruder Feriz, den dieser Rassist erschossen hat. Feriz und seinen Freund Sali.»

«Ich verstehe. Es muss schrecklich sein ...»

Sie hebt abwehrend die Hand, als wolle sie nicht unterbrochen werden.

«Feriz, er hat ... Sachen getan, die nicht gerade okay waren. Ich hab gehört, dass die Leute ihn Gangster schimpften. Vielleicht war er auch einer. Er hat so einige krumme Dinger gedreht. Aber er war mein Bruder. Ich hab ihn besser gekannt als jeder andere. Und ich weiß, dass er in seinem Inneren ein guter Mensch war. Er würde niemals jemanden ermorden.»

Konrad blickt sie aus dem Augenwinkel heraus an und sieht, wie sich ihr Brustkorb unter der Bluse schwer hebt und senkt.

«Du solltest vielleicht mit der Polizei sprechen.»

Sie schnaubt verächtlich.

«Glauben Sie nicht, ich hätte es längst versucht? Sie scheißen darauf, was eine wie ich sagt. Ausländer schützen einander, so ist es doch, oder? Zuerst kamen ’n paar Bullen in unsere Wohnung und haben alles durchwühlt. Sie haben ein paar Fragen zu Feriz gestellt und mich angeglotzt, als wär ich ’ne verdammte Hure. Und als ich versucht hab, dort anzurufen, wollten sie mich nicht mal zu den Polizisten weiterverbinden, die die Mordermittlungen leiten.»

Das Motorengeräusch eines Autos, das sich auf der Schotterstraße nähert, lässt sie verstummen. Es ist ein verstaubter Jeep. Er bremst etwas ab. Hinter der verschmutzten Windschutzscheibe können sie die Konturen des Fahrers erahnen. Vielleicht ist es der Förster, der wissen will, was für Gestalten da auf der Motorhaube des Opels sitzen. Dann scheint er zu dem Schluss zu kommen, dass es sich nur um die üblichen Vogelbeobachter handelt. Der Jeep nimmt wieder Fahrt auf und verschwindet hinter der Kurve.

«Es gibt schlechte und gute Polizisten. Du hast wahrscheinlich einfach Pech gehabt», sagt Konrad.

Sie zuckt mit den Achseln.

«Sie hätten doch begreifen müssen, dass es unmöglich ist.»

«Das musst du mir erklären.»

Fatima wendet sich heftig zu ihm um, wie von neuer Kraft erfüllt. Ihr Atem riecht nach Rauch.

«Es ging doch um die Pistole, die sie im Brunnen gefunden haben, oder? Die Polizei ist sicher, dass Feriz und Sali sie bei sich hatten und verloren haben, als sie erschossen wurden.»

Konrad nickt langsam.

«Ja, und der technischen Analyse zufolge war es dieselbe Pistole, mit der Herman und Signe erschossen wurden. Also zieht die Polizei den Schluss, dass es dein Bruder war ...»

«Aber sie irren sich, hab ich doch gesagt!»

«Wie kannst du das denn wissen?»

«Weil ich gehört hab, wie Feriz am Telefon davon gesprochen hat, dass er die Pistole kaufen will!»

«Ja?»

Sie schüttelt ungeduldig den Kopf, genervt, dass er so lange braucht, um zu begreifen.

«Kapieren Sie denn nicht? Das war zwei Tage nach dem Mord an den Alten!»

Endlich geht Konrad auf, was sie meint. Er betrachtet für

eine Weile ihr aufgewühltes Gesicht. Sagt sie die Wahrheit? Oder will sie lediglich die Ehre ihres toten Bruders retten?

Er legt ihr die Hand auf die Schulter, und diesmal zieht sie sie nicht weg. Dann bittet er sie, ihm im Detail zu schildern, was sie zwei Tage nach dem Mord an Herman und Signe gesehen und gehört hat.

Dieses Mal bemüht sie sich um Ausführlichkeit:

Feriz auf der Bank unter der Birke vor dem Haus. Er raucht und spricht in sein Handy, wie immer. Gestikuliert wild und redet laut. Glaubt, er sei allein. Aber im Schatten eines Fliederbusches liegt Fatima auf einer Decke und döst mit einem Taschenbuch auf dem Bauch. Ein paar Vögel zwitschern, und hin und wieder fährt ein Auto auf der Straße vorbei, sodass sie nicht alles mitkriegt, was er sagt. Aber dennoch genügend: «Eine Luger … Du bekommst zweitausend Kröten … Am Möllan zehn Uhr heute Abend … Okay, verdammt, it's a deal!»

Als sie fertig ist, lehnt sie sich mit dem Rücken gegen die Windschutzscheibe. Konrad neigt den Kopf nach hinten und legt ihn aufs Dach. Er schaut in den Himmel, wo zwei Mäusebussarde umeinanderkreisen und hin und wieder schrille Schreie von sich geben.

Eigentlich ist er nicht erstaunt. Irgendwo tief in seinem Inneren hat er geahnt, dass es nicht die albanischen Jungs waren, die Herman und Signe erschossen haben. Es wirkte doch … ziemlich weit hergeholt.

Für ihn selbst war es natürlich von Vorteil, solange sie die Schuld zugeschoben bekamen und er nicht mehr verdächtigt wurde. Wenn Fatima die Wahrheit sagt – und die Polizei ihr glaubt –, werden sie sich allerdings wieder auf ihn einschießen.

Scheißegal, ich muss ihr helfen, die Polizei zu überzeugen, denkt er. Ich muss Kontakt zu dieser … Eidechse aufnehmen.

Bei dem Gedanken bekommt er eine Gänsehaut, und für eine Sekunde flimmert der Traum vorbei, in dem Björn Bernhardsson ihm die Pistole an den Kopf hält.

«Wollen Sie auch einen Zug?»

Sie hat sich eine neue Zigarette angezündet und reicht sie ihm mit ihren abgekauten Fingernägeln. Er nimmt sie entgegen und füllt seine Lungen mit Rauch.

«Und hast du eine Ahnung, mit wem Feriz am Telefon gesprochen hat?»

Fatima schüttelt den Kopf, und erst jetzt sieht er, dass sie geweint hat. Eine Träne, die schon halb wieder getrocknet ist, schimmert auf ihrer Wange.

«Ich hatte vor, mit ihm zu reden. Ihm zu sagen, dass er mit diesem Scheiß aufhören soll. Aber es kam nicht mehr dazu …»

Sie sitzen eine Weile lang in Gedanken versunken da. Jeder in seiner eigenen Welt. Aber vereint durch eine gemeinsame Gewissheit: Derjenige, der die Pistole an Feriz verkauft hat, muss auch Herman und Signe umgebracht haben.

Sie ist eigentlich diejenige, die Trost braucht, denkt Konrad. Sie hat gerade ihren Bruder verloren. Und was hab ich verloren? Zwei Menschen, die ich nie geliebt habe. Und Agnes, das ist doch inzwischen verdammt lange her. Er sieht Fatima an und fühlt sich machtlos. Will sie umarmen. Du vermisst ihn, will er sagen und sie dann trösten, aber die Worte klingen bereits in seinem Kopf hohl. Sie ist so schmächtig und wirkt doch so stark. Ihm fällt ein, dass sie mehrere Jahre jünger sein muss als Maria.

«Warum erzählst du mir das eigentlich alles?», fragt er schließlich.

«Mir ist niemand anderes eingefallen ...»

«Deine Eltern?»

Sie seufzt resigniert.

«Dieses Land ... es war nie das, was sie sich erhofft hatten. Also haben sie sich in ihrer eigenen Welt vergraben. Papa sitzt auf dem Balkon und quatscht die ganze Zeit von der Schlacht auf dem Amselfeld. Mein Gott, eine Schlacht, die sechshundert Jahre her ist, wenn der eigene Sohn ermordet worden ist! Und Mama, sie hat eine Heidenangst vor allem, was mit der Polizei zu tun hat.»

Fatima drückt die Kippe auf dem Blech des Wagens aus, und plötzlich meint Konrad, ein Lächeln in ihren Mundwinkeln zu erkennen.

«Ich hab Sie bei dieser Demonstration auf dem Marktplatz gesehen. Aus irgendeinem Grund hatte ich den Eindruck, dass ich mich auf Sie verlassen kann.»

Er lacht auf, fühlt sich in gewisser Weise geehrt.

«Aber erst hast du noch einen Zettel in Palanders Briefkasten geworfen ...»

Fatima blickt ihn verständnislos an.

«Was für einen Zettel?»

Wieder sieht er an dem Ausdruck in ihren Augen, dass sie sich nicht verstellt. Sie hat wirklich keine Ahnung, wovon er spricht.

KAPITEL 24

Am Sonntag nach Mittsommer kommt Gertrud zurück. Konrad stößt an der Haustür beinahe mit ihr zusammen, und plötzlich stehen sie sich wie zwei Fremde gegenüber. Sie trägt einen Rucksack über der Schulter und wirkt überrascht, als hätte sie gehofft, in ihre Wohnung huschen zu können, ohne jemandem zu begegnen. Am wenigsten ihm.

«Hallo», sagt sie verwirrt.

Sie klingt, als wäre sie gerade aus einem merkwürdigen Traum erwacht. Konrad traut sich nicht, sie zu berühren.

«Hallo, Gertrud ...»

Es ist immer noch früh am Morgen. Konrad keucht, da er gerade die Treppe heruntergerannt ist. Vor einer Viertelstunde hat er noch im Bett gelegen und geschlafen. Und sie war bei ihm in den Wolken, zwischen denen er schwebte, da ist er sich ganz sicher. Er erinnert sich noch, dass er dachte, wie dünn die Dunstschleier waren, und wie erstaunlich er es fand, dass sie dennoch trugen. Aber als sein Handy klingelte, war sie verschwunden.

Jetzt steht sie da wie eine Fata Morgana. Wenn ich die Augen schließe und sie dann wieder aufmache, ist sie weg, denkt er und versucht, nicht zu zwinkern. Es funktioniert natürlich nicht. Doch Gertrud ist noch da. Er nimmt deutlich ihren Duft wahr. Atmet ihn tief ein.

Alle seine Fragen sind plötzlich wie weggeblasen. Konrad weiß nicht, wie er seine Sehnsucht in Worte fassen soll.

«Du scheinst es eilig zu haben», sagt sie mit einer Heiterkeit in der Stimme, die aufgesetzt klingt.

Er räuspert sich, schaut aus irgendeinem blöden Grund auf seine staubigen Schuhe hinunter, dann nach oben in Richtung Himmel, als suche er nach etwas, bevor er versucht, ihren flatternden Blick einzufangen.

«Die Polizei hat Torstensson freigelassen …»

Weiter kommt er nicht, da ein Auto frenetisch zu hupen beginnt und ihre Aufmerksamkeit auf sich lenkt. Gleich darauf biegt Palanders roter Citroën um die Straßenecke. Der Auspuff knattert laut.

Gertrud schaut Konrad fragend an. Und plötzlich wird ihm bewusst, dass ihm nur noch ein paar Sekunden bleiben, bevor das Auto anhält und dieser Augenblick vorbei ist.

«Wo bist du gewesen? Warum hast du mich nicht geweckt? Warum hast du mir nicht gesagt, wohin du fährst?»

In seiner Stimme liegt so viel Anklage, dass sie zurückweicht, als hätte er ihr eine Ohrfeige verpasst. Sie blickt erschrocken drein. Eine Art aufgebrachte Röte flammt auf ihren Wangen auf, und für einen kurzen Augenblick sieht es aus, als würde sie jeden Moment durch die Tür nach drinnen verschwinden.

Konrad bereut seine Fragen unmittelbar.

«Ich hab mich nur gewundert, warum du einfach so verschwunden bist …», sagt er entschuldigend.

Dann kommt der Citroën auf der anderen Straßenseite mit einem Ruck zum Stehen, und Palander streckt seinen Walrosskopf heraus.

«Guten Morgen, ihr Turteltäubchen! Springen Sie rein, Konrad, es ist eilig!», ruft er gutmütig.

Gertrud winkt ihm rasch zu. Dann verschwindet das Lächeln in ihrem Gesicht genauso schnell, wie es aufgetaucht ist. Sie ergreift Konrads Oberarm und hält ihn so fest, dass ihre scharfen Fingernägel beinahe durch den Stoff seines Hemdes dringen.

«Hör jetzt auf zu fragen. Geh und tu, was du tun musst. Ich erklär es dir später. Wenn wir mehr Zeit haben.»

Sie gibt ihm einen flüchtigen Kuss auf die Wange und winkt erneut in Richtung Auto, bevor sie im Treppenhaus verschwindet. Konrad steht immer noch auf dem Bürgersteig vor der Haustür, ohne irgendetwas zu begreifen.

Örjan Palander fährt, als hätte er noch nie in seinem Leben hinterm Steuer gesessen und wäre ganz plötzlich auf die Idee gekommen, bei einem Gebrauchtwagenhändler einzubrechen. Er reißt an der Kupplung, sodass es in der Karosserie ächzt und kracht, und tritt beherzt aufs Gaspedal. Der Citroën hüpft vorwärts.

«Warum denn so eilig?», fragt Konrad und versucht vergebens, sich mit dem schlaff herunterhängenden Sicherheitsgurt anzuschnallen.

«Schnelligkeit ist heutzutage alles in der Medienbranche! Das müssten Sie doch eigentlich wissen. Sobald man einen Vorsprung vor der Konkurrenz besitzt, gilt es, ihn zu nutzen.»

Konrad schaut ihn verwundert an und will gerade etwas sagen, als er in seinem Sitz nach hinten gepresst wird. Palander hat das Gaspedal bis zum Anschlag durchgetreten, um einen Traktor zu überholen. Er schafft es gerade so, wieder auf seine Spur einzubiegen, bevor auf der entgegenkommenden Fahrbahn ein Sattelschlepper vorbeidonnert.

In Palanders Gesicht breitet sich ein zufriedenes Grinsen aus.

«Ich hab erfahren, dass sie Torstensson gestern am späten

Abend freigelassen haben», erklärt er. «Der Rechtsanwalt muss die Staatsanwältin davon überzeugt haben, dass Tore die Albanerjungs in Notwehr erschossen hat. Immerhin hat die Polizei ihre Pistole im Brunnen gefunden, oder? Mit dem richtigen Kaliber und Fingerabdrücken von Feriz. Alles klar wie Kloßbrühe. Torstensson ist demnach bedroht worden, als er schoss. Und die Staatsanwältin glaubt nicht, dass sie ihn noch wegen Mordes oder Totschlags drankriegen kann. Beziehungsweise, dass überhaupt eine rechtliche Grundlage existiert, um ihn weiterhin in Haft zu behalten.»

«Ja, das leuchtet ein. Aber warum haben Sie geklungen, als ginge es um Leben und Tod, als Sie anriefen? Als ginge es um Sekunden?»

«Kapieren Sie denn nicht? Tore Torstensson ist ein Scoop! Heute ist Sonntag, und bisher bin ich der Einzige, der weiß, dass er entlassen worden ist. Aber wenn es herauskommt, werden die Kollegen von der Boulevardpresse wie die Wahnsinnigen bei ihm einfallen und hinter jedem Baum und Strauch lauern. Sie können froh sein, dass ich Ihnen angeboten habe mitzukommen.»

«Ich bin Ihnen sehr dankbar …», entgegnet Konrad, während er bemüht ist, seine steigende Nervosität zu verbergen. Palander besitzt die irritierende Angewohnheit, das Steuer loszulassen, sobald er den Mund öffnet. Jetzt schielt er zur Seite, lange genug, um Konrad befürchten zu lassen, dass sie jeden Moment im Graben landen.

«Jetzt sind wir die Ersten. Tore hat bestimmt keine Ahnung, was ihn erwartet. Und wenn er nicht allzu üble Laune hat, können wir ihn bestimmt überreden, uns hereinzulassen. Vielleicht kann er uns auch den einen oder anderen Hinweis zu Herman und Signe liefern.»

Konrad versucht es zu vermeiden, auf die Straße zu sehen.

Er versinkt nach und nach in seinen eigenen Gedanken. Es ist Fatima, die in seinem Kopf auftaucht. Sie schien sich im Hinblick auf das, was sie gehört hatte, ganz sicher zu sein. Er sieht das Mädchen vor sich: Der Pfefferkornblick, der unter ihrem Pony hervorlugte, forderte, dass er ihren Worten Glauben schenkte. Die Rastlosigkeit in dem zierlichen Körper. Die angenagte Nagelhaut an ihren Fingern, die niemals zur Ruhe kamen.

Sollte er Palander von ihr erzählen?

Eigentlich müsste ich es tun, denkt Konrad. Doch irgendetwas hält ihn zurück; vielleicht will er erst selber mehr verstehen. Konrad ist sich außerdem nicht sicher, ob Palander sich von Fatima überzeugen lassen würde. Vermutlich würde er glauben, dass sie es war, die den Zettel in den Briefkasten der Redaktion geworfen hat. Und dass sie das Telefonat nur erfunden hat, um die Ehre ihres toten Bruders zu retten. Konrad will um nichts in der Welt riskieren, dass Fatima in den Scoop hineingezogen wird, der in Palanders Kopf bereits Form angenommen hat. Sie ist kaum der Typ, der in die Schlagzeilen kommen möchte.

Sie fahren mit hohem Tempo durch Onslunda, und am Ortsausgang gelingt es Palander mit einer Vollbremsung gerade noch, einer schwarzen Katze auszuweichen. Er flucht und klopft abergläubisch aufs Steuer: «Verdammtes Katzenvieh!»

Dann wendet er sich völlig unberührt wieder Konrad zu.

«Ich gehe davon aus, dass Sie verstehen, dass Sie als Privatperson dabei sind. Tore Torstensson ist meine Story.»

Konrad nickt. Sie brauchen sich keine Sorgen zu machen, denkt er. So viele Stunden, wie er im vergangenen Jahr lustlos auf den leeren Bildschirm seines Computers gestarrt hat, ohne auch nur einen einzigen sinnvollen Satz zustande zu bringen. Und der Roman, er hat ihn ja kaum richtig angefangen. Und er hat weder eine Ahnung, wie seine Story anfängt, noch wie sie enden soll.

Als sie die Schotterstraße halbwegs erklommen haben, können sie zwischen den Weidenbäumen einen alten Mann erkennen. Das muss Tore Torstensson sein. Er hat ihnen den krummen Rücken zugewandt und hält einen breiten Malerpinsel in der Hand. Sein Schädel ist sonnengebräunt, und vereinzelte fettige, graue Haarsträhnen hängen hinunter über seinen Flanellkragen. Seine fleckigen Latzhosen schlackern wie ein schlaffes Segel unter seinem Hintern.

Als sie aus dem Auto steigen und die Türen hinter sich zuschlagen, hat Torstensson den Pinsel aus der Hand gelegt und sie bereits eine ganze Weile beobachtet. Seine Augen liegen versteckt unter wildwuchernden Augenbrauen, und sein Kinn, das mit spärlichem Bartwuchs bedeckt ist, hängt schlapp über einem langen sehnigen Hals.

Plötzlich geht Konrad auf, womit der Alte beschäftigt war, als sie kamen. Die Hauswand glänzt leuchtend weiß in der Sonne.

Die Blutspritzer.

Er hat das Blut übermalt.

«Hallo, Tore!», ruft Palander und geht mit ausgestreckter Hand auf den alten Mann zu.

Torstensson wischt sich die Hände an der Hose ab, macht jedoch keine Anstalten, den Gruß zu erwidern. Er beäugt sie misstrauisch.

«Sie erkennen mich vielleicht nicht wieder? Örjan Palander, Redakteur von Ystads Allehanda in Tomelilla.»

Als er merkt, dass der Alte keinesfalls vorhat, ihm die Hand zu geben, kramt Palander stattdessen Stift und Notizblock aus der Westentasche. Die Kamera lässt er bis auf weiteres stecken.

«Und das hier ist Konrad Jonsson, mein, äh ... Assistent», erklärt er mit einer nonchalanten Daumenbewegung.

Als der Alte endlich den Mund öffnet, knarrt seine Stimme wie ein ungeöltes Scheunentor. Man merkt, dass Tore Torstensson daran gewöhnt ist, allein zu sein und nicht unnötig zu reden.

«Das da können Sie gleich wieder einstecken. Und dann können Sie mit Ihrem verdammten Assistenten zur Hölle fahren. Ansonsten ergeht es euch wie den Kanaken!»

Er räuspert sich geräuschvoll, und wie um die Drohung zu unterstreichen, spuckt er eine schleimige Ladung Rotz aus, die unmittelbar vor Palanders Füßen landet. Dann starrt er sie beide mit einem Blick an, der nicht länger misstrauisch, sondern voller Hass ist. Offensichtlich hat Torstensson genauso wenig für Journalisten übrig wie für Ausländer.

Konrad blickt sich unschlüssig um. Über dem Garten liegt etwas Friedliches. Einige Hummeln summen um den Steingarten herum, wo Salbei und Lavendel wachsen. Der Flieder verbreitet einen süßlichen Duft. Die Tür zum Wohnhaus ist angelehnt, und auf der Fensterbank des eingehakten Küchenfensters steht ein Becher mit Kaffee. Es ist nur ein paar Tage her, dass hier zwei junge Männer starben. Jetzt liegt der Brunnendeckel wieder an seinem Platz, und hinten am Holzschuppen stolzieren die Hühner unbekümmert umher. Die graue Katze, die Konrad neulich gesehen hat, kommt um die Ecke geschlichen, macht einen eleganten Schritt über den gelben Schleimpfropf und streicht dann mit ihrem Rücken liebevoll an Torstenssons Hosenbein entlang. Er beugt sich hinunter und nimmt sie auf den Arm, ohne seine ungebetenen Gäste aus den Augen zu lassen.

In dem Moment, als der Alte zu erwägen scheint, ob er die Schrotflinte hervorholen soll, hat Konrad eine Eingebung:

«Glauben Sie, dass Sie Hermans und Signes Mörder erschossen haben?»

Torstensson fährt zusammen, und in seinem Gesicht breitet sich Unsicherheit aus. Er beginnt nachdenklich, die Katze hinterm Ohr zu kraulen. Sie schließt genussvoll die Augen und schmiegt sich an seinen Brustkorb.

«Herman und Signe Jönsson?»

Der Alte schaut sie fragend an. Es scheint, als wäre ihm der Gedanke nie gekommen. Vielleicht hat er keine Zeitung gelesen, als er in Haft war. Oder er hatte genug mit sich selber zu tun.

«Sie wissen doch, dass die beiden ermordet wurden?», fragt Konrad.

«Ja …»

«Mit derselben Pistole, die die Polizei in Ihrem Brunnen gefunden hat», ergänzt Palander.

Unter den Augenbrauen des Alten blitzt es auf, aber sein Blick ist schwer zu deuten. Ein scharfkantiger Adamsapfel gleitet an seinem faltigen Hals auf und ab. Es ist unmöglich zu ergründen, was sich in seinem Kopf abspielt. Vielleicht ist er einfach nur alt und wirr im Kopf, denkt Konrad. Doch dann hat er den Eindruck, eine Spur Neugier zu erkennen.

«Herman und Signe …», knarzt der Alte. «Sie waren gute Menschen. Schlimm, dass ihnen so übel mitgespielt worden ist.»

«Sie waren meine … Eltern», sagt Konrad, nicht ganz wahrheitsgemäß.

Torstensson starrt ihn lange an, als krame er irgendwo tief in seiner Erinnerung. Dann nickt er nachdenklich.

«Können wir nicht kurz reinkommen und ein wenig über

das sprechen, was geschehen ist?», meldet sich Palander mit einer anderen, schmeichlerischen Stimme zu Wort.

Der Alte zögert, macht dann eine kaum merkliche Kopfbewegung in Richtung der offenen Haustür, kehrt ihnen den Rücken zu und steigt über die Schwelle, ohne die Tür hinter sich zuzuziehen. Sie deuten es als Einladung.

Bereits im Flur schlägt ihnen ein säuerlicher Geruch nach altem Männerschweiß entgegen. Torstensson hat die Schuhe anbehalten, und sie folgen seinem Beispiel. Durch eine halb geöffnete Schlafzimmertür ist ein ungemachtes Bett zu erkennen. Den Küchentisch ziert ein rotkariertes Wachstuch, und auf der Spüle liegt ein Brett mit einem Brot und einem Stück geräuchertem Speck drauf.

«Setzen Sie sich.»

Ohne zu fragen, schenkt er Kaffee aus einer Blechkanne aus, die zum Warmhalten auf dem Herd gestanden hat. Sie trinken vorsichtig aus ihren Tassen. Der Kaffee ist lauwarm und voller Gerbsäure.

«Kannten Sie sie?», fragt Konrad vorsichtig. «Ich meine, Herman und Signe?»

Torstensson schlürft aus seiner Tasse und macht eine unbestimmte Schulterbewegung.

«Flüchtig von früher … nicht näher. Aber sie haben nicht um das gebeten, was sie bekommen haben.»

«Nein», entgegnet Konrad. «Ganz bestimmt nicht.»

«Sie waren anständige Menschen», sagt der Alte mit Nachdruck in der Stimme, als hätte jemand das Gegenteil behauptet.

«Ja, das waren sie.»

Torstensson schnaubt und sieht aus dem Fenster. Konrad fällt ein, dass er bestimmt zehn Jahre jünger sein muss als Herman und Signe.

«Sie waren gute Menschen. Ziemlich unauffällig. Viele haben schlecht über sie geredet. Aber ich hab mich da rausgehalten.»

«Erzählen Sie, was passiert ist, als diese Albanerjungen herkamen», fordert Palander ihn unerwartet auf.

Der Blick des Alten verdüstert sich.

«Ich hab ihnen die Hirne weggeblasen, das ist passiert. Genau, wie sie es verdient haben!»

Er stellt die Tasse mit einem Klirren auf der Untertasse ab, stützt die Ellenbogen auf den Tisch und blickt verdrießlich drein.

«So müsste man es mit dem gesamten Haufen machen. Ihnen die Schädel wegballern. Wer zum Teufel hat sie eigentlich gebeten herzukommen? Schmarotzen bei ehrenhaften Bürgern. Und überfallen einen alten Mann in seinem eigenen Haus. Sozialhilfeempfänger und Banditen, raus mit den Scheißkerlen!»

Torstensson greift sich keuchend an die Brust und sinkt nach seinem Ausbruch zurück gegen die Lehne seines Stuhls. Konrad befürchtet einen Augenblick lang, er hätte eine Herzattacke erlitten. Doch dann ergreift der Alte seine Kaffeetasse mit einer Hand, die vor Wut zittert. Lässt sie dabei nicht aus den Augen.

«Früher haben wir diesen Abschaum von unserem Ort ferngehalten. Da wussten die Leute, was zu tun war. Da wusste man, wie man mit ihnen umzugehen hatte. Aber jetzt traut sich keiner mehr, den Mund aufzumachen. Als sie versucht haben, das Pack aus Sjöbo fernzuhalten, gab es 'nen Riesenaufstand.»

Konrad spürt Palanders Knie unter dem Tisch gegen das seine stoßen. Er weiß, was es zu bedeuten hat. Sagen Sie nichts. Lassen Sie ihn weiterreden.

Aber der Alte scheint sich wieder beruhigt zu haben.

«Was haben Sie da nochmal gesagt, dass die beiden Herman und Signe erschossen haben?»

Palander führt langsam und etwas umständlich die Geschichte mit der Luger im Brunnen aus. Berichtet von den Patronen in Hermans und Signes Geräteschuppen. Und von den Kontrollschüssen der Polizei mit der sichergestellten Pistole, bei denen dieselben Spuren an der Munition hinterlassen wurden, die man auch in den Bleikugeln gefunden hat, die die Eheleute Jönsson töteten.

«Das ist ja ungeheuerlich!»

Es klingt, als hätte Torstensson nie zuvor davon gehört.

«Die Staatsanwältin hat Sie doch auf freien Fuß gesetzt, weil Sie in Notwehr geschossen haben. Haben Sie denn die Pistole in der Hand des Albaners gesehen?», fragt Palander.

«Da können Sie aber Gift drauf nehmen! Hätte der Größere von beiden mich nicht mit seinem Brecheisen erschlagen, dann hätte der andere mich erschossen. Als ich gesehen hab, wie er die Pistole aus dem Hosenbund zog, blieb mir nichts anderes übrig, als das Feuer zu eröffnen. Und es war, verdammt nochmal, ein herrlicher Anblick, wie die beiden davonflogen, das können Sie mir glauben!»

Er schiebt angriffslustig das Kinn vor und mustert seine Gäste, als suche er nach einem Grund, seinen Zorn gegen sie zu richten.

Plötzlich kann sich Konrad nicht länger zurückhalten. Während des gesamten Gesprächs hat er sich gezwungen, seine Emotionen zu unterdrücken. Das saure Aufstoßen aus dem Mund des Alten zu schlucken. Das Pack. Der Abschaum. Die Kanaken. Aber letztlich ist er es, an dem dieser alte Despot seinen Zorn auslässt.

Konrad spürt, wie sich seine Kiefermuskeln anspannen.

«Sie sagen, dass Sie früher dafür gesorgt haben, den Abschaum fernzuhalten. Und wussten, wie man mit ihnen umzugehen hatte.»

«Oh ja … und ob wir das wussten.»

«Galt das auch für meine Mutter?»

Torstensson schaut ihn verwundert an.

«Signe?»

«Nein, Agnes, Agnieszka Stankiewic, die vor vierzig Jahren spurlos verschwunden ist.»

Der alte Mann springt förmlich auf.

«Was zum Teufel wollen Sie damit sagen?»

Er öffnet den Putzschrank, aus dem ein verstaubter Handfeger auf den Boden fällt, und plötzlich steht er da auf dem Flickenteppich in der Küche und richtet eine doppelläufige Schrotflinte auf sie beide. Es knackt, als er die Sicherungssperre löst.

«Zum Teufel, Tore! Immer mit der Ruhe», bricht es aus Palander heraus.

Beide nehmen die Hände hoch, wie im Film. Vollständig überrascht von der plötzlichen Wendung und voller Todesangst. Torstenssons Ohren sind rot vor Wut. Aber es ist der schroffe, kontrollierte Ton, der ihnen am meisten Angst macht.

Er heftet seinen Blick auf Konrad, während er seine Drohung ausspricht:

«Ihr habt zehn Sekunden, um mein Haus zu verlassen. Und wenn ihr dann nicht weg seid, muss ich, verdammt nochmal, auch noch die Küche neu streichen!»

Es dauert eine ganze Weile, bis sich sein Puls wieder beruhigt und das eisige Gefühl in der Magengegend nachgelassen hat. Palander fährt langsam zurück in Richtung Tomelilla. Er sieht blass aus. Konrad spürt, wie ihm das Hemd am Rücken klebt.

«Meine Güte, was hat der uns für einen Schrecken eingejagt!»

«Ich hab wirklich gedacht, er würde losballern ...»

«Wo zum Teufel hat er nur die Knarre her? Hätte die Polizei sie nicht beschlagnahmen müssen?»

«Er muss noch eine versteckt gehabt haben. Teufel nochmal, was für ein alter Stinkstiefel!»

Sie sitzen lange Zeit schweigend im Auto, und es ist, als hätte der Schock Palander zu einem besseren Fahrer gemacht. Das Ruckartige ist verflogen. Der Citroën tuckert friedlich auf der Landstraße dahin.

«Glauben Sie, dass er noch mehr weiß?», fragt Palander. «Über Herman und Signe, meine ich?»

Konrad denkt nach. Torstensson schien ohne Zweifel eine Art Sympathie für sie zu empfinden. Schließlich ist sein Zorn erst mit ihm durchgegangen, als Konrad Agnes erwähnt hat.

«Schwer zu sagen. Die Frage ist vielleicht eher, ob er eine Ahnung davon hat, was meiner Mutter zugestoßen ist. Ob er weiß, was mit Agnes geschehen ist.»

Örjan Palander nickt zustimmend.

«Irgendetwas an der Sache ist faul. Etwas, dessen Wurzeln in der Vergangenheit liegen.»

«Mm ... Dann gilt es schlichtweg, dem auf den Grund zu gehen.»

«Follow the money», murmelt Palander leise vor sich hin.

«Deep Throat», entgegnet Konrad. «Aber ich glaube kaum, dass wir irgendwelchen Spuren in Sachen Geld folgen müssen. Eher Blutspuren.»

Er lehnt sich zurück und schließt die Augen. Hört das Motorengeräusch durch die offene Seitenscheibe, spürt den Wind im Gesicht, kann die Abkühlung jedoch nicht genießen. Wenn er nur wüsste, wo in diesem Gewirr von Spuren er anfangen sollte zu suchen. Es ist, als ob der gesamte Ort, jeder Mensch, dem er begegnet, jedes Gebäude, das er betritt, und jeder Platz, an den er kommt, den Anfang eines langen, verschlungenen Pfades in das Leben, das einmal seines gewesen war, vor ihm verbirgt.

«Ich muss an das denken, was auf dem Zettel stand», sagt Palander. «Daran, dass sie die Pistole erst nach dem Mord an Herman und Signe bekommen haben. Wie zum Teufel soll man herausfinden, wer ihn geschrieben hat?»

Konrad erwidert nichts.

«Wie zum Teufel soll man wissen, ob es stimmt …?»

«Es gibt allerdings noch eine andere Möglichkeit», sagt er dann. «Stellen Sie sich vor, Tore Torstensson lügt. Und Feriz und Sali hatten gar keine Pistole bei sich, sodass Torstensson die beiden vorsätzlich erschossen hat. Es kann ja durchaus jemand die Luger im Nachhinein in den Brunnen geworfen haben.»

Der Gedanke war Konrad schon öfter gekommen. Es wäre eine Möglichkeit. Dass Hermans und Signes Mörder auf die Idee kam, den beiden Jungs die Schuld in die Schuhe zu schieben, nachdem er von dem Schussdrama in Onslunda erfahren hat.

«Aber wie erklären Sie dann, dass die Polizei Feriz' Fingerabdrücke an der Waffe gefunden hat?»

Palander zuckt mit den Achseln, diesmal ohne das Steuer loszulassen.

«Unter den Albanern geht das Gerücht, dass die Polizei die Pistole in den Brunnen geworfen hat», sagt er.

«Glauben Sie daran?»

«Keine Ahnung, was man überhaupt noch glauben soll.»

Konrad schweigt. Er denkt an Fatima. Aber er sagt nichts.

Ganz sicher hatten Feriz und Sali eine Pistole bei sich, als sie zu Torstensson fuhren. Aber vielleicht wollten sie ihm damit nur Angst machen. Doch er hat keinen Zweifel, dass Fatima die Wahrheit über das Telefonat gesagt hat.

Langsam dringt ein unangenehmer Gedanke in Konrads Bewusstsein, der die ganze Zeit schon an ihm genagt hat: Wenn die Polizei den Bericht des Mädchens hört, kann es sein, dass sie glauben, er wäre derjenige, mit dem Feriz telefoniert hat.

KAPITEL 25

Dir Archivarin heißt Eleonor Bengtsson und sieht aus, als leide sie furchtbar unter der Hitze.

Sie ist eine kleine, etwas pummelige Frau mit rotgefleckter Haut und dünnem Haar, das platt am Kopf anliegt. Die Batikbluse reicht ihr bis zu den Knien. Unterhalb der schlabberigen Leinenhosen lugt eine Reihe dicker Zehen aus den Gesundheitssandalen hervor. Und obwohl sie sich mit schildkrötenähnlicher Langsamkeit bewegt, dringen pfeifende Geräusche aus ihren Lungen, wenn sie Luft holt.

Eleonor Bengtssons Büro liegt im Erdgeschoss am Ende eines langen Korridors in dem roten Ziegelgebäude der Gemeindeverwaltung am alten Marktplatz. Der Raum ist voller kleiner Stoffpuppen in Rüschenkleidern oder farbenfrohen Röcken. Konrad hat den Eindruck, als starrten sie ihn dort, wo er sitzt und wartet, hinterhältig an.

Dann kommt sie zurück. Als sie sich an den Schreibtisch setzt, vibriert der Fußboden. Sie fächert sich mit der dünnen braunen Mappe, die sie gerade geholt hat, Luft zu.

«Puh, ich muss wirklich aufhören zu rauchen!»

Sie lächelt entschuldigend durch ihr rosafarbenes Brillengestell, nimmt eine Papierserviette aus ihrer Handtasche und tupft sich die Stirn ab.

«Etwas zu trinken?»

Es klirrt in den Gläsern, als sie Wasser mit Eiswürfeln aus einer Karaffe einschenkt.

«Gut, dass Sie vorm Wochenende angerufen haben, so hatten wir Zeit zum Suchen. Es geschieht nämlich nicht gerade oft, dass jemand nach so alten Unterlagen fragt. Das hier ist allerdings alles, was ich finden konnte. Der Chef vom Sozialamt hat sie bereits im Hinblick auf die Geheimhaltungspflicht geprüft, es ist also kein Problem, wenn Sie sie lesen.»

Sie legt die Akte vor Konrad auf den Tisch.

«Wie Sie sehen, sind es lediglich die Dokumente vom Sozialamt. Die Adoptionsunterlagen sind verschwunden, und das wundert mich auch kein bisschen. Es grenzt an einen Skandal, was für ein Chaos in dieser Gemeinde herrscht. Und ich selber habe leider absolut keine Zeit, da Ordnung hineinzubringen. Ich hab zu viel zu tun. Neben der Betreuung des Archivs muss ich nämlich noch eine Menge anderer Aufgaben erledigen.»

«Ich verstehe.»

«Nehmen Sie sich die Zeit, die Sie brauchen.»

Trotz der großzügigen Aufforderung macht sie keine Anstalten, ihn allein zu lassen. Stattdessen verschränkt sie die Arme vor der Brust und betrachtet ihn neugierig.

Konrad wirft ihr einen Blick zu und öffnet dann vorsichtig die Mappe.

«Wenn Sie möchten, kann ich Kopien anfertigen», bietet sie ihm dienstbeflissen an.

Er macht eine abwehrende Geste mit der Hand.

Zwischen den Aktendeckeln liegen nur einige wenige vergilbte Papierbögen. Formulare, ausgefüllt mit Schreibmaschinenschrift.

«Waren nicht Sie das, der in Bagdad als Geisel genommen wurde?», fragt Eleonor Bengtsson, obwohl sie die Antwort offensichtlich bereits weiß.

Er schaut kurz auf und nickt.

«Ich habe es in den Nachrichten gehört. Ein paar Jahre ist es inzwischen wohl her, oder? Aber damals habe ich natürlich nicht gewusst, dass Sie das waren.»

Konrad hat nicht die geringste Lust, daran erinnert zu werden. Er schweigt und versucht sich auf das Dokument zu konzentrieren.

Beschluss bezüglich der Unterbringung bei Pflegeeltern, steht dort. Und dann sein Name: *Konrad Stankiewic. Personennummer: 611207–2479.*

Es ist ein merkwürdiges Gefühl, das Dokument nach so vielen Jahren zu Gesicht zu bekommen. Als handle die Akte in Wirklichkeit von jemand anderem. Einer Person, die er als Kind kannte, zu der er aber schon vor langer Zeit den Kontakt verloren hat. *Stankiewic.* Natürlich war Konrad klar, dass dieser Name in den alten Dokumenten stehen würde. Aber es ist das erste Mal, dass er ihn mit eigenen Augen geschrieben sieht.

«Sie haben wirklich viele schlimme Dinge durchgemacht», sagt die Archivarin mit einer Stimme voller Mitleid.

Sie hat die Brille abgenommen und den Kopf leicht schief gelegt. Konrad versucht so zu tun, als sei sie nicht anwesend.

«Ich meine, erst das mit dem Dolmetscher in Bagdad. Und jetzt den Mord an Ihren Eltern. Na ja, Adoptiveltern muss man wohl sagen …»

Konrad schweigt und versucht weiterzulesen.

Agnes wird nur in wenigen Zeilen erwähnt. Offenbar hat sie zeitweise von Sozialhilfe gelebt. Und von diversen Putzjobs. Dann war sie plötzlich spurlos verschwunden. Keine Andeutungen darüber, was ihr zugestoßen sein könnte.

«Man muss es rauslassen», sagt Eleonor Bengtsson.

«Man darf es auf keinen Fall herunterschlucken. Wenn man schreckliche Traumata erlebt hat, muss man darüber reden. Ich habe selber vor einigen Jahren eine schwierige Scheidung durchgemacht. Ja, inzwischen ist es schon etliche Jahre her. Und ich habe sehr gelitten, bis ich die Möglichkeit bekam, mit einem erfahrenen Therapeuten zu sprechen.»

«Mm ...»

«Und für euch Männer ist es noch schwieriger. Ihr habt ja auch noch eure Männerrolle, gegen die ihr ankämpfen müsst. Einsam und stark zu sein, ich kann gut verstehen, dass das nicht leicht ist.»

Sie seufzt und schüttelt bekümmert den Kopf.

Konrad holt tief Luft. Es fühlt sich an, als würde ihm in diesem Raum jeglicher Sauerstoff entzogen. Die Frau und ihre versammelten Stoffpuppen ersticken ihn. Verdammtes Weibsbild, was will sie nur von ihm?

«Ich bin ja selber eine recht erfahrene ... Gesprächspartnerin», sagt sie langsam und sieht ihn mit glasigen Augen an.

Ihr Blick hat etwas Erdrückendes, Absorbierendes. Konrad legt mit Bedacht das Dokument zur Seite.

«Sie könnten mich nicht möglicherweise kurz allein lassen, sodass ich in Ruhe diese Papiere lesen kann?», fragt er mit zusammengebissenen Zähnen. «Oder vielleicht gibt es einen anderen Raum, in den ich mich setzen kann?»

Eleonor Bengtsson schrickt zusammen, als hätte man sie aus einem Traum geweckt. Sie steht eilig auf und verzieht den Mund.

«Aber natürlich! Entschuldigen Sie, dass ich versuche, Ihnen behilflich zu sein. Ich habe sowieso gleich Kaffeepause.»

Sie schlurft aus dem Raum. Konrad stößt einen Seufzer

der Erleichterung aus. Er steht auf, öffnet ein quietschendes Fenster und atmet tief und lange durch, bevor er sich wieder an den Tisch setzt.

Auf der zweiten Seite der Sozialamtsakte ist ein kurzer Abschnitt über ihn selbst zu lesen: ein siebenjähriger Junge, der bei seiner alleinstehenden Mutter aufgewachsen ist. Scheu und zurückhaltend, aber für reif befunden, im Herbst mit der Schule zu beginnen. Keine physischen Defekte bekannt.

In seinem Kopf taucht eine Erinnerung an eine Krankenschwester in weißem Kittel auf. Sie untersucht ihn mit festen kalten Händen. Sie hat eisblaue Augen und große Pferdezähne, und er steht frierend in Unterhosen da, obwohl es mitten im Sommer ist. Es riecht streng nach Desinfektionsmittel. Er bekommt eine Spritze in den Arm und einen aufmunternden Klaps auf den Po, als er fertig ist.

Konrad liest auch etwas über Herman und Signe. Dürftige Notizen, die nicht besonders viel Aufschluss über die Menschen aus Fleisch und Blut geben, um die es geht: untadeliger Lebenswandel. Hart arbeitende Eheleute mit eingeschränkten Finanzen, aber ohne Schulden. Ein leiblicher Sohn von sechzehn Jahren. Kein Missbrauch bekannt. Keine Vermerke im Strafregister. Gemäß dem Beschluss sind sie als Pflegeeltern begutachtet und für geeignet befunden worden.

Er wirft die Unterlagen auf den Schreibtisch und lehnt sich unentschlossen auf dem Stuhl zurück. Der überwiegende Teil des Dokuments besteht aus juristischen Texten und Formalien, trocken wiedergegeben von pflichtbewussten Beamten. Er hat das Gefühl, rein gar nichts Neues erfahren zu haben.

Als er schon die Mappe zuschlagen und den Raum verlassen will, fällt sein Blick auf die Unterschrift. Sie ist mit blauem Füllfederhalter sauber von Hand geschrieben. Der Name ist außerdem in Maschinenschrift verdeutlicht.

Von Amts wegen: Gudrun Vernersson.

Das kann kein Zufall sein.

Ganz hinten in seinem Hirn flackert etwas auf. War es nicht eine ältere Frau, die vom Sozialamt kam? Er schüttelt verwirrt den Kopf. Vielleicht kam sie ihm nur als kleinem Jungen alt vor.

In Wirklichkeit muss sie damals jünger gewesen sein, als er heute ist. Die großgewachsene brüske Frau vom Sozialamt, die seine Hand so fest gedrückt hat, als sie auf der Treppe zu Hermans und Signes grauem Eternithaus standen.

Es kann unmöglich zwei Frauen mit demselben ungewöhnlichen Namen in einem Ort geben.

Es muss Gudan gewesen sein.

Hinter dem Guckloch flattert ein Schatten vorbei, und Konrad merkt, dass er beobachtet wird.

Und wiedererkannt.

Er hat dreimal kurz geklingelt und sofort eingesehen, dass es mindestens einmal zu viel war. Alte Menschen soll man nicht unnötig beunruhigen. Er wartet ungeduldig im Treppenhaus und starrt auf die Holztür, die im Laufe der Zeit ausgeblichen ist und diverse Schrammen davongetragen hat. Ein handgeschriebener Zettel besagt, dass Gudrun Vernersson keine Werbung bekommen möchte.

Dann rasselt eine Sicherheitskette, und die Tür gleitet langsam auf. Gudan steht direkt hinter der Schwelle, wie ein Schatten im Dunkeln. Konrad weicht unmittelbar zurück. Sie hat etwas Gespenstisches, vielleicht ist es das Wissen darüber, dass ihre Person eine Verbindung in die Vergangenheit darstellt, die sie wie ein Phantom erscheinen lässt. Sie hat sich einen Morgenrock übergestreift, der bis zum Boden reicht. Ihr weißes Haar fällt ihr über die Schultern und ist länger, als er angenommen hat.

«Ja … äh, dürfte ich kurz reinkommen?»

Gudans Blick ist ausdruckslos. Sie hat eine große Nase und einen Mund, der in ihrem länglichen, flachen Gesicht viel zu klein wirkt. Dann nickt sie nahezu unmerklich.

«Ich setze ein wenig Kaffee auf», murmelt sie und verschwindet ins Innere der Wohnung.

Konrad schließt vorsichtig die Tür hinter sich und folgt ihr. Es ist dunkel und riecht nach vergorenem Obst und Lavendel. An der Wand im Flur hängen gerahmte Porträts, und in einem größeren Zimmer erkennt er die Konturen einer ausladenden Sitzgruppe. Irgendwo hört er eine Uhr ticken.

«Sie müssen entschuldigen, dass ich die Gardinen zugezogen habe. Aber ich fühle mich nicht so gut», hört er sie aus der Küche sagen.

Sie hat eine Lampe über dem Tisch angeknipst, auf dem eine Schale mit Zucker auf einer gehäkelten Decke steht.

«Wenn ich störe, kann ich auch ein anderes Mal wiederkommen.»

Gudan dreht sich mit der Kaffeekanne in der Hand um.

«Dann ist es möglicherweise zu spät. Dann bin ich vielleicht tot.»

Es dauert ein paar Sekunden, bevor sich ihr Gesicht zu einem faltigen Lächeln öffnet. Sie lacht auf, heiser wie eine Krähe.

«Ich hab nur einen Scherz gemacht. So übel ist es um mich altes Weib nun auch nicht bestellt.»

Erst jetzt entdeckt Konrad den Schalk in ihrem Blick. Er atmet langsam aus. Die Alte scheint zumindest nicht unmittelbar vor dem Sterben zu stehen. Dann setzt er sich an den Küchentisch und wartet, während Gudan Tassen aus dem Schrank holt.

«Ich habe mich gerade gefragt, wie lange es dauern würde, bis Sie darauf kämen», sagt sie mit dem Rücken zu ihm gewandt.

«Auf was?»

Sie schenkt den Kaffee ein, der so dünn ist, dass man den Tassenboden sehen kann, obwohl die Tasse voll ist.

«Dass ich diejenige war, die sich um Ihre Unterbringung bei Pflegeeltern gekümmert hat, natürlich.»

«Sie wussten also, dass ich Sie aufsuchen würde?»

«Tja, das war ja nicht so schwer auszurechnen, als Sie nach all den Jahren zurückkamen. Und mehr über das wissen wollten, was geschehen ist.»

«Und warum haben Sie nicht gleich etwas gesagt?»

Sie lächelt verschmitzt, taucht schließlich ein Stück Würfelzucker in ihren Kaffee und lässt es auf der Zunge zergehen. Schnalzt dann mit der Zunge.

«In meinem Alter passiert nicht mehr so viel Spannendes im Leben. Also muss man von dem zehren, was sich einem bietet.»

Konrad muss unwillkürlich lachen. Die alte Frau scheint Humor zu haben. Er folgt mit dem Blick ihrer geäderten Hand, die leicht zitternd die Tasse hält, sodass sich kleine Wellen auf der Oberfläche des Kaffees bilden. Muss an die Kraft denken, die sie einmal besaß. Diese gekrümmten Finger glichen einem Schraubstock, als sie vor Hermans und Signes Tür standen.

«Ich habe Ihren Namen in den alten Unterlagen des Sozialamts gefunden», erklärt Konrad.

«Ja, ja, das ist klar.»

«Können Sie mir nicht erzählen, was damals eigentlich passiert ist?»

Ohne zu antworten, steht sie auf, schiebt die Gardine ein wenig zur Seite und öffnet die Jalousien zur Hälfte, sodass etwas Tageslicht in die Küche fällt. Sie kneift die Augen einen Augenblick lang zusammen, als wolle sie einen Schmerz abwarten. Konrad bemerkt, dass sich auf dem Fußboden in der Ecke Wollmäuse tummeln.

«Da gab es einen einsamen kleinen Jungen», seufzt sie. «Das ist, was passiert ist. Jemand musste sich schließlich um ihn kümmern.»

«Und es kam kein anderer in Frage?»

Sie schnaubt.

«Herman und Signe waren vielleicht nicht die idealen Adoptiveltern. Aber sie haben sich aus eigenen Stücken angeboten. Und Signe, sie konnte ziemlich fordernd sein, so bescheiden sie auf den ersten Blick auch wirkte.»

«Haben sie das?»

«Ja, und zwar umgehend. Signe lag es sehr am Herzen. Ich weiß noch genau, wie sie mit Herman im Schlepptau im Sozialamt auftauchte und ihr Anliegen vortrug.»

«Haben sie denn nie einen Grund dafür genannt, warum ihnen so daran gelegen war, sich um mich zu kümmern?»

«Na ja, wahrscheinlich hat nie jemand gefragt. Und wenn ich ehrlich bin, waren wir froh, dass es überhaupt jemanden gab, der bereit war, sich um Sie zu kümmern. Ansonsten hätten Sie ins Waisenhaus gemusst, und diese Alternative ist nie erfreulich.»

Der Löffel schabt gegen das Porzellan, als sie ihren Kaffee umrührt.

«Inwieweit haben Sie die Angelegenheit … weiterverfolgt?»

«Nicht besonders intensiv», antwortet sie. «Soweit ich es mitbekommen habe, schien es ja zu funktionieren. Jedenfalls hat keiner geklagt. Und wir hatten keinen Grund, etwas anderes anzunehmen, als dass alles in Ordnung war. Natürlich war klar, dass Klas ein richtiger Taugenichts war. Aber das hatte ja nicht unmittelbar etwas mit Ihnen zu tun. Außerdem war er ja so viel älter als Sie. Und Herman und Signe, sie waren in gewisser Weise Eigenbrötler, sodass man keine dauerhafte Verbindung zu ihnen aufbauen konnte. Wir haben ein paar Folgegespräche geführt, aber das war alles.»

Sie wird still und blinzelt ihn an, als versuche sie zu ergründen, ob er sie möglicherweise anklagt.

«Haben Sie darüber nachgedacht, wer es gewesen sein könnte, der sie umgebracht hat?», fragt Konrad.

Gudan fährt zusammen.

«Wie in Gottes Namen soll ich das wissen können?»

Konrad sieht ein, dass sie recht hat. Wie sollte sie als alleinstehende alte Frau, die mit Sicherheit keinen ausgiebigen Kontakt zu anderen Menschen mehr pflegt, das auch wissen können? Das Getratsche aus dem Ort dringt ganz bestimmt nicht ungehindert durch die dicken Gardinen und heruntergelassenen Jalousien zu ihr hinein. Vielleicht ist er selbst derjenige, der in falschen Bahnen denkt. Seit dem Zeitpunkt, an dem er nach Hause zurückkehrte, ist er davon ausgegangen, dass irgendeine Verbindung zur Vergangenheit besteht. «Nach Hause»? Konrad fühlt sich in seinen eigenen Gedanken ertappt. Seit wann ist dieser Ort für ihn ein Zuhause?

Vor sich sieht er Spuren im Wüstensand. Ein kräftiger Wind streicht über die Sanddünen, und langsam, aber unerbittlich werden die Abdrücke wieder eingeebnet. Er folgt ihnen in entgegengesetzter Richtung mit dem Blick, so weit es geht. Auf mehr als der halben Strecke bis hin zum Horizont sind sie verschwunden. Die Wüste liegt unberührt da.

Vielleicht sehe ich nur eine Luftspiegelung, denkt Konrad. Vielleicht hat es niemals irgendwelche Fußspuren gegeben, denen man folgen konnte. Zwei Schüsse in den Nacken; die beiden albanischen Jungs können es sehr wohl getan haben. Oder jemand anderes, der zufällig von Hermans und Signes unerwartetem Lottogewinn erfahren hat.

Doch dann wandern Konrads Gedanken zu Fatima. Er muss herausfinden, mit wem ihr Bruder telefoniert hat.

«Kommen Sie!», fordert Gudan ihn plötzlich auf und reißt ihn aus seinen Überlegungen.

Zu seinem Erstaunen ergreift sie ganz sachte seine Hand. Er folgt ihr gehorsam ins Wohnzimmer. Ihre Hand fühlt sich weich an, als hätten die Jahrzehnte alle Schwielen weggeschliffen und lediglich dünne seidenweiche Haut hinterlassen. Aber sie ist immer noch größer als er.

Auf einem massiven Sekretär steht eine ganze Reihe Fotografien. Sie knipst die Deckenlampe an, damit er besser sehen kann. Es sind alte Schwarz-Weiß-Fotos und ausgeblichene Farbfotos, alle in dekorativen Rahmen. Für Konrad lauter unbekannte Gesichter. Die Menschen lachen, lächeln oder blicken etwas steif in die Kamera, aber sie sagen ihm absolut nichts.

«Das hier ist Kurt», erklärt Gudan geheimnisvoll und nimmt eines der Porträts zur Hand.

Das Bild in dem schlichten Goldrahmen zeigt einen Mann, der zwischen vierzig und fünfzig sein muss. Es ist ein Porträt, das in einem Atelier aufgenommen zu sein scheint. Der Mann wirkt etwas steif im Rücken, als hätte ihn jemand aufgefordert, still zu sitzen. Er sieht den Fotografen mit klaren blauen Augen direkt an. Sein Haar ist blond und füllig und etwas gewellt; an den Schläfen geht es in üppige Koteletten über.

«Kommissar Kurt Nilsson», verdeutlicht Gudan mit einem stolzen Lächeln.

Konrad schaut die alte Frau einen Augenblick lang fragend an, bis er plötzlich begreift. Er sieht den vergilbten, ausgefransten Zeitungsausschnitt vor sich: *Wir wissen, dass sie ihren Lebensunterhalt auf eine Art und Weise verdiente, die nicht gerade als ehrenwert angesehen wird und die wir in unserer Gemeinde nicht gewöhnt sind.*

Kommissar Kurt Nilsson, dem es nicht gelungen ist herauszufinden, was seiner Mutter, Agnes, zugestoßen ist. Oder der sich ganz einfach nicht genügend angestrengt hat, um sie zu finden.

«Wir ... wir standen einander eine Zeitlang sehr nahe», sagt Gudrun Vernersson schüchtern.

Konrad nimmt die Fotografie in die Hand und begegnet dem blauen Blick. Er hat etwas Treuherziges. Ein Kleinstadtpolizist im schwedischen Sozialstaat, lange vor der Zeit des Bösen. Er schüttelt den Kopf angesichts seines absurden Gedankens. Schließlich existierte das Böse schon immer. Die Frage ist nur, ob Kurt Nilsson mehr wusste, als er in der Zeitung veröffentlicht hat. Oder ob er nur ein gewöhnlicher dämlicher Bulle war.

«Lebt er noch?», fragt Konrad.

«Ja, sicher lebt er noch. Ich besuche ihn jede Woche.»

Gudan nimmt ihm die Fotografie ab und stellt sie wieder auf ihren Platz auf dem Sekretär.

«Wir hatten einmal vor zu heiraten. Aber wir haben uns mit der Zeit auseinandergelebt ...»

Sie hält inne, zaubert ein großes Taschentuch aus einer Tasche ihres Morgenmantels hervor und schnäuzt sich.

«Ach, warum soll ich damit hinterm Berg halten. Es spielt ja doch keine Rolle mehr. Um die Wahrheit zu sagen, hab ich mit ihm Schluss gemacht, weil er mich betrogen hat. Er hatte eine Menge Frauen neben mir. Er konnte nichts dafür, hat er behauptet. Ich habe keine Ahnung, ob es Männer gibt, bei denen es funktioniert. Mich hat er jedenfalls nicht bekommen.»

«Aber Sie sagen, dass er noch lebt?»

«Ja, er sitzt seit einigen Jahren oben in Byavången in der Demenzabteilung.»

Konrad befällt ein Gefühl der Enttäuschung. Er sieht die Spur im Wüstensand wieder zuwehen.

«Wir hatten viele Jahre lang keinen Kontakt zueinander. Aber als ich hörte, dass er krank ist, habe ich angefangen, ihn zu besuchen. Er hat niemanden außer mir. Manchmal, wenn wir allein sind, kann ich mich mit ihm unterhalten. Ich sitze dann da und halte seine Hand und erzähle ihm davon, wie wir geheiratet haben. Dann sieht er richtig glücklich aus. Außerdem mag ich den Geruch seiner Zigarren.»

«Geheiratet haben?»

Aus Gudans länglichem Gesicht fällt unerwartet eine Träne.

«Natürlich stelle ich mir das nur vor», sagt sie mit dünner Stimme, «dass sich das Leben so gefügt hat, wie ich es mir gewünscht habe. Aber es kann doch nicht falsch sein zu lügen, wenn es jemanden glücklich macht, oder?»

Konrad kann dem Impuls, die Träne auf ihrer Wange vorsichtig wegzuwischen, nicht widerstehen.

«Nein, das ist bestimmt nicht falsch.»

«Ach was», sagt sie rasch und schnäuzt sich erneut. «Jetzt sitze ich hier und werde auch noch sentimental, ich altes Weib. Das wollte ich doch eigentlich gar nicht erzählen.»

«Was war es denn?»

Sie setzt sich auf das Plüschsofa, während Konrad sich in den Sessel gegenüber setzt.

«Kurt und ich, wir haben damals natürlich über das Verschwinden Ihrer Mutter gesprochen. Oder besser gesagt, ich habe ihn eine Menge gefragt. Ich war ja von Seiten des Sozialamtes für Sie zuständig. Also war ich natürlich neugierig.»

«Und was haben Sie erfahren?»

Gudan wirft ihm einen unruhigen Blick zu.

«Na ja, eine ganze Menge, was nicht gerade erfreulich war. Es schien, als hätte sie ... Herren gegen Bezahlung empfangen. Jedenfalls kursierte für längere Zeit das Gerücht.»

Wieder breitet sich diese Kühle in seiner Magengegend aus. Warum nur hat ihr keiner geholfen? Konrad weiß, dass er sich niemals an den Gedanken gewöhnen wird, dass Agnes auf diese Weise erniedrigt worden ist.

«Aber das war nicht das Wesentliche», fährt Gudan fort. «Kurt hat sich liebend gerne über ihren Lebenswandel ausgelassen, und ich weiß noch, dass es mich ärgerte, dass er in seiner Wortwahl nicht mehr Mitgefühl gezeigt hat. Das Merkwürdige war nur, dass er plötzlich so verändert wirkte, als ich ihm Fragen zu den polizeilichen Ermittlungen gestellt habe.»

«Inwiefern?»

«Er wurde still. Wollte nichts sagen. Es schien, als wäre da etwas, das ihm zu schaffen machte.»

«Lag es vielleicht an der Rücksichtnahme auf die Geheimhaltungspflicht?»

Sie schüttelt den Kopf, sodass ihre weißen Haarsträhnen zum Leben erwachen. Dann legt sie beide Hände um seine Hand und drückt sie fest, als wolle sie durch Telepathie erreichen, dass sie sich gemeinsam erinnern.

«An eine Sache, die er gesagt hat, erinnere ich mich noch im Wortlaut. Es war das letzte Mal, dass ich ihm Fragen gestellt habe, und ich erinnere mich deswegen so gut daran, weil er mich so fest an den Schultern gepackt hat, dass es wehtat; er, der sonst niemals Hand an mich gelegt hat. Gudrun, hat er gesagt, gewisse Dinge im Zusammenhang mit dieser Frau werden nie an die Öffentlichkeit gelangen. Dürfen nie an die Öffentlichkeit gelangen!»

Sie lässt Konrads Hand los und starrt ihn kraftlos an.

«War das alles?»

«Das war alles. Aber wenn Sie damals seine Augen gesehen hätten, würden Sie verstehen, warum ich mich niemals mehr getraut habe, ihn nach Agnes Stankiewic zu fragen.»

Sie sitzen noch lange schweigend da. Die Uhr an der Wand tickt schicksalsträchtig, und es scheint, als ob alles gesagt sei. Gudan wirkt plötzlich müde und sehr alt. Doch Konrad zweifelt keinen Augenblick daran, dass sie sich richtig erinnert hat. Dann spürt er, dass er raus an die frische Luft muss. Also lässt er sie mit der Fotografie eines Mannes zurück, den sie nie bekommen hat.

KAPITEL 26

Am nächsten Morgen bekommt Konrad unerwartet Besuch. Es klopft vorsichtig an seiner Tür, und als er öffnet, steht der schlaksige, charmante Schlagersänger aus dem Hotel vor ihm, starrt ihn mit seinen Glupschaugen an und streckt ihm die Hand entgegen.

«Leif Bogren, darf ich reinkommen?»

Es dauert einige Sekunden, bis Konrad ihn wiedererkennt. Der Sänger von … was hatte Gertrud noch gesagt, wie sie hießen?

«Wir sind uns im Frühstücksraum des Hotels begegnet, wenn Sie sich erinnern. Allerdings nur flüchtig. Hätten Sie kurz Zeit? Ich würde mich gern mit Ihnen unterhalten. Es ist ziemlich wichtig.»

Konrad blickt sich verwirrt im Zimmer um. Das Bett ist ungemacht. Und es ist gerade mal eine Viertelstunde her, dass er nach einer stickigen Nacht die Augen aufgeschlagen hat. Jetzt steht er in ausgewaschenen Boxershorts da.

«Um was geht es denn?»

«Um Klas. Er ist ja immerhin Ihr Bruder.»

«Adoptivbruder. Er ist nur mein Adoptivbruder.»

Leif Bogren sieht ihn mit ausdrucksloser Miene an. Konrad lässt die Tür aufgleiten.

«Kommen Sie rein. Hier ist es leider etwas unaufgeräumt … Aber vielleicht können wir uns draußen in den Garten setzen?»

«Natürlich! Ich hab auch ein paar Zimtschnecken mitgebracht.»

Bogren hält Konrad die Tüte hin. Er sieht mit seiner merkwürdigen Frisur lustig aus. Es ist schwer einzuschätzen, ob er froh oder traurig ist. Das geblümte Hemd hat er jedenfalls in die Wäsche geworfen. Jetzt trägt er ein diskret grünes.

Konrad zieht sich rasch ein Paar Hosen und einen Pulli an, gießt Kaffee in eine Thermoskanne und greift sich die beiden einzigen Becher, die im Mietpreis inbegriffen sind. Die Steinstufen unter seinen Füßen fühlen sich kalt an.

«Ich mach mir ein wenig Sorgen um Klas», beginnt Bogren, als sie sich im Schatten unter dem Pflaumenbaum in die Gartenmöbel gesetzt haben. Er hat einen weiteren Knopf seines Hemdes aufgeknöpft, von seinem Hals baumelt ein kleines Goldherz an einer Kette. «Oder, ehrlich gesagt, ich mache mir sogar ziemliche Sorgen.»

«Sie kennen ihn also?»

«Ja, ansonsten würde ich mir ja keine Sorgen machen. Wir sind … eine Art Kumpels, muss man wohl sagen. Gewesen jedenfalls.»

Konrad betrachtet seinen unangemeldeten Gast. Bekommt das Ganze im Kopf nicht richtig zusammen. Leif Bogren wirkt so treuherzig, nahezu wie ein Kind, auch wenn die Falten in seinem Gesicht darauf hindeuten, dass er schon über fünfzig sein muss. Vielleicht sind es die Augen, die einen irreführen. Es wirkt so, als besäße er überhaupt keine Augenlider, wie ein Fisch. Seine Hände erscheinen außerdem im Vergleich zum restlichen Körper viel zu klein.

«Sie hatten eine Band, hat Gertrud erzählt?»

«Ja», antwortet Leif Bogren, während sein Gesicht zu strahlen beginnt. «Das Leif Jörgenz Quintett. Ende der

Siebziger kamen wir ganz groß raus. Haben das Tingvalla und auch das Gislövs stjärna immer vollgekriegt. Außerdem hatten wir ’nen Superhit in den schwedischen Top Ten, vielleicht erinnern Sie sich? ‹Herz in Not› hieß er. Ein richtiger Ohrwurm.»

Er schlürft seinen Kaffee, schnalzt mit der Zunge und beginnt dann ein paar Takte zu singen, während er mit dem Zeigefinger den Takt in die Luft schlägt: «Mein Herz in Not … Lass unsere Liebe nicht sterben …»

Dann hält er inne und blickt Konrad erwartungsvoll an.

«Klingt irgendwie bekannt …»

«Damals waren wir richtig gefragt», sagt Bogren und beißt ein Stück von seiner Zimtschnecke ab. «Die Bräute haben nach den Gigs traubenweise an uns gehangen. Na ja, traubenweise vielleicht nicht gerade. Aber es gab weiß Gott genügend Möglichkeiten, sich zu vergnügen.»

«Und das haben Sie getan?»

«Ja …»

Konrad nickt abwartend.

«Na ja, vergnügen, ich weiß nicht so recht. Man hätte es sicherlich etwas offensiver angehen können. Ich war eher der romantische Typ, der auf die Richtige gewartet hat. Wohl etwas zu lange …»

Bogrens Blick verschwindet für eine Weile, als würden sich die Erinnerungen an früher irgendwo dort oben unter dem knallblauen Himmel zwischen den Zweigen des Pflaumenbaums verstecken. Er kaut langsam, schüttelt dann den Kopf und schluckt den letzten Bissen seiner Zimtschnecke herunter.

«Sie wollten über Klas reden», sagt Konrad.

«Genau. Deswegen bin ich ja hergekommen. Ich hab Bedenken, dass es mit ihm den Bach runtergeht.»

«Ist das nicht schon längst passiert?»

Konrad bereut seinen Zynismus sofort. Als er Leif Bogrens Gesichtsausdruck sieht, kommt er sich kaltherzig vor. Er wirft die Arme in einer entschuldigenden Geste zur Seite.

«Na ja, ich meine es nicht böse, aber er sieht ziemlich heruntergekommen aus.»

«Es ist natürlich leicht, auf jemanden einzutreten, der bereits am Boden liegt.»

Umständlich stellt Bogren seinen Kaffeebecher ab und wischt sich einen Krümel aus dem Mundwinkel. Verschränkt dann die Arme vor der Brust, die unter dem offenstehenden Hemd weißlich hervorlugt.

«Ich weiß, dass viele der Meinung sind, Klas sei ein Stinkstiefel», sagt er. «Aber ich weiß auch, dass er sich quält.»

«Sich quält?»

Bogren scheint so zu tun, als höre er den Zweifel in seiner Stimme nicht.

«Ich hab Klas Ende der Achtzigerjahre kennengelernt. Mit der Band lief es nicht so gut, ich war öfter arbeitslos, und Klas ging ebenfalls stempeln, als der Schlachthof dichtgemacht hat. Seine Kumpels von früher waren weg, und die Fußballkarriere, wenn man sie denn so nennen konnte, war lange vorbei. Keiner von uns beiden stand also besonders gut da. Wie auch immer, wir stießen bei einem Bereitschaftsdienst aufeinander, wo wir Müll einsammeln und im Park Unkraut jäten sollten. Ich war ziemlich skeptisch gegenüber Klas. Hatte ja von seinem Ruf als Raubein gehört. Sie wissen ja, wie es ist, hier im Ort kennt jeder jeden. Einmal hatte ich ihn sogar nach einem Gig im Tingvalla in Aktion erlebt. Wir waren gerade dabei, die Instrumente zusammenzupacken, als ich sah, wie er einen seiner Holzclogs in die Hand nahm und ihn einem Typen, der zufällig vorbeiging, geradewegs in die Fresse rammte.»

«Das sieht ganz nach Klas aus.»

«Ja, er hat 'ne Menge Aggressionen in sich. Aber ich hab auch eine andere Seite von ihm kennengelernt. Am Anfang war er mürrisch und ablehnend. Aber nach einer Weile bekam ich das Gefühl, dass er es gut fand, mal mit jemandem ein paar Worte zu wechseln, der nicht immer so tough war. Er hat sich ein wenig geöffnet. Sie müssen wissen, dass Klas kein Dummkopf ist. Ziemlich ungehobelt, ja, aber auf keinen Fall dumm.»

In Leif Bogrens merkwürdigem Gesicht zeigt sich ein Lächeln.

«Sie werden es vielleicht nicht glauben, aber eines Tages hat er mich gebeten, ihm beizubringen, wie man Ziehharmonika spielt.»

Erneut wirbelt er mit dem Zeigefinger in der Luft und fängt an zu singen.

«Carmencita meine Liebe … Nimm dich in Acht vor reichen Männern …»

Konrad betrachtet ihn misstrauisch.

«Er hat Evert Taube im Radio gehört und fand, dass es entzückend klang. Er hat es wortwörtlich so gesagt, erinnere ich mich. Entzückend. Wir haben eine Weile geübt, aber den richtigen Dreh hat er nie rausbekommen. Irgendwie hat er den Takt nicht halten können. Wie auch immer, wir behielten über die Jahre Kontakt zueinander. Er hatte immer seine Phasen, in denen er sich mit neuen Saufkumpanen anfreundete und aus meinem Umfeld verschwand. Und manchmal, wenn wir auf Tournee unterwegs waren, trafen wir uns längere Zeit überhaupt nicht. Aber irgendwann ist er immer wieder aufgetaucht. Einmal, als ich Geburtstag hatte, brachte er eine Flasche Schnaps und eine CD mit Taubes besten Liedern mit. Es war offensichtlich die erste, die er jemals gekauft hat. Ich glaube, dass Klas innerlich schon immer furchtbar einsam gewesen ist.»

Bogren verstummt und nippt an seinem Kaffee. Konrad räuspert sich. Es fällt ihm nicht leicht, im Hinblick auf Klas zu differenzieren.

«Und was hat es Ihnen selbst gebracht, sich mit ihm zu treffen?»

«Mit der Band ging es immer mal auf und ab. Meist eigentlich eher bergab. Und dann hatten die anderen Jungs ihre Familien.»

«Aber Sie nicht?»

Leif Bogren schüttelt den Kopf, während sein schwer zu deutender Blick etwas Sorgenvolles annimmt. Außerdem wirkt er etwas beschämt.

«Eine Sache haben wir gemeinsam, Klas und ich. Wir haben es nie so richtig hingekriegt mit den Frauen. Na ja, denken Sie nun um alles in der Welt nicht, wir wären alte Jungfern, so schlimm ist es nun auch wieder nicht. Aber das mit Familie und Kindern, das hat nie richtig geklappt. Wir haben beide ein bisschen daran zu knabbern.»

«Haben Sie sich darüber mit Klas unterhalten?»

«Na ja, unterhalten nicht gerade. So offen ist er dann doch nicht. Aber offen genug, dass man etwas von ihm erfährt.»

«Und das wäre?»

«Dass Klas ziemlich an seiner Mutter gehangen hat. Er hat oft von Signe gesprochen. Und fast nie von Herman. Was ihn betrifft, so glaube ich eher, dass Klas so etwas wie Verachtung empfunden hat. Oder Enttäuschung. Er war ja ziemlich diffus, wenn man das so sagen kann. Aber Signe, sie hat Klas viel bedeutet.»

In Konrads Kopf taucht ein Fragment von einem Erlebnis aus der Vergangenheit auf. Eine Glasscherbe, die das Licht in einem neuen Winkel reflektiert. Aber sie verschwindet zu schnell wieder; er schafft es nicht, das Bild einzufangen.

«Erzählen Sie mehr davon, was Klas über Signe gesagt hat.»

«Sie hat ihm leidgetan. Sie hat geschuftet und sich geschunden und unglaublich viel auf sich genommen, ohne dass irgendwer es ihr dankte. Sie trägt alle Last der Welt auf ihren schmalen Schultern, hat er oft gesagt.»

«Hat er auch ... etwas über mich erzählt?»

Bogren streckt seinen langen Rücken, sodass der Gartenstuhl knarrt. Zögert ein wenig, bevor er weiterredet.

«Nicht direkt. Ich glaube, er hat es vermieden, Ihren Namen zu nennen. Aber soweit ich es verstanden habe, war es schwer für ihn zu akzeptieren, dass ihm ein Kuckucksei ins Nest gelegt worden ist. Er fühlte sich herausgedrängt.»

Dann hören sie, wie die Tür zur Straße zufällt. Eine Frau mit einer Lebensmitteltüte in jeder Hand kommt den Kiesweg entlang. Sie wirft ihnen einen misstrauischen Blick zu, bevor sie im Treppenhaus verschwindet.

«Und was hat Sie nun so beunruhigt?», fragt Konrad.

Leif Bogren beugt sich vor.

«Klas ist ja schon lange nicht mehr so gut beieinander. Hat keinen Job und so weiter. Er hat oft in Signes Küche gesessen und Kaffee getrunken. Als es passierte – also, dass sie ermordet wurden –, war es für ihn ein unglaublich harter Schlag. Ich hab natürlich versucht, Kontakt zu ihm aufzunehmen, aber er ist in gewisser Weise völlig unnahbar. Letztens bin ich ihm begegnet, als ich von einem Gig kam. Er ist durch die Straßen gestreift und hat irgendwas Unverständliches vor sich hin gemurmelt. Wirkte völlig weggetreten. Und als ich ihn gefragt hab, ob es ihm nicht gutginge, spuckte er nur auf den Boden und verschwand um die Ecke.»

Bogren schüttelt bekümmert den Kopf.

«Völlig weggetreten. Das ist doch irgendwie nicht mehr normal.»

Konrad zögert. Drückt sich davor, die entscheidende Frage zu stellen. Doch er weiß, dass er sie stellen muss.

«Glauben Sie, dass Klas sie möglicherweise erschossen hat …?»

Leif Bogren zuckt zusammen. Er wirkt aufrichtig erstaunt, als wäre ihm der Gedanke überhaupt noch nicht gekommen.

«Auf keinen Fall!»

Dann legt er den Kopf schräg, denkt noch einmal genauer nach.

«Nee, nee, das ist nicht möglich. Nicht der Klas, den ich kenne. Er hat Signe doch geliebt. Dennoch glaube ich, dass es gut wäre, wenn Sie versuchen würden, mit ihm zu sprechen. Sie sind ja trotz allem … Adoptivbrüder.»

Konrad reagiert nicht weiter auf den Seitenhieb. Verspricht aber, Klas aufzusuchen. Er muss es ja sowieso irgendwann tun. Sie wechseln noch ein paar Worte über frühere Zeiten, eher aus Höflichkeit.

Als sie sich verabschiedet haben und Leif Bogren bereits in der Tür steht, kommt Konrad ein völlig anderer Gedanke.

«Übrigens, wer ist eigentlich Jörgen? Die Band hieß doch Leif Jörgenz, oder?»

Sein Gegenüber sieht ihn ausdruckslos an.

«Das bin ich. Leif Jörgen Bogren. Obwohl es sich am Ende mit Z schreibt. Macht sich besser auf dem Schlagzeug.»

Konrad liegt ausgestreckt auf dem Boden im Schatten, die Augen geschlossen und den Duft von kühlem Gras in der Nase. Er sucht nach der Scherbe, die er vor einem Augenblick noch glaubte, in seiner Erinnerung gesehen zu haben. Ist ihm vielleicht irgendetwas entgangen? Still, wenn alles um ihn herum ganz still bleibt, kann er das Fragment möglicherweise wieder vor sich sehen.

Ein Morgen im grauen Eternithaus. Es muss früh gewesen sein, denn das Sonnenlicht, das durchs Fenster fällt, ist fahl und matt. Spätwinter, möglicherweise Frühling. Konrad schleicht im Obergeschoss umher, noch völlig schlaftrunken, und muss aufs Klo.

Plötzlich hört er ein Geräusch.

Jemand schnieft.

Signe sitzt auf dem roten Plüschsofa. Dem Sofa in der guten Stube. Klas' Kopf ruht in ihrem Schoß. Er liegt ausgestreckt da, die Füße auf den Boden hängend. Ein erwachsener Kerl. Signes Gesicht ist aschgrau. Sie streicht ihm sachte und behutsam übers Haar. Murmelt leise etwas vor sich hin.

Dann schrickt sie auf.

In einer einzigen messerscharfen Sekunde starrt sie geradewegs hinauf in Richtung des Treppengeländers, hinter dem Konrad sich versteckt hält.

Dann zerspringt die Scherbe der Erinnerung in tausend Splitter.

KAPITEL 27

Ein herrenloser Köter stromert gehetzt die öde daliegende Straße entlang, die zwischen den Eisenbahnschienen und dem Friedhof verläuft und in Richtung Skogsbacken führt. Hin und wieder hält er an und schnüffelt im Gebüsch am Wegesrand, horcht und jagt dann weiter, offensichtlich ohne Ziel.

Es ist ein graubrauner räudiger Bastard, er sieht hungrig aus und scheint auf der Hut zu sein.

Konrad erkennt ihn sehr wohl wieder. Der Hund mit den leuchtenden Augen. Sein Trott ist unrhythmisch und ruckartig, als wäre eines seiner Beine verletzt. Manchmal hält er inne und hebt eine Vorderpfote in die Luft, vielleicht um eine aufgerissene Stelle im Ballen zu schonen. Dann setzt er die Pfote wieder auf, ganz sachte, als liefe er über Glasscherben. Konrad befällt plötzlich ein zärtliches Gefühl für ihn. Der Arme muss vor seinem Herrchen geflohen sein, vielleicht aus gutem Grund.

Dann biegt der Hund in seinem planlosen Stromern von der Straße ab und schlüpft durch das halb geöffnete Eisentor in den Friedhof hinein.

Er verschwindet aus seinem Blickfeld.

Konrad überquert die Straße und wirft einen Blick über die Hecke. Erst erkennt er im Schatten unter den Blutbuchen und Kastanien nichts als Grabsteine. Insekten surren da drinnen umher.

Dann entdeckt er den Köter wieder. Er bewegt sich jetzt langsamer, aber immer noch mit derselben Unruhe.

Der Hund schwänzelt an der niedrigen, gestutzten Buchsbaumhecke entlang, als suche er etwas. Ab und an bleibt er stehen und tritt vorsichtig auf ein Grab, um an verwelkten Blumen zu schnüffeln oder an einem Grablicht mit geschmolzenem Wachs oder auch nur an dem blanken schwarzen Granit.

Manchmal wirkt es, als wolle der Köter nachspüren und sich erinnern. Dabei reckt er seine Nase etwas in die Luft und wittert. Sucht nach etwas. Dann zuckt er wieder zusammen und setzt sein Schnüffeln zwischen den Toten fort.

Konrad überlässt den Hund auf dem Friedhof nur widerwillig sich selbst. Er selber setzt seinen Weg zu dem Haus, in dem Klas wohnt, mit gemischten Gefühlen fort.

Jedes Mal, wenn Konrad in den letzten Jahren an Klas dachte, ist ihm aufgefallen, wie nahe dran er gewesen war, ihn zu töten.

Wie wenig einmal gefehlt hatte, dass er seinem Stiefbruder den Schädel eingeschlagen hätte, als er mit überschäumender Wut über ihm stand und den Hammerschaft so fest umklammerte, dass seine Fingerknöchel weiß wurden.

Niemals wieder war er so nahe daran, jemanden umzubringen.

Haben Herman und Signe eigentlich jemals begriffen, was geschehen war?

Klas war sechsundzwanzig Jahre alt und wohnte immer noch im grauen Eternithaus. Natürlich hätte er schon vor langer Zeit ausziehen müssen. Vielleicht spürte er das auch selbst. Konrad war siebzehn und dabei, ein Mann zu werden.

Dass die Explosion sich just an diesem Tag ereignete, war

eher Zufall. Der Hass schwelte schon lange. Früher oder später musste er aufflammen, alles in Stücke reißen und niederbrennen; und vielleicht begriffen sie beide, dass es nur eine Frage der Zeit war.

Es war ein elendiger Herbst.

Konrad fühlte sich einsam, die Sehnsucht nach Sven nagte an ihm, und oftmals kam er sich dermaßen eingesperrt vor, dass er kaum Luft bekam. Er hatte niemanden. Die Phantasien über die großen Abenteuer, die sie gemeinsam ersonnen hatten, schwirrten ihm noch im Kopf herum, aber sie verblassten nach und nach, als es keinen mehr gab, mit dem er sie teilen konnte.

Manchmal hatte er das Gefühl, dass die Spannung in seiner Brust ihn in Stücke reißen würde. Konrad hegte so verdammt viele Wünsche in seinem Inneren. Er wollte seine Sehnsucht ausleben, lieben und gemeinsam mit anderen lachen. Aber seine Angst war zu groß. Er wagte nicht, sich jemandem zu nähern, mit dem er all das hätte tun können.

Also begann Konrad, Liebesbriefe zu schreiben.

An einem regnerischen Nachmittag, als er mit dem Schulbus aus Ystad kam, schlich er in Jove Bengtssons Tabakladen und fragte nach einer Packung Briefpapier mit Kuverts von bester Qualität. Der Inhaber mit den grau gesprenkelten Haaren musterte ihn amüsiert, kramte dann jedoch ein Päckchen hochwertiges, dickes Papier aus einer seiner Schubladen. Es war in durchsichtiges Zellophan eingeschlagen und ziemlich teuer. Konrad bezahlte mit geröteten Wangen und verließ den Laden, so schnell er konnte.

Als er nach Hause kam, schloss er sorgfältig die Zimmertür hinter sich ab. Er wählte zwischen seinen sieben Schallplatten, entschied sich für Neil Youngs cremefarbene «Harvest» und legte sie auf den Plattenspieler, den er sich nach dem Sommerjob im Silo von seinem eigenen Geld gekauft hatte.

Dann schaute er hinaus in den Regen, der gegen das Fenster prasselte, und lauschte der melancholischen Stimme:

In the mountains, in the cities, you can see the dream. Look around you. Has it found you? Is it what it seems?

Konrad blickte sich in seinem Zimmer um. Auf der graugestreiften Tapete über seinem ungemachten Bett hingen noch die Fußballposter mit Ralf Edström und Ove Kindvall von der Weltmeisterschaft in Deutschland. Die letzte Meisterschaft im vergangenen Sommer in Argentinien hatte ihn kaum interessiert, und als Thomas Sjöberg sein Scheißtor gegen die Brasilianer reinschaufelte, konnte er nur mit den Achseln zucken. Zwischen den Wollmäusen auf dem Boden neben seiner Schultasche lagen ein paar schmutzige Unterhosen und einige zusammengekrumpelte Strümpfe. An die gegenüberliegende Wand hatte er Bilder von Dylan, Bowie und Deep Purple gehängt und etwas verborgen, damit Signe es nicht sehen würde, ein Poster aus dem Playboy von einer Blondine mit großen Brüsten und fülligen Lippen.

Eine ganze Weile betrachtete er den leeren Schreibbogen, der vor ihm lag. Vorsichtig strich er mit den Fingerspitzen über die etwas raue Oberfläche. Es war ein feierliches Gefühl.

Eine Weile hatte er überlegt, auch noch einen richtigen Füllfederhalter zu kaufen. Aber das Geld reichte nicht. Der Kugelschreiber musste ausreichen, auch wenn es nicht dasselbe Gefühl war.

Dann begann er zu schreiben. Langsam und mit so sauberer Handschrift wie möglich formte er die Worte seines Briefes, von dem er bereits wusste, dass er ihn nie abschicken würde:

Maria, meine Geliebte, es kommt mir vor wie eine Ewigkeit, seit wir uns zuletzt gesehen haben. Ich sehne mich so danach, deine Hand zu halten, dass ich das Gefühl habe, ich müsste sterben.

Konrad betrachtete seine Worte. War nicht ganz zufrieden. Aber fest entschlossen, sich zu vervollkommnen und mit Hilfe der Buchstaben eigene wunderbare Metaphern für seine Liebe zu schaffen.

Je kühner er im Hinblick auf seine Metaphern wurde, desto zufriedener war er mit dem Ergebnis.

Deine Locken sind wie aus Gold gesponnen, deine Wangen wie sonnengereifte Äpfel, und ich sehne mich danach, endlich wieder deinen roten Erdbeermund küssen zu können.

Es war so ergreifend, dass Konrad zu Tränen gerührt war, ohne es selber richtig zu merken.

Ich hab mich gefühlt wie im Himmel, als du mir tief in die Augen geschaut und mir deine Liebe gestanden hast.

Mit der Zeit wurde das Briefeschreiben für Konrad zur Gewohnheit. Ein Zeitvertreib und zugleich eine Flucht. So oft er konnte, schloss er sich in seinem Zimmer ein, machte alle Lampen aus, zündete Kerzen an und ließ die Wehmut durchs Fenster strömen. Er legte stimmungsvolle Musik auf, und in seiner Einsamkeit erfand er eine wunderbare Frau nach der anderen. Konrad schrieb. Und schmachtete. Nach der blonden Maria kam die schwarzhaarige Sara, dann die rehäugige Evelina und nach ihr das Sommermädchen Eva-Lena, die nach Wiesenblumen und Salz duftete.

Meistens verschloss Konrad seine Briefe säuberlich und schrieb Adressen auf die Umschläge, bevor er sie in seiner Schreibtischschublade versteckte. Briefmarken waren ihm allerdings zu teuer. Und als das Briefpapier aufgebraucht war, ging er zu Jove Bengtsson und kaufte neues.

«Ich habe auch schlichteres Papier, das etwas billiger ist», erklärte der Tabakhändler freundlich und musterte ihn neugierig.

«Ich nehm wieder dasselbe. Das teure», murmelte Konrad, bezahlte rasch und beeilte sich, den Laden zu verlassen, bevor ihn jemand sah.

Bisweilen gerieten seine Briefe noch kühner. Mit pochendem Unterleib und schwitzenden Händen saß er dann in seinem Zimmer und schrieb von feurigen Liebesnächten, die er erlebt oder noch vor sich hatte.

Für diese Briefe wählte er allerdings reale Personen als Gegenstände seiner Leidenschaft aus. So fühlte es sich etwas echter an. Konrad schrieb Briefe, die nur so von fleischlicher Lust trieften, sowohl an die Streberin Lisa Pålsson als auch an die dicke Gunnel, die ein bisschen einfältig war, der er aber während der Schuldisco in der Kantine des Gymnasiums in einer dunklen Ecke einmal an den Busen fassen durfte.

Du winselst wie ein Hundewelpe, wenn mein Schwanz in deine herrlich geschwollene, glänzend rote Möse dringt, und du willst, dass ich immer weitermache, schrieb Konrad.

Wenn er Briefe wie diesen in den Umschlag steckte, schämte er sich jedes Mal, als hätte er etwas absolut Verbotenes getan. Aber er konnte es nur selten über sich bringen, seine Liebesbriefe zu verbrennen.

An dem Abend, der sein letzter in Hermans und Signes grauem Eternithaus werden sollte, kam Konrad kurz nach Einbruch der Dämmerung heimgeschlendert. Schon an der Gartenpforte sah er die beiden durchs Fenster. Ihre rundlichen Köpfe zeichneten sich als Schatten in dem dunklen Wohnzimmer ab, das lediglich von dem matt flackernden Schein des Fernsehers erleuchtet wurde.

Vom Geräteschuppen her hörte er Gegröle und Lachen.

Klas hatte schon vor einiger Zeit eine alte Sitzgruppe in den Schuppen geschleppt und ihn zu seiner Junggesellenbude umfunktioniert, in der er ungestört mit seinen Kumpels einen draufmachen konnte. Heute klang es, als ob sie ordentlich einen gebechert hätten. Das war an und für sich nichts Ungewöhnliches. Vielleicht hatte Klas am nächsten Tag frei und musste nicht zur Schlachterei, vielleicht pfiff er aber auch einfach drauf.

Konrad schloss vorsichtig die Pforte, um keine Aufmerksamkeit zu erregen. Schlich mit knirschenden Schritten über den Kies. Und gerade als er die Steintreppe erklommen und die Hand auf die Klinke gelegt hatte, brach eine neuerliche Salve Gebrüll und Gelächter im Schuppen los.

Irgendetwas ließ Konrad zusammenfahren und innehalten. Was hatte er da gehört? Flüche und obszöne Ausdrücke, dessen war er sich sicher. Aber mitten im Gegröle war da noch etwas anderes: Sie hatten seinen Namen genannt.

Für einen kurzen Augenblick blieb er stehen und horchte. Jetzt war vom Schuppen her nur noch ein Murmeln zu hören. Vielleicht hatte er sich verhört? Konrad zuckte mit den Schultern, ging ins Haus und streifte sich im Flur die Stiefel ab.

Herman und Signe schauten nahezu gleichzeitig auf.

«Hallo Konrad», begrüßte ihn Herman mit einem flüchtigen Lächeln, woraufhin er den Blick wieder auf den Fernseher richtete.

Signe begnügte sich damit, ihm mit ernster Miene zuzunicken.

Konrad murmelte etwas Unverständliches und beeilte sich, die Treppe hochzukommen. Halbwegs oben angelangt, wurde Konrad von einer bösen Vorahnung gepackt. Die Tür zu seinem Zimmer war angelehnt. Er hatte sie doch wie immer abgeschlossen, oder? Oder war er heute Morgen so verschlafen gewesen, dass er seine heiligen Regeln nicht eingehalten hatte?

In dem Augenblick, als er über die Schwelle trat, bewahrheiteten sich seine schlimmsten Befürchtungen. Die unterste Schreibtischschublade, sein wichtigstes Versteck, war zur Hälfte herausgezogen. Ein panikartiger Reflex ließ ihn mit der Hand an seine Jeanstasche greifen, aber der Schlüssel war nicht da, er steckte in dem Schloss der Schublade und blitzte ihm höhnisch entgegen.

Und die Briefe, all die kostbaren Liebesbriefe, die er auf das Papier von Bengtssons Tabakhandel geschrieben hat, waren natürlich weg.

«Scheiße!», stieß Konrad hervor.

Es dauerte eine Sekunde, bevor die Wut darüber, dass er vergessen hatte, die Schreibtischschublade abzuschließen, in die Gewissheit überging, wer die Briefe gestohlen haben musste. Als ihm das klar wurde, strömte ihm alles Blut in den Kopf, rauschend und heiß.

Er stürzte die Treppe hinunter und den Flur entlang mit Hermans und Signes stummen Blicken im Rücken, hinaus über den Rasen und riss die Tür zum Geräteschuppen auf.

Dort drinnen hielten sie inne.

Drei Blicke hefteten sich auf Konrad. Benga hatte sich in einen der geblümten Sessel geflätzt und hielt eine Zigarette in der einen und eine Bierdose in der anderen Hand. Er grinste in seiner üblichen nervösen Art. Auf dem Sofa saßen Lasse und Ronny, zwei Brüder, die als Innenverteidiger in der Reservemannschaft spielten und dafür berüchtigt waren, selten den Platz zu verlassen, ohne ihren Gegenspielern irgendwelche Blessuren zugefügt zu haben. In ihren aufgestachelten Blicken lag gespannte Erwartung.

Klas saß im Sessel mit dem Rücken zur Tür. Er war der Einzige, der sich nicht die Mühe machte nachzusehen, wer da hereingestürmt kam. Wahrscheinlich, weil er es nur allzu gut wusste. Doch sein fleischiger Nacken spannte sich zumindest für einen Augenblick.

Der Tisch in der Mitte stand voll mit Bierdosen, Aschenbechern, Kautabakdosen, Zigarettenpäckchen, und mitten in all dem Chaos stand eine halb ausgetrunkene Flasche Wodka. Der Rauch hing in dichten Schwaden unter der Decke. Es stank nach Moder und Kippen. Und auf dem verdreckten Flickenteppich, direkt neben Klas' Stiefeln, lagen die aufgerissenen und besudelten Liebesbriefe.

Langsam und mit einer gewieften Handbewegung nahm der Stiefbruder einen der Briefbögen mit Konrads Träumen zur Hand und hielt ihn hoch:

«Die Sehnsucht nach dir ist alles, was mich am Leben hält. Ich möchte deine Augenlider küssen, deinen Herzschlag spüren und hören, wie du sagst, dass du mich liebst», deklamierte er lauthals mit einer Stimme, die nur so vor Verachtung strotzte.

Die anderen brüllten vor Lachen.

«Oh, und dann wirst du sie besteigen, oder, du kleines Stückchen Scheiße? Ihr deinen Polackenschwanz in den Arsch rammen, was?», höhnte Benga.

«Was für ein verdammtes Schwulengequatsche!», dröhnte Ronny.

Völlig blockiert vor lauter Raserei, warf sich Konrad auf Klas, um die Briefe an sich zu reißen. Aber Klas war vorbereitet. Genau im richtigen Augenblick drehte er sich um und verpasste Konrad einen harten Schlag mit der Faust. Es fühlte sich an, als hätte ihm jemand eine Bowlingkugel in die Brust gestoßen. Er bekam keine Luft mehr und sank auf dem Boden zusammen. Hilflos wie ein Käfer auf dem Rücken sah er, wie Klas sich auf die Armlehnen seines Sessels hochstemmte, sodass sein Gesicht wie eine drohende Gewitterwolke über ihm hing.

«Wer, zum Teufel, glaubst du eigentlich, dass du bist, du verdammter kleiner Mistkerl?», zischte er leise durch die Zähne, sodass Konrad von seinem Mundgeruch, dem Gestank nach Tabak und Schnaps, übel wurde.

Klas' Gesicht war aufgedunsen, seine schwarzen, geweiteten Nasenlöcher zitterten vor Erregung. Irgendwo im Hintergrund lachten seine Kumpels.

Dann fuhr er hoch und stellte sich breitbeinig mit einem neuen Brief in der Hand mitten in den Raum.

«Maria, wir werden nackt Hand in Hand geradewegs der Sonne entgegenlaufen», las er. Dieses Mal mit gekünstelter, zuckersüßer Stimme.

Konrad, der so langsam wieder Luft bekam, kroch auf die Füße.

«Gib mir die Briefe!»

Klas las ungerührt weiter.

«Deine Brüste, deine weichen Hügel, in denen ich mich verlaufen und aus denen ich niemals wieder herausfinden möchte.»

Erneut warf sich Konrad auf seinen Peiniger. Aber es war ein hoffnungsloser Kampf. Klas war mindestens dreißig Kilo schwerer, zehn Zentimeter größer und derart mit Muskeln bepackt, dass er sich wie ein Granitblock anfühlte. Konrad war immer noch schmächtig, und trotz seines glühenden Hasses gelang es ihm nicht, den anderen mehr aus der Fasson zu bringen, als eine herumsurrende Fliege es gekonnt hätte. Er riss und zog an ihm, um an die Briefe zu gelangen, aber Klas ließ ihn einfach immer wieder von seinem Brustkorb abprallen und gab ihm schließlich eine Ohrfeige, die wie eine Schweißflamme auf seiner Wange brannte. Konrad wich zurück.

«Verpass ihm 'ne ordentliche Tracht Prügel, damit er auf dem Teppich bleibt», forderte Ronny.

«Polacken haben da unten in der Scheiße zu bleiben», grinste Benga.

Klas warf ihnen mit seinen rotgeäderten Augen einen triumphierenden Blick zu und wandte sich wieder Konrad zu. In seinem betrunkenen Zustand schwankte er leicht. Dann näherte er sich ihm drohend mit den letzten Briefen, die er halb zusammengeknüllt in der einen Hand hielt.

Konrad keuchte unschlüssig.

Plötzlich fuhr Klas' Faust mit einem Schwung nach vorne, sodass seine fleischigen Finger, die die ramponierten Briefbögen umschlossen, Konrads Nase trafen. Für einen Augenblick wurde er vor Tränen blind. Salziges Blut rann ihm über die Lippen.

«Wenn du deine versauten Briefe wiederhaben willst, musst du sie dir wohl holen. Oder traust du dich etwa nicht mehr?»

Ein weiterer Schlag brannte in seinem Gesicht.

«Wie jetzt? Was ist denn nun? Ist wohl nicht mehr so viel mit dem Schwanz anzufangen, oder?»

Konrad stand wie gelähmt da. Sein Zorn, der ihn vorhin in eine wütende Wildkatze verwandelt hatte, paralysierte ihn jetzt. Wie durch einen Nebel hörte er jemanden lauthals auf dem Sofa rülpsen, danach das Knirschen einer Bierdose, die zusammengeknüllt wurde, und schließlich erwartungsfrohes Gelächter.

«Nun mach ihn doch endlich fertig, verdammt!», forderte Ronny mit blutrünstiger Stimme.

Konrads Herz schlug wie wild. Mit irrem Blick sah er sich nach einem Ausweg um. Einem waffenähnlichen Gegenstand, nach was auch immer. Er blinzelte verzweifelt, um wieder klar sehen zu können. Der Nebel lichtete sich ein wenig.

«Nee, ich glaub, ich muss, verdammt nochmal, erst auf diese Schwuchtelbriefe pissen», verkündete Klas mit schleppender Stimme.

Mit ausgebuffter Nonchalance ließ er den Bogen, der mit Konrads Nasenblut bespritzt war, zu den anderen auf den Haufen am Boden heruntersegeln. Die drei Kumpels grinsten aufmunternd. Und mit einem vernichtenden Blick in Konrads Richtung begann Klas, an seinem Reißverschluss herumzufummeln.

«Ich werd jetzt auf deine Briefe pissen, genau wie ich auf deine Mutter, diese Hure, gepisst hab, als wir sie zu Ende gefickt haben!»

Klas' Worte ließen es Konrad schwarz vor Augen werden. Dann füllte sich sein Kopf mit brennendem Magnesium. Es war ein Gefühl, als würde es ihm die Schläfen wegsprengen. Er spürte den Blutgeschmack in seinem Mund, und eine Sturzflut von Adrenalin strömte durch seinen Körper und verlieh ihm neue Kraft.

Der Schaft des Hammers, den Herman vorhatte zu reparieren, stand neben der Hobelbank. Er war schwer und massiv und nach Jahrzehnten harter, ehrbarer Arbeit blank gewetzt, doch für Konrad war er plötzlich zu einer tödlichen Waffe geworden. Er riss ihn an sich und erhob ihn gegen Klas, der seine Drohung wahr gemacht hatte und inzwischen mit halb aus der Hose gezogenem Schwanz dastand.

Ein flüchtiges Erstaunen blitzte in seinen Augen auf, bevor Konrads erster gewaltiger Schlag ihn an der Schulter traf. Schrecken erfüllte seinen Blick, als der zweite Schlag gegen seinen Unterleib prallte, und als der dritte seine Hüfte traf, war er bereits zu Boden gegangen.

Als Klas mit entblößtem Geschlechtsteil in so erbärmlichem Zustand auf dem Rücken dalag und sich vor Schmerzen krümmte, war Konrad für den Bruchteil einer Sekunde kurz davor, seinen Stiefbruder totzuschlagen.

Benga, Ronny und Lasse saßen wie versteinert mit offenen Mündern da.

Konrad atmete schwer und hielt den Hammerschaft mit weißen Fingerknöcheln umklammert.

Klas glotzte mit leerem Blick vor sich hin wie ein verprügelter Stier.

Dann besann Konrad sich. Ohne ein Wort stürzte er durch die Tür, den Hammerschaft immer noch in der Hand. Auf dem Boden des Geräteschuppens blieben die Überreste seiner Liebesbriefe liegen.

Als er fünf Stunden später in das schmutzig graue Eternithaus zurückkehrte, stand Signe bereits auf der Treppe.

Sie sah aus wie ein Gespenst, wie sie dort im schwachen Schein der Außenlampe wartete, leichenblass im Gesicht und eingehüllt in eine lange Strickjacke. Neben ihr stand eine braunkarierte vollgepackte Reisetasche.

Konrad blieb unterhalb der Treppe stehen, kurzatmig und verschwitzt. Sein Atem bildete eine kleine Wolke in der kühlen Herbstnacht. Der Hammerschaft hing immer noch in seiner Hand, als wäre er festgewachsen und zu einem Teil seines Körpers geworden. Den gesamten Abend lang, an dem er planlos im Ort umhergeirrt ist und zwischendurch auf einer Parkbank versucht hat, die Zeit totzuschlagen, hatte er sich nicht getraut, ihn wegzuwerfen.

Mit einem Mal begann er zu zittern.

«Ich habe deine Sachen zusammengepackt», sagte Signe mit düsterer Stimme.

«Aha ...»

«Alles hat nicht reingepasst, aber den Rest kannst du ja später holen. Irgendwann ...»

Sie starrte ihn mit leerem Blick an. Zog die Strickjacke enger um sich und verschränkte dann die Arme vor der Brust.

Die besinnungslose Wut, die in Konrad aufgewallt war, war verschwunden. Und die Angst, die ihn danach ergriffen hat, durch absolute Leere ersetzt. Es kam ihm vor, als wäre sein gesamtes Inneres ausgehöhlt, sodass nur noch eine äußere Hülle übrig blieb.

Als er die Treppe hochstieg, um die Reisetasche an sich zu nehmen, legte Signe ihm schließlich eine Hand auf die Schulter.

«Es ist nur zu deinem Besten, Konrad», sagte sie mit unglücklicher Stimme.

Er hat sie angesehen.

«Klas liegt oben im Bett. Er hat ziemliche Schmerzen. Sobald er dich zu sehen bekommt, wird er dich wahrscheinlich totschlagen.»

Konrad griff nach der Reisetasche.

Als er Signe schon den Rücken zugewandt hatte, erblickte er ein Gesicht hinter dem Küchenfenster. Es war Herman. Er stand vollkommen unbeweglich dort drinnen. Konrad ahnte, wie betrübt er war. Dann hob er sachte die Hand, als würde er am Bahnhof jemandem zum Abschied zuwinken.

Die letzten Worte, die Konrad von Signe gehört hat, waren ein Seufzer und ein schwaches Murmeln.

«Wird es denn niemals gesühnt werden ...»

Der Griff der schweren Reisetasche schnitt ihm ins Fleisch, aber es kümmerte ihn nicht. Ohne zu zögern schleppte Konrad sein Gepäck zum Bahnhof, fest entschlossen, sich in den erstbesten Zug zu setzen und niemals wieder zurückzukehren.

Der herrenlose Hund verfolgt ihn in Gedanken immer noch, als er schließlich bei Klas' Haus ankommt.

Es ist eine dürftige Unterkunft, die in einiger Entfernung zum nächsten Nachbarn unter dichten Kiefern liegt. Graues Eternit, als wäre es erblich. Obwohl das Haus kleiner ist als Hermans und Signes.

Konrad bleibt stehen und zögert erneut.

Er hat diesen Besuch mehrere Tage lang vor sich hergeschoben, weiß aber, dass er ihn absolvieren muss, um weiterzukommen. Er steckt voller böser Vorahnungen.

Vor dem Tor stehen zwei Volvo Amazon, der eine ist grün und einigermaßen in Schuss, der andere blau und mit der Hinterachse auf kahlen rostigen Felgen auf einem Stapel Steinplatten aufgebockt. Es ist doch wohl nicht dieselbe alte Kiste von damals? Ein Schraubenschlüssel, ein Hammer und ein paar Schraubenzieher liegen im Kies.

Plötzlich kommt ein schwarzer Labrador durch die geöffnete Haustür gerannt. Er springt mit den Pfoten am Tor hoch und winselt, schrill und erbärmlich.

Konrad weicht im ersten Moment zurück. Doch dann stellt er fest, dass der Hund harmlos aussieht. Weitaus weniger aggressiv als sein Herrchen.

«Guter Hund», flüstert Konrad beruhigend und öffnet vorsichtig das Tor.

Der Hund hört auf zu winseln, streicht aber weiterhin um seine Beine herum.

«Hallo! Ist jemand zu Hause?», ruft Konrad. Nicht übermäßig laut. Er will nicht aufdringlich erscheinen.

Er folgt dem Hund die Außentreppe hinauf. Im Haus ist es still. Es ist stickig, und die abgestandene Luft riecht nach Schmutz und Bratendünsten.

Konrad steigt über diverse Schuhe im Flur und wirft einen Blick ins Wohnzimmer. Dort drinnen ist es dunkel. Das Erste, was er erblickt, sind Klas' alte Pokale, die über dem Fernseher im Regal aufblitzen. Fußball und Speerwerfen, es muss vor dreißig, vierzig Jahren gewesen sein, dass er sie gewonnen hat. Dicke rotbraune Gardinen verdunkeln die Fenster fast vollständig, sodass nur ein schmaler Streifen Sonnenlicht hereindringen kann.

Der Raum hat etwas Notdürftiges. Ein einziges Bild an der Wand, ein Ölgemälde, das aussieht, als wäre es vom Flohmarkt. Es stellt ein Segelschiff dar, das gerade in einer Nebelbank verschwindet. Der einsame Ficus Benjamini auf der Fensterbank hat nahezu alle Blätter verloren.

Konrad blickt sich um, traut sich jedoch nicht zu rufen, jetzt, wo er bereits in die Höhle des Löwen eingedrungen ist. Es muss eine Weile her sein, dass Klas einer ordentlichen Arbeit nachgegangen ist, hatte Leif Bogren vermutet. Es scheint, als wäre selbst die Luft im Raum angefüllt von Antriebslosigkeit. Einige Fliegen surren am Fenster.

Warum ist er eigentlich am Ende doch bei Herman und Signe ausgezogen?, fragt sich Konrad. Er muss ja schon fast dreißig gewesen sein, als er endlich diesen Schritt gemacht hat. Die Spuren einer Frau kann er nirgendwo im Raum entdecken.

Dann hört er ein Grunzen vom Sofa, das mit dem Rücken zur Tür steht. Jemand murmelt irgendwelche Flüche im Schlaf.

Konrad macht ein paar Schritte in den Raum hinein. Ein unerträglicher Gestank schlägt ihm entgegen.

Klas liegt auf dem Rücken, den Kopf mit dem Stoppelhaar auf die Armlehne gelegt. Sein Oberkörper ist nur mit einem Unterhemd bekleidet. Er ist mit Erbrochenem verschmiert, das an seinem Kinn heruntergelaufen ist und nun in seinem ergrauten Brusthaar hängt.

Der Labrador steht neben seinem Herrchen und wedelt mit dem Schwanz. Leckt ein paar der gelblich grauen Brocken von seinem Hals und legt sich dann wartend mit der Nase auf den Teppich.

Klas windet sich und murmelt erneut etwas in seinem Dämmerzustand.

Mit wem redet er nur?

Konrad muss an Bogrens Worte denken. Ja, Klas ist ein einsamer Teufel, das ist sicher. Natürlich müsste er ihm helfen. Versuchen ihn zu wecken, die Kotze wegwischen und mit ihm reden, wie er es dessen einzigem Freund versprochen hat.

Oder sollte er stattdessen die Gelegenheit nutzen und sich lieber nach Spuren umsehen?

Konrad vermag weder das eine noch das andere zu tun. Er betrachtet seinen Adoptivbruder in seinem hilflosen und armseligen Zustand lange. Stellt fest, dass er ihn tatsächlich ein wenig bedauert.

Mit dem Gefühl, versagt zu haben, verlässt er das Haus.

KAPITEL 28

Das blonde Haar, das auf der Fotografie so füllig wogte, ist dünn und grau geworden, aber der Seitenscheitel des längst pensionierten Kommissars Kurt Nilsson sitzt immer noch perfekt.

An seinem Platz im Schatten eines Sonnenschirms, wo er allein in seinem Rollstuhl sitzt, hat er eine karierte Decke über den Knien liegen. Sein Blick ist irgendwo in die Ferne gerichtet. Er schläft nicht. Es sieht eher danach aus, als hege er eine ungewisse Sehnsucht.

«Kurt, Ihr Neffe ist hier, um Sie zu besuchen!»

Er reagiert kaum auf den Ausruf der Pflegerin. Lediglich eine schwache Bewegung im Augenwinkel lässt erkennen, dass er zumindest seinen Namen aufgeschnappt hat. Vielleicht möchte er keinen Besuch bekommen.

Konrad holt die beiden Zigarren hervor, die er auf Gudrun Vernerssons Anraten hin mitgebracht hat. Jove Bengtsson ist inzwischen gestorben und sein Geschäft geschlossen, aber Konrad ist extra nach Ystad gefahren, um im dortigen Tabakwarenladen ein paar echte Havannas zu kaufen. Sie machen ihn munter, hatte Gudan mit einem Augenzwinkern gesagt.

«Kurt, Ihr Neffe ist gekommen. Ist das nicht schön?», wiederholt die Pflegerin, die Konrad durch die nach Desinfektionsmittel riechenden Korridore des Pflegeheims hinaus auf die Terrasse gelotst hat.

«Wir werden abwarten müssen, wie es ihm geht. Er kann manchmal etwas launisch sein», hat sie ihn gewarnt.

Jetzt wirft sie Konrad einen entschuldigenden Blick zu, als sei es ihr Fehler, dass der Alte nicht reagiert. Konrad schämt sich für seine Lüge. Aber es wäre schwierig gewesen, sein Anliegen anders zu erklären.

Dann wendet sich Kurt Nilsson ihnen plötzlich zu.

«Aha, aha …», gibt er zögernd von sich.

Er blinzelt freundlich und neugierig. Die Pflegerin, die Gun heißt, scheint überhaupt nichts daran zu finden, dass er einen Verwandten, der unerwartet aufgetaucht ist, nicht wiedererkennt. Sie legt ihm einen Arm um die schmalen Schultern und tätschelt ihm die Wange.

«Ich hole Kaffee, dann können Sie in Ruhe hier sitzen und sich unterhalten.»

«Danke», sagt Konrad. «Das ist nett.»

Er setzt sich.

«Ich habe ein paar Zigarren mitgebracht. Du rauchst doch immer noch, Kurt, oder?», fragt er einschmeichelnd.

«Zigarren, ja, man dankt», gluckst der Alte.

Ein guter Tag, denkt Konrad hoffnungsvoll. Er wirft einen Blick zu dem Tisch hinüber, der ein Stück weiter hinten im Garten steht. Um ihn herum sitzen drei alte Menschen im Schatten unter einem vorstehenden Dach. Der Kopf eines aufgedunsenen Mannes, dessen Körper nicht so recht Platz im Rollstuhl findet, hängt schief herunter. Seine Augen sind weit aufgerissen, aber der Blick ist leer. Neben ihm zwirbelt eine magere Frau nervös eine Serviette zwischen den Fingern, während sie eine murmelnde Konversation mit sich selber führt. Der Dritte hat ein verschrumpeltes Gesicht und sieht aus, als würde er jeden Moment handgreiflich werden, um sie zum Schweigen zu bringen, wenn er nur die

Kraft dazu hätte. Er starrt wütend auf die Spatzen, die in der Vogeltränke herumplätschern.

In dem Moment, als Kurt Nilsson mit zittrigen Fingern die Zigarre aus dem Metallröhrchen gefummelt hat, kommt Gun mit einem Tablett wieder nach draußen. Darauf stehen zwei Becher mit Kaffee und ein Teller mit vier billigen Butterkeksen darauf. Sie nimmt ein Feuerzeug aus ihrer Kitteltasche und legt es auf den Tisch.

«Wir verstecken die Feuerzeuge normalerweise. Damit sie nicht auf dumme Gedanken kommen. Man weiß ja nie ...»

Sie mustert Konrad, als wüsste sie nicht so recht, ob sie sich auf ihn verlassen kann. Zuckt dann mit den Schultern und verschwindet nach drinnen in die Küche.

Der alte Kommissar scheint bereits akzeptiert zu haben, dass Konrad bei ihm ist. In gewohnter Manier steckt er sich die Zigarre zwischen die Lippen. Schnappt sich das Feuerzeug und zündet sie an. Als er den ersten Zug nimmt, bilden sich in seinen faltigen Wangen tiefe Grübchen.

«Ich soll dich von Gudrun grüßen», sagt Konrad.

Er erntet einen verständnislosen Blick.

«Deine Frau ...?»

«Aha, sehr nett», entgegnet der Alte.

Es ist schwer zu sagen, ob ihm der Name bekannt vorkommt.

«Sie ... sie fragt, wie es dir geht.»

Kurt Nilsson blickt ihn verwundert an.

«Mir geht es prima. Die Mädels hier sind ganz reizend. Ich habe es gut hier, sehr gut.»

Er nickt, wie um seine Worte zu unterstreichen. Wiegt dann den Oberkörper leicht vor und zurück. Der Rauch, der sich in der Windstille langsam bis hinauf an die Unterseite des Sonnenschirms ringelt, verwischt für einen Augenblick die Konturen seines scharf geschnittenen Gesichts. Doch Konrad sieht, dass er blinzelt, so als versuche er gerade angestrengt, sich im verworrenen Labyrinth seiner Erinnerungen zurechtzufinden.

Konrad beschließt, unmittelbar zur Sache zu kommen. «Wenn du einmal an Agnes zurückdenkst, an was erinnerst du dich dann?»

«Wer, sagtest du?»

«Agnes Stankiewic, die 1968 verschwunden ist, als du Polizist warst.»

«Nie gehört.»

Konrad seufzt und bereut seinen forschen Vorstoß.

«Schau dir die Vögel an!», ruft Kurt Nilsson plötzlich aus. «Wie sie dort so lustig spielen. Sie kommen jeden Tag her. Man kann mit ihnen reden. Schau nur, siehst du sie?»

Er formt seine Lippen zu einem geräuschvollen Pfeifen und weist mit der Zigarrenhand in Richtung der Vogeltränke.

«Hast du gesehen? Sie erkennen mich wieder.»

Er pfeift noch einmal in Richtung der Spatzen.

«Hier streicht eine Katze herum», sagt er in ernstem Ton. «Sie hat es auf meine gefiederten Freunde abgesehen. Aber ich sitze immer hier und halte Wache, da kann ich sie rechtzeitig warnen.»

«Das ist gut», sagt Konrad.

Plötzlich wirft die magere Frau am Tisch unter dem Dach ihre Serviette weg und schreit gellend los.

«Hör endlich mit deinem verdammten Gepfeife auf, Kurt!»

Sie steht mit wackeligen Beinen auf. Scheint jedoch sofort wieder vergessen zu haben, was sie so wütend gemacht hat.

«Halt die Klappe, Frau!», brüllt der Alte mit dem verschrumpelten Gesicht und schlägt mit der Faust auf den Tisch, sodass die Kaffeebecher hochhüpfen.

Die alte Frau blickt sich verwirrt und etwas unglücklich um, sinkt dann wieder auf ihren Stuhl zurück und setzt ihr eintöniges Gemurmel fort. Ihr aufgebrachter Tischnachbar hält sich mit den Händen die Ohren zu. Aus der Kehle des Dicken im Rollstuhl ist ein schwaches Rasseln zu vernehmen. Kurt Nilsson wirft ihnen über die Schulter hinweg einen nonchalanten Blick zu.

«Verdammtes Pack!», murmelt er vor sich hin.

Dann kommt Gun durch die Terrassentür hinausgeeilt. Sie trägt ein Tablett mit Tablettendöschen vor sich her.

«Was ist hier los?», fragt sie beunruhigt.

«Ich weiß nicht … Es scheint, als wären sie dort hinten nicht so gut aufeinander zu sprechen», antwortet Konrad.

«Jetzt, wo das Wetter so schön ist und die Sonne scheint, müsst ihr euch doch nicht streiten», sagt Gun freundlich in Richtung des anderen Tisches.

Keiner der Alten antwortet. Zwei von ihnen starren zu Boden, der dritte wie immer in Richtung Himmel.

«Sie könnten Ihrem Onkel vielleicht dabei behilflich sein, seine Medizin einzunehmen», schlägt Gun vor und reicht Konrad ein kleines Döschen mit einer blauen und zwei roten Pillen.

«Natürlich.»

Sie sitzen schweigend da, während die Krankenschwester den anderen ihre Medizin einflößt. Die Alten machen wie Vogeljunge gehorsam den Mund auf. Als Gun wieder nach drinnen geeilt ist, schnalzt Kurt Nilsson sehnsüchtig mit der Zunge.

«Verdammt knackiger Arsch», lässt er sachkundig verlauten.

Mit seinen sehnigen Händen zeichnet er rasch zwei Kreise in die Luft.

«Wie eine Birne. Es ist einfach verdammt sexy, wenn die Arschbacken so ausladend sind wie eine saftige, vollreife Birne. Eine Frau soll so geformt sein wie eine richtig überreife Graf-Moltke-Birne, die vor Süße nur so trieft, wenn man reinbeißt.»

Als er sich Konrad mit einem breiten Grinsen zuwendet, blitzt ein Goldzahn in seinem Mund auf.

«Ich geb ihr manchmal einen Klaps auf den Hintern, wenn ich drankomme. Sie hüpft jedes Mal zur Seite. Aber ich weiß, dass sie es gern hat.»

Dann erblickt er die Medizindose auf dem Tisch. Wirft einen Blick über seine Schulter und öffnet dann die Dose vorsichtig, nimmt die drei Tabletten heraus und betrachtet sie in seiner Handfläche.

«Sie denken, dass man völlig verblödet ist», murmelt er.

Mit einer schnellen Handbewegung wirft er die Pillen weg, sodass sie im Rosenbeet hinter der mageren, bekümmerten Frau vom anderen Tisch landen. Sie merkt nichts.

Kurt Nilsson zwinkert Konrad verschmitzt zu.

«Ich werfe sie dahinten hin, damit Gun denkt, dass einer von diesen Idioten da sie verloren hat», flüstert er vertraulich.

Konrad lacht auf.

«Smart …», sagt er bestätigend.

In seinem Körper breitet sich eine gewisse Unruhe aus. Es ist nicht ganz leicht, Kurt Nilssons gedanklichen Irrwegen zu folgen. Und es scheint womöglich noch schwieriger zu versuchen, seine Gedanken zu steuern. Konrad hat den Eindruck, dass er lediglich seine dünne Angelschnur und seinen armseligen Angelhaken im Meer der Erinnerungen auswerfen kann, die Kurt Nilssons fast neunzigjähriges Leben ausmachen. Die Vorstellung, ein Monster zu fangen, das sich möglicherweise in der Tiefe versteckt hält, scheint allerdings nicht besonders verlockend.

Aber er beschließt, es noch einmal zu versuchen.

«Kurt, kannst du mir nicht ein bisschen mehr von deiner Arbeit als Polizist erzählen?»

«Polizist? Nein, Soldat bin ich gewesen. Und zwar ein verdammt tüchtiger Soldat, wenn ich das so sagen darf.»

«Du warst doch Kriminalkommissar hier in Tomelilla.»

«Niemals! Da musst du mich mit jemandem verwechseln. Wie war nochmal dein Name?»

«Konrad. Ich bin dein Neffe», entgegnet Konrad und spürt, wie die Schamesröte seine Ohrläppchen heiß werden lässt.

«Ach genau, so war es ja.»

«Du hast viele schwere Verbrechen aufgeklärt. Mord und Diebstähle. Und Fälle mit Personen, die verschwunden sind ...», versucht Konrad es.

Der Alte scheint ihn nicht zu verstehen.

«Es war ein hartes Brot. Das Soldatenleben. Manchmal haben wir gehungert. In den Schützengräben haben uns die Ratten angenagt. Aber keine Sekunde lang habe ich es bereut, mich als Soldat ausbilden zu lassen.»

Kurt Nilsson verstummt, und Konrad betrachtet sein unergründliches Gesicht. Seine Augen, die einmal von klarem Blau waren, aber mit zunehmendem Alter grau und wässrig geworden sind, scheinen in weiter Ferne nach Bildern zu suchen.

Der alte Kommissar summt leise eine Melodie vor sich hin, die wie Marschmusik klingt.

«Division Nordland», sagt er plötzlich. «Der stolzeste

Verband im gesamten verdammten Reich. Mein Gott, wie tapfer haben wir damals gekämpft!»

Er schüttelt den Kopf angesichts einer offenbar angenehmen Erinnerung von früher. Dann wird sein Blick ernst.

«Die rote Gefahr. Die Kommunisten. Denen musste man Einhalt gebieten. Sie waren überall und haben sich wie Ungeziefer ausgebreitet. Wo sind die eigentlich inzwischen? Ist der Krieg vorbei?»

Mit einem Mal sieht Kurt Nilsson aus, als sei er bereit, jeden Moment aus dem Rollstuhl zu springen, sich den Helm aufzusetzen und sein Gewehr zu schultern.

«Hast du unter … Hitler gedient?», fragt Konrad forschend.

Warum hat Gudan mir nichts davon erzählt?, denkt er. Weiß sie etwa nichts von Kurt Nilssons Vergangenheit? Das scheint ihm eher unwahrscheinlich. Vielleicht passt es nur nicht zu ihrer romantischen Lebenslüge, dass der Gegenstand ihrer Leidenschaft ein alter Nazi war.

«Hitler», schnaubt der Alte.

«Ja?»

«Wer macht sich denn schon was aus Hitler …»

Plötzlich sieht es aus, als würde es in den Augenwinkeln des Alten leicht feucht werden.

«Viele fähige Jungs haben ihr Leben gelassen. Bis hin nach Stalingrad. Verdammt, was für eine Hölle. Die Pisse ist uns zu Eis gefroren. Läuse und Ungeziefer. Es war die Kälte, die den meisten den Rest gegeben hat. Die Beine sind ihnen in den Stiefeln abgefault.»

Er reibt sich die Augen.

«Aber wir haben nicht aufgegeben. In Berlin haben wir bis aufs Messer gekämpft. Junge Knirpse haben sie eingezogen, die kaum trocken hinter den Ohren waren. Zum

Schluss gingen sie ein wie die Fliegen. Wir haben versucht, uns bis zur Weidendammer Brücke durchzuschlagen, aber die Russen haben unseren Panzer zerschossen. Johansson und Rydén wurden da drin gebraten. Tja, und dann ist der ganze Scheiß in die Luft geflogen.»

Vor Konrads Augen flimmert es. Diese so unerwartet glasklaren Erinnerungsfetzen, wie sind sie nur aus Kurt Nilssons Hirn an die Oberfläche gedrungen? Das Ganze ist immerhin mehr als sechzig Jahre her. Wie alt war er damals? Um die fünfundzwanzig, mehr als zwanzig Jahre jünger als auf der Fotografie in Gudrun Vernerssons abgedunkelter Wohnung.

Konrad sieht das Inferno vor sich, in Schwarz-Weiß, wie auf allen Fotos aus dem Krieg. Er hört das Donnern der Explosionen und nimmt den Geruch von Blut, Feuer und Rauch wahr. Verzweifelte Schreie von sterbenden Soldaten, die nach ihren Müttern rufen, dringen an sein Ohr. Die Weidendammer Brücke, dort, wo die Friedrichstraße den Fluss überquert. Wie oft hat er da schon gestanden und in das braune Wasser hinuntergeschaut, das langsam unter der Brücke hindurchfließt. Wie oft ist er dort unter den Straßenlaternen spazieren gegangen, Hand in Hand mit Sonja, und hat sich mit ihr über alltägliche Dinge unterhalten. Wie viele Soldaten ertranken an der Brücke? Deutsche, Russen. Und junge Schweden.

Kurt Nilsson war dort, und er war einer derjenigen, die überlebt haben.

«Übrigens, hast du eben Polizist gesagt?», fragt er plötzlich.

«Ja?»

In Konrad keimt eine schwache Hoffnung auf.

«Ja, natürlich war ich Polizist. Es war eine herrliche Zeit.

Bin ich denn nicht immer noch Polizist? Oder war es, bevor …»

Kurt Nilsson schüttelt den Kopf, wie um sein Gedächtnis in Schwung zu bringen. Sein Blick irrt unruhig umher. Er wirkt müde und traurig.

«Man hat ja so vieles erlebt. Und irgendwann vermischt es sich im Kopf irgendwie zu Brei.»

Konrad greift nach der halb gerauchten Havanna, die auf der Untertasse gelegen hat und ausgegangen ist. Nikotin muntert ihn auf, hat Gudan schließlich versprochen. Ohne zu fragen, steckt er Kurt Nilsson die Zigarre wieder in den Mund und zündet sie mit dem Feuerzeug an. Der Alte zieht gehorsam daran. Aschereste fallen auf seine karierte Decke hinab. Nach einer Weile beugt sich Konrad über den Tisch und schaut ihm in einem Versuch, ihn wieder zurückzuholen, tief in die Augen.

«Erinnerst du dich an Agnes Stankiewic? Die Frau, die spurlos verschwunden ist.»

Kurt Nilsson blinzelt unter seinen Augenbrauen.

«Das klingt polnisch … Ich habe Polacken noch nie gemocht», brummelt er. Mit einem Mal scheint es, als würde die Luft unter dem Sonnenschirm dünner werden. Sauerstoffärmer. Die Alten riechen muffig und verlebt. Konrad fällt es schwer zu atmen, er ringt nach Luft.

«Du hast die Ermittlungen im Hinblick auf ihr Verschwinden geleitet. Agnes Stankiewic hieß sie.»

Der Alte schnaubt.

«Polacken! Wir haben sie innerhalb von ein paar Wochen plattgemacht. Danzig ist wie ein Kartenhaus in sich zusammengefallen. Sie konnten nicht so gut kämpfen wie die Russen. Sobald wir die Chance bekamen, haben wir kurzen Prozess mit ihnen gemacht. Das hab ich nie bereut.»

«Agnes Stankiewic! Was ist mit ihr passiert?»

Der Alte fährt in seinem Rollstuhl zusammen. Plötzlich wirkt er verängstigt. Sein Blick irrt umher, und es scheint, als sei er kurz davor, wieder in seiner eigenen Welt zu verschwinden.

«Erzähl mir von ihr!»

Konrad umfasst den hageren Arm des Alten und schüttelt ihn, fester, als er eigentlich vorhat. Er spürt, wie es in seiner Brust hämmert. Im letzten Augenblick gelingt es ihm, sich zu besinnen.

«Lieber Onkel, erzähl mir, was meiner Mutter zugestoßen ist …»

Kurt Nilsson nimmt einen tiefen Zug von seiner Zigarre, und einen kurzen Moment lang hat es den Anschein, als nähme er wieder seine alte Autorität als Kommissar an. Er streicht sein Hemd glatt.

«Deine Mutter?»

Konrad nickt.

«War diese … Frau etwa deine Mutter?»

Er vermag nicht mehr, als erneut zu nicken.

Plötzlich lacht Kurt Nilsson auf, woraufhin sich ein sorgenvolles Lächeln in seinem faltigen Gesicht ausbreitet.

«Ach ja, diese Geschichte. Sie war ziemlich unangenehm, muss ich sagen. Nicht ganz astrein. Hätte nie geschehen dürfen. Aber was soll man machen? Ich war ja gezwungen, mich, so gut es ging, darum zu kümmern.»

Ein plötzliches Zwitschern der Spatzen an der Vogeltränke erregt seine Aufmerksamkeit, und er wendet sich ab.

«Wer zum Teufel hat meine Mutter getötet?», schreit Konrad verzweifelt.

Im selben Augenblick kommt Gun mit einer weiteren Pflegerin auf die Terrasse hinausgeeilt.

«Was machen Sie denn da? Sehen Sie denn nicht, dass Kurt Angst bekommt?»

Die beiden Frauen haben sich beschützend vor den alten Kommissar gestellt, der inzwischen völlig das Interesse an seinem Besucher verloren hat.

«Ich muss Sie bitten, unmittelbar das Gelände zu verlassen», zischt Gun.

Konrad kommt sich wie ein Idiot vor. Was ist nur mit mir los?, denkt er. Wie zum Teufel kann ich gegen einen alten, kraftlosen Greis nur derart aufbrausen? Aber er war so verdammt nahe dran. Wenn er Kurt Nilsson nur dazu gebracht hätte, sich an diesem winzigen Puzzleteil seiner Erinnerung noch eine kurze Zeit festzuklammern. Er hebt resigniert die Hände und steht auf.

«Es tut mir leid, das wollte ich nicht …»

«Sie können direkt durch den Garten hinausgehen», sagt Gun grimmig und weist ihm die Richtung.

Sie folgt ihm mit missbilligendem Blick. Konrad wirft Kurt Nilsson, der mit seinem Rollstuhl zur Vogeltränke gerollt ist und nun mitten in der prallen Sonne steht, einen letzten Blick zu. Durch sein spärliches, akkurat gekämmtes Haar hindurch sind ein paar braune Muttermale auf dem Schädel zu erkennen. Der Alte turtelt mit den Spatzen. Sie wirken so zahm, dass sie kurz davor sind, sich auf seine Hand zu setzen.

«Meine kleinen gefiederten Freunde», krächzt er heiser. «Kommt her, Papa sorgt dafür, dass euch die böse Katze nicht holt.»

«Auf Wiedersehen, Kurt», sagt Konrad.

Der Alte schaut auf. Es ist, als hätte sich ein grauer Schleier über seine Augen gelegt. Er blickt vollkommen verständnislos drein.

«Wer sind Sie?»

«Niemand. Gar niemand», entgegnet Konrad.

Als er wieder auf die Straße tritt, ist er enttäuscht und erleichtert zugleich. Aber vor allem entsetzlich müde. Er hält inne, atmet tief durch und überlegt, wie sein nächster Schritt aussehen könnte.

Ein Lastwagen donnert vorbei und schreckt eine Katze auf, die verängstigt in den nächsten Busch springt. Ansonsten ist es still. Das blaue Schulgebäude auf der anderen Straßenseite sieht verlassen aus. Kein Wunder. Es sind ja Sommerferien.

Einige Erinnerungen flattern vorbei. Doch sie enthalten keinerlei Gerüche.

KAPITEL 29

Gertrud liegt auf einem Liegestuhl im Innenhof. Sie schläft. Der verschlissene Stoff der Sitzfläche ist ausgeblichen und der Holzrahmen grau und spröde. Alles, was er von ihr sieht, sind ein paar rote Locken, die sich über die Oberkante des Stuhls ringeln, und eine schlaffe Hand, die über die Armlehne herunterhängt.

Im Gras um sie herum wächst Löwenzahn. Es ist still, nur ganz leise ist Tanzmusik zu hören, die aus dem gekippten Fenster im zweiten Stock kommen muss.

Als Konrad vorsichtig näher kommt, sieht er, dass Gertrud flammend rot im Gesicht ist. Die Sonne brennt unbarmherzig auf ihre Haut. Aus ihrem feuchten Haar an den Schläfen rinnen kleine Schweißperlen den Hals hinunter und verschwinden zwischen ihren Brüsten, die sich unter der dünnen, blaugeblümten Baumwollbluse abzeichnen.

Auf ihrem Bauch liegen ein Buch und eine billige Lesebrille. «Schnee» von Orhan Pamuk. Gut gegen die Hitze, denkt er.

Als er gerade ihren Namen flüstern will, wacht sie auf. Sie blickt sich schlaftrunken um. Ihre Augen sind gerötet, und sie blinzelt verwirrt.

«Verdammt, ich muss eingeschlafen sein.»

«Guten Morgen», sagt Konrad, weil ihm einfach nichts anderes einfällt.

Gertrud setzt sich mühsam auf.

«Vorhin hab ich noch im Schatten gesessen», erklärt sie und schaut zum Pflaumenbaum, der seinen kühlenden Schatten inzwischen über den Fahrradständer wirft.

Sie betrachtet den Baum misstrauisch, als hätte er etwas verbrochen.

«Sie muss gewandert sein, die Sonne.»

«Mm …», entgegnet Konrad. «Das hat sie so an sich.»

Sie lacht auf, verlegen.

«Also … Ich bin irgendwie noch nicht ganz wach.»

Konrad gibt ihr einen raschen Kuss auf die Stirn und macht sich sofort Sorgen, wie sie reagieren wird. Sie schmeckt salzig. Gertrud scheint seine unerwartete Zärtlichkeit gar nicht besonders zur Kenntnis zu nehmen.

«Es war irgendwie ganz merkwürdig», sagt sie. «Als ich hier gelegen und gelesen habe, kam es mir vor, als ob mir jemand nachspioniert. Ich hab es sozusagen auf meiner Haut gespürt. Es war irgendwie … unheimlich.»

«Nachspioniert?»

«Ja, ich hab Geräusche gehört. Die Haustür hat geknarrt. Aber als ich mich umgedreht hab, war keiner zu sehen.»

Sie zieht die Schultern hoch, als wolle sie vermeiden, dass es sie schüttelt. Konrad weiß nicht, was er glauben soll.

«Irgendwer hat mich beobachtet. Ich bin mir fast sicher. Erst hab ich gedacht, du wärst es. Aber du warst es nicht, oder?»

«Nein. Vielleicht hast du geträumt?»

Gertrud blickt ihn zweifelnd an und schüttelt dann den Kopf.

«Ach, vielleicht hab ich mir alles auch nur eingebildet. Aber es kam mir so wirklich vor. Und dann war das Gefühl plötzlich weg. Und ich war irgendwie so unglaublich müde. Mir sind einfach die Augen zugefallen.»

«Du bist also eingeschlafen …»

Sie streicht sich ein paar Haarsträhnen aus der Stirn. Schaut sich um. In ihrem Blick liegt immer noch eine gewisse Unruhe.

«Ich hab auf dich gewartet.»

«Tatsächlich?»

«Wie spät ist es?»

Er kramt sein Handy hervor und sieht nach.

«Viertel nach drei.»

«Dann müssen wir uns beeilen.»

Noch bevor er etwas fragen kann, ist sie aufgesprungen und schon auf halbem Weg zur Haustür. Dort bleibt sie stehen und dreht sich um.

«Ich hab meine Sachen im Auto. Beeil dich!»

Konrad hebt hilflos die Arme.

«Und wohin fahren wir?»

«Nach Malmö. Wir müssen in einer Stunde dort sein.»

«Aber …?»

«Du wolltest doch mehr über mich erfahren, oder? Und über dich selbst.»

Aus dem gekippten Fenster im zweiten Stock ertönt plötzlich ein ziemlicher Krach, der sie hochschauen lässt. Aus der Wohnung sind aufgebrachte Stimmen zu hören. Ein Mann und eine Frau schreien sich an. Eine Tür schlägt zu, und dann ist es mit einem Mal wieder still.

«Beeil dich. Ich erklär es dir im Auto», sagt Gertrud ungeduldig.

Ein bisschen später sitzen sie in Konrads altem Opel. Es hat eine halbe Minute gedauert, Gertrud davon zu überzeugen, dass sie immer noch zu schlaftrunken ist, um selber zu fahren. Sie rollen über die Eisenbahnbrücke, kommen an Bo Ohlssons Discountmarkt vorbei, dessen Parkplatz gerammelt voll ist, biegen dann an der Ampel rechts ab und fahren weiter über den Hügel bei der Volkshochschule in Richtung der westlichen Ausfallstraße.

«Ich hab einen Brief bekommen …», sagt sie langsam.

«Aha?»

«Von Lelle …»

«Deinem Bruder?»

«Ja.»

«Sitzt er nicht im Knast?»

«Ja, und genau da wollen wir hin.»

Konrad betrachtet sie aus dem Augenwinkel. Der Schweiß an ihren Schläfen ist getrocknet. Durchs Seitenfenster weht ein kühlender Wind herein. Ihre Haut ist nicht mehr ganz so rot.

«Um halb fünf ist Besuchszeit», klärt ihn Gertrud auf. «Dann sollten wir dort sein. Sie sind ziemlich pingelig, was die Sicherheitskontrollen angeht.»

«Sitzt er nicht in Kirseberg?»

Sie nickt. «Findest du den Weg?»

«Klar. Aber ehrlich gesagt, was soll ich denn eigentlich dort?»

Ein tiefer Seufzer von Gertrud bewirkt, dass er sich egoistisch vorkommt. Konrad fährt schweigend weiter.

«Es geht letztlich um dich», klärt sie ihn auf.

«Um mich?»

«Ja, ich glaube schon.»

Sie kneift die Augen zusammen und blickt durch das Seitenfenster über das sich langsam gelb färbende Kornfeld, als suche sie da draußen in der Landschaft nach etwas. Rote Flecken von Mohnblumen leuchten im Sonnenlicht.

«Ich hab dir doch erzählt, dass Lelle wegen Mordes lebenslänglich einsitzt. Und er hat im Laufe der Jahre hinter

Gittern viele schräge Typen getroffen. Darüber hat er in seinem Brief geschrieben. Lelle ist immer ein wenig kryptisch und nicht ganz leicht zu verstehen. Aber er hat dich in seinem Brief erwähnt.»

«Mich?»

«Ich weiß nicht, ob er von dem Mord an Herman und Signe aus der Zeitung erfahren hat. Wie auch immer, Lelle hat jedenfalls geschrieben, dass er im Gefängnis jemanden getroffen hat, der etwas wusste. Jemand, der dich interessieren könnte. Das ist alles, was ich bis jetzt weiß. Du kannst den Brief gerne selbst lesen.»

«Lies du ihn, während ich fahre.»

Sie wühlt in ihrem Rucksack, bis sie das Kuvert findet, zieht drei vollgeschriebene Papierbögen heraus und räuspert sich. Konrad schielt auf die sorgfältig niedergeschriebenen Zeilen in ihrer Hand. Die Worte eines Fremden aus Gertruds Mund. Er hört ihrem Lesefluss zu, versucht ihn zu deuten. Als sie fertig ist, verstummt sie und blickt ihn erwartungsvoll an.

«Er klingt etwas wirr», bemerkt Konrad. «Tut mir leid …»

«Ich glaube, er kommt sich auserwählt vor.»

Beide schweigen, auch wenn Konrad immer noch voller Fragen steckt, die eine Antwort verlangen. In seiner Phantasie versucht er sich ein Bild von Gertruds Bruder, dem bekehrten Mörder, zu machen. Doch vor seinem inneren Auge entsteht lediglich eine groteske Karikatur. Seine Gedanken wandern zu Kurt Nilsson. Er muss Gertrud auf jeden Fall von ihm erzählen. Auf dem Platz seitlich von der Anhöhe, an der sie gerade vorbeifahren, findet ein Fußballspiel der Juniorenmannschaft statt. Sie hören aufgeregte Rufe und schließlich ein lautes Pfeifen.

«Ich war heute im Altersheim in Byavången. Bei dem Kommissar, der die Ermittlungen geleitet hat, als es um das Verschwinden meiner Mutter ging.»

«Ich wusste gar nicht, dass er noch lebt.»

«Gudan hat es mir erzählt. Sie hat nämlich irgendwann mal 'ne Romanze mit ihm gehabt.»

«Ehrlich?», fragt Gertrud und wirkt plötzlich amüsiert.

«Inzwischen ist er allerdings ein vertrockneter alter Knacker. Ehrlich gesagt, 'n verdammter Rassist. Er hat mir gesteckt, dass er Nazi war und während des Krieges auf Seiten der Deutschen gekämpft hat. Er wirkte ziemlich senil und verkalkt, aber ich hatte trotzdem den Eindruck, dass er etwas über Agnes wusste.»

«Und hat er es dir nicht erzählt?»

Konrad schüttelt den Kopf.

«Nicht viel jedenfalls. Er schien einige wenige klare Momente zu haben. Da hat er Andeutungen gemacht. Aber dann ist er wieder irgendwo im Nebel verschwunden. Schwer zu sagen, was wahr und was eher ein Hirngespinst war.»

Als Konrad ihre Hand auf seinem rechten Arm spürt, der auf dem Lenkrad ruht, möchte er, dass sie sie dort liegen lässt.

«Du solltest vielleicht mal mit Sven reden», schlägt sie vor.

«Mit Sven?»

«Ja, er hat in seiner Freizeit einige Forschungen angestellt, im Hinblick auf den Nationalsozialismus hier in Skåne. Er hat in seinem Arbeitszimmer ein richtiges Archiv angelegt.»

Plötzlich brennt Gertruds Blick so intensiv auf seiner Wange, dass er ihr in die Augen schauen muss.

«Er verabscheut das alles. Rassismus, Homophobie,

Schikane im Allgemeinen. Und er hat ja auch gute Gründe, nicht?»

Konrad nickt. Das letzte Stück der Fahrt verbringen sie schweigend.

Das Tor der Strafvollzugsanstalt liegt in einer kleinen Sackgasse, nicht weit entfernt von der Autobahn nach Lund und dem Hochhaus, in dem die Zeitung Sydsvenskan untergebracht ist. Die hohen Mauern sind mit Stacheldraht gekrönt. Kameras spähen von der Fassade, und das massive alte Gebäude strahlt Kühle aus.

Gertrud betätigt die Gegensprechanlage, während Konrad bemüht ist, nicht direkt in die Kamera zu schauen, die unmittelbar daneben angebracht ist. Eine metallene Stimme fordert sie auf, ihre Namen zu nennen. Dann öffnet sich das Tor mit einem Klicken.

«Besuch für Lennart Myrberg», sagt Gertrud zu dem anonymen Gesicht, das sich innerhalb der Schleuse hinter dem Panzerglas abzeichnet.

Eine weitere Tür öffnet sich. Sie passieren einen Körperscanner und müssen sich dann einer Leibesvisitation durch jeweils einen weiblichen und einen männlichen Gefängnisaufseher unterziehen.

«Medizin, Drogen, Waffen?», fragt die Frau eintönig.

Konrad widersteht der Versuchung, mit Ja zu antworten. Beide schütteln den Kopf und werden durch die nächste Gittertür hindurchgelassen. Hinter dem Fenster eines Wachraums leuchtet eine ganze Batterie von Bildschirmen.

Lelle sitzt bereits in der Besucherzelle und wartet. Er sieht natürlich viel älter aus, als Konrad ihn in Erinnerung hat. Er muss weit über fünfzig sein. Sein Haar ist grau, aber immer noch dick und schulterlang. Der mörderische Blick ist verschwunden. Jetzt lächelt er mild wie eine Erlösergestalt. Die Muskeln unter seinem enganliegenden Unterhemd sind allerdings ziemlich ausgeprägt. Lelle trägt ein Paar gefängnisgrüne Hosen und Badeschlappen aus Plastik an den Füßen.

«Gertrud! Meine liebe Schwester!»

Er steht auf, und Gertrud verschwindet in seiner innigen Umarmung.

Konrad wartet ein Stück hinter ihr. Betrachtet die deprimierende Einrichtung der Zelle: eine kunststoffbeschichtete Pritsche, die nach dem Besuch von Ehefrauen und Freundinnen augenscheinlich leicht abzuwischen ist. Zwei schlichte Stühle mit Lehne. Ein Kieferntisch ohne Tischtuch. Ein Bild, das einen Elch darstellt, der auf eine Lichtung blickt. Und in der Ecke einige phantasielose Plastikspielsachen für Kinder von Besuchern.

«Drücken Sie auf den Knopf, wenn Sie fertig sind, dann kommen wir und lassen Sie raus», sagt die Aufseherin, die sie hereingebracht hat, und knallt die Tür hinter ihnen zu.

Dann richtet Lelle seinen Blick an Gertrud vorbei auf Konrad, den er erst jetzt wahrzunehmen scheint.

«Hallo», sagt Konrad verlegen.

Lelle entlässt Gertrud aus seiner Umarmung und streckt eine kräftige Hand vor. Die Tätowierung auf seinem Unterarm stellt eine Sonne dar, die zur Hälfte hinter einer dunklen Wolke hervorlugt. *Gott erhört dein Gebet*, steht dort.

«Wie schön, dass du kommen konntest», sagt er und mustert Konrad mit unverhohlener Neugier von oben bis unten.

Sie setzen sich. Konrad und Gertrud auf die Stühle, Lelle mit dem Rücken an die Wand gelehnt auf die Pritsche.

«Ich soll dich von Sven grüßen», sagt Gertrud.

Über Lelles Erlöserblick fällt unmittelbar ein bekümmerter Schatten. Er schüttelt besorgt den Kopf.

«Sven, ja … Er hat es nicht immer leicht gehabt im Leben. Nein, das hat er wahrlich nicht.»

«Ich glaub, es geht ihm inzwischen ziemlich gut», klärt ihn Gertrud auf. «Ich hab dir doch von seiner Flamme Lena erzählt, oder?»

Lelle nickt und wirkt etwas beruhigter. Aber seine Stimme klingt düster.

«Eine Frau … Ja, das ist gut. Viel besser. Ich hoffe wirklich, dass der Herr von nun an seine Hand über ihn hält.»

Es klopft an der Zellentür, und die Frau, die gerade eben hinter ihnen zugeschlossen hat, steckt ihren Kopf herein. Sie trägt einen dunkelblauen Pullunder und hat einen blonden Pferdeschwanz. Ihr Schlüsselbund rasselt abschreckend.

«Möchten Sie Kaffee? Ein Becher kostet zehn Kronen. Fünfzehn, wenn Sie 'ne Zimtschnecke dazu haben wollen.»

«Ich lad euch ein», sagt Lelle ohne eine Spur von Ironie in der Stimme.

Die Aufseherin verschwindet, ist jedoch kurze Zeit später mit einem Tablett in der Hand wieder zurück.

«In der Werkstatt verdient man ja etwas Geld», erklärt Lelle. «Nicht viel, aber es ist ehrenhaftes Geld …»

Er verstummt.

Gertrud sagt ebenfalls nichts. Es ist, als warten beide. Vielleicht auf Konrad. Wie auf ein Signal hin greifen alle drei im selben Augenblick nach dem Kaffee.

«Und du sitzt lebenslänglich ein?», fragt Konrad über den Rand seines Kaffeebechers hinweg.

Lelle lehnt sich wieder an die Betonwand und umfasst seinen Becher, als wolle er seine Hände wärmen. Zum ersten Mal blitzt eine gefährliche Tiefe in seinem Blick auf. Konrad weicht unbewusst ein paar Zentimeter auf seinem Stuhl zurück.

«Ich erinnere mich daran, als du klein warst, Konrad. Nicht besonders gut, aber immerhin. Ihr wart ja so viel jünger, du und Sven.»

Er schaut Konrad bohrend an.

«Ich kann nicht gerade behaupten, dass ich dich damals mochte. Hatte eher den Eindruck, dass du ein kleiner Schisser warst. Ja, so hab ich gedacht. Ein schmächtiges, verängstigtes kleines Stück Scheiße. Aber vielleicht hattest du ja einen Grund, Angst zu haben.»

Konrad windet sich auf seinem Stuhl. Weiß nicht, was er darauf erwidern soll. Und Gertrud kommt ihm auch nicht zu Hilfe.

Dann stellt Lelle seinen Becher mit einem Knall auf das Tablett zurück und wechselt rasch das Thema.

«Ja, ich habe damals einen Mann getötet. Und ich sühne meine Strafe. Inzwischen führe ich ... ein anständiges Leben. Ich arbeite hart und halte meinen Körper in guter Verfassung. Ich spreche, sooft ich Zeit habe, mit meinen Unglücksbrüdern. Versuch ihnen zu helfen, ihren Weg zu Gott zu finden, genau wie ich ihn gefunden habe. Aber es ist nicht so einfach. Einige von ihnen sind nicht gerade leicht zu überzeugen.»

Lennart Myrberg schüttelt bekümmert den Kopf. Irgendwie drückt er sich merkwürdig aus, denkt Konrad. Er klingt überhaupt nicht wie ein alter Knastbruder. Eher wie ein Erweckungsprediger. Vielleicht ist es auch genau das, was in der Zwischenzeit aus ihm geworden ist. Aber Konrad kann nicht einschätzen, ob Lelles Verhalten aufgesetzt ist oder ob er tatsächlich eine Wandlung durchgemacht hat.

«Wirst du um Gnade ersuchen?»

Die Frage klingt hart, und Konrad merkt, dass er sie eindeutiger formulieren muss.

«Na ja, ich meine, wenn man so viele Jahre abgesessen hat wie du, ist so etwas doch üblich, oder?»

Der Brustkorb des anderen hebt sich schwer. Er streicht sich gedankenverloren mit seinen kräftigen Fingern durchs Haar.

«Ich bitte jeden Tag um Gnade. Aber nicht bei der Justiz oder den Politikern. Sie haben keine Gnade zu geben. Ich bete zum Herrn.»

Halleluja!, denkt Konrad, unterlässt es aber tunlichst, sein Misstrauen kundzutun.

Schließlich greift Gertrud ihr eigentliches Anliegen auf.

«Der Brief, den du geschrieben hast, Lelle. Es klang, als hättest du etwas Wichtiges zu berichten.»

Der Bruder schrickt auf und sieht aus, als wäre er wieder auf dem Boden der Tatsachen gelandet.

«Genau.»

«Etwas, das im Zusammenhang mit dem Mord an Herman und Signe steht? Meinen … Adoptiveltern?», fragt Konrad.

«Möglicherweise …»

Sie warten ungeduldig, während er sich in Ruhe zurechtsetzt, den Oberkörper nach vorn gebeugt, die Ellenbogen auf den Tisch gestützt und die Hände unter dem Kinn gefaltet. Lelle wirkt mit einem Mal konzentriert. Als wolle er sichergehen, auch jede einzelne Nuance weiterzugeben.

«Bengt Olsson. Sagt euch der Name etwas?»

Er schaut sie auffordernd an.

«Im Ort haben sie ihn Benga genannt. Er hing damals immer mit deinem Bruder Klas herum.»

«Aha, du meinst …»

Das Bild, das in Konrads Kopf auftaucht, ist vage und verschwommen. Ein grinsender Jüngling mit strähnigem Haar, der sich immer irgendwo im Hintergrund aufhält. Ist er groß oder klein, kräftig oder eher schlank? Konrad erinnert sich nicht mehr. Aber er hat etwas Nervöses an sich. Eine Person, die Unbehagen verbreitet.

«Er hat sich vor einem halben Jahr hier im Knast erhängt. Hat 'n Stromkabel mit in die Zelle geschmuggelt. Hat es am Bücherregal befestigt und geschafft, sich damit das Genick zu brechen. Es war so traurig, denn ich bin ziemlich sicher, dass er auf dem besten Weg war … tja, nach Hause zu finden.»

«Zu Gott?», fragt Gertrud tonlos.

Lelle nickt.

«Wie dem auch sei, ich hab mich in den Monaten, bevor es passiert ist, oft mit ihm unterhalten. Er war ziemlich fertig. Hatte viele Jahre lang gefixt und höllische Qualen erlitten, wenn er hier drinnen keinen Stoff bekommen hat.»

«Und was hat er gesagt?»

Gertrud kann ihre Ungeduld nicht länger verbergen. Ihr Bruder wirft ihr einen irritierten Blick zu, bevor er weiterredet.

«Als Olsson mir damals davon erzählt hat, hab ich mich nicht weiter drum gekümmert. Ich hab gedacht, dass es sich eher um dummes Geschwätz handelte. Phantasien seines kranken Hirns. Aber dann habe ich vor ein paar Wochen von dem Mord an Herman und Signe gelesen. Es stand ja in allen Zeitungen, und ich war natürlich neugierig, weil es in Tomelilla passiert ist. In Ystads Allehanda hab ich einen ziemlich ausführlichen Bericht über ihr Leben gefunden, der von diesem Palander stammte. Und du wurdest dort auch kurz genannt, Konrad. Im Artikel wurde nebenbei erwähnt, dass deine Mutter damals irgendwann spurlos verschwunden ist. Und als ich das las, hat es bei mir sozusagen Klick gemacht. Ich musste sofort daran denken, was Bengt Olsson mir erzählt hat.»

In der Zelle wird es still. Lelle streckt seinen Rücken und fährt sich erneut durchs Haar. Ein Ventilator rauscht leise. Konrad hört Gertrud atmen.

«Es war nicht viel», sagt Lelle. «Aber ich könnte Gift drauf nehmen, dass er wortwörtlich gesagt hat: *Ich weiß, wo diese Polin ist. Ich muss jeden Tag an sie denken. Sie verfolgt mich.*»

Die Worte lassen Konrad schwindelig werden. In seinem Kopf beginnt sich alles zu drehen, und sein Mund fühlt sich trocken an. Er bringt kein Wort heraus.

Gertrud starrt ihren Bruder an.

«Nichts weiter?»

Lelle schüttelt entschieden den Kopf.

«Nein. Wir haben uns über alte Zeiten in Tomelilla unterhalten. Und dann tauchten die Sätze plötzlich einfach so auf. Und wenn ich so im Nachhinein darüber nachdenke, erinnere ich mich daran, dass er ängstlich aussah. Gequält. Da hatte sich so viel in ihm aufgestaut, was er hätte rauslassen müssen.»

«Wusste er denn, ob sie noch lebt?», fragt Gertrud. «Ich meine, irgendwas musste er doch wohl …»

Ganz langsam, als wolle er sie auf die Folter spannen, schüttelt Lelle erneut den Kopf. Konrad atmet tief durch, um die Übelkeit zu unterdrücken. Er spürt, wie die Kälte in der Magengrube langsam von einer schleichenden Nervosität abgelöst wird. Kann das denn überhaupt stimmen? Oder sitzt dieser scheinheilige Pseudoprediger nur da und führt sie an der Nase herum? Erfindet eine Menge Lügen, um sich wichtigzutun? Konrad unterdrückt eine plötzliche Lust, aufzuspringen und den lebenslänglich Verurteilten so lange zu würgen, bis er das letzte Körnchen Wahrheit aus ihm herausgepresst hat.

«Aber hast du ihm denn gar keine Fragen gestellt?», fragt er beherrscht.

Lelle betrachtet ihn ruhig.

«Doch, aber er hat nichts weiter gesagt. Er hat völlig dichtgemacht. Es kam nichts mehr. Und ein paar Tage später hat er sich erhängt.»

Im Auto ist es heiß wie im Backofen, obwohl es bereits nach sechs Uhr abends ist. Konrad und Gertrud sitzen dennoch einige Minuten still da und starren durch die Windschutzscheibe hinaus. Es ist wie eine stillschweigende Übereinkunft. Wieder zu Atem kommen. Den Worten Zeit geben, sich zu setzen. Der Schweiß bricht ihnen aus, aber sie nehmen es nicht wahr. Auf der Straße kommt ein Polizeiwagen angefahren, und zwei uniformierte Männer steigen aus und betätigen die Gegensprechanlage des Gefängnisses. Sie werden hereingelassen, und das grüngestrichene Eisentor schließt sich wieder hinter ihnen.

Als Konrad den Wagen starten will, sagt Gertrud: «Wir müssen noch eine Sache erledigen, bevor wir wieder zurückfahren.»

Er schaut sie an.

«Ich möchte dir etwas zeigen, das mit mir zu tun hat und das du wissen sollst.»

«Ich will alles über dich wissen.»

Sie wendet sich ab.

«Bist du dir da sicher?»

Konrad legt den Rückwärtsgang ein und rangiert den Wagen aus der Parklücke. Die Müdigkeit verlangsamt sein Denken. Der Frust. Es ist, als irre er in einem Nebel herum, der sich hin und wieder lichtet, um ihn einen Zipfel von dem, was er sucht, erhaschen zu lassen und sich daraufhin wieder zu verdichten. Er jagt ein Wesen, das sich jedes Mal, wenn er sich nähert, wieder in Luft auflöst. Er will sich blind nach vorne werfen, in der Hoffnung, etwas Handfestes zwischen die Finger zu bekommen, etwas, das bleibt und sich erklären lässt. Aber im Moment fühlen sich seine Beine so kraftlos an, dass er sogar Mühe hat, die Kupplung durchzutreten.

Die nachfolgende Frage liest Gertrud ihm von den Lippen ab, ohne dass er den Mund öffnen muss.

«Es ist nicht weit. Fahr einfach in Richtung Innenstadt», sagt sie.

Er tut, wie ihm geheißen. Am Ende des Lundaväg fordert sie ihn auf, links abzubiegen. Sie fahren den Nobelväg in Richtung Süden, an einem Industriegebiet vorbei, bis sich auf beiden Seiten der Straße ein schattiger Friedhof ausbreitet.

«Park hier.»

Sie steigen aus dem Wagen. *St. Pauli Friedhof* steht auf dem Schild. Gertrud geht mit zielstrebigen Schritten einen Kiesweg entlang. Konrad folgt ihr. Doch in Gedanken ist er immer noch in der beengten Besucherzelle in Kirseberg. In seinem Inneren hört er Lelles beseelte Stimme: Ich weiß, wo diese Polin ist. Konrad versucht, sich ein Bild von Benga, dem versoffenen alten Junkie, in Erinnerung zu rufen, aber er sieht lediglich diesen grinsenden Typen vor sich, der immer mit Klas herumgehangen und irgendwo im Hintergrund gestanden hat. Hatte es überhaupt irgendeine Bedeutung, was er da ein paar Tage, bevor er sich mit seinem Stromkabel erhängte, im Knast gefaselt hat? Vielleicht bestand sein zugekifftes Hirn nur noch aus Brei. Das ist durchaus möglich.

Doch Konrad kann sich nicht von dem Gedanken freimachen, dass Benga mit Sicherheit sein Herz erleichtern wollte.

Als er in einiger Entfernung eine Kapelle zwischen den Bäumen erblickt, bleibt Gertrud stehen. Die Sonne ist inzwischen bis auf das Kupferdach gesunken, sodass nur noch wenige spärliche Strahlen ihren Weg durch die Baumkronen finden. Das Grab, auf das Gertrud schaut, liegt völlig im Schatten.

Es ist mit einem schlichten roten Granitstein versehen. *Linda Myrberg 1984–2004* steht darauf. Nichts weiter. Der Blumenstrauß in der bläulichen Vase ist welk und vertrocknet.

Konrad begreift zuerst gar nichts. Der Name lässt ihn zusammenfahren. Und natürlich die Jahreszahl. Ein Mädchen, das gerade mal zwanzig Jahre alt war, als sie starb. Dann dringt eine Ahnung in sein Bewusstsein. Das Foto in Gertruds Wohnung. Das kleine Mädchen, das sie so liebevoll umarmt hat. Er wendet sich ihr zu und sieht, dass sie kämpfen muss, um ihre Gefühle zurückzuhalten. Ihr Gesicht wirkt angespannt, die Lippen sind fest zusammengepresst. Eine einzelne Träne kullert aus ihrem Augenwinkel, doch sie wischt sie rasch mit der Hand weg.

«Du hast doch gesagt, dass du keine Kinder hast.»

«Das stimmt auch.»

«Und wer ist dann …?»

«Linda ist Lelles Tochter», sagt Gertrud schnell. «Sie war seine Tochter, bis … ja, bis sie meine geworden ist.»

Mit einem Mal fließen ihr die Tränen nur so die Wangen herunter. Konrad legt die Arme um sie und drückt sie fest an sich. Sie vergräbt ihr Gesicht an seiner Brust, und als er sie schniefen hört, erfüllt ihn eine Zärtlichkeit.

«Du musst es mir erklären», murmelt er in ihr Haar.

Nach einer Weile löst sie sich aus seiner Umarmung und kramt ein Taschentuch hervor. Sie schnäuzt sich geräuschvoll.

«Lelle wollte, dass sie ein richtiges Grab hier in Malmö bekommt. Sodass er sie besuchen kann, wenn er aus dem Gefängnis freikommt. Oder wenn er mal Hafturlaub hat.»

Gertrud lächelt mit ihren feuchten Augen kurz auf.

«Ich hab vergessen, Blumen mitzubringen.»

«Was meinst du damit, dass sie deine geworden ist?», fragt Konrad.

Ohne zu antworten, ergreift sie Konrads Hand.

«Komm. Auf dem St. Knuts väg gibt es einen Blumenladen.»

Als sie den Kiesweg ein Stück entlanggegangen sind, beginnt Gertrud zu erzählen. Sie ist wortkarg, als wäge sie ihre Formulierungen genau ab, und ihre Stimme klingt eintönig.

«Lindas Mutter bin ich nie begegnet. Sie hat getrunken und auch Tabletten genommen, hat Lelle behauptet. Ich glaub, dass er sich nicht viel aus ihr gemacht hat. Aber als sie kurz nach der Entbindung abgehauen ist, stand er allein mit einem Säugling da. Ein Krimineller und Drogenabhängiger. Er hat getan, was er tun konnte, aber es funktionierte natürlich nicht. Es war ein Wunder, dass Linda die ersten Jahre in diesem Drogensumpf überhaupt überlebt hat. Als das Sozialamt Lelle Druck machte, hat er uns gebeten, uns eine Weile um sie zu kümmern. Aber Joakim hat sich geweigert. Und ich hab nachgegeben. Also kam sie ins Heim. Ich hab mich so furchtbar geschämt.»

Sie verstummt, als wüsste sie den Weg nicht mehr.

«Lelle hatte dann wieder eine bessere Phase und hat seine Tochter zurückbekommen», fährt sie fort. «Es funktionierte auch eine Weile. Einmal war er mit ihr oben in Stockholm und hat uns besucht. Wir hatten ein paar schöne Tage. Und dann ist das mit dem Libanesen am Möllevångstorg passiert.

Der Mord, du weißt ja. Lelle hat lebenslänglich bekommen, und dieses Mal hab ich entschieden, dass Linda zu uns nach Hause ziehen soll, egal, was Joakim dachte. Da war sie zehn.»

Gertrud geht jetzt etwas langsamer und wirft Konrad einen raschen Blick zu, bevor sie weitererzählt.

«Eine Weile ging es gut», sagt sie. «Ich hab wirklich versucht, sie wie meine eigene Tochter zu behandeln. Ich hatte sie sehr gern. Sie war begabt und ist in der Schule gut mitgekommen, obwohl sie als Kleinkind die Hölle durchgemacht hat. Aber dann … es schien, als würde das Unglück sie verfolgen, genau wie es ihren Vater verfolgt hat. Es war in derselben Zeit, als es zwischen Joakim und mir anfing zu kriseln.»

Sie lacht auf, etwas bitter.

«In unserem Reihenhaus herrschte zeitweise eine eisige Kälte. Vielleicht hat das auch eine Rolle gespielt, ich weiß es nicht. Jedenfalls blieb Linda immer öfter weg. Und eines Tages kam sie einfach nicht mehr heim.»

Als sie am Blumenladen ankommen, unterbricht Gertrud ihre Erzählung. Sie wählt, ohne zu zögern, zwei große Sträuße Tulpen aus. Rote und gelbe. Sie bezahlt, und sie verlassen den Laden wieder.

«Und was ist passiert?», fragt Konrad.

«Wir haben natürlich nach ihr gesucht. Oder besser gesagt, ich hab gesucht. Bin in Nachtbussen und in der U-Bahn herumgefahren. Hab veranlasst, dass die Polizei nach ihr fahndet. Bin nach Malmö runtergefahren und hab das Sozialamt alarmiert. Aber sie tauchte nicht wieder auf.»

Plötzlich schaut Gertrud mit ihrem intensiven, leicht schielenden Blick, gegen den er sich so schwer wehren kann, zu ihm auf.

«Ich hab aufgegeben. Das werde ich mir nie verzeihen. Ich hab aufgehört, nach ihr zu suchen. Hab dieses verdammte Reihenhaus und alles hinter mir gelassen und versucht, das Ganze zu vergessen. Dachte, dass ich ein neues Leben beginnen müsse. Aber ich weiß, dass ich sie im Stich gelassen hab.»

Sie dreht sich rasch um und geht dann weiter.

Am Grab wirft sie die vertrockneten Blumen in eine Mülltonne. Füllt neues Wasser in die Vase.

«Die Polizei hat sie schließlich in der Drogenszene in Möllevången gefunden», sagt sie leise. «Meine kleine Linda war tot. Sie war bis auf die Knochen abgemagert. Das war drei Jahre, nachdem sie uns verlassen hat. Wenn ich nur weiter nach ihr gesucht hätte, hätte ich sie retten können.»

Sie stehen lange gemeinsam da und betrachten die Tulpen, die jetzt vor dem Granitstein und dem grünen Rasen rot und gelb leuchten.

«Du hast gefragt, warum ich nach Mittsommer einfach so verschwunden bin», sagt Gertrud.

Sie sieht aus, als friere sie.

«Ja …?»

«Ich weiß nicht genau … Aber wenn man einen Menschen verloren hat, wenn man jemanden, der einem viel bedeutet, immer wieder verliert, zerreißt es einen innerlich. Man hat Angst und ist furchtbar verletzt.»

Konrad schweigt. Er will sie umarmen und ihr erklären, dass sie sich nichts vorzuwerfen hat. Dass sie keine Angst haben muss und dass auch er keine Angst mehr haben wird. Aber die Worte kommen ihm so nichtssagend vor. Also schweigt er und hofft, dass sie ihn auch ohne Worte versteht.

Die Schatten sind lang. Von der Straße sind Autos zu hören. Aber auf dem Friedhof sind sie vollkommen allein.

KAPITEL 30

Der Staub hat sich wie ein grauer Schleier auf Björn Bernhardssons so akkurat geputzte Schuhe gelegt. Er betrachtet sie angeekelt. Warum zum Teufel hat er sich nur überreden lassen, das Mädchen hier draußen zu treffen, mitten in der Pampa?

Der Kommissar ist leicht verärgert. Nicht nur über den Schmutz am Hosenbein seines Anzugs, sondern über die gesamte Situation. Ström hätte die Sache besser allein durchziehen sollen. Stures Weibsbild. Er wirft der schwarz-weiß gefleckten Kuh, die auf der anderen Seite des Stacheldrahts auf der Wiese in ihrer eigenen Scheiße herumtrampelt, einen bösen Blick zu, als könne sie etwas dafür, dass er sich darauf eingelassen hat, sein wohlgeordnetes Arbeitszimmer im Polizeipräsidium zu verlassen.

Dann reißt er sich zusammen und räuspert sich vorsichtig.

«Wir sind eigentlich der Meinung, dass dieser Fall hier weitestgehend geklärt ist», sagt er und befeuchtet mit der Zunge die Lippen.

Konrad nickt und wirft Fatima einen Blick zu, der bedeutet: Bleib ruhig, auch wenn sich das Ganze ein wenig hinziehen sollte.

«Ich hoffe also, dass Sie uns etwas wirklich Interessantes zu sagen haben. Etwas, das diesen Ausflug in … die Natur in irgendeiner Weise rechtfertigt.»

Das Wort «Natur» spricht Bernhardsson mit so offensichtlicher Abneigung aus, dass er genauso gut «Misthaufen» hätte sagen können.

Die Raubvögel, die über der Hügelkette auf der anderen Seite des langgezogenen Tals kreisen, scheint er nicht bemerkt zu haben. Hoch über den Baumkronen schreien einige Bussarde, und etwas näher gleitet ein einsamer Roter Milan auf der Jagd nach Beute über den Fluss. Eine Maus. Eine Kröte. Oder eine kleine Eidechse, die eine Sekunde lang unaufmerksam ist und nicht auf die dunklen Schatten am Himmel achtgibt.

«Schön ist es hier», sagt Eva Ström und sieht sich um. «Vor Urzeiten war diese Landschaft mal ein Delta. Ich hab gelesen, dass die Archäologen erstaunliche Funde in Eriksdal gemacht haben. Vor hundertfünfzig Millionen Jahren ist im Meer ein Meteorit eingeschlagen, sodass sich eine riesige Flutwelle ausgebreitet hat. Als sie Ausgrabungen machten, haben sie uralte Haizähne gefunden. Ich würde gerne mal ...»

Sie wird brüsk von ihrem Chef unterbrochen.

«Lassen Sie uns, um Himmels willen, endlich zur Sache kommen.»

Er hebt die Hand zum Hals, als wolle er seine Krawatte lockern und den obersten Knopf seines Hemdes aufknöpfen, hält sich dann aber zurück.

Konrad schielt unruhig zu Fatima rüber. Sie kaut frenetisch auf ihrem Kaugummi herum. Er kann ihr die Ungeduld an den Augen ablesen. Bernhardsson betrachtet sie kühl.

Konrad hat lange gebraucht, um Eva Ström am Telefon davon zu überzeugen, dass Bernhardsson Fatima auf neutralem Boden treffen muss. «Ich werde einen Versuch unternehmen», hat sie schließlich versprochen. Offenbar ist es ihr gelungen. Die beiden Polizeibeamten mussten eingesehen haben, dass Fatima nicht im Traum daran gedacht hätte, je wieder einen Fuß ins Polizeigebäude zu setzen. Und dass sie auf keinen Fall reden würde, wenn sie noch einmal in die Wohnung ihrer Familie in Tomelilla hereingetrampelt kämen. «Du bist wohl nicht ganz dicht, die Bullen haben meine Mutter und meinen Vater schon beim letzten Mal zu Tode erschreckt», platzte es aus Fatima heraus, als Konrad sie darauf ansprach.

Jetzt stehen zwei Autos und vier völlig unterschiedliche Personen auf der öde daliegenden Schotterstraße, die zwischen dem Buchenwald und den Wiesen verläuft: ein eidechsenähnlicher Mafioso in dunklem Anzug, eine Amazone mit asiatischen Gesichtszügen und ein schmächtiges Mädchen, zweifelsohne mit ausländischem Hintergrund, das aussieht, als wäre es aus einer Anstalt geflohen. Und schließlich Konrad selbst, etwas mitgenommen und unschlüssig dreinblickend. Sie stehen im Schatten der Bäume, es muss aussehen, als ob wir hier einen Drogendeal abwickeln, denkt er.

«Okay», sagt Eva Ström. «Wie Sie wissen, Konrad, haben wir Sie ja von der Liste der Verdächtigen gestrichen. Sie ist inzwischen ziemlich kurz. Wir sind nämlich überzeugt davon, dass die beiden Albanerjungen Herman und Signe Jönsson erschossen haben.»

Sie wirft Fatima einen Blick zu, bevor sie weiterredet.

«Alles deutet darauf hin. Die Pistole im Brunnen. Die Fingerabdrücke. Die Munition. Kurz, alles. Feriz und Sali haben das Ehepaar Jönsson ermordet, und jetzt sind sie selber tot, sodass es keinen mehr gibt, der angeklagt werden könnte.»

«Und die Staatsanwältin tendiert zu der Ansicht, dass Tore Torstensson die Jungs in Onslunda in Notwehr erschossen hat. Wir werden sehen, ob sie Anklage erhebt», sagt Björn Bernhardsson. «An diesem Punkt stehen wir jetzt also …»

Er lässt seinen Blick auf Fatima ruhen, als erwarte er, dass ihre Reaktion in irgendeiner Hinsicht Aufschluss gibt. Aber sie ist gerade dabei, ein Päckchen Blend aus ihrer Stofftasche zu kramen. Das Feuerzeug klickt viermal, bis es ihr gelingt, die Zigarette anzuzünden.

«Sie haben die Mitteilung erhalten, die Örjan Palander im Briefkasten seiner Redaktion gefunden hat, oder?», fragt Konrad zum Kommissar gewandt.

Bernhardsson schnaubt und schaut demonstrativ auf seine goldglänzende Rolexkopie.

«Sie ist völlig bedeutungslos. Kann von jedem x-beliebigen Gör geschrieben worden sein.»

«Haben Sie denn untersucht, ob sich irgendwelche Spuren auf dem Zettel befinden? Ich meine, Fingerabdrücke oder so …»

Bernhardsson kneift die Augen zusammen.

«Jetzt hören Sie mal gut zu, Herr Journalist. Sie sind ja vielleicht in der großen weiten Welt herumgekommen. Aber glauben Sie ja nicht, Sie könnten herkommen und uns erklären, wie wir unseren Job zu machen haben.»

«Ich hab nur …»

Konrad beißt sich auf die Lippe und bereut sofort, dass er eine derart provozierende Frage gestellt hat. Er hätte wissen müssen, dass er den Sachverstand des Kommissars nicht anzweifeln darf.

«Der Zettel war astrein», klärt ihn Bernhardsson mit finsterer Miene auf. «Und außerdem beweist das rein gar nichts!»

Es wird still. Dann wirft Fatima genervt ihre Zigarettenkippe auf den Schotter.

«Interessiert es eigentlich irgendjemanden, was ich zu sagen habe? Oder soll ich gleich wieder gehen?»

Eva Ström wirkt ein wenig beschämt.

«Ich finde, dass wir jetzt Fatima zuhören sollten, Björn. Deswegen sind wir ja schließlich hergekommen, oder?»

Der Kommissar erwidert nichts, tritt jedoch mit einer missmutigen Grimasse die Zigarettenkippe aus. Verschränkt dann die Arme vor der Brust und lehnt sich vorsichtig gegen seinen Wagen. Es ist ein diskreter dunkelblauer Volvo. Eva Ström hält ihren Notizblock bereit. Und Konrad nickt Fatima aufmunternd zu, wie zur Erinnerung an den Rat, den er ihr auf dem Weg hierher gegeben hat: «Pfeif drauf, wenn die Polizei den Eindruck erweckt, als glaube sie dir nicht. Die sehen immer so aus. Bleib ganz cool. Und erzähl einfach genau das, was du weißt.»

Fatima unterdrückt alle widerstreitenden Gefühle, die in ihr hochkommen. Sie will auf keinen Fall hysterisch erscheinen, diese Freude wird sie ihnen nicht machen. Sie holt tief Luft und berichtet dann ein weiteres Mal von dem Tag, an dem sie dösend im Schatten hinter den Fliederbüschen zu Hause auf der Decke gelegen und zufällig mitbekommen hat, wie Feriz in sein Handy rief, er habe vor, am Möllevångstorg in Malmö eine Luger zu kaufen.

Die beiden Polizisten unterbrechen sie nicht ein einziges Mal. Eva Ström, die sich auf die Kante der Motorhaube gesetzt hat, macht sich Notizen in ihrem Block. Sie hat die Stirn in tiefe Falten gelegt und wirkt hoch konzentriert. Ab und an stößt sie ein vages «Hmm» aus. Bernhardsson steht absolut unbeweglich da. Sein Gesicht ist ausdruckslos. Konrad hat den Eindruck, als starre er Fatima an wie eine Fliege auf einem Blatt im Dschungel. Und würde jeden Moment seine klebrige Zunge ausfahren, um sie zu verschlucken.

Fatima kommt sich jedoch keinesfalls wie ein hilfloses Insekt vor. Sie findet, dass der aufgetakelte Schnösel von Kommissar einfach nur lächerlich aussieht. Am liebsten hätte sie ihm gesteckt, dass Feriz ihn, diesen popeligen, scheißwichtigen Typen, locker mit seinem kleinen Finger hätte zerquetschen können. Aber Fatima ist smart. Sie begreift, dass sie Bernhardsson überzeugen muss. Dass sie diese mickrige Eidechse dazu bringen muss zu kapieren, dass ihr Bruder unschuldig war.

Na ja, nicht gerade unschuldig. Aber, verdammt nochmal, kein Mörder.

«Verstehen Sie? Er hat diese Pistole überhaupt erst zwei Tage nach den Morden an … den Alten bekommen.»

Sie schielt zu Konrad rüber und wirkt einen Augenblick lang unsicher. Fatima kann schließlich nicht wissen, was er für die Toten empfindet. Merkwürdig, denkt sie, dass er nicht besonders traurig wirkt. Als würde es ihn nicht kümmern, dass seine Mutter und sein Vater erschossen worden sind. Obwohl sie natürlich schon ziemlich alt waren und er erzählt hat, dass er sie jahrelang nicht gesehen hat.

Sie pustet einige Haarsträhnen ihres schwarzen Ponys aus der Stirn und zündet sich eine weitere Zigarette an.

«Und warum sollen wir Ihre Geschichte glauben?», fragt Bernhardsson ungerührt.

«Weil sie wahr ist!»

Sie starrt ihm trotzig geradewegs in die Augen. Der Kommissar wischt umständlich ein paar unsichtbare Staubkörner von seinem Jackenärmel, bevor er ihrem feindlichen Blick begegnet.

«Sie wissen, dass Feriz schon zuvor eine Menge Dreck am Stecken hatte, oder? Misshandlungen, Einbrüche und Autodiebstähle. Ihr Bruder war ein richtiger Gangster. Viele hier in der Gegend finden, dass er genau das bekommen hat, was er verdient hat. Nicht einmal Berelius ist es gelungen, ihn zu verteidigen.»

«Berelius?»

Der Name lässt Konrad aufhorchen.

«Warum sollte Berelius Feriz verteidigen? Er ist doch der Verteidiger von Tore Torstensson.»

Eva Ström wirft Bernhardsson einen fragenden Blick zu. Er zuckt mit den Achseln und schaut teilnahmslos in Richtung der Kühe auf der Weide.

«Daran ist nichts Außergewöhnliches», sagt Ström. «Als wir mit Torstensson in der Vernehmung saßen, hat Berelius erwähnt, dass er Feriz von früheren Begegnungen kennt. Er ist sein Anwalt gewesen. Im Hinblick auf irgendwelche Misshandlungen und kleineren Diebstähle.»

«Mein Gott! Gibt es denn keinen anderen Rechtsanwalt hier draußen? Berelius hat also erst Feriz verteidigt, dann Torstensson und ist außerdem noch Verwalter des Nachlasses von Herman und Signe …»

«Ich kann daran nichts Merkwürdiges finden», sagt Bernhardsson.

«Gerät er denn da nicht in einen gewissen Interessenkonflikt?»

«Wohl kaum. Es ist ja immerhin eine Weile her, dass er Feriz vertreten hat, und außerdem lebt der junge Mann ja nun nicht mehr.»

Fatima beobachtet die drei schweigend und intensiv, als versuche sie auszumachen, was ihr Wortwechsel zu bedeuten hat. Für eine Sekunde bedenkt der Kommissar sie wieder mit seinem unfreundlichen Blick.

«Waren Sie es, die die Mitteilung an Palander verfasst hat?», fragt er plötzlich.

Sie schüttelt den Kopf.

Bernhardsson nickt und macht zum ersten Mal den Eindruck, als gäbe es eine winzige Chance, dass er ihr glaubt. Er wendet sich an Konrad.

«Sie wissen, was es bedeutet, wenn wir beweisen können, dass sie die Wahrheit sagt?»

«Dass ich wieder an erster Stelle Ihrer Verdächtigenliste stehe. Ganz klar! Aber ich rechne eiskalt damit, dass Sie inzwischen begriffen haben, dass ich Herman und Signe nicht erschossen habe.»

«Seien Sie sich da nicht so sicher ...»

Konrad läuft ein Schauer über den Rücken, als er sieht, wie das sarkastische Lächeln Bernhardssons kleines Gesicht gewissermaßen zu einer Rosine zusammenschrumpfen lässt. Aber vielleicht versucht der Kommissar auch nur, freundlich zu sein.

«Wir müssen das Handy des Jungen kontrollieren», sagt er.

Eva Ström legt Fatima eine Hand auf die Schulter, gewichtig, aber offensichtlich in freundlicher Absicht. Das Mädchen lässt sie gewähren.

«Wir können die Telefonate im Nachhinein kontrollieren, verstehen Sie? Der Betreiber speichert im Auftrag der Polizei alle Gespräche. Auf diese Art können wir also herausfinden, mit wem Feriz an besagtem Nachmittag telefoniert hat.»

«Kann man auch seine Stimme hören?», fragt Fatima.

«Nein, man kann nur sehen, welche Nummern er selber angerufen hat und von welchen Nummern aus er angerufen wurde.»

«Das bedeutet ...», beginnt Konrad.

«Das bedeutet, dass Sie verdammt schlecht dastehen,

wenn wir Ihre Telefonnummer auf der Liste finden», unterbricht ihn Eva Ström.

Sie klingt barsch. Aber etwas in ihrem Blick sagt ihm, dass sie nicht glaubt, dass Konrad so dumm sein würde, der Polizei auf die rechte Spur zu helfen, wenn er selbst schuldig wäre. Sie steckt ihren Notizblock in die Gesäßtasche. Was Bernhardsson hingegen denkt, ist bedeutend schwieriger auszumachen. Aber offenbar hat er nicht das Bedürfnis, länger als notwendig hier draußen in der Wildnis zu bleiben.

«Tja, das war dann wohl alles», sagt der Kommissar und öffnet die Wagentür.

Konrad schaut Fatima fragend an. Sie lässt die Zigarette zu Boden fallen und wirft den beiden Polizisten einen letzten mürrischen Blick zu, bevor sie ihnen den Rücken zukehrt.

«Nicht ganz», entgegnet Konrad.

Bernhardsson, der schon mit einem Bein im Auto ist, hält inne.

«Ich würde gerne wissen, wer gelogen hat. Ich möchte wissen, wer zum Teufel es war, der behauptet hat, mich an dem besagten Abend in Tomelilla gesehen zu haben!»

Zwei Autotüren schlagen zu. Konrad und Fatima bleiben im Schatten unter den Bäumen zurück und sehen den Volvo auf der Schotterstraße verschwinden.

Das Mädchen murmelt irgendetwas vor sich hin.

Konrad kann nicht hören, was. Fragt auch nicht nach. Stattdessen lässt er seinen Blick über den Himmel schweifen. Intensives, ungebrochenes Blau. Die Unruhe nagt immer noch an ihm. Irgendetwas stimmt nicht. Der Rote Milan, der vorhin noch auf der Jagd nach Beute über den Fluss segelte, ist verschwunden. Und die Mäusebussarde ziehen ihre Kreise jetzt so weit in Richtung Südosten, dass er ihre Schreie nicht mehr hört. Das Tal liegt still und einsam da.

Es wäre so einfach gewesen, denkt er in seiner Einsamkeit. Alles war so still und friedlich im Hof, und es hätte nicht mehr als ein paar Sekunden gedauert. Keiner hätte es gehört, keiner etwas gesehen.

Ihr Hals sah so zerbrechlich aus. So weiß auf dem Hintergrund ihrer roten Locken. Er war immerhin so nahe dran, dass er ihre Atemzüge hören konnte. Zwei Schritte, ein kräftiger Griff um ihren Kopf, und dann einfach drehen, schnell und mit Kraft. Wie man einem Huhn den Hals umdreht. Er hätte ihr aber auch die Hand vor Mund und Nase halten, zudrücken und für die kurze Zeit, die es dauern würde, ihren Körper mit dem Arm festhalten können und zusehen, wie das Leben aus ihren Augen entweicht.

Es wäre so einfach gewesen.

Eine Weile schien es, als hätte sie geahnt, dass er da war. Sie hat sich aufgesetzt und sich unruhig umgeschaut. Es bestand natürlich das Risiko, dass sie schreien würde. Das wäre ziemliches Pech gewesen.

Er wirft einen Blick aus dem Fenster. Langsam ist es dunkel geworden, diese verdammte Sommerdämmerung, die einen nicht zur Ruhe kommen lässt.

Den Ton des Fernsehers hat er leiser gestellt. Halbnackte Frauen, die sich wie Schlangen um einen Neger in sackartigen Hosen und mit verkehrt herum aufgesetzter Kappe winden, der dasteht und eine Menge unbegreifliches Zeug von sich gibt. Pfui Teufel! Er wechselt den Kanal. Zapp! Ein Idiot rattert neben einem sich drehenden Glücksrad Zahlen herunter. Zapp! Der selbstgefällige Wetterfritze. Zapp! Shampoowerbung. Zapp! Ein Actionfilm, den er schon dreimal gesehen hat.

Er schaltet den Apparat aus und wirft die Fernbedienung aufs Sofa. Nichts hilft.

Ich hätte es tun sollen, denkt er. Ich hätte es, verdammt nochmal, tun sollen.

Der Hass, woher kommt er? Irgendwann einmal hat er versucht, sich die Frage zu stellen, aber es gelingt ihm nicht, seine Gedanken zu sortieren. Seine Seelenqual wird immer größer. Die Wut erschwert es, klar zu sehen. Aber eigentlich weiß er die Antwort selbst. Es ist nur so ungerecht, und er ist so verdammt wütend.

Der Polacke ist zurückgekommen.

Alles ist seine Schuld.

Wenn es nicht mehr auszuhalten ist, so wie jetzt, muss er einfach nur raus. Er öffnet die Haustür, ohne zu wissen, wohin er gehen will, aber erfüllt von einer Sehnsucht zu töten.

Ihn zu töten und alles, was ihm gehört.

KAPITEL 31

Das Merkwürdige ist, dass die Ziffern ihm plötzlich ganz deutlich vor Augen stehen, jetzt, wo sie durch den Wust an Erinnerungen, die sich im Laufe der Jahre angesammelt haben, in sein Bewusstsein gedrungen sind.

Blaugraue Tinte auf weißer Haut.

«A 23 644», steht auf ihrem Unterarm.

Es muss ihr Blick, die unergründliche Trauer in ihren Augen gewesen sein, die irgendwo nebelhaft im Hintergrund geschlummert und dafür gesorgt hat, dass sich die exakte Nummer festgeätzt hat.

Die Ziffern zeichnen sich scharf ab, er kann sich gar nicht täuschen. Es steht «A 23 644» dort, und nichts anderes. Was es zu bedeuten hat, begreift er natürlich nicht. Damals jedenfalls nicht. Oder begreift er es doch? Auf ihren Wangen kann er keine Tränen sehen. Aber der kleine Konrad spürt genau, dass seine Mutter innerlich weint.

Es ist merkwürdig, denkt er jetzt so viele Jahre später, dass diese Nummer, diese Erinnerung nicht vorher aufgetaucht ist. Er war immerhin fast sieben Jahre alt, als sie verschwunden ist. Er ging noch nicht zur Schule, aber er konnte rechnen. Bis hundert, mindestens. Wer hat ihm das eigentlich beigebracht? Konrad kann sich nicht erinnern, aber es muss wohl Agnes gewesen sein.

Wahrscheinlich hat sie ihm noch mehr von sich mitgegeben.

An diesem Tag prasselt der Regen gegen das Fenster. Hat es eigentlich immer geregnet, als er klein war? Draußen ist es grau. Agnes sitzt wie immer am Küchentisch, nur ein paar Meter von ihm entfernt, aber doch so verdammt weit weg. Sie trägt eine Strickjacke aus dunkler Wolle. Vielleicht friert sie, denn ihre Lippen sind ein wenig blau. Oder ist ihm selber kalt?

Die einzigen Geräusche, die er hört, sind der Regen und eine Uhr, die irgendwo tickt. Sie muss irgendwo hinter ihm an der Wand hängen, das Zifferblatt sieht er nicht.

Ticktack. Ticktack.

Wonach riecht es?

Zuerst nach nichts. Aber dann nimmt er einen scharfen Geruch wahr, der in der Luft hängt. Es sticht ein wenig in der Nase wie Reinigungsmittel. Dennoch ist das Bild eigenartigerweise geruch- und lautlos. Der Regen, der gegen das Fenster trommelt, die Uhr, die er nicht sieht, und dann der Geruch nach diesem scharfen Mittel – alles Äußerlichkeiten, die nichts mit der Sache an sich zu tun haben.

«A 23 644.»

Es müssen Kurt Nilssons Worte gewesen sein, die das Gerümpel der Erinnerungen in Konrads Hirn etwas gelichtet haben, sodass er die Ziffern plötzlich so deutlich vor sich sieht. Ihm wird übel.

«Polacken! Wir haben kurzen Prozess mit ihnen gemacht.»

Und dann dieser wässrige Blick des Alten, voller Erstaunen.

«War diese … Frau etwa deine Mutter?»

Doch, es war richtig kalt in der Küche, daran erinnert sich Konrad jetzt. Die Geranie auf dem Fensterbrett ist abgestorben. Warum hat sie sie nicht weggeworfen? Konrad fröstelt, und er will Agnes sagen, dass er friert und Hunger hat. Kann sie ihm nicht ein paar Pfannkuchen backen, mit Marmelade und Sahne, und ihm heißen Kakao kochen, der die Küche mit Duft erfüllt? Aber es ist, als höre sie ihn nicht, wie laut er auch quengelt. Er ergreift einen Zipfel ihrer Strickjacke und zieht an ihm, aber er reißt einfach ab, ohne sie wachzurütteln. Er nimmt die gestrickte Wolle zwischen seine Finger und reißt und zerrt an ihr, und er schreit, so laut er kann, um ihre Aufmerksamkeit zu erregen.

In dem Moment, als sie sich zu ihm herunterbeugt und ihre Hand ausstreckt, um ihm über den Kopf zu streichen, gleitet der Ärmel ihrer Jacke ein Stück hoch, sodass die Nummer direkt vor seinen Augen auftaucht.

Mit graublauer Tinte in einen blassen Unterarm tätowiert.

Als Konrad seine Erzählung beendet hat, entsteht eine lange Pause. Sven schaut ihn neugierig an, wie ein Hypnotiseur, der seinen Patienten gerade wieder ins Bewusstsein zurückgeholt, oder ein Wissenschaftler, der ein psychologisches Experiment durchgeführt hat und nicht so recht weiß, wie er das Ergebnis deuten soll. Dann seufzt er tief, nimmt die Brille ab und putzt sie mit einem Zipfel seines Hemdes.

«Das menschliche Gehirn ist schon ein erstaunliches Organ.»

«Das stimmt …»

«Und du hast noch nie zuvor an die Tätowierung gedacht?»

Konrad schüttelt den Kopf.

«Ich nehme an, dass du verstehst, was sie bedeutet», sagt Sven langsam.

«Ja, das ist ja nicht schwer …»

Er führt den Satz nicht zu Ende.

«Nein, weiß Gott nicht», sagt Sven stattdessen. «A wie Auschwitz. Pfui Teufel! Sie muss ja noch ein kleines Kind gewesen sein. Eines von denen, die aus dieser Hölle mit dem Leben davonkamen.»

«Eine Nummer am Arm. Wie Vieh, das gebrandmarkt wird. Das ist so ... unmenschlich. Ich begreife einfach nicht, warum ich mich nicht früher an diese Tätowierung erinnert habe. Ich muss sie ja viele Male gesehen haben.»

Konrad nimmt einen großen Schluck des chinesischen Kräutertees, den Lena vor einer Weile hereingebracht hat. «Yin und Yang», hat sie gesagt, als sie das Tablett abstellte und vielsagend auf die Symbole auf den Bechern deutete. «Genau wie Sven und ich. Wir sind wie Gegensätze, aber dennoch unzertrennlich, wir beflügeln einander. Wir sind Kinder des Regenbogens.» Was sie nun letztlich damit sagen wollte, ist Konrad nicht wirklich klar geworden.

Inzwischen ist der Tee kalt und hinterlässt einen schalen Geschmack im Mund.

Sven ist aus dem abgewetzten Ledersessel aufgestanden und beginnt rastlos über den Flickenteppich im Arbeitszimmer hin- und herzuwandern, während er sich gedankenverloren über seinen Spitzbart streicht. Dann bleibt er stehen und macht eine ausladende Geste in Richtung der Bücherregale, die drei Wände des Raums vom Boden bis zur Decke einnehmen.

«Ich hab vor nicht allzu langer Zeit ein Buch über dieses Phänomen gelesen», sagt er. «Von einem amerikanischen Psychologieprofessor. Douglas W. Wolftail heißt er. Oder hieß er, ich glaube, er lebt nicht mehr. Wie auch immer, jedenfalls hat dieser Wolftail erklärt, wie es dem Menschen gelingt, bestimme Funktionen der Erinnerung auszuschalten.

Besonders Kindern. Man sortiert unbewusst unangenehme Erinnerungen aus, ganz einfach. Das Fatale ist allerdings, dass diese Erinnerungen nicht für immer verschwinden. Sie sind irgendwo im Gehirn gespeichert. Es ist wie bei einer Festplatte. Man denkt, dass eine Datei verschwunden ist, aber dann findet man sie schließlich in einem Cache oder in irgendeiner anderen Ecke des Rechners wieder.»

«Wenn man die richtigen Tasten drückt.»

Sven nickt. «Genau. Wie Kurt Nilsson es offensichtlich bei dir gemacht hat.»

Die Gardine vor dem gekippten Fenster flattert auf, als eine Windbö in den Raum weht. Dort draußen herrscht eine friedliche Stimmung. Im Schatten unter dem Pflaumenbaum ist Lena eifrig dabei, die Farbe einer spröde gewordenen Gartenbank abzuschleifen. Sie trägt eine fleckige Latzhose, ein Tuch über dem Haar und arbeitet mit bloßen Armen. Die Sonne brennt heiß und gleißend herunter. Das wild wuchernde Gras am Abhang hinunter zum Myrsjö ist vertrocknet und gelb. Es sieht aus, als würde der geringste Funken einen Brand auslösen können.

«Diese Hitze erscheint mir irgendwie unnatürlich», sagt Sven und fächelt sich mit einer Zeitschrift Luft zu. «Verdammt, wir haben jetzt schon seit Wochen dreißig Grad.»

«Der Treibhauseffekt …», sagt Konrad ohne Überzeugung.

Sven zuckt lediglich mit den Schultern und schiebt die Hände in die Taschen seiner Leinenhose.

«Ein richtiger Wolkenbruch, der die Luft reinigt, danach sehne ich mich.»

«Ich weiß nicht», meint Konrad, «seit ich hierher zurückgekehrt bin, kommt es mir vor, als wären die Leute irgendwie komisch. Sie wirken so niedergeschlagen. So resigniert und bitter. Es findet irgendwie keine Entwicklung statt. Alles erscheint mir wie eine Kulisse, sozusagen.»

«Ich bin mir nicht sicher, ob ich verstehe, was du meinst», entgegnet Sven und schielt etwas misstrauisch zu Konrad rüber. «Aber einige haben sicher allen Grund, verbittert zu sein. Das gesamte Kaff ist schließlich dabei einzugehen. Hast du nicht all die leeren Geschäfte und Wohnungen gesehen? Und an der Küste ist die Hölle los. Simrishamn, Ystad und Kivik. Zumindest im Sommer. Da wimmelt es nur so von Stockholmern, die ganz versessen auf diesen Landstrich sind.»

Den letzten Satz spricht Sven mit einem höhnischen Tonfall aus, einer mäßig gelungenen Nachahmung irgendeines Hauptstadtdialekts. Er schnaubt verächtlich.

«Hier in Tomelilla gibt es nur einen stillgelegten Schlachthof und einen bescheuerten Billigsupermarkt, der den Leuten, die nicht wissen, was sie in ihrer Freizeit machen sollen, Schrott verkauft. Kein Wunder, dass die Immobilienpreise in den Keller gehen.»

«Warum ziehen die Leute nicht einfach von hier weg?»

«Einige tun es ja. Aber andere ... tja, wahrscheinlich denken sie, dass sie hier trotz allem eine gewisse Lebensqualität genießen.»

«Und du selber?»

Hinter Svens Brillengläsern blitzt es auf, als sich sein Gesicht zu einem breiten Lächeln öffnet.

«Ich bin ja nicht wie die anderen, wie du weißt. Und außerdem hab ich Lena. Die Leute hier draußen denken bestimmt, dass wir ein bisschen gaga sind. Aber sollen sie ruhig. Das kümmert mich, ehrlich gesagt, kein bisschen.»

Sein Blick bekommt etwas Sehnsüchtiges, als er ihn durchs Fenster nach draußen auf Lena richtet, die beim Abschleifen eine Pause eingelegt hat und nun still im Gras sitzt, den Rücken an den Stamm des Pflaumenbaums gelehnt. Ihre Augen sind geschlossen, und sie sieht aus, als sei sie eingeschlafen. Neben ihr steht ein kleines Radio. Konrad hört die Musik ganz schwach. Es ist irgendetwas Klassisches. Mozart vielleicht. Federleichte Melodien, die in der Windstille schweben.

«Dieser alte Kommissar», beginnt Konrad. «Glaubst du, dass an seinem Gefasel etwas Wahres dran ist?»

Schweren Herzens wendet Sven seinen Blick von der Freundin ab.

«Ich glaub es nicht nur. Ich weiß, dass es so ist.»

Ohne Konrads erstauntem Gesichtsausdruck Aufmerksamkeit zu schenken, geht Sven um den Schreibtisch herum und schaltet den Computer an.

«Die Schweden, die ihr Leben für Hitler aufs Spiel gesetzt haben», sagt er in dramatischem Tonfall. «Es sind viele Bücher über sie geschrieben worden. Ich hab hier eine Liste über alle bekannten Namen.»

Er gibt auf der Tastatur diverse Suchbegriffe ein. Konrad steht vom Sofa auf und schaut ihm über die Schulter.

«Und was ist das?»

«Genau das, wonach es aussieht. Junge schwedische Männer von Ystad bis Haparanda. Eine Menge Idioten, denen irgendwer weisgemacht hat, dass sie einem Herrenvolk angehören.»

Auf dem Bildschirm ist ein Dokument mit einer langen Liste von Namen und Orten zu sehen. Die Männer kommen aus dem gesamten Land. Stockholm, Göteborg und Malmö. Aber auch aus Härnösand, Skövde und Kristianstad. Und kleineren Orten, die Konrad nicht einmal auf der Karte lokalisieren kann. Sie besitzen durch und durch schwedische Namen: Holmgren, Kjellberg, Persson und Johansson. Konrad sieht sie vor sich: blonde Jünglinge mit geröteten Wangen und aufgeschlossenen, entschlossenen oder auch trotzigen Mienen. Junge Männer, die ihre Familien und ihr sicheres Zuhause verlassen haben, um für eine Sache zu kämpfen, an die sie aus irgendeinem Grund zu glauben schienen. Was hat sie angetrieben? Vielleicht Hass oder Bitterkeit. Vielleicht auch die Angst vor den Drohungen aus dem Osten. Die altbekannte Angst vor dem Russen. Oder war es nur jugendliche Abenteuerlust? Konrad stellt sich vor, dass sie sich jungenhaft kabbeln und gegenseitig aufziehen, während sie übers Meer schippern. Er kann sich denken, dass sie etwas gehemmt, aber voller Eifer reden, wie man es aus alten schwedischen Schwarz-Weiß-Filmen kennt.

Sie können ja nicht wissen, was sie erwartet.

Einige Namen auf der Liste sind mit Anmerkungen versehen:

Gefallen bei Riga.

Gefallen bei Byalostok.

Gefallen in Berlin.

Dann richtet Sven den Cursor auf einen wohlbekannten Namen: *Kurt Nilsson, Tomelilla.*

Konrad holt tief Luft. Sieht den hilflosen alten Mann vor sich, wie er in seinem Rollstuhl im Pflegeheim in Byavången sitzt. Mager wie ein Spatz, aber mit einem würdigen, kerzengerade gezogenen Scheitel im Haar. Ein freundlicher alter Mann, würde so mancher denken. Aber derjenige, der die Erinnerungsfragmente früherer Zeiten in Kurt Nilssons wässrigen grauen Augen hat aufblitzen sehen und den Abgrund, aus dem sie heraufdrängen, erahnen kann, wird es sicher anders sehen.

Konrad muss auch an die Fotografie auf Gudrun Vernerssons Sekretär denken. Der stilvolle Kommissar in seiner Uniform. Ein Mann in den besten Jahren, der es gewohnt ist, Befehle zu erteilen, die ohne Widerspruch befolgt werden.

Doch der Name auf Svens Bildschirm gehört einem weitaus jüngeren Kurt Nilsson. Hat er den Hass schon sein ganzes Leben mit sich herumgeschleppt?

«Er ist wahrscheinlich einer der Letzten, die noch leben», sagt Sven. «Die Jüngsten müssen heute auch schon weit über achtzig sein.»

«Er hat darüber gesprochen, als ich ihn im Heim besucht habe. Division Nordland. Der stolzeste Verband im gesamten Reich.»

«Einen Grund, stolz zu sein, hat er wahrlich nicht. Aber die Schweden hatten den Ruf, pflichtbewusste Soldaten zu sein. Sie waren unter den Letzten, die Hitler verteidigten, als er im Bunker in Berlin gekauert und seinen Selbstmord mit Eva Braun vorbereitet hat. Im Krieg sind ziemlich viele Schweden draufgegangen. Aber diejenigen, die überlebt haben, sind hinterher nicht weiter aufgefallen. Haben sich hinter dem schwedischen Sozialstaat versteckt und sich über das ausgeschwiegen, was sie erlebt haben. Viele von ihnen waren praktisch nichts anderes als Kriegsverbrecher und Judenmörder.»

In Svens Augen ist ein flüchtiger dunkler Schatten zu erkennen, hinter dem sich möglicherweise Wut verbirgt.

«Und Schwulenmörder?»

«Vielleicht auch», antwortet Sven und kratzt sich nachdenklich im Nacken. «Die Nazis haben viele Homosexuelle ermordet. Aber ob die Schweden bei derartigen Aktionen involviert waren, weiß ich wirklich nicht.»

Er steht unerwartet auf und öffnet einen dunklen Eichenschrank, der eingeklemmt zwischen zwei Bücherregalen steht. Er ist voll mit Aktenordnern. Sven holt ein paar von ihnen heraus und setzt sich dann auf das knarrende Sofa neben Konrad.

«Es waren mehrere Hundert Schweden, die sich bei den Deutschen als Soldaten ausbilden ließen. Die SS-Panzerdivision Wiking ist bis in den Kaukasus vorgedrungen, wo sie zum Ziel hatte, die russischen Ölquellen zu erobern. Und dann ist da noch die SS-Panzergrenadierdivision Nordland, die den abschließenden Kampf gegen die Rote Armee in Berlin mitbestritten hat.»

Sie sitzen eine Weile Schulter an Schulter und blättern in den Ordnern. Sie enthalten alte Zeitungsausschnitte, vergilbte Dokumente und handschriftliche Anmerkungen in pedantischer Manier, die Sven selber verfasst haben muss. Alte Flugblätter und unscharfe Schwarz-Weiß-Fotos von jungen uniformierten Männern, die am Bahnhof fröhlich winken, in irgendeiner undefinierbaren flachen Landschaft in Panzern sitzen oder gerade damit beschäftigt sind, an einem lehmigen Abschnitt der Front Schützengräben auszuheben.

«Weißt du, ob außer Kurt Nilsson noch weitere aus Tomelilla kamen?», fragt Konrad schließlich.

Sven schüttelt den Kopf.

«Nicht, dass ich wüsste. Diese Jungs scheinen aus allen Gegenden Schwedens gekommen zu sein, aus allen möglichen Städten von Kiruna bis hin nach Trelleborg. Aber natürlich sind auch nicht alle bekannt …»

Er steht zögerlich auf. Wirft erneut einen Blick in Richtung der schlafenden Lena draußen unterm Pflaumenbaum. Und zieht einen weiteren Ordner aus dem Schrank.

«Ich ahne schon, auf was du hinauswillst, Konrad. Und es gibt da eine Geschichte, die dir möglicherweise auf die richtige Spur hilft», sagt er feierlich.

Und dann berichtet Sven Myrberg, der Amateurforscher, der als Junge davon geträumt hat, auf dem Mond zu landen, von den Erkenntnissen, die er gewann, als er tief im dunkelbraunen Schlamm der Geschichte von Skåne gegraben hat:

«Die Ziffern, die du in Agnes' Arm eintätowiert gesehen hast, Konrad. Es gibt da einen seltsamen Faden, der sich durch die Geschichte zieht. Ich hab viel Zeit darauf verwendet, über den Nationalsozialismus in Skåne zu forschen. Weiß der Himmel, wie viel tausend Stunden ich in Bibliotheken und Archiven in den Gemeinden hier draußen und in Lund und Malmö zugebracht habe. Es ist verblüffend, wie viel Material man finden kann.

Du fragst dich bestimmt, warum ich damit angefangen habe, oder? Tja, ganz genau weiß ich es auch nicht. Aber vor zehn, zwölf Jahren hab ich von einem Eishockeyspieler in Västerås gelesen, der mit einem Messer von den Nazis erstochen worden ist, nur weil er homosexuell war. Das hat mich natürlich ziemlich erschüttert. Damals ging es mir selber nicht so gut, deswegen nehme ich an, dass meine Nachforschungen wohl eine Art Flucht waren. Aber danach habe ich einfach immer weiter Material gesammelt.

Wie auch immer, der Nationalsozialismus und der Hass gegen uns als Minderheit besitzen eine feste Verankerung in Skåne. Man soll nicht übertreiben, die Nazis haben niemals mehr als dreißigtausend Stimmen in einer schwedischen Wahl bekommen, aber in den Dreißigerjahren gab es eine Menge Sympathisanten unter den Bauern, Offizieren und einem Teil der Akademiker hier unten. In den Ortschaften wurden massenweise Naziversammlungen abgehalten. Der Reichsparteileiter Birger Furugård hat mehrmals hier in Tomelilla gesprochen. Und in Sjöbo haben die ‹Furugårdarna› Holz für ein Konzentrationslager gesägt, das gebaut werden sollte, wenn die Deutschen erst Schweden befreit hätten. Ähnlich war es mit den ‹Lindholmarna›. Sie beraumten Versammlungen außerhalb von Ystad an, bei denen Sven-Olof Lindholm unter dem Hakenkreuz eigenhändig Protestplakate verbrannt hat. Oftmals gab es einen ziemlichen Aufstand, wenn die Sozis und die Kommunisten protestierten. Das ist alles dokumentiert.»

Während er berichtet, ist Sven aufgestanden und hat angefangen, im Raum auf und ab zu wandern, wie ein Dozent in einem Auditorium. Jetzt hält er inne und wirft seinem Zuhörer einen strengen Blick zu, als wolle er kontrollieren, ob Konrad auch alles mitbekommen hat.

Dann setzt Sven seine Lektion fort:

«In den Vierzigern hat ein Mann namens Per Engdahl die Nysvenska rörelse, die ‹Neuschwedische Bewegung›, ins Leben gerufen, und 1956 wurde auf einer Hauptversammlung in Malmö die Nordiska rikspartiet gegründet. Sie haben an und für sich nicht viel Aufhebens um sich gemacht. Aber in den Siebzigern und Achtzigern bekam die Bewegung neues frisches Blut. Bevara Sverige Svenskt, also BSS, bestand aus jüngeren Nazis, die alle Einwanderer rauswerfen wollten. Aber die alte und die neue Bewegung flossen ineinander. Und als es richtig heiß wurde, wie in dieser Volksabstimmung über das Flüchtlingsauffanglager in Sjöbo 1989, tauchten plötzlich Leute aus der alten Garde auf und verbreiteten ihre Propaganda.

Und dann erschien Vit ariskt motstånd auf der Bildfläche, ‹Weißer arischer Widerstand›. Ein Zusammenschluss von richtigen Hitzköpfen, die es irgendwie geschafft haben, dass die Boulevardpresse Heldenreportagen über sie veröffentlichte. Sie haben die Leute misshandelt und sich auch sonst wie Schweine benommen. Überall im Land tauchten diese

Nazis neuer Generation auf. Ende der Neunzigerjahre haben einige von ihnen hier in Tomelilla gewohnt. Richtig unangenehme Rowdys, die den Kommunalrat mit Drohbriefen bombardiert und zu Tode erschreckt haben. Ja, und damit sind wir schon fast in der Gegenwart angelangt ...»

Sven bleibt mitten im Raum stehen. Schaut sich rasch im Zimmer um, als suche er etwas. «Verdammt, hab ich einen Durst», ruft er schließlich aus und verschwindet durch die Tür. Kurz darauf ist er mit zwei Dosen Carlsberg wieder zurück, von denen das Kondenswasser tropft.

«Ich muss an diese Kundgebung auf dem Marktplatz denken», sagt Konrad und nimmt eine Bierdose in Empfang. «Die Schwedendemokraten haben gefordert, dass Tore Torstensson freigelassen werden soll. Reichen denn die Fäden bis hin zu ihnen?»

«Kommt darauf an, wie man es betrachtet. Die Nazis der BSS und Nordiska rikspartiet haben 1988 die Schwedendemokraten ins Leben gerufen. Aber seit Mitte der Neunziger haben sie mehrfach dafür gesorgt, dass Skinheads und andere Raufbolde rausgeworfen wurden. Und jetzt wird die Partei von einer Gruppe geleitet, die quasi der Traum aller Schwiegermütter ist.»

«Wie dieser Mats Blomberg?»

«Genau. Man kann sie einfach nicht länger als Nazis und auch kaum mehr als Rassisten abstempeln. Wenn man ihr Parteiprogramm genau liest, kann man sich sogar fragen, ob man sie überhaupt noch als fremdenfeindlich bezeichnen kann. Sie sind ganz einfach Nationalisten. Und verwehren sich gegen jegliche Kulturvielfalt.»

«Und die Botschaft kommt an?»

Sven seufzt tief und nimmt die Brille ab. Erstmals fällt Konrad auf, dass er tiefe dunkle Ringe unter den Augen hat.

«Die letzte Wahl lief doch gut für sie.»

«Sind sie denn hier draußen stark?»

«Kommt wieder drauf an, wie man es sieht. Sie haben in der Kommunalwahl viele Stimmen bekommen und vier Sitze im Gemeinderat. Es gibt 'ne Menge Menschen, die in einem heruntergekommenen Kaff wie diesem zu ihrer potenziellen Wählerschaft zählen. Leute, die Angst vor der Globalisierung haben. Die sich ins gute, alte, gemütliche schwedische Volksheim zurücksehnen, das es eigentlich so nie gegeben hat.»

«Das, was du da sagst ... erinnert mich irgendwie an Klas.»

Sie betrachten einander eine ganze Weile.

«Er war auch auf dieser Kundgebung», sagt Konrad schließlich. «Aber es schien, als wisse er nicht so genau, ob er dazugehören will. Gibt es in deinem Material denn irgendwas über ihn?»

Sven schüttelt langsam den Kopf.

«Nein, nichts, woran ich mich erinnern kann. Und das ist ziemlich viel, wie du siehst. Aber wenn ich seinen Namen irgendwo gesehen hätte, wäre er mir sicher aufgefallen.»

Sie schweigen wieder. Nippen nachdenklich an ihrem Bier. Es scheint, als würde der Name, den sie gerade genannt haben, sie beide sowohl zeitlich als auch gedanklich zurückversetzen. Alte Bilder kommen ihnen in den Sinn. Und sie brauchen nur einen kurzen Blick auszutauschen, um festzustellen, dass sie dieselbe Szene vor sich sehen: der aufgemotzte Amazon mit zusätzlichen Scheinwerfern und einer Texasflagge über die Rückbank drapiert. Klas, wutschnaubend, hinter dem Steuer. Und seine Kumpels, schadenfroh grinsend, irgendwo im Hintergrund.

«Sie waren immer zu dritt ...», sagt Sven vorsichtig.

«Immer zu dritt», nickt Konrad. «Jedenfalls anfänglich.»

«Klas lebt noch immer in Tomelilla und säuft sich das Hirn weg. Benga ist im Knast in Malmö gestorben, nachdem er Lelle gegenüber 'ne Menge Andeutungen gemacht hat. Aber wo ist eigentlich der Dritte geblieben?»

«Gunnar …»

«Wenn es nun stimmt, was Lelle erzählt hat …», beginnt Sven.

«Kann man sich auf deinen Bruder verlassen?», unterbricht ihn Konrad schroff. «Ich meine … er wirkte nicht gerade glasklar in der Birne.»

«Hast du denn irgendeine Wahl?»

Erst macht Sven einen etwas gekränkten Eindruck. Aber dann rutscht er auf dem Sofa näher zu Konrad heran und legt dem Freund beide Hände auf die Schultern.

«Es klingt möglicherweise etwas weit hergeholt. Aber stell dir vor, Lelle hat recht. Stell dir weiter vor, Benga war nicht im Delirium, sondern wusste tatsächlich etwas darüber, was Agnes zugestoßen ist. Dann wissen es seine beiden besten Kumpels vielleicht auch. Klas scheint ja nicht gerade derjenige zu sein, aus dem etwas herauszukriegen ist. Also bleibt uns nur Gunnar.»

«Du hast recht. Aber wie finden wir ihn?»

Ein triumphierendes Lächeln vertreibt die Müdigkeit aus Svens Gesicht. Mit einem Mal wirkt er wieder voller Eifer.

«Alles kann man irgendwie herausfinden. Du bist immerhin an einen Experten geraten.»

Er steht unvermittelt auf, setzt sich an den Computer und beginnt frenetisch, die Tastatur zu bearbeiten. Konrad spürt, wie sich eine schwindelerregende Hoffnung in seinem Körper auszubreiten beginnt. Die Hoffnung, tatsächlich zu erfahren, was mit seiner Mutter geschehen ist.

KAPITEL 32

Als der Zug durch den dunklen småländischen Nadelwald fährt, geben die Räder ein gedämpftes Rauschen von sich. Konrad döst mit der Wange gegen das kühle Fenster gelehnt auf seinem Sitzplatz. Phantasiert von all den Trollen und bösen Geistern, die es in diesem tiefen, unberührten Wald geben soll, vom Geruch der morschen Baumstämme und von mit Moos überwachsenen Steinen und den Bedrohungen, die sich nur erahnen lassen.

Als sich die Landschaft wieder vor ihm öffnet, spürt er, wie das Morgenlicht seine Augenlider schwer werden lässt.

Maria war erstaunt, als er anrief und ihr mitteilte, dass er zu ihr hochkommen würde. Völlig überrascht, zumindest schien es so. Auch wenn sie es mal wieder nicht lassen konnte, etwas schnippisch zu reagieren.

«Das wurde aber auch Zeit! Ich hoffe, du lädst mich wenigstens zu einem leckeren Abendessen ein.»

Ein winziger, aber nicht zu überhörender Einschlag der Stimme ihrer Mutter. Konrad schüttelt sich. Maria ist nämlich durch und durch seine Tochter. Er sehnt sich bereits nach ihr. Nach derselben eckigen, etwas zu großen Nase, wie er sie besitzt. Dem intensiven Blick, den er gerne, wie andere Leute es tun, als ehrlich auffassen möchte. Und ihrer Sturheit, dieser verdammten Sturheit. Er lässt sich vom Schaukeln des Zuges hin- und herwiegen.

Außer ihm sitzen nur noch zwei Fahrgäste im Wagen.

Beide schräg gegenüber mit dem Rücken zur Fahrtrichtung. Eine ältere Frau hält ein Papiertaschentuch umklammert. Auf dem ausklappbaren Tischchen vor ihr liegt eine Ausgabe von Damernas Värld. Die Frau ist rot und etwas feucht im Gesicht und wischt sich abwechselnd mit dem Taschentuch die Augen und die Nase trocken. Es ist schwer auszumachen, ob sie weint oder einfach nur erkältet ist. Ihr Blick gleitet hinaus über die weite Ebene vor dem Zugfenster.

In der Reihe vor ihr sitzt ein Mann, der ebenfalls mindestens sechzig sein muss. Sein Gesichtsausdruck wirkt gequält; er scheint unter der blaugestreiften Krawatte zu leiden, die ihn am Hals einengt. Sein Anzug, der ziemlich billig aussieht, scheint ihm auch ein wenig zu eng zu sein. Vielleicht graut ihm vor einer Zusammenkunft oder einem Vortrag, der ihn am Zielort erwartet. Jedenfalls öffnet er in regelmäßigen Abständen seine Aktentasche auf dem Sitz neben sich und blättert planlos in diversen Papieren in einer Kunststoffmappe. Außerdem hat er offensichtlich Probleme mit der Magensäure: Neben den Dokumenten in seiner Mappe liegt eine Schachtel mit Tabletten gegen Sodbrennnen.

Ob er möglicherweise so aussieht wie er?, denkt Konrad in seinem Dämmerzustand. Sieht Gunnar Nilhem inzwischen so aus?

Sven ist es neulich Abend erstaunlich schnell gelungen, ihn ausfindig zu machen. Der rotbraune Schopf seines Freundes hat regelrecht geglüht, als wäre er elektrisch aufgeladen, als er im Internet surfte und eine Menge öffentlich zugänglicher Register durchsucht hat, mit denen er offenbar gut vertraut ist. Seine Brillengläser waren vor Aufregung beschlagen. Und nach einer halben Stunde konnte er mit seinem zufriedenen Grinsen eine vollständige kleine Personenermittlung vorlegen:

«Folgendes haben wir also: Gunnar Johansson wurde am 17. März 1952 in Tomelilla geboren. Im Februar 1975 ist er nach Malmö gezogen.»

Sven hat hier eine Pause gemacht, um kurz die Zahlen zu überschlagen.

«Das war also sieben Jahre, nachdem Agnes verschwunden ist. Gunnar war damals 23 Jahre alt. Er ist doch genauso alt wie Klas, oder? Nachdem er den Ort verlassen hat, ist er im Laufe der Jahre noch öfter umgezogen. Ich hab seinen Namen zum Beispiel in einem Kurs der Erwachsenenbildung in Helsingborg gefunden. Es scheint, als hätte er versucht, sich weiterzubilden. Wie auch immer, jedenfalls hat er 1979 Lisbet Gunnarsson aus Malmö geheiratet. Im selben Jahr haben beide den Namen Nilhem angenommen. Sie scheinen keine Kinder bekommen zu haben. Und inzwischen wohnen sie seit zwanzig Jahren in einem Mietshaus in Sundbyberg. Gunnar ist bei der Sozialversicherung angestellt. Ist dort als Sachbearbeiter beschäftigt, wie es scheint.»

Ein Verbindungsstück an den Gleisen erschüttert den Zug. Konrad wirft dem gequält wirkenden Mann auf dem Sitz auf der anderen Seite des Ganges erneut einen Blick zu. Mittlerweile scheint er einen Versuch zu unternehmen, ein wenig zu schlafen. Eine Hand, die mit einem Ring am Finger versehen ist, ruht auf seinem vorgewölbten Bauch. Er hat den Gürtel gelockert und den obersten Knopf seiner Hose geöffnet.

Obwohl er die Adresse bereits auswendig weiß, nimmt Konrad seine Brieftasche aus der Innentasche seines Jacketts und schaut noch einmal auf den Zettel: «Tornstigen 18, Sundbyberg».

Darunter sind in Svens penibler Handschrift zwei Telefonnummern notiert. Eine Festnetznummer mit der Vorwahl 08 und eine Handynummer. Konrad hat bereits beschlossen, nicht anzurufen. Es erscheint ihm sinnvoller, ihn zu überrumpeln. Nur fragt er sich, was er zu Gunnar sagen soll, wenn der die Tür öffnet.

Der Hauptbahnhof ist voll mit Reisenden, die ankommen oder vorhaben wegzufahren, jeder Einzelne mit sich selbst beschäftigt. Konrad hat Bahnhöfe schon immer geliebt. Die Anonymität und Bewegung, die ständige Veränderung. Von Leuten umgeben zu sein, die einen nicht kennen, die nicht wissen, wohin man unterwegs ist, und keine Ahnung haben, was einem gerade durch den Kopf geht. Das Wissen darum, dass keiner etwas von ihm will, er aber dennoch jeden x-beliebigen Menschen, dem er begegnet, ansprechen könnte.

Menschenmengen hingegen hat Konrad schon immer verabscheut. Wenn die Grenze zwischen Individuum und Kollektiv verwischt, wird es gefährlich. Wenn alle in den Aufruhr des Pöbels mit hineingezogen werden. Oder noch schlimmer: wenn alle einfach in einer gemeinsamen, selbstherrlichen Gleichgültigkeit versinken.

Er bahnt sich einen Weg durch die Menge hinunter zur U-Bahn. Während der letzten Stunde im Zug hat er darüber nachgedacht, welcher Zeitpunkt am geeignetsten wäre, um an Gunnars Tür zu klingeln. Konrad möchte, dass Gunnar allein ist. Aber woher soll er wissen, wann seine Frau nicht zu Hause ist? Also kann er ebenso gut sofort nach Sundbyberg hinausfahren. Es ist Samstag, und wenn er Glück hat, macht Lisbet gerade einen Shoppingbummel in der Stadt.

Es dauert weniger als eine Viertelstunde, bis der Zug ankommt, doch auf dem Weg ist ihm eine Menge des Optimismus, den Sven ihm hat einflößen können, abhandengekommen. Was erhofft er sich eigentlich zu erfahren?

Es ist ja letztlich nur ein dünner Strohhalm, an den er sich klammert. Alles, was er hat, sind Lelles Worte. Ein bekehrter, völlig verrückter Mörder, der meint, gehört zu haben, dass Benga, ein versoffener alter Knastbruder, vor fast vierzig Jahren einige Andeutungen über Agnes' Schicksal gemacht hat. Wie lauteten seine Worte noch, die er ein paar Tage, bevor er sich in seiner Zelle erhängt hat, gesagt haben soll?

«Ich weiß, wo diese Polin ist. Ich muss jeden Tag an sie denken. Sie verfolgt mich.»

Der Zweifel nagt an Konrad. Er schüttelt innerlich den Kopf. Das hier ist doch krank, denkt er. Eigentlich wäre es besser, mit all seinen Nachforschungen aufzuhören und das Ganze hinter sich zu lassen.

Obwohl er eigentlich weiß, dass er sich weiter durch die schwarze Erde hindurchgraben muss. Wenn es sein muss, bis hin zum Urgestein.

Von der U-Bahn-Station aus sind es nur wenige Straßenzüge zu laufen. Konrad fragt eine Frau nach dem Weg, die auf den Bus wartet. Sie spricht mit starkem Akzent, der russisch klingt. Bald darauf steht er vor dem dunkelroten Ziegelhaus. Zwei Stockwerke ohne Balkone. Die Fenster sind klein, und das Haus wirkt düster. Irgendwie unbewohnt. Eine flüchtige Bewegung einer Gardine im obersten Stock vermittelt ihm allerdings das Gefühl, beobachtet zu werden.

In dem Moment, als Konrad die Hand auf den Knauf der Haustür legt, wird sie geöffnet. Eine gebeugte, kleine alte Frau bugsiert ihren Rollator nach draußen. Sie trägt ein Kopftuch und hat einen Unterbiss, der sie wie eine Bulldogge aussehen lässt. Die Frau glotzt ihn mit griesgrämiger Miene an, als er ihr die Tür aufhält. Schnaubt irgendetwas vor sich hin, bevor sie auf dem asphaltierten Gehweg um die Ecke verschwindet.

Gunnar und Lisbet Nilhem steht an der Haustür. Sie scheinen im zweiten Stock zu wohnen.

Bevor Konrad klingelt, hält er inne, damit sich sein Puls beruhigen kann. Er holt tief Luft.

Der Mann, der die Tür öffnet, ist groß und massig. Er sieht aus, als wäre er total besoffen. Seine Wangen sind sorgfältig rasiert, die Haut ist rot gefleckt, als würde er regelmäßig scharfes Rasierwasser benutzen. Unter seinen Augen hängen Tränensäcke. Gunnar Nilhem wirkt irritiert, als hätte man ihn bei etwas Wichtigem gestört. In der Wohnung läuft der Fernseher, aufgeregte Stimmen sind zu hören. Seine weiten braunen Hosen, die Pantoffeln und die Strickjacke lassen ihn älter aussehen, als er ist. Er hält einen Wettcoupon für Pferderennen in der einen Hand und streicht sich mit der anderen durch das dünne Haar, als versuche er, es über den beinahe kahlen Schädel nach hinten zu kämmen.

«Ja?», sagt er und starrt ihn mit leerem Blick an.

Konrad räuspert sich. Zuerst erkennt er den Mann in der Türöffnung überhaupt nicht wieder. Doch dann entdeckt er etwas Bekanntes in seinen Augen, lediglich eine Nuance. Wenn man dreißig Jahre herunterrechnet und genauso viele Kilo, dann, ja dann ist es tatsächlich Gunnar. Konrad weiß, dass er die richtige Adresse aufgesucht hat, bereut es jedoch, keinen genaueren Plan ersonnen zu haben, um reingelassen zu werden.

«Ja, äh … Sind Sie Gunnar Nilhem?»

«Ja, aber wenn Sie mir irgendwas verkaufen wollen: kein Interesse.»

Es scheint, als würde er jeden Moment die Tür zuschlagen, sodass Konrad eilig ruft: «Warten Sie!»

Der andere hält inne, starrt ihn aber weiterhin an, eher fragend als feindselig. Konrad streckt eine Hand vor, aber Gunnar betrachtet sie lediglich mit Abscheu, als wäre sie ein ekeliges Tier, mit dem er auf keinen Fall in Berührung kommen will. Vielleicht will er auch einfach nur nicht das nächste Rennen verpassen.

«Ich heiße Konrad Jonsson ... ehemals Konrad Jönsson. Ich weiß nicht, ob Sie sich an mich erinnern ...»

Gunnars Gesicht verdunkelt sich. Die Fingerknöchel seiner Hand, die immer noch den Türgriff umfasst, färben sich weiß. Er schnappt nach Luft, bleibt aber stehen, offensichtlich nicht in der Lage zu entscheiden, was er tun soll.

In dem Moment ertönen Schritte in der Wohnung, woraufhin sich eine Frau im Flur nähert. Ihre Stimme ist schrill.

«Wer ist da, Gunnar? Ich hab dir doch gesagt, dass wir nichts an der Tür kaufen ...»

Die Frau ist mitten im Flur stehen geblieben. Dort ist es dunkel; vielleicht hat Gunnar die Gardinen zugezogen, damit das Fernsehbild nicht blendet. Konrad erkennt lediglich ihre Konturen. Er flucht im Stillen, weil er sich nicht im Voraus versichert hat, dass sie unterwegs ist.

Konrad macht einen verzweifelten Versuch: «Ich soll Sie herzlich von Klas grüßen. Er meinte, dass wir einmal miteinander reden sollten.»

Gunnar Nilhem scheint sich nicht wohl in seiner Haut zu fühlen, er wirkt wie ein geplagter Ochse. Sein Blick flackert zwischen Konrad und seiner Frau hin und her, die im Hintergrund steht und versucht, die Aufmerksamkeit auf sich zu lenken.

«Da ist keiner, Liebling», ruft er schließlich über die Schulter. «Gar keiner.»

Als er sich wieder zu Konrad umdreht, ist er aschfahl im Gesicht.

«Ich kenne Sie nicht und einen verdammten Klas übrigens auch nicht!», zischt er zwischen zusammengebissenen Zähnen hervor.

Dann fällt die Tür mit einem Krachen zu.

Maria wohnt in einer Zweizimmerwohnung in der Inedalsgata. Sie empfängt ihn mit einer herzlichen Umarmung und einem Kuss auf die Wange, der ihn fast verlegen macht. Es ist einige Monate her, dass sie sich gesehen haben, und genau wie beim letzten Mal und dem Mal davor ist er überrascht, dass sie inzwischen eine erwachsene Frau ist. Ein Duft von Äpfeln umgibt sie, und ihr Haar ist nass, als hätte sie gerade geduscht. Konrad hat zwei Flaschen portugiesischen Rotwein mitgebracht, den er im Systembolag am Kungsholmstorg gekauft hat.

«Ich bin joggen gewesen, bevor du kamst», sagt sie und klatscht ihm mit der Hand auf den Bauch. «Du solltest auch ein wenig an deine Form denken, Papa. Hinterher fühlt man sich wirklich phantastisch.»

«Findest du, dass ich zu dick bin?»

«Nein, aber ein paar Muskeln könnten dir nicht schaden.»

Sie zeigt ihm im Schnelldurchlauf die Wohnung. Sie ist in keiner Weise so möbliert, wie er es erwartet hat. Ein protziges schwarzes Ledersofa, ein schäbiges Zebrafell an der Wand, Bongotrommeln und ein großer, an der Decke angebrachter Spiegel über dem Doppelbett im Schlafzimmer. Nur das Bücherregal kommt von Ikea. Konrad widmet sich den Buchtiteln und hofft, dass sich die aufsteigende Röte in seinem Gesicht legt: Pamuk, Dostojewskij, Naomi Klein und eine ganze Menge juristischer Fachliteratur.

Zu seiner Erleichterung erklärt Maria, dass sie die Einrichtung nicht selber ausgesucht hat. «Ich hab die Wohnung mitsamt Möbeln von diesem Typen aus Gambia gemietet, von dem ich dir erzählt hab. Total billig. Er ist Musiker. Es sieht vielleicht etwas vulgär aus, aber was soll's; ich verbringe ja nicht so viel Zeit hier. Wenn ich nicht an der Uni bin, jobbe ich in der Kneipe am Odenplan. Und außerdem übernachte ich ziemlich oft bei Niklas.»

Niklas?

Sie wischt Konrads Neugier beiseite, als hätte sie nur eine belanglose Nebensächlichkeit erwähnt.

«Mein Freund. Ja, oder wie man es nennen soll. Und ich bin nicht wirklich verliebt, falls du das meinst.»

Sie lächelt breit, und Konrad spürt, dass ihre Energie ihn matt werden lässt. Woher hat sie nur diese Kraft, bei zwei so unfähigen Eltern?

Während Maria eine Matratze aus der Kleiderkammer hervorzieht und ihm unterhalb des Zebrafells ein Bett auf dem Boden herrichtet, geht Konrad duschen. Im Glas auf dem Regal über dem Waschbecken stehen zwei Zahnbürsten, stellt er fest. Er lässt das eiskalte Wasser eine Weile lang auf seine Haut prasseln. Danach trocknet er sich mit einem Frottéhandtuch ab, das den Geruch seiner Tochter trägt. Er wirft einen Blick in den Spiegel und ist nicht besonders begeistert von dem, was er sieht. Sie hat recht. Ich muss gesünder leben, denkt er.

Als er aus dem Bad kommt, ist Maria schon fertig. Sie hat ihr Haar mit einem grünen Band im Nacken zusammengebunden und Kajal um die Augen herum aufgelegt. Trägt eine weiße Leinenbluse über verschlissenen Jeans. «Ich hab einen Tisch in einem Tapas-Lokal in der Fleminggata reserviert», sagt sie, als sie sich die Stiefel anzieht.

Eine Weile später sitzen sie sich in dem kleinen Außenbereich des Restaurants gegenüber. Langsam beginnt es zu dämmern, und ein gelbliches Licht strömt aus den Fenstern. Ein gedämpfter Geräuschpegel umgibt sie; alle Tische sind besetzt, sowohl draußen als auch drinnen. Maria hat vorab einen Krug mit Sangria bestellt, der bereits fast leer ist.

«Versuch, ihn noch einmal zu erreichen!», sagt sie enthusiastisch und beißt in eine Orangenspalte.

Seit sie die Wohnungstür hinter sich geschlossen haben, hat sie ihn im Hinblick auf Details zu den Morden an Herman und Signe und seine Nachforschungen über Agnes regelrecht gelöchert. Für Maria scheint es hauptsächlich eine spannende Krimiintrige zu sein. Und sie wirkt fest entschlossen, ihm dabei zu helfen, sie zu lösen.

«Ein letztes Mal», sagt Konrad und nimmt das Handy zur Hand.

«Nimm lieber meins.»

Er schaut sie fragend an.

«Sonst sieht er doch deine Nummer auf dem Display, du Dämlack!»

«Hm …»

Zum fünften Mal nach seinem missglückten Besuch am Nachmittag draußen in Sundbyberg nimmt Konrad den Zettel aus der Brieftasche und tippt Gunnar Nilhems Handynummer ein. Beim ersten Mal hat er noch auf der Straße vor seinem Haus gestanden, völlig verdutzt und frustriert. Da wurde das Gespräch weggeklickt, sobald er nur seinen Namen nannte. Danach sind die Freizeichen ständig ins Leere gegangen. Aber irgendwann muss Gunnar doch mal allein sein.

In der Leitung ist ein schwaches, schabendes Geräusch und kurz darauf eine schleppende Stimme zu hören.

«Gunnar Nilhem …»

Konrad wirft Maria einen raschen Blick zu. Sie sitzt vollkommen still da und lauscht in der Hoffnung, etwas aufschnappen zu können.

«Sind Sie allein, Gunnar?»

Rauschen. Stille. Tiefes Luftholen. Abwarten. Dann bricht die Gruppe am Nachbartisch in Gelächter aus, und Konrad ist einen Augenblick lang nicht sicher, ob der andere noch am Apparat ist.

«Ja …»

«Wir müssen uns treffen, Gunnar. Ich möchte mit Ihnen über etwas Wichtiges sprechen.»

«Und was soll das sein?»

Seine Stimme klingt abweisend, aber er legt zumindest nicht auf. Konrad sucht verzweifelt nach den richtigen Worten.

«Es ist etwas schwierig, das am Telefon zu erklären. Können wir uns nicht auf eine Tasse Kaffee treffen?»

«Nein, ich habe keine Zeit.»

Kommt morgen etwa schon wieder Trabrennen im Fernsehen?, fragt sich Konrad. Doch er spürt ein leichtes Zögern des anderen.

«Es geht um früher. Etwas, das damals vor langer Zeit in Tomelilla geschehen ist. Ich nehme an, Sie wissen, wer ich bin. Konrad Jönsson. Sie können sich bestimmt erinnern … Der … kleine Bruder von Klas.»

«Klas hatte doch gar keinen Bruder.»

Einen Spaltbreit hat sich die Tür geöffnet. Gunnar gibt zumindest zu, dass er weiß, wer Klas ist. Konrad lässt die Abendluft in seine Lungen strömen. Er spürt Marias Atem direkt neben sich; sie hat die Gläser beiseitegeschoben und ist auf seine Seite des Tisches herübergekommen, um nichts zu verpassen. Jetzt gilt es, schnell einen Fuß in die Tür zu bekommen.

«Doch, einen Adoptivbruder. Herman und Signe haben sich um mich gekümmert, nachdem …»

Weiter kommt er nicht, da Gunnar ihn schroff unterbricht.

«Sie sind wohl wirklich schwer von Begriff! Ich kenne Sie nicht. Ich kenne auch keinen Klas. Und ich werde auch ganz bestimmt nicht mit Ihnen über Tomelilla sprechen. Wenn Sie mich noch ein einziges Mal anrufen, werde ich Sie wegen Belästigung anzeigen. Haben Sie das verstanden?»

Dann ist das Gespräch zu Ende. Konrad seufzt resigniert und legt das Handy auf den Tisch.

«Du warst ziemlich nahe dran, oder? Es klang fast so, als hättest du ihn am Haken», sagt Maria und steckt das Handy zurück in die Tasche ihrer Jeans.

Er starrt sie ausdruckslos an. Vielleicht hat sie recht. Vielleicht war Gunnar dabei, sich zu öffnen. Ein Einsiedlerkrebs, der aus seinem beengten Gehäuse hervorlugt, etwas ängstlich, aber dennoch versucht, sich hinauszuwagen. Doch jetzt scheint es, als hätte er sich wieder in die hinterste dunkle Ecke seiner Schale zurückgezogen, fest entschlossen, sich dort festzuklammern, bis er stirbt. Es scheint sinnlos, noch weitere Versuche zu unternehmen.

«Eines weißt du jedenfalls jetzt», sagt Maria nachdenklich. «Dieser Gunnar hat Angst, und zwar verdammte Angst. Und was sollte er für einen Grund dafür haben, wenn er nichts zu verbergen hätte?»

«Du klingst schon ganz wie eine Rechtsanwältin», sagt Konrad und kann nicht anders, als seine Hand auf die seiner Tochter zu legen.

Sie lacht auf, und einen Augenblick lang wirkt sie fast verlegen, doch dann überwiegt der Stolz. Sie gießt den letzten Schluck Sangria in die Gläser und leert dann ihr eigenes in einem Zug.

«Vielleicht hatte der Häftling in Malmö recht. Klas und Gunnar, ja, und Benga auch, bevor er sich mit dem Stromkabel erhängt hat, sie wissen anscheinend, aus welchem Grund deine Mutter verschwunden ist.»

«Da scheint etwas dran zu sein», sagt Konrad. «Die Frage ist nur, wie man es aus ihnen herauskriegt ...»

In dem Moment kommt die Bedienung und bringt das Essen. Chorizo, Muscheln und in Knoblauch eingelegte Krabben. Sie zündet ein Teelicht in einem Glasbehälter an und entkorkt eine Flasche desselben portugiesischen Rotweins, den Konrad im Systembolag gekauft hat. Sie stoßen an. Essen und trinken dann eine Weile schweigend.

Konrad fragt sie nach ihrem Jurastudium. Doch, alles läuft gut. Maria hat vor, eine Kanzlei zu eröffnen, wenn sie fertig ist. Will misshandelten und vergewaltigten Frauen helfen. Er fragt sie nach ihrem Nebenjob in der Kneipe. Nein, sie hat kein Problem damit, nebenbei zu arbeiten. Sie braucht einfach das Geld; mit dem Studiendarlehen kommt man nicht gerade weit. Außerdem überlegt sie, ob sie ein Jahr Pause machen und durch Asien touren soll. «Wie alle anderen auch, die ihr Innerstes ergründen wollen», erklärt sie und lacht hastig auf. Und dieser Niklas? Sie wiegelt erneut ab, dieser Typ ist anscheinend kein wesentlicher Bestandteil ihres Lebensplans.

Langsam, aber sicher bewegt sich das Gespräch wieder in Richtung der Geschehnisse in Tomelilla. Es ist unausweichlich.

«Diese Menschen», sagt Maria und sieht mit einem Mal sehr ernst aus. «Du hast mir noch nie von ihnen erzählt.

Deine Jahre auf See, wie es war, als ich geboren wurde und klein war, dein Leben in Berlin und deine Reiserei als Journalist rund um die Welt, von all dem weiß ich ’ne Menge. Sogar von Sonja. Aber über deine Kindheit weiß ich nicht die Bohne.»

Ihre Stimme klingt anklagend, zumindest in Konrads Ohren. Plötzlich kommt sie ihm wie das Echo ihrer Mutter vor. Konrad will es nicht wahrhaben. Aber er schämt sich, und er weiß, dass er ihr eine Antwort schuldig ist. Der Wein lässt ihre Augen ein wenig glänzen. Sie sind weit geöffnet und blicken ihn ununterbrochen an.

«Ich hab offensichtlich versucht, das alles zu verdrängen. Hauptsächlich wohl, um mich selbst nicht damit zu belasten.»

«Aber früher oder später holt es einen doch wieder ein, oder?»

Er nickt.

«Du hast recht. Früher oder später holt einen die Vergangenheit immer wieder ein», sagt er tonlos.

Sie bleiben am Tisch des Tapas-Lokals sitzen, bis es schließt. Es ist ein lauer Abend, wie alle anderen dieses Sommers auch. Sie lauschen eine Weile Billie Hollidays Stimme, die durch die Lautsprecher drinnen an der Wand zu ihnen hinausdringt. Der Verkehr auf der Straße hat nachgelassen. Ein Betrunkener, der einen Karren mit klappernden Pfandflaschen hinter sich herzieht, wankt vorbei und murmelt verärgert etwas vor sich hin, bevor er auf den Boden spuckt und um die Hausecke verschwindet.

Konrad bestellt noch eine Flasche von dem portugiesischen Wein. Und dann berichtet er seiner Tochter von all dem, was ihn in den vergangenen Wochen beschäftigt hat: von seiner Sehnsucht nach dem Schatten, der Agnes gehört.

Von Herman und Signe, die niemals im Leben auch nur irgendwelche Ansprüche gestellt und deswegen vielleicht auch nicht besonders viel bekommen haben. Und von Klas, ihrem leiblichen Sohn, der so viele Jahre lang sein Quälgeist war. Konrad erzählt von all seinen Abenteuern mit Sven, aber auch von seinem Treuebruch.

«Treuebruch?», fragt sie erstaunt und legt ihre Hand auf seinen Arm. «Warum Treuebruch?»

Er seufzt und sagt, dass es schwer zu erklären sei. Es war doch wohl ein Treuebruch, ihn einfach so im Stich zu lassen? Ihn seinem Schicksal zu überlassen, einen Sonderling, der sich nicht wehren kann?

«So wehrlos scheint er nicht zu sein», wendet Maria ein.

Dennoch empfindet Konrad es so.

Sie gibt sich zufrieden und signalisiert ihm nickend, er solle weiterreden.

Konrad berichtet von seiner Rückkehr nach Tomelilla und von dem Verdacht der Polizei, der ihm ziemlich unter die Haut gegangen ist. Er beschreibt den exzentrischen Örjan Palander und seine Hauswirtin Gudrun Vernersson, die identisch ist mit der strengen Assistentin des Sozialamtes, die ihn vor fast vierzig Jahren am Küchentisch in Hermans und Signes schmutzig grauem Eternithaus abgeliefert hat. Und er spricht mit seiner Tochter über den senilen Kommissar Kurt Nilsson, den alten Nazi, der die verdrängte Erinnerung an die blaugraue Tätowierung in Agnes' Unterarm wieder in ihm geweckt hat.

Als Konrad schließlich verstummt, sitzen sie allein draußen. Drinnen ist die Bedienung dabei, die letzten Tische abzuräumen. Maria hat ihm lange zugehört, ohne ihn zu unterbrechen. Sie beobachtet ihn über die flackernde Flamme des Teelichtes hinweg.

«Was ist denn?», fragt er schließlich.

Sie lacht kurz auf, als hätte sie ihn durchschaut. «Gertrud», sagt sie.

«Was ist mit ihr?»

«Du hast sie nur ganz flüchtig erwähnt», sagt Maria.

Konrad spürt, wie ihm ein heißer Schauer über den Rücken läuft. Er errötet zum zweiten Mal vor seiner Tochter wie ein Teenager und ist dankbar, dass die Dunkelheit es diesmal verbirgt. Konrad sieht ein, dass Maria genau weiß, wie die Dinge liegen.

«Es wäre bestimmt nett, mal jemanden aus deiner Vergangenheit zu treffen», sagt sie mit einem neckischen Lächeln. «Oder auch Zukunft …»

Die Rechnung liegt bereits auf einem kleinen Teller auf dem Tisch. Konrad legt acht Hundertkronenscheine darauf und stellt ein Glas darüber, sodass sie nicht wegfliegen können. Er gähnt demonstrativ und steht dann zügig auf.

Als sie durch die Nacht zurück zu Marias Wohnung spazieren, spürt Konrad, dass er betrunken ist. Aber dennoch ziemlich glücklich.

KAPITEL 33

Die Joggingschuhe liegen ganz hinten im Kofferraum des Opels, zusammengeknüllt und ausgelatscht. Das letzte Mal, als er sie an den Füßen hatte, muss in Berlin gewesen sein, und das ist eine ganze Weile her.

Sie riechen nach trockenem, festem Gummi und etwas muffig nach Schmutz und altem Fußschweiß. Konrad findet, dass die Schuhe ihn wie eine vernachlässigte alte Hündin mit stinkendem Maul anklagend ansehen. Er klemmt sie sich unter den Arm und schlägt die Klappe des Kofferraums zu.

Das Zimmer, das er bei Gudrun Vernersson zwei Stockwerke über Gertrud gemietet hat, ist ihm immer noch fremd. In der Tat nicht viel besser als ein heruntergekommenes Hotelzimmer. Er legt die Schlüssel auf der Hutablage ab und blickt sich missmutig um. Das Bett ist nicht gemacht, die geliehene Bettwäsche zerknittert. Gudans hässliche Bilder hängen noch an der Wand. Ein weinendes Mädchen auf einem lehmigen Acker. Und ein Fasan in dickem, gekleksten Öl. Nicht einmal die kleinen tanzenden Porzellantrolle und -elfen im Bücherregal hat er weggeräumt. Auf dem Schreibtisch steht sein Laptop und verursacht ihm ein schlechtes Gewissen. Konrad wendet schnell den Blick ab und schaut zu den beiden Taschen hinüber, die geöffnet auf dem Fußboden stehen.

Er wirft den Rucksack und die Joggingschuhe auf den Boden und wühlt in der Unordnung nach etwas, das er anziehen kann. Schließlich findet er ein Paar ausgewaschene Shorts und ein schlabbriges T-Shirt, auf dem «Singha Beer» steht. Er seufzt im Stillen. Marias Worte klingen ihm immer noch in den Ohren: «Du solltest auch ein wenig an deine Form denken, Papa!» Jetzt wird er es ihr, verdammt nochmal, zeigen!

Sein Körper ist schwerfällig, und die Beine fühlen sich so steif an wie getrocknete Holzscheite. Draußen vor der Haustür ist Konrad unsicher, welchen Weg er nehmen soll. Läuft dann langsam in Richtung Ortskern, über die Eisenbahnschienen, an der Kirche und am Gemeindehaus vorbei. Nach der langen Zugfahrt von Stockholm hierher tut es ihm gut, sich zu bewegen. Aber obwohl es schon fast Abend ist, ist die Luft immer noch stickig. Nach wenigen Minuten ist er schweißgebadet.

Vor dem Byavångshem sitzt ein alter Mann in einem Rollstuhl und raucht. Eine Pflegerin wartet ungeduldig im Schatten an der Hauswand. Sie wirft einen gestressten Blick auf ihre Uhr und wendet sich demonstrativ vom Rauch ab. Der Alte starrt nachdenklich in die Ferne, völlig unberührt von der fortschreitenden Zeit. Konrad muss an Kurt Nilsson da drinnen denken. Hat er irgendjemandem außer ihm von seiner Vergangenheit erzählt?

Als Konrad den Ystadväg überquert hat, entdeckt er einen kleineren Fahrweg, der hinaus auf die Felder führt. *Ödemarksvägen* steht auf einem schiefen Straßenschild. Wohin er genau führt, weiß Konrad nicht. Aber der Asphalt macht seinen Achillessehnen ziemlich zu schaffen. Ein Feldweg dürfte da etwas schonender sein, auch wenn die Trockenheit ihn ziemlich fest hat werden lassen. Konrad biegt in den Feldweg ein und erhöht auf der Strecke zum ersten Bauernhof ein wenig das Tempo. Die Kornfelder, die ihn umgeben, riechen bereits nach Staub. Der süßliche, ölige Frühsommerduft des Rapses ist schon vor langer Zeit verflogen.

Als er den ersten Hof erreicht und zwischen dem Wohnhaus mit Ziegelfassade und der Scheune hindurchläuft, hört er ein dumpfes Knurren, gefolgt von aufgebrachtem Gebell. Er dreht den Kopf zur Seite und entdeckt einen Schäferhund, groß wie ein Wolf, der mit gefletschten Zähnen auf ihn zugerannt kommt.

Konrad bleibt stehen. Innerhalb des Bruchteils einer Sekunde fühlt sich der Schweiß auf seinem Rücken eiskalt an, und seine Nackenhaare sträuben sich. Der Hund kommt wie eine lebende Rakete auf ihn zugeschossen. «Verdammt!» Er hebt instinktiv einen Arm schützend vors Gesicht, sieht, wie die Augen der Bestie blutrünstig funkeln, und bereitet sich innerlich auf den intensiven Schmerz vor, den er spüren wird, wenn die Kieferknochen seinen Arm umschließen und sich die scharfen Zähne in sein Fleisch bohren.

Plötzlich wird der Flug des Hundes jäh beendet. Es klickt, als die blaue Nylonschnur zu ihrer vollen Länge ausgefahren ist. Mit einem Ruck wird die Attacke gestoppt. Der Schäferhund plumpst unvermittelt zu Boden, weniger als einen Meter vor Konrad. Es ist ein Wunder, dass sich das Tier nicht das Genick gebrochen hat.

Konrad macht einen Satz zurück. Er starrt erschreckt auf das zerzauste Untier, das sich schnell wieder gefangen hat und jetzt ausdauernd bellt.

«Platz, Bessie!»

Der Hund verstummt, legt sich gehorsam hin und leckt sich ungeduldig die Nase. Er blickt enttäuscht drein. Konrad steht nur minimal außerhalb seiner Reichweite.

Aus der Dunkelheit im Inneren der Scheune löst sich ein

Mann. Er nähert sich gemächlich dem an der Hauswand verankerten Eisenring, an dem die Leine befestigt ist. Lässt er den Bluthund jetzt etwa los?

«Da hatten Sie aber ziemliches Glück.»

Es ist ein hagerer Kerl mit einem länglichen Gesicht, das sich zum Teil unter einer Kappe verbirgt. Als er den Schirm ein wenig hochschiebt, sodass die Augen nicht mehr im Schatten liegen, stellt Konrad fest, dass der Mann jünger ist, als er auf den ersten Blick angenommen hat. Die Hosenbeine seines schmutzigen Overalls verschwinden in riesigen Gummistiefeln.

«Normalerweise läuft Bessie frei herum», grinst er. «Als Wachhund. Man weiß ja nie, was für hergelaufenes Volk hier heutzutage vorbeikommt.»

Konrad spürt, wie sich sein Schrecken in Wut verwandelt. Die Leine des Schäferhundes ist lang genug, um quer über den Weg zu reichen. Wäre er nur etwas langsamer gelaufen, hätte der Kläffer ihn zerfleischt.

«Sie sind wohl nicht ganz bei Trost! Der Hund ist ja lebensgefährlich. Sie sollten ihn, verdammt nochmal, vom Weg fernhalten.»

Hinter einem Fenster bewegt sich etwas. Er erkennt ein Kindergesicht. Blass, wie Konrad findet. Weitaufgerissene Augen. Aber vielleicht bildet er sich das auch nur ein. Es ist schwer auszumachen, ob es ein Junge oder ein Mädchen ist.

Der Bauer wirkt immer noch amüsiert. Er spuckt in den Schotter, schiebt dann die Hand in eine der Taschen seines Overalls und holt eine Dose hervor.

«Möchten Sie eine Portion Kautabak?»

Er hält ihm die Dose hin und grinst erneut, wohl wissend, dass Konrad sich in Reichweite des Schäferhundes begeben muss, um ihn entgegenzunehmen.

Konrad schüttelt den Kopf, dreht sich um und läuft weiter, jetzt mit leicht zittrigen Beinen. Hinter seinem Rücken hört er den Bauern leise lachen. Dann schlägt eine Tür zu.

Der Weg verläuft noch ein Stück durch die Felder, bis er nach ungefähr einem Kilometer in die Landstraße zwischen Ystad und Kristianstad einmündet. Konrad biegt erst nach Norden ab und auf Höhe von Svampakorset wieder nach Osten in Richtung Ort. Inzwischen spürt er seine Beine. Die Sonne ist bereits dabei unterzugehen, doch sie brennt ihm immer noch im Nacken. Ich hätte etwas auf den Kopf setzen sollen, denkt er. Das T-Shirt ist längst durchgeschwitzt und klebt am Körper.

Statt langsamer zu werden, verspürt Konrad jedoch eine unbändige Lust, seine Geschwindigkeit noch zu steigern. Seine Beine sind bereits taub, und die Waden schmerzen, aber er erhöht schonungslos das Tempo, bis er schneller ist, als er es selbst je für möglich gehalten hätte. Der Blutgeschmack in seinem Mund kommt ihm vor wie eine genussvolle Strafe. In seinen Ohren beginnt es zu rauschen, und die Autos, die ihn auf dem Weg in den Ort passieren, verwandeln sich in grölende Monster. Konrad ist blind vor Schweiß und Tränen. Es brennt in seinen Augen, und seine Lungen beginnen, aus Protest zu pfeifen.

Ich laufe, bis ich umkippe, schreit es in seinem Kopf. Ich laufe, bis ich sterbe.

Nach der Hügelkuppe auf Höhe der Volkshochschule schraubt er das Tempo gegen alle Naturgesetze noch höher. Mehr dürfte eigentlich nicht herauszuholen sein. Aber mit seinem eigenen Todesurteil im Nacken rennt er wie ein Wahnsinniger über die Eisenbahnbrücke. Keuchend wie eine Dampflok passiert er das Välabad und merkt nicht, dass er kurz davor ist, eine alte Dame umzurennen, die in der

Konditorei Reiman gerade Zimtschnecken gekauft hat. Auf den letzten hundert Metern zum Haus in der Östergata legt er einen Sprint hin, der ihn völlig erledigt. Er stürzt durch die Hoftür und bricht auf dem Rasen unter dem Pflaumenbaum zusammen.

Es ist still.

Der Himmel über Konrad ist dabei, eine dunklere Nuance anzunehmen. Ganz weit oben schwebt eine Wolke. Oder eher ein winziges Wölkchen, aber das erste, das er seit mehreren Wochen erblickt.

Konrad liegt auf dem Rücken im Gras, nicht ganz sicher, in welcher Welt er sich befindet. Er sieht, wie sich die Wolke verwandelt. In einen Tintenfisch im Meer. In ein kleines blökendes Lamm. In ein bulliges Flugzeug. Einen Eisbären auf der Jagd.

Dann verwandelt sie sich in ein Menschengesicht mit Nase und abstehenden Ohren. Die Wolke scheint sich zu verdunkeln. Nimmt die Züge eines böse dreinschauenden alten Mannes an. Konrad zittert im Gras vor Schüttelfrost. Dann bewegen sich die Wassermoleküle erneut, und das Gesicht wird weicher. Jetzt sieht es wie das Antlitz einer jungen Frau aus, und es scheint, als sitze sie halb abgewandt da und träume. Konrad spürt ihre Trauer tief in seinem Herzen.

Als er die Augen wieder aufschlägt, hat er keine Ahnung, wie lange er vor sich hingedämmert hat. Um ihn herum ist es fast dunkel, und aus zwei Fenstern im ersten Stock leuchtet ein gelblicher Schein. Erst begreift er überhaupt nicht, wessen Hand da auf seiner Stirn liegt. Eine alte Erinnerung an eine fiebrige Nacht vor etlichen Jahren fliegt vorbei.

Agnes?

Dann hört er sie lachen.

«Ich hab fast gedacht, du wärst tot.»

Gertrud sitzt im Gras, schräg hinter ihm. Ihr Gesicht schwebt über seinem Kopf, feengleich. Ihre Hand ist leicht und kühl.

«Ich fühle mich auch wie tot ...»

Sie legt sich neben ihn ins Gras mit dem Kopf auf sein schweißnasses Shirt, das inzwischen ganz kalt geworden ist.

«Was hast du denn gemacht?»

«Ich bin gelaufen ...»

«Und vor wem bist du weggelaufen?»

«Unter anderem vor einem Hund. Einem großen wütenden Schäferhund, der mir die Zähne ins Fleisch rammen wollte.»

«Machst du Witze?»

«Nein.»

Konrad erzählt ihr von seiner Flucht vor dem Hund und dem Bauern. Er spürt, dass er immer noch etwas benommen ist.

«Merkwürdig», sagt er. «Ich glaube, ich bin noch nie bei diesem Hof gewesen.»

«Ich auch nicht.»

«Es gibt so viele abgelegene Orte hier im Umkreis. Man denkt, dass man die Gegend kennt. Aber dann steht man während einer Fahrradtour oder bei einem Spaziergang plötzlich vor einem Haus, von dem man nicht mal gewusst hat, dass es existiert.»

Er zieht sie näher an sich, nur um ihre Wärme zu spüren. Die Wolke am Himmel ist verschwunden. Oder vielleicht sieht er sie auch nur nicht mehr, jetzt, wo das Universum den dunkelsten aller Blautöne angenommen hat. Gertruds Kleidung riecht etwas nach Essensdünsten; sie muss direkt aus dem Hotel gekommen sein.

«Es ist irgendwie komisch», meint Konrad. «An den letzten Kilometer habe ich nicht die geringste Erinnerung. Kann man in bewusstlosem Zustand laufen?»

«Nicht, dass ich wüsste.»

Sie lacht auf.

«Die joggende Leiche. Das wäre doch etwas, womit man die Gerüchteküche hier im Ort anheizen könnte.»

Sie liegen schweigend im Gras und atmen die Nachtluft ein. Das Stechen in Konrads Lunge hat nachgelassen. Aber sein Körper fühlt sich immer noch eigenartig taub an, als wäre er von seinen Sinnesorganen abgetrennt.

«Du bist also nicht nur vor dem Hund weggelaufen?»

«Wie meinst du das?»

«Einfach so», entgegnet sie. «Dass es nicht nur diese blutrünstige Bestie war, der du entkommen wolltest.»

«Wem sollte ich denn noch entkommen wollen?»

«Sag du's mir ...»

In seinem Inneren weiß er, dass sie recht hat. Denn schließlich haben sie ihm alle im Nacken gehangen, als er wie blind den Weg entlanggerannt ist, wie ein Verrückter auf der Flucht aus dem Irrenhaus. Die Schatten von früher. Die Geister, die ihn nachts ständig heimsuchen.

«Ich hab neulich Nacht gehört, wie du im Schlaf geschrien hast», sagt Gertrud. «Weißt du das eigentlich?»

«Nein ...»

«Und wer hat dich dort gejagt?»

«Ich weiß nicht ... Lange Zeit war es Mahmoud, der in meinem Kopf aufgetaucht ist. Nachts hat mich immer der Gedanke gequält, ich hätte ihn verraten.»

Sie legt ihren Kopf an seinem Arm zurecht.

«Hast du das denn?»

Er antwortet nicht.

«Was ist denn da eigentlich passiert?»

Konrad schaut geradewegs nach oben in die unendliche Dunkelheit. Das All kommt ihm auf wunderliche Weise irgendwie ganz nahe vor. Eine Fledermaus fliegt lautlos vorbei. Eine Sternschnuppe fällt. Er fühlt sich schwerelos, und als er beginnt, Gertrud von Bagdad zu erzählen, ist es, als ob seine Worte nur den Bildern in seinem eigenen Kopf entstammten.

«Mahmoud war einige Jahre jünger als ich, aber ich hab ihn gut gekannt. In gewisser Weise wie einen Freund. Er war Jordanier, und wir hatten schon eine ganze Weile im Mittleren Osten zusammengearbeitet. Ein phantastischer Organisator. Kannte alle und jeden. Eines Tages befanden wir uns in der falschen Straße. Ich sollte für eine deutsche Zeitung eine Reportage machen. Alltag in der Hölle, so ungefähr. Wir wussten natürlich, dass wir uns in einem gefährlichen Viertel aufhielten, dachten aber, wenn wir den Job schnell erledigten, wäre das Risiko nicht so groß. Und plötzlich tauchten sie einfach auf. Maskiert. Ich weiß nicht einmal, was es für Typen waren. Sie schrien, brüllten und fuchtelten mit ihren Kalaschnikows herum. Mahmoud versuchte zu dolmetschen, aber es ging so schnell, dass ich nichts begriff. Und als sie uns Augenbinden umbanden, wurde alles schwarz. Ich hatte Todesangst. Sie rissen und zerrten an uns. Nahmen uns die Handys, Kameras und Portemonnaies ab, aber ich hatte den größten Teil meines Geldes unter den Dielen im Hotel versteckt. Wir wurden in ein Auto verfrachtet. Eine Weile durch die Gegend gefahren und durchgeschüttelt, bis das Auto anhielt. Dann wurden wir in ein Gebäude gebracht. Dort zwangen sie uns auf die Knie, sie fingen an, uns zu treten und anzubrüllen. Hauptsächlich Mahmoud, nur er konnte Arabisch. Ich begriff bloß, dass sie unzufrieden waren und vorhatten, uns als Geiseln zu nehmen. Sie wollten wissen, für wen wir arbeiteten. Von wem sie Geld erpressen konnten. Ich hab ihnen gesagt, dass wir ihnen den Namen der Zeitung geben und ihnen alle unsere Dokumente überlassen würden, aber sie waren immer noch nicht zufrieden. Gebärdeten sich eher noch aufgebrachter und wütender. Dann wurde es plötzlich still um uns herum. Die Tritte und Schläge hörten auf. Ich hab nur noch Gemurmel und Flüstern gehört. Schließlich verstummte auch das. In dem Moment habe ich begriffen, dass sie tatsächlich vorhatten, uns zu töten.»

Konrad hört Gertruds Atemzüge dicht neben sich. Nimmt den Geruch von Schweiß und Angst wahr. Vom Öl ihrer Waffen. Den schwefelartigen Gestank von frischem Blut, das bald fließen würde. Er hört ein metallisches Klicken, als jemand eine Pistole entsichert.

«In dem Augenblick …», sagt er leise, «in dem Augenblick habe ich zu Gott gebetet, dass sie Mahmoud zuerst erschießen mögen.»

Gertrud erwidert nichts, aber er spürt, wie sie sich leicht bewegt.

«Und Gott hat mich erhört. Sie haben ihn hingerichtet und mich aus irgendeinem verdammten Grund leben lassen.»

Sie schweigen beide eine ganze Weile. Hören, wie draußen vor der Haustür ein Auto Gas gibt und das Motorengeräusch schließlich langsam wieder abebbt. Warum sitzt keine Amsel auf der Dachrinne und zwitschert, wie sonst immer?

Dann setzt Gertrud sich auf. Sie ist lediglich als schwarzer Schatten über ihm zu erkennen. Aber ihre Augen leuchten wie aufblitzende Sterne.

«Du versuchst dem Ganzen zu entkommen, oder? Aber

vielleicht solltest du stattdessen innehalten und dich umdrehen.»

Konrad weiß, dass sie recht hat.

«Erst war es nur Mahmoud», sagt er. «Aber dann, nachdem das alles passiert ist, kamen alle möglichen anderen hinzu. In meinen Träumen sehe ich, wie Maria mich anklagt, so wie sie es nie jemals in der Realität getan hat. Warum hab ich mich nur nicht mehr um sie gekümmert? Sven steht da und schaut mich vorwurfsvoll durch seine Brillengläser an. Und da sind noch mehr Menschen, die kommen und gehen. Herman und Signe, die wie vernachlässigte Haustiere aussehen. Warum hab ich nie etwas von mir hören lassen? Es wäre so einfach gewesen.»

Sie seufzt tief.

«Du hast wohl deine Gründe gehabt ... Wir alle haben unsere Gründe.»

«Vielleicht ...»

Er sieht, wie Gertrud das Gesicht gen Himmel richtet, als suche sie etwas, vielleicht den Mond, der bald zu sehen sein müsste.

«Wenn man vor etwas flieht, ist man zunächst völlig blind», sagt sie. «Aber irgendwann muss man schließlich anhalten. Wenn man einen Ort gefunden hat, an dem man sich sicher genug fühlt, um es zu wagen, in den Spiegel zu schauen.»

«Ich muss an Agnes denken», sagt Konrad. «Glaubst du, dass sie einen Ort hatte, an dem sie Zuflucht finden konnte?»

Gertruds Gesichtsausdruck ist vollkommen reglos.

Während der gesamten Fernsehsendung sagt sie kein Wort. Sitzt einfach nur mit ihrem verdammten Lottoschein vor sich da und starrt wie gebannt auf das idiotische

Heruntergeleiere von Zahlen. Dieses saugende Schmatzgeräusch aus ihrem Mund. Wie ein Roboter füllt sie ihn mechanisch mit Schokokugeln, ohne auch nur für eine Sekunde den Bildschirm aus dem Blick zu lassen. Er wird kribbelig; wie oft hat er schon vorgehabt, sie zu bitten, nicht so verdammt zu schmatzen, sich aber nie richtig getraut. Und dann diese lächerlichen Pantoffeln mit den großen rosafarbenen Plüschbommeln obendrauf. Ihre «Kaninchen», er verabscheut sie.

Als die Lottosendung zu Ende ist, steht er vom Sofa auf. Streckt sich demonstrativ und murmelt vage etwas von «ein wenig Luft schnappen». Sie wirft ihm einen misstrauischen Blick zu. Nimmt dann die Fernbedienung in die Hand und zappt herum, bis sie bei einem Sender landet, in dem irgendwelche Erwachsenen Scharade spielen. Hysterische Lachsalven folgen ihm bis in den Flur hinaus.

Er zieht die dünne Windjacke über und vergewissert sich, dass der Brief noch in der Innentasche liegt. Schließt dann die Wohnungstür hinter sich, ohne tschüs zu rufen.

Im Kellergang ist es kühl. Es riecht nach Staub und ausgelaufenem Benzin. Der Volvo steht an seinem Platz ganz hinten in der Ecke. Der Anblick beruhigt ihn. Er lässt den Motor an, rollt hinaus auf die Straße und fährt ohne Ziel umher, bis er an einer Hauswand einen Briefkasten erblickt. Er ist bestimmt weit genug entfernt. Nicht, dass er sich irgendwelchen Illusionen hingeben würde, dass der Adressat vielleicht nicht kapiert, wer den Brief geschickt hat. Aber es ist sicherer, keine Spuren zu hinterlassen.

Er steigt aus und atmet die Abendluft ein. Erstmals an diesem Abend beginnt der Zweifel an ihm zu nagen. Doch er schüttelt ihn ab. Ich hätte es schon lange tun sollen, denkt er. Es ist nicht mehr als recht und billig. Vielleicht war es gut so, dass die alten Geschichten am Ende an die Oberfläche gekommen sind, sodass er die Chance bekommt, etwas wiedergutzumachen. Vielleicht kann sich sein schlechtes Gewissen jetzt beruhigen.

Es ist, wie es ist. Pfui Teufel, ist das Leben eintönig.

Dann zieht er seine Lederhandschuhe über und nimmt den Brief und seine Lesebrille aus der Tasche. Öffnet das Kuvert, das bereits frankiert ist. Seine Handschrift wirkt etwas zitterig, stellt er fest. Vielleicht liegt es daran, dass er ihn heimlich geschrieben hat, eingeschlossen in der Toilette, während Lisbet das Abendessen zubereitet hat. Aber er hat sich bemüht, eine angemessene Sprache zu finden. Gunnar kann sich nicht erinnern, wann er zuletzt einen Brief geschrieben hat. Einen privaten. Man kann ihn schließlich nicht mit den Briefen der Sozialversicherung vergleichen.

Konrad Jonsson
Das, was vor bald vierzig Jahren in Tomelilla geschehen ist, hat mich mein ganzes Leben lang gequält.
In Fyledalen, drei Kilometer südöstlich von Röddinge, macht die Schotterstraße eine Biegung quer über das Tal und überquert dann den Fluss und die Eisenbahnschienen …

Das Geräusch sich nähernder Schritte lässt ihn aufschrecken. Auf dem Bürgersteig kommt ihm eine Frau entgegen. Irgendwoher kennt er sie. Verdammt, hoffentlich ist es keine Kollegin von der Versicherung! Aber sie geht an ihm vorbei, ohne ihn anzusehen. Ohne die letzten Zeilen zu lesen, steckt er den Brief schnell in den Umschlag, verschließt ihn, wirft ihn in den Briefkasten und beeilt sich, wieder zurück zum Auto zu kommen.

Als er die Wohnungstür öffnet, hört er erneute Lachsalven aus dem Fernseher. Lisbet sitzt immer noch auf dem Sofa. Die Schale mit Schokokugeln ist inzwischen fast leer, und der Lottoschein liegt zerknüllt auf dem Fußboden.

«Hast du nichts gewonnen?»

«Nee.»

«Auch egal …»

Er geht in die Küche und holt sich ein Bier aus dem Kühlschrank. Öffnet die Dose mit einem Zischen und sinkt neben ihr vor den Fernseher. Sie wirft ihm rasch einen Blick zu.

«Willst du dir kein Glas holen?»

Gunnar Nilhem seufzt tief und steht wieder auf. Aber er spürt, dass seine Kiefermuskeln nicht mehr so stark angespannt sind.

«Und einen Untersetzer, sonst bekommt der Tisch Flecken.»

Als er sich wieder aufs Sofa gesetzt hat, tätschelt sie ihm unvermittelt die Wange. Dann beginnt die Sportschau.

KAPITEL 34

Als das Telefon klingelt, hat er noch immer den Geschmack von Gertruds salziger Haut auf den Lippen. Es klingelt fünfmal, bis einer von ihnen reagiert.

Im Halbschlaf bekommt er mit, wie sie sich nach dem Hörer streckt. Ihn etwas unbeholfen abnimmt, sich räuspert und ein schlaftrunkenes «Ja?» murmelt. Die Bettdecke ist ihr von den Schultern geglitten. Ihre Haut ist warm. Weiche Locken fallen zwischen ihren Schulterblättern herab. Er presst sein Gesicht gegen ihr Rückgrat.

«Für dich», sagt sie und reicht ihm den Hörer.

Er nimmt ihn widerwillig entgegen.

«Warum haben Sie denn Ihr Handy ausgeschaltet?»

Die Stimme ist fordernd, fast anklagend. Es ist Palander, und er keucht, wie immer. Das geht Sie gar nichts an!, will Konrad entgegnen und am liebsten den Hörer auf den Boden werfen. Stattdessen brummelt er irgendwas von einem leeren Akku. Doch Palander scheint kein Interesse an einer Erklärung zu haben.

«Es ist einiges passiert», sagt er.

«Und was?»

«Sind Sie wach?»

Konrad setzt sich im Bett auf.

«Ja, verdammt …»

Er wirft einen Blick aus dem Fenster. Die Jalousie ist bis zur Hälfte heruntergezogen. Es sieht aus, als sei es immer noch dunkel. Wie spät ist es eigentlich? Auf dem Boden stehen zwei leere Weingläser.

«Ich habe von meiner Kontaktperson bei der Polizei gerade eine wichtige Information erhalten. Der Betreiber hat Feriz' Handy überprüft. Die Aussage von dieser Fatima stimmt. Ihr Bruder hat genau zu dem Zeitpunkt telefoniert, von dem sie behauptet hat, mitgehört zu haben. Und nicht mit irgendjemandem …»

Palander verstummt.

Offenbar genießt er es, Konrad auf die Folter zu spannen.

«Mit wem denn?»

«Mit Sigge Möller.»

«Sollte ich den kennen?»

«Berüchtigter Gangster aus Malmö. Hält sich überwiegend um den Möllevångstorg herum auf. Hat verschiedene Eisen im Feuer. Drogen, Diebstähle, Hehlerei und eine Menge anderen Scheiß. Er ist keiner von den richtig Großen, aber sein Strafregister ist beeindruckend. Sigge hat unter anderem dreimal wegen unerlaubten Waffenbesitzes eingesessen. Wenn irgendwer in der Unterwelt von Malmö eine Pistole oder abgesägte Schrotflinte braucht, ruft er Sigge an. Waffen kaufen und weiterverkaufen, das ist sein einträglichstes Geschäft.»

Konrad atmet tief durch. Sein Hirn kommt langsam auf Touren.

Er wirft Gertrud einen raschen Blick zu. Sie hat sich die Bettdecke bis über die Nase gezogen und schaut ihn neugierig an.

«Das bedeutet also …»

«Dass Fatima recht hatte. Ihr Bruder war ein Gangster, aber kein Mörder. Er hat diese Luger, die sie im Brunnen gefunden haben, mindestens zwei Tage nach dem Mord an Herman und Signe gekauft. Halleluja und Friede sei mit ihm.»

«Dann muss es …»

Palander unterbricht ihn erneut.

«Genau. Es muss jemand anderes gewesen sein, der Ihre Pflegeeltern ermordet hat.»

«Dieser Möller …?»

«Keine Ahnung. Meiner Quelle zufolge ist er noch nie zuvor wegen Mordes verurteilt, nicht mal verdächtigt worden. Aber die Polizei wird ihn natürlich zur Vernehmung einbestellen. Wenn sie es nicht schon längst getan hat.»

«Halten Sie mich auf dem Laufenden?»

«Trust me, brother. Sie werden noch vor allen treuen Lesern der Ystads Allehanda erfahren, was Sigge Möller der Polizei zu sagen hat. Warten Sie … ähm … morgen … steht dasch allesch … auf jeder Titelscheite …»

Seine Stimme geht in einem undefinierbaren Kaugeräusch unter.

«Essen Sie gerade?»

Konrad hört, wie der andere geräuschvoll schluckt.

«Nur einen Hamburger. Zu Mittag.»

«Mittag?»

Palander räuspert sich, und Konrad vernimmt ein gluckerndes Geräusch, als offenbar irgendeine Flüssigkeit durch Palanders Kehle rinnt. Dann klingt er wieder wie immer.

«Man kann sich natürlich vorstellen, dass Sigge Möller nicht auf Anhieb redet», sagt er. «Ich meine, er kann es durchaus gewesen sein, der Herman und Signe erschossen hat, aber ich halte es nicht für sehr wahrscheinlich. Und in diesem Fall ist es immerhin der Name eines Mörders, den die Polizei aus ihm herauspressen will.»

Gertrud steht mit dem Rücken zu ihm am Fenster und schaut hinaus. Sie hat die Jalousie hochgezogen, aber im Zimmer ist es dennoch nicht hell geworden. Van Goghs Sonnenblumen zeichnen sich in dunkelgelben Tönen vor dem Hintergrund einer grauen Wand ab. Auf dem Boden liegt Kleidung herum.

Konrad steht aus dem Bett auf, stellt sich hinter sie und legt seine Hände auf ihren weichen Bauch. Ihr Haar kitzelt ihn am Kinn.

«Siehst du die Wolken?», fragt sie ihn. «Draußen ist es schwarz, als wäre es mitten in der Nacht.»

«Und schwül. Da ist bestimmt ein Gewitter im Anzug.»

Die Straße vor dem Fenster liegt still und verlassen da. Drei Autos stehen hintereinander geparkt. Eine leere Plastiktüte weht über den Bürgersteig, fliegt dann in einem Salto mortale durch die Luft und landet schließlich wieder auf dem Boden. Dann öffnet sich direkt gegenüber eine Haustür. Ein Mann kommt heraus. In Trainingshosen, Pantoffeln und mit einer Kappe, deren Schirm im Nacken hängt. Er wirft einen besorgten Blick zum Himmel, bevor er sich in das vorderste Auto setzt und mit einem Kavalierstart davonrauscht. Hinter einem Fenster auf der anderen Straßenseite wird Licht angemacht, und Konrad sieht eine Frau dort stehen und hinausgucken.

«Es wäre herrlich, wenn es mal heftig regnen würde, damit die Luft wieder frisch wird», sagt Gertrud nachdenklich.

Sie löst sich aus Konrads Umarmung und zieht ihren Morgenmantel an.

«Ich wusste, dass Fatima die Wahrheit gesagt hat», meint er.

«Wie konntest du dir da so sicher sein?»

Konrad zuckt mit den Schultern.

«Intuition vielleicht … es ist ja immerhin mein Job, Menschen einzuschätzen.»

«Mm …»

«Man sieht es den Leuten an den Augen an. Glaubst du nicht?»

«Ich glaube, dass du möglicherweise deine eigenen Fähigkeiten überschätzt. Fatima hat die Wahrheit gesagt, okay. Aber wirst du es beim nächsten Mal auch durchschauen, wenn jemand lügt? Da wäre ich mir nicht so sicher …»

Konrad nimmt seine Jeans vom Fußboden hoch und zieht sie an. Nach seinem Wahnsinnslauf fühlen sich seine Beine steif wie Telefonmasten an. In einem Knie knackt es, und seine Achillessehnen ziehen wie angerissene Saiten einer Geige. Er stöhnt und verflucht innerlich seine Dummheit. Draußen in der Küche hantiert Gertrud mit einer Blechdose.

«Mist! Kein Kaffee mehr da.»

«Macht nichts, ich glaub, bei mir oben steht noch ein Paket.»

Er zieht sich das Hemd über, ohne es aufzuknöpfen, und öffnet die Wohnungstür.

«Oh», hört er Gertrud mit erstaunter Stimme ausrufen. «Es ist schon nach zwölf.»

Drei rasche Sprünge pro Treppe, nackte Füße auf kaltem Stein. Das Paket mit Kaffeepulver steht im Schrank oberhalb der Kochplatte, genau wie er vermutet hat. Als er wieder in Gertruds Wohnung hineinhuschen will, hört er, wie die Haustür zuschlägt.

Der Briefträger, denkt er. Dann kann ich ja gleich noch in den Postkasten schauen.

Darin liegen zwei Kuverts mit Sichtfenster und jede Menge Werbung, wie immer. Er legt den Stapel auf der Spüle ab und setzt sich an den Küchentisch ans Fenster. Durch die Dunkelheit bekommt man ein Gefühl, als hätte der Herbst Einzug gehalten. Auf dem Tisch stehen ein Glas Marmelade und ein Korb mit Toastbrot. Die Kaffeemaschine gibt bereits ein heimeliges Blubbern von sich.

Als der Kaffee fertig ist, gießt Gertrud ihn in zwei Becher mit japanischen Schriftzeichen und setzt sich auf den Stuhl gegenüber. Sie kratzt sich vorsichtig mit dem Finger an der Nasenspitze. Es ist, als verliehen die Wolken ihren Augen eine intensivere grüne Nuance.

«Was glaubst du, wer es war?», fragt sie.

«Der Herman und Signe erschossen hat? Keine Ahnung.»

«Jemand, der von ihrem Lottogewinn wusste? Der dachte, sie hätten eine Menge Geld in der Schublade?»

«Vielleicht. Oder jemand, der rein zufällig vorbeikam.»

Sie schüttelt langsam den Kopf.

«Ich muss immer wieder an Klas denken …»

Konrad wägt den Gedanken in seinem Kopf ab. Er ist ihm keinesfalls neu. Aber er taugt nichts. Klas mag ein gewaltbereiter Despot sein. Launisch und ziemlich jähzornig. Doch Konrad muss an Leif Bogrens Worte über den mutterfixierten Sohn denken. Er kann sich einfach nicht vorstellen, wie Klas Herman und Signe auf die Knie zwingt, ihnen eine Pistole an den Kopf hält und ihnen das Hirn wegbläst.

«Seine eigenen Eltern?», fragt Konrad zweifelnd. «Das glaub ich nicht …»

Gertrud wechselt rasch das Thema.

«Und warum hat der Mörder die Pistole ausgerechnet an Feriz weiterverkauft?»

«Er wollte sie wohl loswerden. Dieser Sigge Möller scheint

ein Typ zu sein, der öfter brandheiße Waffen verschiebt und dafür sorgt, dass sie verschwinden. Dass ausgerechnet Feriz den Revolver gekauft hat, ist vielleicht Zufall.»

Gertrud wirkt nicht gerade zufrieden mit seiner Erklärung. Sie beißt in ihren Marmeladentoast und steht auf, um Kaffee nachzuschenken.

«Du hast Post bekommen», sagt sie mit vollem Mund und weist auf den Papierstapel, den Konrad hereingebracht hat.

«Nur 'n paar Rechnungen.»

«Nein, guck dir mal den hier an. Ein persönlicher Brief. Eine Rarität heutzutage.»

Sie hält mit triumphierender Miene ein weißes Kuvert hoch.

«Er ist in den Stapel mit der Werbung gerutscht», sagt sie. «Abgestempelt in Stockholm.»

Mit einer Drehung aus dem Handgelenk schnickt sie ihn in die Luft, sodass er vor Konrad auf dem Tisch landet.

Konrad Jonsson, Tomelilla, steht dort kurz und knapp.

«Jemand, der deine Adresse nicht weiß», sagt Gertrud. «Aber das ist ja kein Problem. In diesem Kaff kennt jeder jeden. Eher unwahrscheinlich, dass ein Brief mal nicht ankommt.»

«Ich glaube, ich ahne …», sagt Konrad und öffnet vorsichtig den Umschlag. In seiner Magengegend breitet sich ein Kribbeln aus.

Dort steht sauber von Hand geschrieben:

Konrad Jonsson
Das, was vor bald vierzig Jahren in Tomelilla geschehen ist, hat mich mein ganzes Leben lang gequält.
In Fyledalen, drei Kilometer südöstlich von Röddinge, macht die Schotterstraße eine Biegung quer über das Tal und über-

quert dann den Fluss und die Eisenbahnschienen. Dort verläuft ein schmaler Pfad in Richtung der nördlichen Hügelkette. Dicht neben einer steilen Felswand liegt ein Steinhaufen. Vier große Steine, pyramidenförmig angeordnet.
Darunter liegt sie begraben. Deine Mutter.

Er legt den Brief zur Seite und starrt vor sich hin. Keine Unterschrift. Aber Konrad begreift sofort.

Das geheimnisumwitterte Tal. Der Fluss, der sich wie eine Schlange durch die Weidelandschaft windet und zwischen bewaldeten Hügelketten hindurchfließt. Das Abenteuerland, in dem Konrad und Sven sich vor langer Zeit in Indianer, Helden im Krieg der Sterne oder in Seeräuber verwandelt haben, die auf den Meeren Schrecken verbreiteten. Die Spur der Hirsche im Schnee. Die Überschwemmungen im Frühjahr. Die Eisenbahnschienen. Die Raubvögel, die stets über den Baumwipfeln kreisten. Die vergessenen, verfallenen Häuser. Und vielleicht … Agnes in der schwarzen Erde unter einem Haufen aus vier moosbedeckten Steinen.

Gertrud schnappt sich den Brief und liest ihn.

«Mein Gott!», ruft sie aus.

Konrad ist bereits aufgestanden. Er hat nur einen Gedanken im Kopf. Er muss dorthin.

«Was hast du vor?», fragt sie besorgt.

Er antwortet nicht, sondern greift sich die Autoschlüssel von der Hutablage, schiebt den Brief in die Hosentasche und steigt in die Schuhe, ohne sich die Mühe zu machen, die Schnürsenkel zu binden.

«Sollte nicht besser die Polizei …?»

Aber Gertrud merkt, dass er nicht zuhört.

«Warte! Ich komme mit.»

Innerhalb von zwanzig Sekunden hat sie den Morgenmantel abgeworfen und sich Jeans und ein Shirt übergezogen. Die Sandalen nimmt sie in die Hand, als sie hinter ihm her und hinunter zum Auto rennt.

Den schwarzen Himmel betrachtet er als Zeichen. Ein Todesurteil.

Er umfasst den Stahl mit festem Griff.

Steht wie ein unglückseliger Schatten schwer atmend am Waldrand und hofft aus irgendeinem Grund auf das Unwetter. Es muss Scheißwetter sein. Der Tod muss, verflucht nochmal, schmutzig und abstoßend sein, genau wie das Leben für ihn geworden ist.

Soll er sterben?

Ja, zum Teufel mit ihm, er soll sterben, der alte Dreckskerl. Manchmal hat er daran gezweifelt, aber verdammt nochmal, er soll sterben, wie alle anderen auch.

Der Gedanke daran, ihm den Spaten über den Schädel zu ziehen oder ihm eine ordentliche Ladung Schrot geradewegs in die selbstgefällige Fresse zu ballern, verschafft ihm eine große Genugtuung.

Er blickt sich im Wald um, schaut dann in Richtung Tal und zum Fluss hinüber. Wie bin ich eigentlich hierhergekommen? Die Erinnerung ist wie weggeblasen. Muss wohl gefahren sein, denkt er. Aber das spielt letztlich keine Rolle.

Was war es, das ihn hierhergetrieben hat? Die Entschlossenheit. Die Überzeugung, dass er allem ein Ende bereiten muss, ein für alle Mal. So viel ist ihm klar.

Er schaut hinauf zu den großen Raubvögeln, die da oben über den Baumwipfeln ihre Kreise ziehen. Sind es womöglich Geier? Die Vorstellung, dass sie den Idioten in Stücke reißen würden, gefällt ihm. Obwohl, was zum Teufel weiß ich eigentlich über Raubvögel?, denkt er.

Dann schlurft er weiter zwischen den Baumstämmen hindurch, stolpernd und fluchend. Er hat sich entschieden. Jetzt gibt es kein Zurück mehr.

Draußen vor der Haustür schlägt Konrad und Gertrud eine Wand aus stickiger Luft entgegen, die sie beide gleichzeitig nach Luft ringen lässt. Der Wind ist vollständig abgeflaut. Der Himmel wirkt bedrohlich, wie das Dach einer Grotte, die kurz davor ist einzustürzen. Stahlgrau und wie elektrisch aufgeladen. Es kommt ihnen wie ein Wunder vor, dass das Unwetter noch nicht über sie hereingebrochen ist.

Konrad fährt in hohem Tempo auf einer leeren Landstraße in Richtung der Kirche von Benestad, biegt dann nach Süden ab und kurz darauf wieder nach Westen auf die kleinere Straße, die ins Tal hinunterführt.

«Ich glaube, ich weiß, wo es ist», sagt er.

«Sollten wir nicht die Polizei benachrichtigen? Wir könnten ihnen den Brief zeigen …»

«Ich muss es mit eigenen Augen sehen», unterbricht er sie. «Ich glaube, ich kenne die Stelle, die er beschreibt. Wir sehen weiter, wenn wir sie gefunden haben.»

Inzwischen hat er sich ein wenig gesammelt. Gedanken und Erinnerungsfragmente von früher surren natürlich immer noch wie ein Schwarm Wespen in seinem Kopf herum. Aber er sieht klarer. Denkt er zumindest. Er muss das hier durchziehen, und es kann nicht warten. In der Zwischenzeit sind zwar fast vierzig Jahre vergangen, aber vielleicht sind noch Spuren vorhanden. Konrad muss dorthin, bevor sie für immer verschwunden sind.

Sie überqueren den Fluss, biegen dann rechts ab und folgen der Schotterstraße, die am Waldrand entlang der südlichen Hügelkette verläuft. Kurz darauf passieren sie den

Abhang, an dem er innerhalb der vergangenen Woche schon zweimal mit Fatima gewesen ist. Da hat die Sonne sengend heiß von einem knallblauen Himmel über die Weideflächen geschienen, während heute alles in ein unwirkliches Dunkel gehüllt ist. Nach einer Weile macht die Straße eine Biegung hinauf zum alten Schloss, um dann sofort wieder ins Tal hin abzufallen. Im Wald verborgen liegen Sommerhäuser und Hütten, einige von ihren Bewohnern hergerichtet, andere wiederum verlassen und mit Wiesen-Bärenklau und wildem Gestrüpp überwuchert. Ein paar Rehe ducken sich nervös am Waldrand.

Einige Kilometer weiter gabelt sich die Straße. Konrad nimmt den rechten Abzweig, der sie wieder über die Weideflächen und den Fluss führt. Die Hitze hat den Wasserlauf fast vollständig ausgetrocknet; an manchen Stellen fließt er unter Schilf hindurch, sodass nur eine Reihe von Erlen und Pappeln seinen Verlauf kennzeichnen.

Als der Buchenwald sich etwas lichtet, hält Konrad schließlich am Wegesrand an.

Sie steigen aus dem Auto. Spähen beide zugleich nach oben in Richtung der schwarzen Wolkendecke. Ein dumpfes Grollen ertönt, es klingt wie eine Warnung. Als eine Windbö durch die Baumkronen über ihren Köpfen fährt, raschelt es in den Blättern. Dann ist es wieder still.

Konrad will sich schon auf den Weg in den Wald machen, da hält ihn Gertruds Hand auf seiner Schulter zurück. Vor ihnen auf der Schotterstraße nähert sich in einiger Entfernung ein Hund, der am Wegesrand schnüffelt und nervös mit dem Schwanz wedelt. Es ist ein räudiger Köter. Ein wohlbekannter armer Teufel. Der herrenlose Hund vom Friedhof. Sie folgen ihm mit dem Blick. Wonach sucht er nur? Zehn, zwanzig Meter vor ihnen bleibt er plötzlich stehen, als hätte er erst jetzt Witterung von ihnen aufgenommen. Gelb leuchtende Augen betrachten sie; es sieht nahezu aus, als hätte er Mitleid mit ihnen. Dann zuckt er zusammen, biegt auf einen schmalen Pfad ein und setzt seine hektische Jagd in den Wald hinein fort.

«Er will, dass wir ihm folgen», flüstert Gertrud.

«Ich hab ihn schon mal gesehen. Auf dem Friedhof. Er muss seinem Besitzer vor langer Zeit abgehauen sein.»

Sie gehen in den Wald hinein. Nach einer Weile führt der Pfad an einen Rastplatz mit einem gezimmerten Windschutz und einer Feuerstelle. Konrad ergreift Gertruds Hand. Der Hund ist nicht mehr zu sehen.

«Wir müssen hier entlang. Ich weiß, wo diese Felswand ist.»

Sie bahnen sich einen Weg durch zunehmendes Walddickicht. Äste und dichtes Unterholz versperren ihnen den Weg, sodass sie ihre Gesichter mit den Armen schützen müssen. Konrad ist sich nicht ganz sicher, ob die Richtung stimmt. In der Zwischenzeit hat sich vieles verändert, Bäume sind herangewachsen und haben mächtige Kronen entwickelt, andere sind abgestorben, umgestürzt oder verrottet. Aber abgeholzt wurde hier seit langem schon nicht mehr. Und Konrads Erinnerung an diese Landschaft ist ziemlich deutlich. Anhöhen, Steinhaufen und Senken. Er weiß, dass sie auf dem richtigen Weg sind. Vom Himmel her hören sie das grelle Schreien eines Mäusebussards, der noch keinen Schutz vor dem Unwetter gesucht hat. Hin und wieder erblicken sie einen dahinsegelnden Schatten, dunkelbraun vor einem bleigrauen Himmel.

Als Klas den am Wegesrand geparkten Wagen erblickt, versetzt es ihm innerlich einen Stich. Er greift sich ans

Herz. Bleibt stehen und horcht, hört aber lediglich die Geräusche des Waldes, der die Luft anzuhalten scheint, und ein lautloses Rascheln in den Baumkronen.

Das ist doch Konrads Opel. Was zum Teufel …?

Ohne näher darüber nachzudenken, ändert er seine Richtung und beginnt, dem Pfad zu folgen. Im Laufschritt, dahinstolpernd und keuchend. Es gibt keine andere Erklärung. Er muss auf dem Weg dorthin sein. Zum Grab.

Die Steine. Die umgestürzten Bäume. Es ist schwer, in der Dunkelheit etwas zu sehen, obwohl es mitten am Tag ist.

Halbwegs durch das Dickicht hindurch hört er Stimmen. Er bleibt stehen, horcht erneut und bewegt sich dann schleichend fort. Seine Waffen mit festem Griff umschlossen.

Dann bekommt er sie zu Gesicht. Ein gutes Stück entfernt zwischen den Baumstämmen. Er geht rasch in Deckung. Unschlüssig. Die Entschlossenheit, die er vorhin noch gespürt hat, ist wie weggeblasen. Diese Frau, der er neulich so nahe war, dass er beinahe ihr Leben in seiner Hand hielt. Sie bringt ihn durcheinander. Hat sie es verdient zu sterben?

Und Konrad. Schließlich war nicht er es, den er vorhatte zu töten, als er hier herausgefahren ist.

Langsam, wie um sich selbst zu prüfen, führt er den Kolben der Schrotflinte an die Schulter. Schaut durchs Zielfernrohr über dem Lauf aus Stahl.

Es ist so leicht, aber letztlich doch so schwer.

Plötzlich sind Konrad und Gertrud am Ziel, die Felswand erhebt sich nahezu senkrecht vor ihnen. Sie ist gut und gerne zwanzig Meter hoch. Oberhalb der Felskante setzt sich der Wald fort, und an mehreren Stellen wachsen in den Felsspalten kleine windschiefe Kiefern. Eine stämmige Eiche ist umgestürzt, entweder aufgrund ihres Alters oder des eigenen

Gewichts. Ihre Wurzeln stehen ab wie Zähne im Rachen eines gewaltigen Monsters. Das Loch in der Erde, in der sie wuchs, ist schwarz und tief. Der mächtige Stamm behindert die Sicht, doch Konrad weiß, dass das, was er sucht, unmittelbar hinter der entwurzelten Eiche zu finden sein muss.

Die vier Steine liegen pyramidenförmig angeordnet, als hätte ein Riese sie für ein Wurfspiel aufgeschichtet. Bedeckt mit Flechten und dunkelgrünem Moos.

Konrad hält inne, schwer atmend. Mit einem Mal kommt es ihm vor, als wisse er nicht so recht, was er tun soll. Liegt Agnes wirklich dort unter den Steinen begraben? Es ist schwer, den Gedanken zu Ende zu denken: Wie viel ist nach vierzig Jahren in der Erde noch von einem Menschen übrig?

Er wirft Gertrud einen unschlüssigen Blick zu. Sie wirkt unruhig, blickt ständig über die Schulter nach hinten. Vorsichtig geht er näher heran und streicht mit der Hand über das Moos auf den Steinen. Die Trockenheit hat es rau und hart werden lassen.

In dem Moment klingelt das Handy in Konrads Hosentasche. Es ist, als würde ein Zauber erlöschen. Er kramt es hervor und meldet sich.

«Ja?»

«Hallo, hier ist Sven. Ich habe etwas entdeckt …»

Konrad fällt nichts ein, außer «Ah ja?» zu entgegnen.

«Nachdem wir uns letztens getroffen haben, hab ich mich noch einige Zeit damit beschäftigt, mein Nazimaterial durchzugehen. Du hast ja gefragt, ob darin noch andere Namen aus Tomelilla genannt werden, oder?»

«Ja?»

«Gerade eben habe ich einen gefunden. Ich weiß nicht recht, ob er etwas zu bedeuten hat, denn der Mann gehörte nicht unbedingt zu den zentralen Figuren. Er scheint zum Beispiel nicht wie Kurt Nilsson bei Nordland oder in ähnlichen Verbänden gewesen zu sein. Aber sein Name taucht in diversen Listen von Zusammenkünften auf. In Tomelilla, Sjöbo und auch einmal in Malmö. Sie stammen hauptsächlich aus den Fünfziger- und Sechzigerjahren.»

«Und wie heißt er?»

«Arvid Linder. Dieser Juraprofessor. Hast du ihn nicht bei Birger Berelius getroffen?»

«Oh, verdammt ...»

Für einen Augenblick sieht Konrad den weißhaarigen alten Mann vor sich. Er, der so gebildet und freundlich wirkte.

«Na ja, ich wollte es dir nur mitteilen. Wir können uns ja später noch weiter darüber unterhalten. Bis dann.»

Noch bevor Konrad etwas erwidern kann, hat Sven aufgelegt.

Das Grollen vom Himmel ist inzwischen lauter und bedrohlicher geworden. Instinktiv schauen sie beide an der Felswand hinauf, als befürchteten sie, dass der Wettergott persönlich einen Steinschlag in Gang setzen könnte, der jeden Moment auf sie niederprasselt.

Gertrud sieht ängstlich aus. Ihr Blick fordert eine Erklärung.

«Es war Sven. Er hat entdeckt, dass Arvid Linder in seinem Naziarchiv verzeichnet ist. Der Professor, du weißt schon.»

«Ich finde, wir sollten die Polizei rufen. Ich habe so ein mulmiges Gefühl.»

Es ist dunkel, als wäre es mitten in der Nacht. Gertrud hat die Arme um ihren Oberkörper geschlungen. Die Luft ist immer noch stickig und drückend, aber es sieht aus, als friere sie. Um sie herum riecht es nach Schwefel.

Konrad spürt, wie der Zweifel an ihm zu nagen beginnt. Was macht er eigentlich hier? Alles erscheint ihm so unwirklich. Als stünde jemand anderes statt seiner dort, unschlüssig, an einem Grab mitten im Wald. Sein Blick richtet sich wieder auf die Steinpyramide. Zuunterst liegen vier schwere Feldsteine. Wird er es schaffen, sie vom Fleck zu bewegen? Und dann? Soll er mit seinen nackten Händen in der Erde graben?

«Komm, Konrad. Wir fahren wieder.»

Gertrud zieht ihn vorsichtig am Arm. Doch es ist, als würden die Steine ihn magnetisch anziehen. Ihn mittels einer geheimnisvollen Kraft hypnotisieren. Er kann seinen Blick nicht von ihnen losreißen. Dort in der schwarzen Erde zwischen verschlungenen Wurzeln, Würmern und Maulwurfsgängen, liegt sie wirklich dort?

Darunter liegt sie begraben. Deine Mutter.

Der Brief brennt förmlich in seiner Hosentasche. Es muss stimmen. Warum sollte er es sonst schreiben?

«Ich kann sie nicht einfach alleinlassen …»

Konrad hört, wie erbärmlich seine eigene Stimme klingt, und ein Teil von ihm sieht die Absurdität seiner Worte ein. Er spürt wie Gertruds Finger seine Hand ergreifen.

«Komm!», ruft sie flehend.

In dem Moment, in dem er sich endlich aufraffen kann, in dem er einsieht, dass sie recht hat, ertönt ein gewaltiger Knall, der ihnen fast das Trommelfell platzen lässt.

Es ist kein Donner.

Es ist Klas.

Er steht gegen einen Baumstamm gelehnt, und aus der Mündung seiner doppelläufigen Schrotflinte steigt eine kleine Rauchfahne auf. Weiße Spuren an einer Felsenklippe ein Stück über ihnen lassen erkennen, wo die Schrotladung Steinsplitter weggesprengt hat. Ohne Konrad aus den Augen zu lassen, klappt er die Waffe auf, lässt die verbrauchte Patronenhülse auf den Boden fallen und steckt eine neue hinein. Das karierte Flanellhemd, das ihm über die ausgebeulten Hosen hängt, ist schmutzig. Die Kappe auf seinem grauen Stoppelhaar voller Flecken. Seine Oberlippe wölbt sich über einem Brocken Kautabak. Doch ausnahmsweise wirkt Klas einmal nüchtern.

«Willst du denn nicht graben?»

Seine Stimme klingt schroff und feindlich.

«Oder willst du dir deine zarten Finger nicht schmutzig machen?»

Er greift hinter dem Baumstamm nach etwas, starrt sie dabei aber weiterhin an. Ein Gegenstand fliegt durch die Luft. Es scheppert, als er auf dem Boden landet und gegen die Steinpyramide stößt. Ein kleiner grüner Militärspaten.

«Nun grab schon, zum Teufel! Du hast doch schon so lange gesucht.»

Er legt den Lauf seiner Flinte auf der Schulter ab. Spuckt auf den Boden. Ganz offensichtlich ist sich Klas seiner überlegenen Position bewusst.

Konrad ist auf einmal völlig klar im Kopf. Er spürt das Adrenalin durch seinen Körper rauschen. Das Blut pocht ihm in den Schläfen. Er sieht den Schrecken in Gertruds Augen, sie umklammert seine Finger und beißt sich auf die Lippe. Klas' Miene ist vollkommen reglos, es ist unmöglich, seine Gedanken zu lesen. Doch Konrad sieht ein, dass es kein Zurück mehr gibt. Der Spaten auf dem Boden.

Im selben Augenblick, in dem er sich von Gertruds Hand löst, explodiert der Himmel in gleißendem Licht. Der Knall ist ohrenbetäubend, und für eine Sekunde ist der Wald hell erleuchtet.

Dann kommt der Regen.

Anfänglich fallen vereinzelte Tropfen durch das Blattwerk herab. Dann bricht ein prasselnder, tosender Sturzregen wie ein reißender Strom über sie herein, drückt Äste und Zweige herab, peitscht die trockene Erde und hüllt den Wald in einen grauen Nebel.

Klas wirkt völlig unberührt. Er macht ein paar Schritte auf sie zu.

«Los, mach schon. Grab endlich!», ruft er durch das Getöse hindurch.

Er deutet mit seiner freien Hand auf eine Stelle unmittelbar vor den Feldsteinen.

Konrad nimmt den Spaten zur Hand. Er ist bereits bis auf die Haut durchnässt.

Es ist kalt geworden. Durch den bleischweren Regen bilden sich Pfützen auf dem Boden, der die Wassermassen, die vom Himmel stürzen, keinesfalls aufnehmen kann. Gertrud steht wie versteinert da, sie ist durchnässt wie ein Waldgeist, der gerade einem Tümpel entstiegen ist. Ihre Haare kleben wie Seetang an Wangen und Hals. Mit voller Kraft rammt Konrad den Spaten in den Boden, wo er tiefer einsinkt, als er vermutet hat.

«Ich hab deinen Wagen gesehen», schreit Klas durch den Regen.

Konrad gräbt weiter. Die sandige Erde hat sich rasch in Schlamm verwandelt. Sie ist voller Steine und Wurzeln, aber der Spaten ist scharfkantig.

«Du denkst bestimmt, dass ich euch gefolgt bin.» Klas kommt noch ein paar Schritte näher. «Aber so ist es nicht. Ich bin eigentlich wegen etwas anderem hier. Hab nur durch

Zufall deinen Opel gesehen und das Nummernschild erkannt.»

Seine Worte verwirren ihn. Konrad hackt und sticht ohne Unterlass, ohne zu antworten. Schnell hat er eine Grube ausgehoben. Aber mit jedem Spaten Erde, den er ausgräbt, rutscht fast genauso viel lehmiger Boden wieder nach. Das Wasser rinnt ihm in die Augen und nimmt ihm die Sicht. Was will Klas eigentlich sagen?

«Hat es dir etwa die Sprache verschlagen? Du bist doch sonst nicht auf den Mund gefallen.»

Konrad hält inne. Er blinzelt ein paarmal, um wieder klar sehen zu können.

«Und was werde ich hier finden, Klas?»

«Grab weiter, dann wirst du schon sehen …»

«Du hasst mich wirklich, oder?»

Der andere nickt langsam. Der Lauf seiner Schrotflinte senkt sich langsam. Zwei schwarze Augen starren ihn drohend an.

«Findest du das denn so abwegig?»

«Aber warum …?»

Klas schnaubt verächtlich.

«Sie haben dich nie geliebt, ich hoffe, du weißt das.»

«Herman und Signe?»

«Sie haben sich um dich gekümmert, klar. Wie um ein verdammtes Haustier. Aber du warst nie ihr richtiger Sohn, kapierst du das? Sie wollten nur ihre Schuld sühnen. Ihre verdammte Schuld …»

«Ihre Schuld?»

«Ja, so haben sie es gesehen. Irgendeine verdammte Erbsünde. Aber grab jetzt, verdammt nochmal, sonst blas ich dir den Schädel weg!»

Konrad rammt den Spaten wieder in die Erde. Gräbt

sich wie ein Maulwurf in die Tiefe, unmittelbar neben der bemoosten Steinpyramide. Er sticht und hackt wie ein Besessener. Stumme Steine. Zähes Wurzelwerk. Die Grube ist inzwischen gut einen Meter tief, und er klettert hinein, um besser arbeiten zu können, während sich der schlammige Lehmboden an seinen Joggingschuhen festsaugt. Und mit jedem Augenblick graut es Konrad mehr davor, auf was er stoßen wird.

Klas ist verrückt!, dröhnt es in seinem Kopf, während er weitergräbt. Er wird uns töten. Und hier begraben, direkt neben ihr. Aus dem Augenwinkel heraus bemisst Konrad den Abstand zu seinem Stiefbruder. Der Spaten ist scharfkantig. Wenn er ihn unvermittelt losschleudert, kann er sich in ein tödliches Projektil verwandeln. Aber der Weg ist zu weit. Er schaut zu Gertrud rüber. Vielleicht verschont er wenigstens sie.

Das erste Stück Knochen ist gelblich weiß und gebrochen. Ein Schlüsselbein oder ein Unterarmknochen? Konrad überkommt eine Übelkeit. Er ist kurz davor, sich zu übergeben. Er schluckt und schluckt und spürt, wie sich warme Tränen mit den kalten Regentropfen im Gesicht vermischen. Aber weder vermag er noch wagt er aufzuhören. In der Erde kommen weitere Fragmente eines Skeletts zum Vorschein. Und werden vom Regen reingewaschen. Konrad betrachtet sie und weiß, um was es sich handelt – wem sie gehören –, aber zugleich kommt ihm alles so unwirklich vor, dass es ihn nicht kümmert, ob die Knochen angesichts seines Arbeitseifers zerbrechen. Das hier kann einfach nicht Agnes sein! Es kann nicht seine Mutter sein! Es ist so unwürdig.

Dann liegt der Schädel da, im braunen Matsch kaum als solcher erkennbar.

«Hör auf jetzt!»

Klas' Stimme ist plötzlich schrill. Er schnieft geräuschvoll und reibt sich mit der Hand die rotgeränderten Augen. Ein Gemisch aus Kautabak, Schnodder und Regenwasser läuft ihm aus den Mundwinkeln. Das Gewehr hängt ihm unterm Arm, der Lauf zu Boden gerichtet.

«Warst du derjenige, der sie getötet hat?», keucht Konrad. «Du und deine verdammten Kumpels?»

Klas schüttelt den Kopf. Auf einmal sieht er wie ein kleiner Junge aus, so alt er auch ist. Unbeholfen, völlig eingesaut und unglücklich. Und dann stellt Konrad fest, dass er weint.

«Du hast wohl immer noch nichts kapiert, oder?»

Konrad blickt zu Gertrud rüber, die sich nicht vom Fleck gerührt hat, und dann wieder zu Klas, verständnislos. Dessen Augen strahlen jetzt fast etwas Beschwörendes aus.

Ein Quälgeist.

Ein gequälter Geist.

«Der Mörder ist derselbe», schnieft er. «Kapierst du? Deine Mutter und meine Mutter. Vierzig Jahre liegen dazwischen. Aber es ist derselbe Mörder …»

Das Haus liegt nicht mehr als dreihundert Meter vom Grab entfernt, aber gut versteckt zwischen Nadelwald, Laubbäumen und dichtem Buschwerk. Es ist ein rotes Ziegelhaus mit Spitzdach. Auf der Rasenfläche steht eine Gruppe weißgestrichener Gartenmöbel, und direkt daneben befindet sich ein Brunnen mit einem rostigen Pumpschwengel. Der Regen hat etwas nachgelassen. Aus dem Schornstein steigt grauer Rauch auf. Auf der schmalen Auffahrt zum Haus steht ein dunkelgrüner Landrover.

Der grüne Jeep, denkt Konrad. Ich hab ihn mehrfach hier im Tal gesehen.

Noch bevor Klas die Tür mit dem Fuß auftritt und sie mit Hilfe seiner Schrotflinte hineinbugsiert, weiß Konrad, wem er begegnen wird.

Arvid Linder wirkt aufrichtig erstaunt. Er scheint sie nicht kommen gehört zu haben, und einen kurzen Augenblick irrt sein Blick umher, als suche er instinktiv nach einem Fluchtweg. Dann macht er einen Ansatz aufzustehen, überlegt es sich jedoch anders und bleibt mit einem Buch im Schoß in seinem Ledersessel sitzen. Links von ihm knistert ein Feuer im Kamin, und auf dem Tisch vor ihm steht ein Weinglas.

«Klas Jönsson ... Wir haben uns wirklich lange nicht mehr gesehen.»

Seine Stimme klingt freundlich und akademisch gebildet, genau wie beim letzten Mal. Doch Konrad nimmt in seinem Blick nun einen völlig anderen Ausdruck wahr. Linder hält die Armlehnen seines Sessels krampfhaft umfasst. Seine Hände sind groß und kräftig.

«Wie ich sehe, hast du Gäste mitgebracht.»

Jetzt lächelt der Professor wie ein Wolf, der versucht, seinen Feind einzuschätzen. Er trägt eine braune Strickjacke, ein hellblaues Hemd und eine Krawatte. Sein weißes Haar ist akkurat gekämmt. Ihn umgibt ein Geruch von Rasierwasser.

Klas stößt erst Gertrud und dann Konrad in Richtung des Sofas. Fuchtelt irritiert mit seiner Schrotflinte herum. Die beiden sinken nieder, und ihre Blicke fliegen auf der Suche nach einem Ausweg verzweifelt im Raum umher. Beide atmen flach.

Dann wendet sich Klas an Linder. Er spuckt die Worte aus wie stinkende Schleimpfropfen:

«Ich bin gekommen, um dich zu töten, du Scheißkerl!»

Arvid Linder sitzt vollkommen reglos da. Er starrt Klas an, als erwarte er, dass allein schon sein Blick dafür sorgen werde, dass der andere kapituliert. Doch Klas zieht nur verächtlich die Nase hoch und hält Linders Blick mit vor Hass gerötetem Gesicht stand.

«Aber vorher musst du ihnen noch haarklein erzählen, was geschehen ist.»

«Lieber Klas, ich verstehe nicht, was …»

Ohne Vorwarnung macht Klas einen Schritt vor und schlägt Arvid Linder mit dem Lauf seiner Schrotflinte ins Gesicht. Der Kopf des alten Mannes wird zurückgeworfen, sein Haar wirbelt durcheinander, und von einer Schnittwunde an der Nase rinnt Blut herab. Zum ersten Mal blitzt so etwas wie Angst in seinen Augen auf.

«Ich bin schließlich nicht mehr ganz jung …»

Klas schlägt erneut zu, dieses Mal etwas härter. Eine weitere Wunde entsteht, diesmal auf der Stirn.

«Erzähl schon, wozu du uns gezwungen hast!»

Die Schläge bewirken eine abrupte Veränderung in Linders Blick. Die Freundlichkeit ist verflogen, ebenso das Erstaunen und der Anflug von Angst. Jetzt nehmen seine Augen einen gekränkten Ausdruck an.

«Du verdammter Bauerntölpel», zischt er. Sein Blick trieft nur so vor Verachtung. «Dich musste man nicht zwingen. Du hast genau das bekommen, was du haben wolltest.»

Er zieht ein Taschentuch aus der Tasche seiner Strickjacke und tupft sich die Stirn.

«Eine verdammte Polackenhure …»

Seine Worte treffen Konrad wie Messerstiche in die Brust. Er spürt Gertruds Hand auf dem Sofa nach der seinen tasten.

«Sag's ihnen!», schreit Klas.

«Du weißt ganz genau, dass ich sie schon viele Male zuvor hier gehabt habe», schnaubt Linder. «Und sie war freiwillig hier. Ich hab sie gut bezahlt. An diesem Abend, tja, ging es möglicherweise etwas unsanft zu.»

Konrad hält die Luft an. Erahnt eine keimende List in den stahlblauen Augen. Der Professor beugt sich vorsichtig vor, ergreift das Weinglas mit einer Hand, die nur leicht zittert, und führt es an seine Lippen. Wendet sich dann wieder Klas zu, der schwer keuchend an der Tür steht.

«Ihr wart immerhin meine Lehrjungen, du und deine Kameraden. Oder? Ihr habt meinen Darlegungen zu einer neuen Weltordnung doch gerne zugehört. Ich hatte den Eindruck, ihr wart aus dem rechten Holz geschnitzt.»

Er nippt erneut an seinem Wein und stellt dann bedächtig das Glas ab.

«An dem Abend hatte ich vergessen, dass wir ausgemacht hatten, unser Schießtraining abzuhalten. Und als ihr dann mitten in meinem … wie soll ich es sagen … kleinen Schäferstündchen aufgetaucht seid, dachte ich, dass es an der Zeit sei, richtige Männer aus euch zu machen.»

«Wir waren gerade mal sechzehn Jahre alt», zischt Klas.

Mit gewaltiger Kraft schlägt Arvid Linder mit der Faust auf den Tisch. Konrad und Gertrud fahren beide zusammen, als hätte sie der Schlag getroffen.

«Es gab viele tapfere Jungs, die ihr Leben für das Dritte Reich geopfert haben und weitaus jünger waren!», brüllt der Professor.

Er lehnt sich in seinem Sessel zurück und fährt schließlich bedrohlich ruhig und gefasst fort.

«Ich brauchte euch ja nicht gerade zu zwingen, das Polackenluder zu besteigen, oder? Ihr wart doch eifrig wie kleine Stierkälber.»

Klas schaut hastig zu Boden und murmelt etwas Unverständliches. Arvid Linder wendet sich unterdessen Konrad und Gertrud zu, als würde er sich jetzt erst ihrer Anwesenheit bewusst werden. Als er sie anspricht, klingt es, als erzähle er ein paar Gästen eine lustige Anekdote.

«Sie verstehen, als die Jungen mit dieser Frau fertig waren, hab ich sie auf ein paar Gläser eingeladen, um sich zu stärken. Ich hatte den Eindruck, dass sie es gebrauchen konnten. Doch dann tauchte die kleine Hure plötzlich mit einem Küchenmesser in der Hand auf. Wie sie sich befreit hat, weiß ich nicht. Noch bevor ich es abwenden konnte, hat sie mir ins Bein gestochen. Sie haben bestimmt gemerkt, Konrad, als wir uns neulich begegnet sind, dass ich noch heute einen höchst lästigen Gehschaden habe. Wie auch immer, jedenfalls ist sie weggelaufen, woraufhin ich mich natürlich gezwungen sah, die Jungs damit zu beauftragen, sie wieder einzufangen.»

Es scheint, als wäre der Sauerstoff im Raum knapp geworden. Konrad bekommt keine Luft mehr. Arvid Linders Stimme, seine Arroganz und sein Blick sind unbezwinglich. Es ist, als gelänge es ihm in irgendeiner hypnotisierenden Art und Weise, alle Anwesenden im Raum davon zu überzeugen, dass er derjenige ist, der die Schrotflinte in der Hand hält.

Konrad will am liebsten seinen Blick abwenden, aber es gelingt ihm nicht. Er starrt geradewegs in das Gesicht des Professors, doch alles, was er sieht, ist Agnes, die mit einem blutverschmierten Messer durch den Wald rennt. Um sie herum ist es dunkel, und die Zweige peitschen ihr ins Gesicht. Sie ist voller Panik, körperlich entkräftet und seelisch zerstört, und sie hofft, dass der Mann, der sie so viele Male vergewaltigt hat, an seinem Messerstich verbluten wird. Vielleicht, ganz vielleicht denkt sie auch, dass sie sich beeilen muss, nach Hause zu ihrem kleinen Jungen zu kommen, der einsam und allein in seinem Bett liegt.

«Sie Widerling! Es ist meine Mutter, von der Sie da sprechen», sagt Konrad tonlos.

Linder hebt ungerührt die Augenbrauen.

«Nach einer Weile kamen die Jungs mit ihr zurück. Da gab es für mich natürlich nur eins zu tun. Ich habe meine Luger hervorgeholt und ihr in den Kopf geschossen.»

Plötzlich fällt Konrad auf, dass Arvid Linder in seinen Ausführungen geradezu schwelgt. Eine andere Erklärung gibt es nicht. Er selbst fühlt sich völlig ausgelaugt und nicht in der Lage, etwas anderes zu tun, als den weißhaarigen Mann anzustarren, der dort mit blutendem Gesicht und wirrem Haar, aber dennoch so furchteinflößend, so bedrohlich und mit einer derartig paralysierenden Ausstrahlung in seinem Lesesessel sitzt.

Es gibt keine andere Erklärung als die, dass Arvid Linder seine eigene Macht, andere zu erniedrigen, genießt.

«Im Übrigen hatte ich schon zuvor beschlossen, mich ihrer zu entledigen», fährt er nahezu gleichgültig fort. «Das ist möglicherweise ein Umstand, von dem du nichts weißt, Klas. Die kleine Schlampe hat nämlich behauptet, sie sei schwanger. Dass ich sie geschwängert hätte. Eine lächerliche Behauptung. Aber das konnte ich nicht durchgehen lassen. An diesem Abend, bevor du mit deinen Kameraden herkamst, wollte sie mich um Geld erpressen. Deswegen musste ich etwas unsanft mit ihr umgehen.»

Ganz ruhig, als sei er überzeugt davon, die Kontrolle über die Situation zu erlangen, nimmt er einen Kamm aus seiner Brusttasche und fährt sich mit einer routinierten Bewegung durchs Haar.

Als er gerade seinen Scheitel neu richten will, sorgt eine

Bewegung von Klas dafür, dass sich sein Gesichtsausdruck abrupt ändert. Innerhalb von einer Sekunde zerbricht seine Maske. Der Kamm fällt zu Boden. Das beherrschte, süffisante Lächeln ist wie weggeblasen. Stattdessen spiegelt sich Todesangst in den Augen eines sehr alten Mannes, der von einem Augenblick auf den anderen einsieht, dass alles verloren ist.

«Signe», jammert Klas gequält. «Sie hat alles auf sich genommen. Warum zum Teufel musstest du sie töten?»

«Es tut mir wirklich leid.» Arvid Linders Stimme ist so heiser und schwach, dass man seine letzten Worte kaum verstehen kann. «Aber ich hatte ja keine andere Wahl. Lieber Klas, ich schwöre …»

In einem vergeblichen Versuch, sich zu schützen, hebt er den Arm, doch Klas' Finger umschließt bereits den Abzug, und dann detonieren zwei ohrenbetäubende Explosionen direkt nacheinander.

Wie verhext starren Gertrud und Konrad auf den zerfetzten Körper im Sessel. Ihre Ohren sind betäubt von den Schüssen. Kein Laut ist zu hören. Kein Geruch zu vernehmen. Lediglich eine unförmige blutige Masse ist zu sehen. Kann sie jemals eine menschliche Seele beherbergt haben?

Es vergeht eine Ewigkeit.

«Herman und Signe wussten es all die Jahre», sagt Klas schließlich tonlos. «Sie wussten, was ich getan habe.»

Er leert die Patronenhülsen auf den Boden aus und steckt zwei neue in die Flinte.

«Ich hab es ihnen erzählt, als ich noch ein Junge war. Sie haben mir verziehen, denn sie waren ja so herzensgut. Und die Sünde haben sie selber auf sich genommen.»

Konrad reißt seinen Blick von dem Toten los und wendet sich Klas zu. Er ist nicht mal in der Lage nachzufragen.

«Vor ein paar Wochen ist Signe zu mir gekommen. Sie hatte ziemliche Angst. Sie war nämlich zufällig Arvid begegnet. Und da ist es aus ihr herausgeplatzt, hat sie erzählt. All der Mist, den sie jahrelang auf sich genommen hat, ist nur so aus ihr herausgebrochen. Doch dann bekam sie es natürlich mit der Angst zu tun. Sie hat befürchtet, dass Arvid sie umbringen würde, als er erfuhr, dass sie darüber Bescheid wussten, was deiner Mutter zugestoßen ist.»

Klas seufzt matt.

«Erst hab ich ihr nicht geglaubt. Aber als sie dann im Geräteschuppen ermordet wurden, hab ich sofort gewusst, wer es getan hat.»

Er sinkt langsam mit dem Rücken an der Wand zu Boden.

«Und ich hatte das Gefühl, dass alles nur deine Schuld war.»

Er holt ein paarmal tief Luft.

«Ja, zum Teufel!»

Einen Augenblick lang sieht es aus, als hätte er vor, sich den Lauf des Gewehrs in den Mund zu stecken. Dann lässt er die Waffe plötzlich los, sodass sie scheppernd auf den Dielenboden fällt, und sitzt einfach nur da, geradewegs ins Leere starrend.

EPILOG

Im Nieselregen geht er über den Friedhof. Das Laub der Blutbuche hängt glänzend und schwer herunter. Die Maulwürfe haben in der vergangenen Nacht noch mehr kleine dunkelbraune Hügel aufgeworfen. Es riecht nach Erde, die Luft ist sauerstoffreich und füllt seine Lungen mit neuer Kraft.

Die Suche ist vorüber.

Im Blumenladen am Marktplatz hat er acht dunkelrote Rosen gekauft. Er hat lange gezögert. Konrad hatte schließlich keine Ahnung, welche Blumen Agnes mochte. Aber in seiner Vorstellung müssen es rote Rosen gewesen sein.

In dem kleinen Schuppen neben der Kapelle findet er eine Vase, die er mit Wasser füllt. Die Rosen machen sich gut vor dem schwarzen Stein. Er geht in die Hocke. Streicht mit den Fingerkuppen über die feuchte Oberfläche.

Agnes Stankiewic 1937–1968.

Der Bestatter hat ihn gefragt, ob nicht eher «Agnieszka» auf dem Stein stehen solle. Ihr vollständiger Name. Doch Konrad hat nur den Kopf geschüttelt. Nein, Agnes soll da stehen. So hieß sie schließlich all die Jahre, solange er nach ihr suchte.

Als er wieder aufsteht, knackt es ein wenig in seinen Knien. Er blickt sich auf dem Friedhof um, sucht mit seinem Blick die Buchsbaumhecke und die leuchtend grünen Rasenflächen ab.

Wonach? Nach dem Hund.

Der räudige Köter, der ihm den Weg gewiesen hat. Konrad hat gehofft, ihn noch ein letztes Mal zu Gesicht zu bekommen, einen Blick des Einverständnisses austauschen zu können. Gewissermaßen Abschied zu nehmen. Doch der Hund ist verschwunden.

Er hat wohl am Ende nach Hause gefunden, denkt Konrad.

Herman und Signe bekommen eine Begonie. Blass und anspruchslos.

Wenn sie wüssten, dass Klas im Gefängnis gelandet ist, hätten sie sich dort unten in der Erde in ihrem Grab umgedreht vor Scham. Jetzt muss er allein zurechtkommen, ihr leiblicher Sohn.

Ihr einfältiger Sohn.

War er es, der Palander diesen Zettel hat zukommen lassen, um die Polizei auf die richtige Spur zu führen? Eva Ström meinte, dass es so gewesen sein könnte. Falls es nun nicht doch Fatima war.

Auch egal, all das spielt jetzt keine Rolle mehr.

Die Kriminalinspektorin klang etwas beschämt, als sie gestern Abend anrief, um ihm noch die letzten fehlenden Puzzleteile zu übermitteln.

Unter anderem bezüglich des Tipps, der besagte, dass Konrad sich in der Mordnacht in Tomelilla aufgehalten hat.

«Es war Arvid Linder. Wir haben angenommen, dass es sich um einen unbescholtenen Zeugen handelt, der über jeden Verdacht erhaben ist. Wir müssen Sie vielmals um Entschuldigung bitten.»

Dann hat sie schnell das Thema gewechselt.

«Wir waren ihm übrigens bereits auf der Spur, als sie den ganzen Zirkus dort in Fyledalen in Gang gesetzt haben. Sigge

Möller hat geredet. Wir haben ihm damit gedroht, Anklage wegen Mordes gegen ihn zu erheben. Da hat er ausgespuckt, dass es Linder war, der ihn kontaktiert und ihm den Auftrag übermittelt hat, die Luger an Feriz zu verkaufen. Linder kannte die beiden Gangster ja durch seine Zusammenarbeit mit Berelius. Er ist ein ziemliches Risiko eingegangen, das ist klar. Sein Plan sah wohl vor, dass die Polizei die Waffe bei Feriz finden würde, sodass man ihn des Mordes an Herman und Signe beschuldigen könnte.»

Sie verstummte, und Konrad meinte, ein verächtliches Schnaufen zu hören.

«Linder muss davon überzeugt gewesen sein, dass die Polizei Immigranten wie Feriz und seinem Freund oder auch einem Waffendealer wie Sigge Möller niemals Glauben schenken würde, wenn ihre Aussage gegen die eines Professors stünde. Als dann aber die Jungs bei dem Versuch, Torstensson auszurauben, erschossen wurden, war es wohl mit Linders Augen betrachtet das reinste Bingo.»

Wie ein Spiel mit dem Leben, dachte Konrad, als er ihre Erklärung zu Ende angehört hat. Arvid Linder muss geglaubt haben, dass er unbezwingbar sei. Dass er mit lebendigen Menschen Schach spielen könnte. Zuerst mit diesen Jungs. Und dann mit Konrad selbst.

Hat er denn nicht begriffen, dass er überführt werden würde? War ihm der Ausgang dieser Partie etwa gleichgültig? Hat der Hass ihn in den Übermut getrieben?

Ihn, den über alles in der Welt Erhabenen?

Den Übermenschen?

«Und Berelius?», erkundigte sich Konrad noch.

«Er hat, soweit ich weiß, eine weiße Weste», sagte Ström. «Für Linder gewissermaßen ein nützlicher Handlanger.»

Herman und Signe liegen unter einem großen protzigen

Stein aus rotem Granit begraben. Birger Berelius war der Meinung, dass er ruhig etwas kosten dürfe. Es befand sich ja genügend Geld im Nachlass.

Der Lottogewinn.

Das Erbe.

Konrad muss vor dem Grab stehend im Stillen lachen. Das Ganze birgt irgendwie eine gewisse Ironie. Herman und Signe sind niemals auch nur auf die Idee gekommen, ihre Millionen unter die Leute zu bringen. Und Klas hat überhaupt keinen Nutzen von ihnen, solange er hinter Gittern sitzt. Berelius hat vermutet, dass es schwierig sein würde, eine Anklage wegen Mordes zu umgehen. Er hat den Alten immerhin erschossen.

Konrad selbst war eher erleichtert darüber, dass er nichts zugesprochen bekam. Das spöttische Lächeln in den Mundwinkeln des Rechtsanwalts ließ ihn kalt wie eine Hundeschnauze.

«Es hat sich leider gezeigt, dass Hermann und Signe dich formell gesehen niemals adoptiert haben. Und Pflegekinder haben keinen Anspruch auf ein Erbe. Also wird Klas den gesamten Gewinn einstreichen.»

In gewisser Weise erscheint es ihm gerecht, dass es so ist. Klas war schließlich ihr einziger Sohn.

Auf der Straße vor dem Friedhof steht das Auto fertig gepackt. Konrad wirft einen letzten Blick über die Schulter.

Kein Hund in Sicht.

Als er die Toten hinter sich lässt, ist Gertrud die Einzige, an die er denken muss.